비밀결사

The Secret Adversary

애거서 크리스티 추리 문학 29

비밀결사

신용태 옮김

AGATHA CHRISTIE MYSTERY AGATHA CHRISTIE MYSTERY AGATHA CHRISTIE MYSTERY AGATHA CHRISTIE MYSTERY AGATHA CHRISTIE MYSTERY

해문

■ 옮긴이 신용태

전 동국대학교 일문학과 교수

비밀결사

초판 발행일	1987년 02월 10일
중판 발행일	2009년 05월 20일
지은이	애거서 크리스티
옮긴이	신 용 태
펴낸이	이 경 선
펴낸곳	해문출판사
주 소	서울시 마포구 합정동 392-2 써니힐 202호
TEL/FAX	325-4721~2 / 325-4725
홈페이지	http://www.agathachristie.co.kr
출판등록	1978년 1월 28일 (제3-82호)
가격	6,000원
ISBN	978-89-382-0229-1 04800
	978-89-382-0200-0(세트)

※ 잘못된 책은 바꾸어 드립니다.

·등 장 인 물·

토머스(토미) 베레즈포드 중위— 똑똑하지는 않지만 진중한 성격으로 말괄량이 같은 터펜스와 함께 거대한 스파이 모험에 뛰어든다.

프루던스(터펜스) 카울리 양— 어린 시절 친구인 토미와 함께 만든 '청년 모험가' 클럽이 우연히 국가 음모에 관련되게 되어, 특유의 호기심으로 사건을 추적해 나간다.

제인 핀— 행방을 알 수 없는 그녀가 미래를 바꿀 수 있는 거대한 비밀을 가지고 있다.

줄리어스 P. 헤르사이머— 제인 핀의 사촌오빠로 미국의 철강왕이라고 불릴 만큼 부자. 토미와 터펜스를 도와준다.

카터— 정확한 신분은 알 수 없으나, 국가 요직에 몸담고 있다.

브라운— 모든 범죄 세력의 수뇌로 의심받는 인물. 누구도 그의 정확한 얼굴이나 나이를 알지 못한다.

밴드마이어 부인— 악당의 무리로 믿음이나 동지애보다는 돈을 더 좋아한다.

제임스 필 에드거튼 경— 차기 수상감으로 점쳐지는 유명한 왕실 고문변호사로 우연히 토미와 터펜스의 사건에 개입하여 그들을 도와준다.

휘팅턴— 브라운의 수하로 터펜스를 의심한다.

차 례

차 례

모험이 가져다주는 만족감과 위험감을
간접적으로 체험하며,
삶에 희망을 품고 단조로운 생활을
해나가는 모든 이들에게.

1915년 5월 7일 오후 2시.

루시타니아호는 연속해서 두 발의 어뢰를 맞고 급격히 침몰하기 시작했고, 서둘러 구명보트가 내려졌다. 여자와 아이들은 자기 차례를 기다리며 길게 줄을 서 있었다. 아직도 몇몇은 절망적으로 남편과 아버지의 손을 붙잡고 있었고, 혹은 아이들을 가슴에 꼭 껴안고 있기도 했다. 그들에게서 조금 떨어진 곳에 한 젊은 여인이 외롭게 혼자 서 있었다. 불과 열여덟 살 정도로밖에는 보이지 않는 아주 젊은 여인이었다. 그녀는 전혀 동요하는 기색도 없이 침착해 보이는 시선으로 똑바로 앞만 바라보고 있었다.

"저, 실례합니다만"

곁에서 어떤 남자의 목소리가 들려 그녀는 움찔하며 고개를 돌려 보았다. 그녀는 지금 자기에게 말을 건 사람이 일등선실에서 몇 번인가 본 적이 있는 남자라는 것을 알았다. 그녀는 그가 어딘지 신비스러운 데가 있는 사람이라고 생각했었다. 그는 누구와도 이야기를 나누는 법이 없었기 때문이었다. 설혹 누군가가 그에게 말이라도 걸려고 하면 그는 재빨리 돌아서서 상대방의 그런 의사를 묵살해 버리곤 했었다. 그러고는 늘 경계하는 눈빛으로 초조하게 좌우를 살폈다.

그녀는 그가 지금 몹시 안절부절못하고 있다는 사실을 알 수 있었다. 그의 이마에는 구슬 같은 땀방울이 송골송골 맺혀 있었다. 그가 극도로 초조해하는 것은 분명했다. 그런데도 그녀는 그가 닥쳐올 죽음을 두려워할 그런 사람은 절대 아닌 것 같다는 인상을 받았다!

"예?" 그녀의 묻는 듯한 진지한 눈빛이 그의 시선과 마주쳤다.

그는 결단을 내리기가 무척 어렵다는 듯한 태도로 그녀를 바라보며 서 있었다.

"어쩔 수 없는 일이야." 그는 입속으로 중얼거렸다.

"그래……, 이 길밖엔 달리 도리가 없어."

그리고 나서 그는 갑자기 힘 있는 목소리로 말했다.

"당신은 미국인입니까?"

"예."

"조국을 사랑하십니까?"

젊은 여인은 얼굴을 붉혔다.

"당신은 저에게 그런 질문을 하실 만한 권리가 조금도 없을 텐데요? 물어보실 필요도 없이 조국을 사랑해요!"

"그렇게 화를 내지 마십시오. 당신이 얼마나 중대한 상황에 처해 있는지를 안다면 그렇게 화를 내지는 않을 겁니다. 지금 나는 누군가를 믿어야만 하고, 그것은 또한 여성이어야만 합니다."

"어째서죠?"

"여성과 아이들이 우선으로 구명보트에 오를 수 있기 때문이지요."

그는 주위를 살펴보고 나서 목소리를 낮추었다.

"나는 극히 중요한 문서를 운반하고 있습니다. 이 문서가 연합국 측에 유리하도록 전세(戰勢)를 뒤바꿀 수 있지요. 아시겠습니까? 이 문서는 절대로 물속에 집어넣을 수 없는 겁니다! 나보다는 당신에게 문서를 지킬 기회가 더 많습니다. 이 문서를 맡아 주시겠습니까?"

젊은 여인은 손을 내밀었다.

"잠깐만, 당신에게 미리 경고를 해두어야겠군요. 이 일에는 상당한 위험이 따를 수도 있습니다. 만일 내가 적에게 미행을 당하고 있었다면 말이지요. 물론 미행을 당했다고는 생각하지 않습니다만, 그건 아무도 장담할 수 없는 일입니다. 만일에 그렇다면, 앞으로 어떤 위험이 닥칠지도 모릅니다. 당신에게는 그런 위험을 뚫고 나갈 만한 용기가 있습니까?"

젊은 여인은 미소를 지어 보였다.

"기꺼이 그런 위험을 헤쳐나가겠어요. 제가 그 일에 선택되었다는 것이 정말로 자랑스러워요! 하지만, 나중에 이 문서를 어떻게 처리해야 하죠?"

"신문을 살펴보십시오! 나는 '더 타임스'지(紙)의 광고란에 '동료 선원'을 찾는다는 광고를 내겠습니다. 사흘 동안 그런 광고를 보지 못하게 되면, 그때는 내가 죽었다고 생각하면 됩니다. 그러면 그 문서를 미국대사관에 가져가서 대사에게 직접 전해 주십시오. 이제 됐습니까?"

"잘 알겠어요."

"그렇다면 이젠, 안녕이라고 해야겠군요." 그는 그녀의 손을 잡았다.

"안녕히 가십시오. 행운이 있기를 빕니다."

그는 보다 힘 있는 어조로 말했다.

그의 손에 들려 있던 기름종이에 싼 서류뭉치가 그녀의 손으로 넘어갔다.

루시타니아호는 우현 쪽이 더욱 심하게 가라앉고 있었다. 자기를 호명하는 소리에 대답하며 젊은 여인은 구명보트를 향해 재빨리 걸어갔다.

제1장

청년 모험가 회사

"토미, 정말 오랜만이에요!"

"터펜스, 이게 얼마만이지!"

두 젊은이가 인사를 나누며 서로의 손을 다정하게 맞잡았다. 그렇게 함으로써 그들은 본의 아니게 런던 도버가(街)의 지하철 입구를 막아서게 되었다. 마치 수십 년은 만나보지 못한 듯이 법석을 떨었지만, 실상 그들 둘의 나이를 합쳐 봐야 마흔다섯도 채 되지 않아 보였다.

"당신을 못 본 지가 한 몇 세기는 된 것 같은데."

토미라는 청년이 다시 말을 이었다.

"요즈음엔 어떻게 지내고 있지? 어디 가서 빵이라도 씹으면서 회포를 풀자고. 여기 진을 치는 건 좋지 않아. 이렇게 지하철 입구를 막아서고 있으니 말이야. 자, 여기서 나가지."

터펜스라는 여자도 그 말에 흔쾌히 응하고서, 그들은 피카딜리 광장 쪽으로 도버가를 걸어 내려가기 시작했다.

토미가 말했다.

"그런데 지금 우리 어디로 가는 거지?"

그의 어조에 들어 있는 아주 희미한 걱정의 기색을 프루던스 카울리 양의 예민한 귀가 놓치지 않았다. 카울리 양은 몇 가지 알 수 없는 이유로 친한 친구들한테서는 '터펜스(2펜스)'라는 이름으로 불리고 있었다. 그녀는 즉시 토미의 어정쩡한 태도를 신랄하게 쏘아붙였다.

"토미, 당신은 정말 엉터리예요!"

"아냐, 그렇지 않다고."

토미가 자신 없는 듯한 목소리로 변명을 늘어놓았다.

"다만 주머니 사정이 좀 여의치 못해서 말이야."

"당신은 옛날부터 지독한 거짓말쟁이였다고요."

터펜스가 계속 신랄하게 몰아붙였다.

"언젠가도 의사 선생님이 당신에게 강장제 대신에 맥주를 마시라고 지시했다면서, 차트에 기록하는 것을 잊은 모양이라고 얼렁뚱땅 그린뱅크 간호부장을 속여 넘긴 적이 있었는데, 아직도 기억하고 있을 테죠?"

토미는 싱긋 웃어 보였다.

"그 일을 잊을 리가 있나! 나중에 늙은 고양이 같은 그 여자가 그 사실을 알고는 무지무지하게 화를 냈지. 사실이지, 늙은 시어머니 같던 그린뱅크 간호부장도 그렇게 나쁜 사람은 아니었어! 꽤 좋은 간호사였는데, 그녀도 다른 사람들처럼 쫓겨났겠구먼?"

터펜스가 한숨을 내쉬었다.

"그래요. 당신도요?"

토미는 고개를 끄덕였다.

"두 달 되었지."

"제대비 받은 것은 어떻게 했어요?" 터펜스가 넌지시 떠보았다.

"다 써버렸어."

"오, 토미!"

"저런, 그런 눈으로 보지 마, 터펜스. 흥청망청 유흥비로 날려 버린 것은 아니니까. 그럴 만한 재수도 없었다고! 그 생활비라는 게, 그게 정말 별것 아닌 것 같으면서도 요즘에는 말이야, 이건 정말이라고, 당신은 아마도 잘 모르는가 본 데……."

"이봐요, 우리 착한 도련님." 터펜스가 그의 말을 가로채며 말했다.

"생활비에 대해서라면 나도 모르는 게 하나도 없다고요. 우리 저 라이언스 식당으로 가서 각자 내고 먹기로 해요. 그러면 되는 거예요!"

그러고는 터펜스는 앞장을 서서 위층으로 올라갔다.

그곳은 자리가 꽉 차 있는 바람에, 그들은 빈자리를 찾아 돌아다니다가 우연히 남들이 나누는 대화의 끝부분을 엿듣게 되었다.

"그런데 말이지, 내가 그녀한테 그 밀짚모자는 사용하지 못하게 될 거라고 말했더니 글쎄, 그녀는 그냥 주저앉아서 울기만 하는 거 있지……."

"그건 정말 싸구려였어! 그것과 똑같은 것을 메이블 루이스도 파리에서 사왔는데……."

"엿듣기에는 좀 하찮은 이야기로구먼."

토미가 나지막한 소리로 속삭이듯 말했다.

"오늘 거리에서 우연히 어떤 건달 두 녀석이 제인 핀이라는 여자에 대해서 말하는 것을 들었는데, 당신도 그런 이름에 대해 들어본 적이 있어?"

바로 그때 어떤 두 노부인이 꾸러미를 집어들고 자리에서 일어나자, 터펜스는 재빨리 빈자리에 미끄러지듯 앉았다.

토미는 차와 건포도 빵을 주문했다. 터펜스는 차와 버터 바른 토스트를 시키고는 아무진 목소리로 덧붙였다.

"그리고, 수고스럽겠지만 차는 잔에 따르지 말고 주전자째로 따로 가져다줘요."

토미는 그녀의 맞은편에 앉았다. 그가 모자를 벗자 머리칼이 이마로 몇 가닥 흘러내리긴 했지만 멋지게 뒤로 빗어 넘긴 붉은 머리가 드러났다. 그렇게 잘생겼다고는 할 수 없지만 그런대로 재미있게 생긴 그의 얼굴은, 별로 특징도 없을 뿐만 아니라 점잖은 신사라든가 운동선수로 오해받을 얼굴은 결코 아니었다.

그가 입고 있는 갈색 양복은 비록 고급이기는 했지만, 너무 낡아서 거의 떨어질 지경이었다. 그들의 모습은 아주 현대적인 분위기를 풍기는 한 쌍의 연인으로 보였다. 터펜스는 이렇다고 내세울 만한 미인은 못 되었지만, 그런대로 마치 요정처럼 보이는 개성 있고 매력 있는 자그마한 얼굴에, 야무지게 보이는 턱과 크고 둥근 회색빛 눈이 쪽 곧은 검은 눈썹 밑에서 꿈꾸듯이 빛나고 있었다. 그녀의 검은 단발머리 위에는 자그마하고 밝은 녹색의 동그란 모자가 얹혀 있었고, 몹시 짧고 허름한 스커트 밑으론 정말 보기 드물게 아름답고 날씬한 발목이 드러나 보였다. 한 마디로 그녀의 용모는 아주 건강하고 생기발랄해 보였다.

이윽고 차가 나오자, 터펜스는 잠깐 잠겨 있던 상념을 기운차게 떨쳐 버리고는 차를 조심스럽게 잔에 따라 부었다.

"자, 이제." 토미가 건포도 빵을 한 조각 덥석 베어 물며 말을 꺼냈다.

"그동안 어떻게 지냈는지 말해보지그래. 1916년에 그 병원을 나온 이후로 당신의 소식을 한 번도 듣지 못했거든."

"좋아요." 터펜스는 토스트에 버터를 듬뿍 발랐다.

"프루던스 카울리 양의 약력을 말씀드리죠. 프루던스 카울리는 서포크 군(영국 동부의 군) 리틀 미센들 교구의 카울리 부주교의 다섯째 딸로 태어났어요. 카울리 양은 전쟁으로 일찍부터 즐거운(한편으로는 따분한) 가정을 떠나 런던으로 올라가 육군병원에 들어가게 되었죠. 첫 번째 달, 매일같이 648개의 접시를 닦음. 2개월째, 앞서 말한 접시를 말리는 일로 승진됨. 3개월째, 감자 깎는 일로 승진됨. 4개월째, 빵을 자르고 버터를 바르는 직책을 맡게 됨. 5개월째, 물통과 대걸레를 들고 바닥을 청소하는 직책으로 승진됨. 6개월째, 테이블 시중을 드는 일을 맡게 됨. 7개월째, 밝은 용모와 상냥한 태도가 높으신 분의 눈에 들어 간호사들의 시중드는 일로 전격 승진됨! 8개월째, 출세에 약간 지장을 받게 되는 일 발생. 본드 간호사가 웨스트해븐 간호사의 달걀을 먹게 된 것임! 그 둘이 심하게 다투었음! 결국 시중드는 사람이 책임을 지게 되었음. 그런 중대한 문제에서의 근무태만은 아무리 비난을 받아도 지나치다고 할 수 없었음. 다시 물통과 대걸레 신세로 전락! 그야말로 급전직하의 강등이었음! 9개월째, 병실 밖을 청소하는 일로 승진되었고, 거기서 나는 어릴 적 친구인 토머스 베레즈포드 중위(안녕, 토미!)를 만나게 되었음. 그와는 지난 5년간이나 서로 만나지 못했었음. 그 만남은 정말 감격스러웠음! 10개월째, 환자 중 한 명, 즉 앞서 말한 토머스 베레즈포드 중위와 몰래 영화 구경을 갔던 일이 간호부장에게 발각됨. 11개월째와 12개월째, 환자를 시중드는 일이 적격이라고 판명되어 다시 그 일을 맡게 됨. 그 해의 마지막인 한창 전성시대에 병원을 그만두게 되었음. 그 뒤에 유능한 카울리 양은 성공적으로 여러 곳을 전전하다가 어떤 장군을 모시게 되었음. 그 마지막 일이 제일 즐거운 일이었죠. 그분은 정말 멋진 젊은 장군이었어요!"

"대체 어떤 작자였지?" 토미가 물었다.

"육군성에서 사보이 호텔로, 사보이 호텔에서 육군성으로 왔다 갔다 하는 정말 구역질 나는 고급장교였을 테지!"

"그 사람의 이름은 잊어버렸어요." 터펜스가 말했다.

"다시 말해서 그건 내 경력의 정점이었어요. 다음에 나는 정부 청사로 들어 갔죠. 나는 랜드 걸(세계대전 중 노동력 부족을 메우려고 농업에 종사했던 젊은 부녀 자), 집배원, 버스 차장 등을 하며 경력을 쌓을 생각이었는데—그만 휴전이 내 앞길을 가로막았던 거예요! 나는 아무 할 일도 없으면서 여러 달이나 관청에 끈질기게 붙어 있었지만, 결국 잘려나고 말았어요. 그 이후로 줄곧 일자리를 찾아 헤매던 중이었죠. 자, 이젠, 당신 이야기를 들려줄 차례예요."

"내 경력은 그다지 화려한 게 못 된다고 할 수 있지."

토미가 유감이라는 듯이 말했다.

"그리고 별로 다양하지도 못했어. 나는 다시 프랑스 전선으로 가게 되었지. 거기서 다시 메소포타미아 전선으로 보내졌고, 그러고는 두 번째로 부상을 당해 병원으로 후송되었어. 그 뒤 휴전이 성립되기까지 오랫동안 꼼짝 못하고 이집트에 붙잡혀 있다가 결국은 제대하게 되었던 거야. 그러고는 정말 오랫동안, 지겨울 정도로 일자리를 찾아 구두가 닳도록 돌아다녔다고! 하지만 아무데도 일자리가 없었어! 그리고 설혹 일자리가 있었다고 하더라도 나한테는 주지 않았을 거야. 내게 쓸 만한 점이 뭐가 있지? 일에 대해서 내가 아는 게 뭐가 있겠어? 아무것도 없다고."

터펜스는 진지한 표정으로 고개를 끄덕였다.

"식민지에 대해선 어떻게 생각해요?" 그녀가 제안했다.

토미는 고개를 저었다.

"식민지 생활은 내게 맞지 않을 거야. 그리고 식민지 사람들도 나를 환영하지 않을 거라는 사실은 너무도 뻔한 일이고."

"돈 많은 친척은 없어요?"

다시 토미는 고개를 저었다.

"어머, 토미, 뭐 대고모라든가 하는 분도 없단 말이에요?"

"재산이 조금 있는 백부님이 한 분 계시지만, 나한테는 아무런 도움도 못 되지."

"왜 안 된다는 거예요?"

"옛날에 한번 나를 양자로 삼으려고 하신 적이 있었는데, 내가 거절했거든."

"나도 언젠가 그 일에 대해 들은 기억이 있는 것 같아요."

터펜스가 천천히 말했다.

"당신 어머니 때문에 거절했다고……."

토미는 얼굴을 붉혔다.

"맞아, 그게 큰 요인이었다고도 볼 수 있을 거야. 사실 나는 어머니의 전부였거든. 그 노인네는 우리 어머니를 몹시 싫어했어—그래서 나를 어머니한테서 빼앗으려고 했던 거지. 그건 순전히 감정 때문이었어."

"당신 어머니는 돌아가셨죠?" 터펜스가 부드러운 어조로 물었다.

토미는 고개를 끄덕였다.

터펜스의 커다란 회색빛 눈망울이 촉촉하게 젖어들었다.

"당신은 좋은 사람이에요, 토미. 난 그걸 잘 알고 있어요."

"쓸데없는 소리!" 토미는 허둥대며 말했다.

"아무튼, 그게 내 처지야. 정말 절망적인 상황이라고."

"그건 나도 마찬가지예요! 버틸 수 있는 만큼은 버텨 보았어요. 정말 안 다녀 본 데가 없다고요. 구직 광고가 날 때마다 쫓아가 보았고요. 절약하고 절약하고 또 절약했어요! 하지만 소용없어요. 이젠 집으로 돌아가야 할까 봐요!"

"정말로 돌아가고 싶지는 않겠지?"

"물론 돌아가고 싶은 생각은 눈곱만큼도 없어요! 감상적이 된다고 해서 무슨 소용이 있겠어요? 아버지는 좋은 분이에요(난 아버지를 정말로 좋아하지만). 그러나 내가 아버지한테 얼마나 걱정거리였는지 당신은 전혀 짐작도 못할 거예요! 아버지는 짧은 스커트와 담배를 피우는 것조차도 비도덕적이라고 여기시는, 정말 우스울 정도로 고리타분한 빅토리아 시대적 사고방식을 가지신 분이거든요. 내가 아버지한테는 얼마나 두통거리였는지 당신은 아마 상상도 못 할걸요! 전쟁으로 내가 집을 떠나게 되었을 때 아버지는 커다란 안도의 한숨을 내쉬었을 거예요. 집에는 아이들이 일곱이나 있었거든요. 그건 정말 끔찍한 일이에요! 산더미같이 쌓인 집안일과 어머니들 모임! 나는 늘 다리 밑에서 주워온 아이라도 되는 양 천덕꾸러기였죠. 정말 집엔 돌아가고 싶지 않아요. 하지만, 오, 토미, 그밖에 달리 무슨 도리가 있겠어요?"

토미는 서글픈 표정을 지으면서 고개를 저었다. 그들 사이에는 잠시 무거운 침묵이 흘렀다. 그때 갑자기 터펜스가 분통을 터뜨리듯 입을 열었다.

"돈, 돈, 돈! 나는 아침에도, 낮에도, 그리고 밤에도 돈에 대해서만 생각해요! 내가 돈밖에 모르는 여자라고 할지는 몰라도, 그건 어쩔 수 없는 일이라고요!"

"그거야 나도 마찬가지인걸." 토미가 우울한 목소리로 맞장구를 쳤다.

"또한 돈을 벌 수 있는 모든 가능한 방법을 생각해보았어요."

터펜스가 계속 말을 이었다.

"거기에는 오직 세 가지 방법만이 있죠! 돈을 물려받는 것, 돈과 결혼하는 것, 아니면 돈을 버는 것, 이 세 가지예요. 첫 번째 방법은 내겐 해당 사항이 없어요. 나이 많은 부자 친척이라곤 하나도 없거든요. 친척이라고 해야 양로원에서 죽을 날만 기다리는 빈털터리 귀부인들밖에는 없어요! 나는 항상 길을 건너는 노부인을 도와주고 노인네들의 짐도 들어주곤 하는데, 그런 사람들 중에 혹시 신분을 감춘 백만장자들이 있을지도 모르죠. 하지만 내 이름을 물어본 사람은 하나도 없고, 게다가 고맙다는 말조차 하지 않는 사람들이 대다수예요."

잠시 침묵이 흘렀다.

터펜스가 다시 말을 이었다.

"사실 결혼이 나한테는 제일 좋은 수단이라고 할 수 있죠. 나는 어렸을 때 돈 많은 부자와 결혼하겠다고 결심했었어요. 꿈 많은 소녀라면 다 그럴 거예요! 난 결코 감상적인 여자가 아니에요."

그녀는 잠시 숨을 돌렸다.

"이봐요, 당신도 내가 감상적이라고는 말할 수 없을 거예요."

그녀는 날카로운 어조로 덧붙였다.

"물론이지." 토미가 서둘러 맞장구를 쳤다.

"감상적인 것과 당신을 연결해서 생각할 사람은 아마 하나도 없을걸."

"그건 너무 모욕적인 표현인데요." 터펜스가 대꾸했다.

"하지만 아마 당신 말이 맞을 거예요. 그게 사실이니까! 나는 그럴 각오가 되어 있어요. 그렇지만 결코 돈 많은 남자를 만나진 못할 거예요! 내가 아는 남자들은 모두 나처럼 빈털터리들뿐이니까요."

"그 장군이라는 친구는 어때?" 토미가 물어보았다.

"그분은 평화 시에는 자전거 가게나 할 그런 사람 같아요."

터펜스가 시무룩한 어조로 대답했다.

"죄다 그 모양이에요! 당신이라면 돈 많은 아가씨와 결혼할 수 있을걸요."

"나도 당신과 마찬가지야. 돈 많은 여자와는 거리가 너무 멀거든."

"그건 문제가 안 돼요. 당신은 언제든지 그런 여자와 사귈 수 있잖아요. 하지만 나는 어떤 사내가 고급 모피코트를 걸치고 리츠 호텔에서 나오는 것을 보더라도 그에게 달려가서 이렇게 말할 수는 없을 거예요. '여보세요, 당신은 부자시군요. 나는 당신과 사귀고 싶어요.'"

"아니, 당신은 그럼 나라면 그렇게 잘 차려입은 여성한테 다가가서 그런 수작을 붙일 수 있을 거라는 뜻이야?"

"뭐 잘못 말했나요? 당신이라면 그런 여자한테 다가가서 일부러 발을 밟거나, 아니면 그녀의 손수건을 집어주거나 하고도 남을 텐데요 뭐. 만일에 그녀가, 당신이 자기와 사귀고 싶어 하는 모양이라고 생각하게 되면, 그녀는 은근히 꼬리를 치면서 당신에게 수작을 걸어오게 되는 거죠."

"당신은 나의 남자다운 매력을 너무 과대평가하고 있어."

토미가 중얼거리듯 말했다.

터펜스가 계속 말을 이었다.

"하지만 내가 그런 수작을 부린다면, 내 백만장자는 질겁하고 도망칠걸요! 안 돼요. 결혼 작전에는 어려운 점들이 너무나 많아요. 그렇다면 남는 것은, 돈을 버는 길뿐이에요!"

"그건 이미 시도해보았지만, 결국 실패하고 말았잖아?"

토미가 시큰둥하게 한 마디 했다.

"그래요, 우린 정통적인 방법은 모두 시도해보았어요. 하지만 비정통적인 방법을 시도해본다면…… 토미, 한번 모험을 해보는 거예요!"

"그것도 좋은 생각이지." 토미가 쾌활한 목소리로 대꾸했다.

"그런데 어떻게 시작한다지?"

"그게 바로 어려운 점이에요. 우리가 사람들에게 알려지게만 된다면야, 자기들 대신 우리에게 범죄를 저지르도록 고용할지도 모르는 일이죠."

토미가 대꾸했다.

"정말 재미있는 이야기로군. 더군다나 목사님 딸의 입에서 그런 소리가 나오다니!"

터펜스가 즉시 반박하고 나섰다.

"도덕적인 책임은 그들이 지는 것이지, 나한테 죄를 전가할 수는 없을걸요. 당신도 자기가 직접 다이아몬드 목걸이를 훔치는 것과 그걸 훔치도록 고용된 것 사이에는 커다란 차이가 있다는 것을 인정해야 해요."

"하지만 잡히면 결과는 똑같아지는 거라고!"

"그럴지도 모르죠. 하지만 나는 절대 잡히지 않을 거예요. 난 똑똑하거든요."

"당신한테는 겸손한 구석이라고는 조금도 찾아볼 수가 없었으니까."

토미가 일침을 가했다.

"그렇게 놀리지 말아요! 이봐요, 토미, 우리 정말로 한번 시도해보는 게 어때요? 우리 둘이 동업자가 되어서 말이에요?"

"다이아몬드 목걸이를 훔치는 데 동업하자는 소리야?"

"그건 단지 예를 든 것뿐이에요. 그건 그렇고, 당신, 부기할 줄 알아요?"

"몰라. 그런 건 한 번도 해본 적이 없거든."

"난 알아요. 하지만 언제나 혼동이 되어서 차변에 기재할 사항들을 대변에 기재하는 둥, 완전히 뒤죽박죽을 만들어 놓곤 해서 결국은 쫓겨나고 말았지만. 저 말이에요, 우리 합작 모험 같은 거 어때요? 곰팡내가 나는 낡은 그림책을 뒤적이다가 문득 그런 멋진 단어가 머릿속에 떠올랐어요. 거기에는 엘리자베스 시대의 낭만이 깃들어 있어요. 갤리온선(옛날 스페인의 커다란 범선)과 스페인

금화 같은 것들을 생각나게 하잖아요. 합작 모험!"

"'청년 모험가 회사'란 이름 아래 사업을 한다 이건가? 그게 당신 생각이야, 터펜스?"

"한낱 웃음거리에 지나지 않을지도 모르지만, 그래도 난 거기에서 뭔가 매력 같은 것을 느껴요."

"고객이 될 만한 사람들에겐 어떤 식으로 그걸 알릴 생각이지?"

"광고를 내는 거예요." 터펜스가 재빨리 대답했다.

"종이와 연필을 갖고 있죠? 남자들은 대개 그런 걸 가지고 다니더군요. 마치 우리 여자들이 머리핀과 분첩을 가지고 다니는 것처럼."

토미가 좀 낡아 보이는 녹색 수첩을 건네주자, 터펜스는 서둘러 무엇인가를 적기 시작했다.

"이렇게 시작하는 거예요. '젊은 장교, 전쟁에서 두 번씩이나 부상을 당함.'"

"그건 안 돼."

"오, 알았어요, 토미. 하지만 그런 식의 광고는 나이 많은 노처녀를 감동시켜서 당신을 양자로 삼고 싶어 하게 만들지도 모르고, 그렇게 되면 당신은 굳이 청년 모험가가 될 필요도 없게 되는 거 아녜요?"

"나는 남의 양자 같은 건 되고 싶지 않아."

"당신이 그런 문제에 고집이 있다는 사실을 깜박 잊었군요. 당신을 한번 놀려 본 것뿐이에요! 신문에는 그런 종류의 광고들로 가득 차 있거든요. 자, 들어봐요. 이건 어때요? '일을 원하는 청년 모험가 두 사람. 무슨 일이든, 어느 곳이든 기꺼이 갈 것임. 보수만 충분히 받는다면.' 처음부터 그 점을 분명히 밝혀두는 게 좋을 거예요. 그러고는 다음과 같이 덧붙이는 거예요. '합당한 일이라면 결코 마다하지 않겠음.' 이건 아파트에 가구가 딸리는 것과 마찬가지이거든요."

"내 생각에는 아주 무모한 제안이라도 받아들여야 하지 않을까 싶은데!"

"토미! 당신은 정말 천재예요! 그건 정말 멋진 생각이에요. '무슨 일이든 결코 마다하지 않겠음. 다만 돈만 많이 준다면.' 어때요?"

"계속 돈 문제를 거론한다는 것은 좀……, 하지만 아까보다는 좀더 간절하게 보이는 것도 같군."

"내가 느끼는 것만큼 간절하게 보이지는 못할 거예요! 하지만 당신 말이 옳을지도 모르죠. 자, 이제 내가 처음부터 읽어볼게요. '언제든지 고용이 가능한 청년 모험가 두 사람. 무슨 일이든, 어느 곳이든 기꺼이 가겠음. 보수만 충분히 받을 수 있다면 아무리 어려운 제안이라도 결코 사양치 않을 것임.' 만일에 당신이 이런 광고를 본다면 어떤 생각이 들 것 같아요?"

"누가 장난을 쳤거나, 아니면 어떤 정신병자가 쓴 거라는 생각이 들 것 같은데."

"그래도 이건 내가 오늘 아침에 본 '페튜니아'로 시작해서 '베스트 보이'라고 서명이 된 것에 비하면 절반에도 못 미치는 거예요."

그녀는 수첩을 찢어서 토미에게 주었다.

"이건 당신이 할 일이에요. '더 타임스'에 광고를 내도록 하세요. 아무개 사서함 앞으로 하고요. 한 5실링 정도면 충분할 거예요. 여기 내 몫 반 크라운(5실링 은화)이 있어요."

토미는 신중한 표정으로 그 종이를 들여다보고 있었다. 그의 얼굴이 몹시 붉게 달아올랐다.

"정말로 이런 일을 하자는 거야?" 이윽고 그가 입을 열었다.

"진심이야, 터펜스? 이런 우스꽝스러운 일을?"

"토미, 당신은 장난쯤으로 여기고 있군요! 내 그럴 줄 알았어요! 자, 우리 성공을 위해서 건배하기로 해요."

그녀는 차갑게 식은 차를 잔에 따랐다.

"우리의 합작 모험 사업과 그 사업의 번창을 위하여!"

"청년 모험가 회사를 위하여!" 토미가 응수했다.

그들은 잔을 내려놓고 다소 겸연쩍은 웃음을 터뜨렸다. 터펜스가 자리에서 일어섰다.

"이제 내 궁궐 같은 자취방으로 돌아가 봐야겠어요."

"나도 슬슬 리츠 호텔 부근에서 서성거릴 시간이 된 것 같은데."

토미가 싱긋이 웃어 보이며 말했다.

"우리 어디서 만나지? 그리고 언제?"

"내일 12시 정각에 피카딜리 지하철역에서 만나기로 해요. 그 시간이면 괜찮겠어요?"

"이 몸이야 언제고 상관이 있겠습니까마는."

베레즈포드가 아주 우아한 말씨로 대답했다.

"그럼 내일 봐요, 안녕."

"안녕, 내일 봐."

두 젊은이는 작별인사를 하고는 서로 반대 방향을 향해 걸어갔다. 터펜스의 자취방은 남부의 벨그레이비어(런던의 하이드 파크 공원에 이어 있는 상류 주택지구)라고 불리는 고급 주택가에 있었다. 그녀는 경제적인 이유 때문에 버스를 타지 않고 걸어가기로 했다.

세인트 제임스 파크 공원 한가운데쯤 접어들었을 때, 뒤에서 어떤 남자의 목소리가 들려 그녀를 깜짝 놀라게 했다.

"실례합니다만, 아가씨." 그 사람이 말했다.

"잠시만 이야기를 나눌 수 있을까요?"

제2장

휘팅턴 씨의 제안

터펜스는 급히 뒤를 돌아다보았다. 그러나 막 튀어나올 듯 혀끝에서 맴돌던 말은 그 사람의 인상과 태도를 보고는 억지로 눌러 참고, 처음에 본능적으로 느꼈던 경계심을 풀었다.

그녀가 머뭇거리자 그 남자는 마치 그녀의 심중을 간파하기라도 한 듯이 재빨리 말했다.

"무례를 범할 생각은 추호도 없으니 마음을 놓으시기 바랍니다."

터펜스는 그를 믿기로 했다. 비록 그녀는 본능적으로 그가 어딘지 의심스럽고 마음에 들지 않는다고 느꼈지만, 그렇다고는 해도 그녀가 처음에 생각했던 그런 불순한 동기가 그에게는 없는 것 같다고 봐주기로 했다. 그녀는 그 사람을 아래위로 자세히 훑어보았다. 그는 덩치가 큰 사람으로, 깨끗이 수염을 깎은 얼굴에 무겁게 처진 턱을 갖고 있었다. 눈은 작고 교활해 보였는데, 터펜스의 시선을 똑바로 받고는 이리저리 눈동자를 굴리고 있었다.

"무슨 일이신가요?" 그녀가 물었다.

남자는 미소를 지어 보였다.

"나는 우연히 라이언스 식당에서 당신과 그 젊은 분이 나누는 대화를 듣게 되었습니다."

"그게 무슨 상관이 있나요?"

"그런 게 아니라, 사실은 당신에게 일을 좀 부탁할 수 있지 않을까 해서 말이오."

또 다른 추리가 터펜스의 마음속에 불쑥 파고들기 시작했다.

"그래서 여기까지 저를 따라오신 건가요?"

"실례가 되는 줄 알면서도 그렇게 했습니다."

"그런데, 무슨 일로 제가 당신에게 소용될 거라고 생각하신 거죠?"

남자는 주머니에서 명함을 한 장 꺼내어 그녀에게 주었다.

터펜스는 명함을 받아들고는 자세히 살펴보았다. '에드워드 휘팅턴'이라는 이름이 커다랗게 새겨져 있고, 그 밑에 '에스토니아 유리기구 주식회사'란 회사명과 사무실 주소가 적혀 있었다. 휘팅턴 씨가 다시 입을 열었다.

"내일 오전 11시까지 나를 찾아오시면, 그때 자세한 내용을 말해 드리겠습니다."

"11시까지요?" 터펜스가 조심스럽게 물어보았다.

"11시입니다."

터펜스는 마음을 결정했다.

"좋아요, 내일 거기서 뵙죠."

"고맙소, 안녕히 가시오."

그는 화려한 동작으로 모자를 들어 보이고는 그녀에게서 떠나갔다. 터펜스는 그의 뒷모습을 뚫어지게 지켜보며 잠시 그대로 서 있었다. 그러고는 마치 테리어종(種) 개가 몸을 털 듯이 괴상한 동작으로 어깨를 한번 움츠려 보았다.

"벌써 모험이 시작되었는데." 그녀는 혼자서 중얼거렸다.

"저 사람은 나한테 무슨 일을 시키려는 걸까? 궁금한데? 휘팅턴 씨, 당신한테는 뭔가 수상쩍은 점이, 도무지 내 맘에 들지 않는 구석이 있어요. 하지만, 그렇다고 해도 난 당신이 조금도 두렵지가 않아요. 그리고 늘 말했지만, 이건 보장할 수 있어요. 나, 이 꼬맹이 터펜스는 내 몸 하나쯤은 충분히 돌볼 수 있단 말이에요. 아무튼 고마워요!"

그러고는 가볍게 고개를 까닥해 보이고 나서 그녀는 경쾌하게 앞으로 나아갔다. 그러나 좀더 신중히 생각해보고는 방향을 돌려 우체국으로 들어갔다. 그녀는 전보용지를 들고 다시 생각해보았다. 조금만 서두르면 불필요한 5실링의 낭비를 막을 수도 있을 거라는 생각이 들자 그녀는 9펜스의 낭비는 기꺼이 감수하기로 마음을 정했다.

자비로운 정부가 제공해준 거친 펜과 걸쭉하고 검은 당밀 같은 잉크에 속으로 욕을 해대면서 터펜스는 토미가 준 연필을 꺼내어 급히 전보문을 써내려갔다.

'광고를 내지 말 것. 내일 설명해주겠음.'

그러고는 어쩌면 거처를 옮겼을지도 모르는 토미의 그전 주소를 적어 넣었다.

"그가 전보를 받을 수 있을 거야." 그녀는 중얼거렸다.

"좌우간 한번 보내 보는 거야."

그녀는 전보용지를 카운터에 넘겨주고, 발걸음도 가볍게 집으로 향해 가다가 도중에 빵집에 들러 3페니어치의 건포도 빵을 사들었다.

나중에 그녀는 지붕 꼭대기에 있는 조그만 다락방에서 건포도 빵을 씹으며 앞일을 생각해보았다. '에스토니아 유리기구 주식회사'란 뭘 하는 곳이며, 대체 무슨 일에 그녀를 쓰려는 것일까? 즐거운 흥분의 전율이 그녀를 짜릿하게 만들었다. 아무튼 이제는 시골 목사관으로 돌아가는 일은 다시 접어두게 되었다. 아침까지만 해도 그럴 가능성이 컸었는데 말이다.

터펜스는 그날 밤 늦게까지 잠을 이루지 못하고 뒤척이다가 겨우 잠이 들었는데, 휘팅턴 씨가 자기에게 병원의 접시와 너무나도 닮은 에스토니아 유리기구를 닦는 일을 시키는 꿈을 꾸었다!

터펜스가 '에스토니아 유리기구 주식회사'의 사무실이 있는 빌딩에 도착한 것은 11시 5분 전이었다. 약속 시간보다 일찍 찾아간다는 것은 너무 비굴해 보일 것도 같았다. 그래서 터펜스는 거리 끝까지 걸어갔다가 다시 돌아오기로 했다. 11시 정각이 되자 그녀는 건물 안으로 돌진해 들어갔다. '에스토니아 유리기구 주식회사'는 맨 꼭대기 층에 있었다. 엘리베이터가 있었지만 터펜스는 걸어서 올라가기로 했다.

조금 숨을 몰아쉬며 '에스토니아 유리기구 주식회사'라는 간판이 붙은 유리문 밖에서 그녀는 잠시 머뭇거렸다.

문을 두드리자 안에서 들어오라는 소리가 들려, 그녀는 손잡이를 돌리고 조금 지저분해 보이는 조그만 사무실 안으로 들어갔다.

창문 곁에 있는 책상의 높은 걸상에 앉아 있던 중년의 사무원이 그녀에게 찾아온 용건을 물으려는 듯이 다가왔다.

"휘팅턴 씨와 약속을 해두었는데요." 터펜스가 말했다.

"이쪽으로 오십시오."

그는 내실이라고 쓰인 문쪽으로 다가가 노크하고는, 문을 열어 그녀가 들어갈 수 있도록 한옆으로 비켜섰다.

휘팅턴 씨는 서류가 잔뜩 쌓인 커다란 책상 뒤에 앉아 있었다. 터펜스는 그에 대해서 전번에 내렸던 판단이 더욱 확실해지는 듯한 생각이 들었다. 휘팅턴 씨에게는 뭔가 수상한 점이 있었다. 번지르르하게 차려입은 옷차림과 쉴 새 없이 움직이는 눈동자는 도무지 마음에 들지 않는 모습이었다.

그는 그녀를 올려다보면서 고개를 끄덕였다.

"그래, 마음을 정하신 모양이로군요? 좋습니다. 좀 앉으시지요."

터펜스는 그와 마주 보며 의자에 앉았다. 그녀는 오늘 아침에는 유별나게 얌전한 척했다. 휘팅턴 씨가 서류를 정리하는 동안 그녀는 눈을 내리깔고 얌전히 앉아 있었다. 이윽고 그는 서류를 한쪽으로 밀어붙이고는 책상 위로 몸을 기대며 입을 열었다.

"자, 아가씨, 이제 우리 사업에 대해서 의논해봅시다."

그의 널찍한 얼굴이 온통 미소로 뒤덮였다.

"당신은 일을 원하지요? 그렇다면, 당신에게 일거리를 제공하겠소. 100파운드라면 당신의 보수로 만족하시겠습니까?"

휘팅턴 씨는 뒤로 기대어 앉으며, 엄지손가락을 양복 조끼의 양쪽 팔구멍에 끼워넣었다.

터펜스는 눈을 커다랗게 뜨며 그를 바라보았다.

"그런데 어떤 종류의 일이죠?" 그녀가 물었다.

"평범한, 아주 평범한 일이오. 즐거운 여행을 하는 것, 그것이 전부죠."

"어디로 가는 건데요?"

휘팅턴 씨는 다시 미소를 지어 보였다.

"파리입니다."

"오!"

터펜스는 신중하게 고개를 끄덕였다. 그러고는 속으로 생각했다.

'아버지가 이 말을 들었다면 아마 기겁을 하셨을걸. 하지만 어쩐지 이 사람

이 뻔뻔스러운 사기꾼같이 보이지는 않아.'

"그렇습니다." 휘팅턴이 계속 말을 이었다.

"그 이상 즐거운 일이 어디 있겠소? 시계를 잠시, 아주 잠시만 몇 년 전으로 되돌려놓고, 파리에 있는 매력적인 고급 여학교 기숙사에 다시 들어가서는……."

터펜스가 그의 말을 가로챘다.

"기숙사라뇨?"

"그래요, 뇌이이가(街)에 있는 마담 콜롱비에 학교 말이오."

터펜스는 그 이름을 잘 알고 있었다. 그 이상 더 좋은 학교는 없다고 해도 과언이 아니었다. 그녀는 그곳을 다녔다는 미국 친구들을 몇 명 사귄 적이 있었다. 그녀는 머리가 무척 혼란스러워졌다.

"저를 마담 콜롱비에 학교에 보낼 생각이신가요? 얼마 동안이나요?"

"그건 형편에 따라 달라질 수도 있소. 아마도 석 달 정도가 되지 않을까 합니다만."

"그게 전부인가요? 그밖에 다른 조건은 없나요?"

"그밖에는 아무런 조건도 없소. 아가씨는 내가 후견인이 되어 그곳에 들어가게 되는데, 친구들과 어떠한 연락도 취해서는 안 됩니다. 그 기간에는 절대로 비밀을 지켜줘야 합니다. 그런데, 아가씨는 영국인이 맞소?"

"물론이에요."

"말씨에 약간 미국 악센트가 들어 있는 것 같은데?"

"병원에서 근무할 때 제 단짝 친구가 미국인 아가씨였어요. 아마도 그녀한테 영향을 받았을 거예요. 하지만 그건 금방 고칠 수 있어요."

"아니, 그 반대로 그건 아가씨가 미국인으로 행세하는 데 훨씬 도움이 될게요. 영국에서의 지난 생활에 대해 너무 집착하게 되면 오히려 당신의 역할을 수행하는 데 커다란 장애가 될 수도 있습니다. 나는 바로 그런 점이 절대적인 이점이 될 거라고 생각합니다. 그러면 이제……."

"잠깐만요, 휘팅턴 씨! 당신은 마치 제가 동의라도 한 것처럼 말씀하시는군요."

휘팅턴은 깜짝 놀란 것 같았다.

"설마 거절할 생각은 아닐 테죠? 마담 콜롱비에 학교는 일류 기숙학교이고, 또한 정통적인 학교라는 것을 보장할 수 있소. 그리고 그 대가도 아주 후한 편이라고 생각하는데."

"물론입니다." 터펜스가 말했다.

"그건 알고 있어요. 보수는 정말이지 너무 지나칠 정도로 후한 편이라고 할 수 있지요, 휘팅턴 씨. 하지만 제가 무엇 때문에 당신한테 그렇게 많은 돈을 받게 되는 건지 모르겠군요."

"모른다고?" 휘팅턴이 부드럽게 말했다.

"그렇다면 내가 말해주겠소. 물론 나는 당신 말고 다른 사람을 구할 수도 있습니다. 내가 그렇게 많은 돈을 지급하려는 대상은 머리도 꽤 좋고 일도 충분히 해낼 수 있는 마음의 자세가 되어 있는, 그리고 또한 너무 지나치게 많은 사실을 알려고 하지도 않는 젊은 처녀요."

터펜스는 살짝 미소를 지어 보였다. 그녀는 휘팅턴이 자기에게 후한 점수를 준 것 같다고 생각했다.

"또 다른 문제가 있어요. 지금까지는 베레즈포드 씨한테 이 일에 대해서 한 마디도 언급하지 않았거든요. 그는 어떻게 하죠?"

"베레즈포드 씨라니?"

"제 동업자예요." 터펜스는 다소 점잔을 빼며 말했다.

"당신은 어제 우리가 함께 있는 것을 보셨을 텐데요."

"아, 그 사람 말이로군. 하지만 그 사람의 도움은 필요 없을 것 같습니다만."

"그렇다면 이야기는 끝난 거예요!" 터펜스는 자리에서 일어섰다.

"둘이 같이하든가, 둘 다 하지 않든가 예요. 죄송합니다. 하지만 어쩔 수 없군요. 안녕히 계세요, 휘팅턴 씨."

"잠깐 기다려 주시오. 뭐가 문제가 되는 건지 한번 알아나 봅시다. 자, 앉으시오, 미스……." 그는 말을 멈추었다.

터펜스는 교회의 부주교인 아버지를 생각하자 잠시 양심의 가책을 느꼈다.

그녀는 급히 제일 먼저 머리에 떠오르는 이름을 아무렇게나 내뱉었다.

"제인 핀이에요."

서둘러 말하고 나서, 그녀는 간단한 한마디의 말이 가져온 엄청난 효과에 대해 아연실색을 하고 말았다.

그 온화하기만 하던 표정이 휘팅턴의 얼굴에서 게눈 감추듯 삽시간에 사라져 버렸다. 그의 얼굴은 분노로 붉게 물들고, 이마에는 핏줄이 불거져 나왔다. 그리고, 그런 그의 표정 속에는 도저히 믿을 수 없다는 듯 몹시 당황한 기색이 숨어 있었다.

그는 상체를 앞으로 내밀면서 으스스한 어조로 겁을 주듯이 말했다.

"그래, 나와 게임을 하자 이건가, 응?"

터펜스는 비록 가슴이 떨리도록 놀랐지만, 그래도 침착함을 잃지 않았다. 그녀는 그가 무슨 말을 하는 건지 도대체 알 수가 없었으나, 타고난 기지를 발휘하여 끝까지 버텨 보기로 마음먹었다.

휘팅턴이 계속 말을 이었다.

"마치 고양이가 쥐를 희롱하듯 처음부터 나를 데리고 논 거지? 내가 무엇 때문에 아가씨를 필요로 하는 것인지 처음부터 죄다 알고 있으면서도 연극을 한 것이로군, 응?"

그는 이제 냉정하게 가라앉아 있었다. 붉게 달아올랐던 그의 얼굴도 서서히 정상을 되찾고 있었다. 그는 날카로운 눈빛으로 그녀를 쏘아보았다.

"누가 입을 놀렸지? 리타였나?"

터펜스는 고개를 흔들었다. 그녀는 이런 연극을 언제까지 끌어갈 수 있을지 걱정이 되기는 했지만, 그런 중에도 알지도 못하는 리타란 여자를 섣불리 이 일에 끌어들이지 않는 것이 유리할 거라는 사실을 직감적으로 깨달았다.

"아뇨." 그녀는 정말 사실대로 대답했다.

"리타는 나에 대해선 조금도 몰라요."

그의 눈은 여전히 그녀를 꿰뚫을 듯이 쏘아보고 있었다.

"도대체 아가씨는 얼마나 많이 알고 있지?" 그가 소리쳐 물었다.

"사실은 아주 조금밖에 아는 게 없어요."

대답을 하며 터펜스는 휘팅턴의 불안감이 줄어들기는커녕 오히려 더욱 커지고 있다는 사실을 눈치 채고는 마음속으로 어떤 만족감을 느꼈다. 그녀가 제법 많은 사실을 아는 것처럼 보임으로써 그의 마음속에는 불안감이 마치 눈덩이처럼 불어나는 것이었다.

휘팅턴은 아주 험상궂은 표정을 지으며 계속 다그쳤다.

"아냐, 아가씨는 여기까지 찾아와서 그 이름을 들먹일 만큼 많은 것을 알고 있는 거야."

"그건 진짜 제 이름일 수도 있잖아요." 터펜스가 계속 딴청을 부렸다.

"그래, 그런 이름을 가진 여자가 두 명이 있을 수도 있다는 말인가?"

"아니면 우연히 그런 이름이 머릿속에 떠오른 것일 수도 있지요."

터펜스는 자신의 작전이 너무도 잘 맞아떨어진다는 사실에 흥이 나서 계속 밀고 나갔다.

"나를 아예 바보 취급을 하는구먼! 도대체 아가씨는 얼마나 아는 거지? 그래, 얼마를 요구하는 건가?"

그 마지막 말은 터펜스의 상상력을, 특히 형편없는 아침식사와 전날 저녁을 건포도 빵으로 때운 그녀의 상상력을 몹시 자극하는 말이었다. 지금 그녀의 역할은 정당한 모험가라기보다는 오히려 여자 협잡꾼 쪽에 가깝다고 할 수 있었지만, 굳이 그 점을 부인하고 싶지가 않았다. 그녀는 꼿꼿한 자세로 앉아서는 현재의 상황을 완전히 손아귀에 쥔 입장으로서 자신에 찬 미소를 지어 보였다.

"이것 보세요, 휘팅턴 씨, 우린 각자의 수단을 총동원해서 테이블 위에 자기 카드를 펼쳐보이면 되는 거예요. 제발 그렇게 화를 내시진 말고요. 당신도 어제 제가 수단껏 세상을 살아가겠다고 한 말을 들었을 거예요. 바로 지금, 제가 세상을 살아갈 만한 수단이 조금 생겼다는 사실이 입증된 것 같군요! 제가 어떤 이름을 안다는 사실은 인정하지만, 아는 것이 그것뿐일 수도 있어요."

"그럴 테지, 그리고 아닐 수도 있을 테고."

휘팅턴이 그녀를 잡아먹을 듯한 표정을 지으며 말했다.

"당신은 계속 저를 오해하게 하시는군요."

터펜스는 부드럽게 한숨을 내쉬었다.

"아까도 말했지만, 계속 나를 아주 바보 취급하는데, 요점을 말하라고 내 앞에서 그렇게 순진한 척해봐야 소용없어. 아가씨는 지금 털어놓은 것보다 훨씬 많은 것을 알고 있을 테니까."

터펜스는 자신의 뛰어난 임기응변에 대해 속으로 자부심을 느끼며, 부드러운 목소리로 말을 이었다.

"당신 말씀을 굳이 반박하고 싶은 생각은 없어요, 휘팅턴 씨."

"그렇다면 다시 그 문제에 대해서 말해보시지. 얼마를 요구하는 건가?"

터펜스는 곤경에 빠졌다. 지금까지는 휘팅턴을 완전히 바보로 만드는 데 성공했지만, 그렇다고 눈치 챌 정도로 터무니없는 액수를 언급한다면 오히려 의심을 불러일으킬지도 모르는 일이었다. 그때 갑자기 멋진 생각이 그녀의 머리에 섬광처럼 번뜩였다.

"오늘은 서로 안면이나 익히는 것으로 끝내고, 다음에 시간을 내서 그 문제를 더 깊이 있게 의논해보는 것이 어떨까요?"

휘팅턴은 그녀를 집어삼킬 듯이 노려보았다.

"협박하는 건가, 응?"

터펜스는 달콤하게 미소를 지어 보였다.

"오, 천만에요! 그냥 선금조로 얼마만 주시라는 거죠, 어떠세요?"

휘팅턴은 신음소리를 냈다.

터펜스가 달콤한 목소리로 계속 말을 이었다.

"저는 돈을 그렇게 밝히는 편은 아니거든요!"

"아가씨는 정말 적당하게 선을 그을 줄 아는구먼, 정말 훌륭해."

휘팅턴은 험악한 어조로 마지못한 듯 그녀의 교묘한 말솜씨를 칭찬했다.

"아가씨는 나를 완전히 가지고 놀았어. 마치 내 목적에 딱 어울리는 제법 영리하면서도 아주 순진한 아가씨인 것처럼 생각하게 하였으니 말이야."

"인생이란 놀라운 것으로 가득 차 있는 법이죠."

터펜스는 마치 훈계라도 하듯이 말했다.

"어떤 녀석이 입을 놀린 모양이군." 휘팅턴이 계속 말을 이었다.

"아가씨는 리타가 아니라고 했는데, 그렇다면 그건……? 무슨 일이야? 들어와."

아까 그 직원이 조심스럽게 문을 두드리고는 안으로 들어와 무슨 쪽지를 휘팅턴에게 넘겨주었다.

"방금 전화가 왔었습니다, 사장님."

휘팅턴은 그 쪽지를 낚아채듯 받아들며 급히 읽어 보았다. 그의 이마에 깊은 주름이 패었다.

"내가 알아서 처리하겠네, 브라운. 그만 가보게."

그 직원이 방을 나가 문을 닫자, 휘팅턴은 다시 터펜스를 돌아다보았다.

"내일 같은 시간에 다시 만나지. 지금은 좀 바쁘니까. 우선 선금으로 50파운드를 주지."

그는 급히 지폐를 세어서 터펜스 앞으로 던져 주고는, 의자에서 일어나 그녀가 빨리 사라져 주었으면 하는 눈치를 보였다.

터펜스는 딱딱한 태도로 돈을 꼼꼼히 세어보고는 핸드백 속에 얌전히 집어넣고 자리에서 일어났다.

"수고하세요, 휘팅턴 씨." 그녀는 정중하게 인사를 했다.

"안녕히 계시라는 인사 정도는 해야겠죠?"

"물론이오. 안녕히 가시오!"

휘팅턴은 이제 다시 온화한 태도를 거의 되찾은 것 같았는데, 그런 태도가 어쩐지 터펜스에게 불안감을 싹트게 하였다.

"안녕히 가시오, 영리하고 매력적인 아가씨."

터펜스는 가벼운 마음으로 계단을 뛸 듯이 내려왔다. 그녀의 마음속은 뿌듯한 승리감으로 넘쳐 있었다. 이웃 건물에 걸린 시계가 12시 5분 전을 가리키고 있었다.

"어서 토미를 깜짝 놀라게 해주어야지!"

그녀는 혼자서 중얼거리며 택시를 잡아탔다.

그녀는 지하철 역 앞에서 택시를 세웠다. 토미가 막 입구로 들어서려는 참이었다. 그는 눈을 휘둥그레 뜨고는 택시에서 내리는 터펜스 쪽으로 급히 다가왔다.

그녀는 다정한 미소를 지어 보이며, 자랑스러운 목소리로 말했다.

"택시비 좀 내주지 않겠어요, 토미? 나는 5파운드짜리 지폐 말고는 잔돈을 가진 게 없거든요!"

제3장

실패

뭐 그렇게 우쭐거릴 순간도 아니었다. 우선, 토미의 주머니 사정이 거의 한계에 이르렀기 때문이다. 드디어 요금을 치를 때가 되자, 그 귀부인께서는 평범한 2펜스짜리 아가씨로 되돌아갔고, 운전사는 멍청히 온갖 종류의 동전을 손에 든 채, 어서 차를 빼내라는 경관의 성화에 못 이겨 어째서 그 남자가 요금을 치르는 것인지 물어보지도 못하고 그곳을 떠나게 되었다.

"택시 요금을 너무 많이 준 것 같아요, 토미." 터펜스가 순진하게 말했다.

"난 거스름돈을 되돌려줄 줄 알았는데."

이 말은 운전사가 떠나기 전에 해야 했다.

베레즈포드는 애써 기분을 가라앉히고서 입을 열었다.

"제길, 도대체 무슨 일로 택시를 타고 온 거지?"

"내가 늦어서 당신을 기다리게 할까 봐 걱정되어서요."

터펜스가 부드러운 목소리로 말했다.

"걱정했다고, 당신이, 약속 시간에, 늦을까 봐! 와, 세상에, 당신한테 완전히 두 손 들어!"

베레즈포드가 말했다.

"아니에요, 사실이라고요."

"터펜스는 눈을 아주 커다랗게 떠 보이며 계속 말을 이었다.

"나는 정말 5파운드짜리 지폐 밑으로는 가진 잔돈이 없었어요."

"당신은 그럴 듯하게 연기하느라고 했겠지만, 이 말괄량이 아가씨야, 그 운전사는 그런 연기엔 속지 않는다고!"

"그래요." 터펜스가 심각한 목소리로 말했다.

"그 사람은 내 말을 믿지 않을 거예요. 진실을 말하는 데도 믿지 못한다는 것은 정말 이상한 일이에요. 나는 오늘 아침에 그걸 깨달았어요. 자, 우리 점심 먹으러 가요. 사보이 호텔 레스토랑이 어때요?"

토미는 어이가 없는지 싱그레 웃어 보였다.

"리츠 호텔은 어때?"

"다시 생각해보니까, 피카딜리가 더 나은 것 같아요. 여기서 가깝잖아요? 다시 택시를 타지 않아도 되고 어서 가요."

"이건 요즘 새로 유행하는 농담인가? 아니면 당신 머리가 정말 어떻게 된 것 아냐?"

토미가 걱정스러운 듯이 물어보았다.

"마지막 말이 맞았어요. 사실은 뜻밖의 거금이 생겼는데, 아마도 내가 받아들이기엔 그 충격이 너무 컸던 모양이에요. 그런 끔찍한 정신적인 충격을 받았을 때에는 어떤 유명한 의사 말이, 오르되브르(식욕을 돋우기 위해 식사 전에 나오는 음식), 왕새우 튀김, 뉴버그 치킨, 그리고 피치멜바(아이스크림과 복숭아에 리큐르 따위를 섞어서 만든 과자) 등을 닥치는 대로 먹는 것도 좋은 치료법이라고 했어요. 자, 어서 가서 그것들을 먹어치우기로 해요!"

"터펜스, 이 불쌍한 아가씨야, 정말 어떻게 된 거 아니야?"

"오, 믿음이 부족하신 분!" 터펜스는 핸드백을 열어 보였다.

"자, 여길 봐요, 여길, 또 여길!"

"이 철없는 아가씨야, 겨우 1파운드짜리 지폐들을 가지고 뭘 그렇게 허풍을 떨어!"

"이건 1파운드짜리 지폐가 아니에요. 5파운드 지폐 말고도 10파운드짜리 지폐도 있어요!"

토미는 그만 신음소리를 냈다.

"나도 모르는 사이에 내가 술에 취한 모양이로군! 지금 내가 꿈을 꾸는 거야, 터펜스? 아니면, 정말 내가 생생히 존재하는 5파운드 지폐 뭉치를 보고 있는 건가?"

"정말이라니까요. 자, 이래도 점심을 먹으러 가지 않겠어요?"

"가고말고, 어디든지. 그런데 도대체 무슨 짓을 저지른 거야? 은행이라도 털었나?"

"저절로 생긴 거죠. 피카딜리 광장은 정말 끔찍한 곳이에요. 우리를 납작하게 깔아뭉갤 괴물 같은 버스가 나타나고 있거든요. 5파운드 지폐들을 잔뜩 가지고 있으면서 버스에 치여 죽는다는 건 생각만 해도 끔찍한 일이에요!"

"그럴 식당은 어때?" 그들이 무사히 찻길을 건너가자 토미가 물어보았다.

"거기보다 더 비싼 곳으로 가요." 터펜스가 반대했다.

"그건 쓸데없는 낭비야. 좀 싼 데로 가는 게 좋아."

"당신은 내가 가고 싶은 곳이면 어디든지 갈 수 있다는 걸 모르세요?"

"싸구려 식당의 메뉴가 당신 건강을 크게 해치기라도 하는 줄 아는 모양이군? 물론 당신은 그럴 수 있지. 당신만 좋다면야 무슨 문제가 되겠어?"

터펜스의 꿈대로 그들이 요란한 오르되브르가 차려진 테이블에 앉게 되었을 때, 토미가 솟구쳐 오르는 호기심을 더 이상 억누르지 못하고 입을 열었다.

"자, 이제 어떻게 된 건지 말해보시지그래."

카울리 양은 자기가 겪은 일을 모두 말해주었다.

"그런데 이상한 것은, 정말 기가 막히게 그 '제인 핀'이라는 이름이 떠올랐다는 거예요. 사실은 우리 아버지 때문에, 그러니까 별로 떳떳하지 못한 일에 관계하면서까지 내 본명을 밝히고 싶지가 않았거든요."

그녀가 이야기를 끝냈다.

"그거야 그랬을 테지." 토미가 천천히 말했다.

"하지만, 그 이름은 당신이 혼자 지어낸 게 아니었어."

"뭐라고요?"

"그렇다니까. 내가 말해준 이름이야. 생각 안 나? 내가 어제 어떤 두 사람이 '제인 핀'이라는 여자에 대해 말하는 것을 우연히 엿듣게 되었다고 이야기한 게 말이야? 그래서 당신이 기가 막히게 때를 잘 맞춰 그 이름을 꺼내게 된 거라고."

"맞아요, 당신이 그런 말을 한 적이 있었어요. 이제야 생각이 나는군요. 정말 괴상한 일인데……."

터펜스는 말꼬리를 흐렸다. 그러다가 갑자기 큰소리로 그를 불렀다.

"토미!"

"무슨 일이야?"

"그 사람들 어떻게 생겼죠. 당신이 지나치며 보았다는 두 사람 말이에요?"

토미는 미간을 찌푸리며 그들의 모습을 생각해 내려고 애썼다.

"한 사람은 덩치가 크고 뚱뚱한 친구였지. 깨끗이 면도한 얼굴에……, 검은 머리를 했던 것 같은데."

"그게 바로 그 사람이에요."

터펜스가 문법도 무시하고 비명을 지르듯 소리쳤다.

"그게 휘팅턴이에요! 다른 사람은 어떻게 생겼죠?"

"생각이 나질 않아. 나는 그 사람들을 특별히 관심을 두고 살펴본 게 아니었거든. 사실은 그 이름이 좀 이국적이어서 내 주의를 끌었던 거야."

"그래서 사람들은 우연의 일치란 있을 수 없다고 하는 거예요!"

터펜스는 신나는 듯이 피치멜바를 입에 집어넣었다.

하지만 토미의 표정은 진지해졌다.

"이봐, 터펜스 이번 일이 앞으로 어떻게 진행될 것 같아?"

"더 많은 돈이 들어오게 되는 거죠 뭐."

그녀는 당연한 이야기라는 듯이 대꾸했다.

"그건 나도 알고 있어. 당신 머릿속에는 오로지 한 가지 생각밖에 없다는 것을. 내 말은, 다음 단계가 어떻게 될 거냐는 거야. 당신은 이 게임을 어떻게 끌고나갈 생각이지?"

"오!" 터펜스는 스푼을 내려놓았다.

"바로 그거예요. 토미, 그게 바로 어려운 문제예요."

"그 사람을 언제까지고 속일 수는 없는 거야. 틀림없이 조만간 들통나고 말걸. 그것이 앞으로도 계속 약점이 될 수 있으리라고는, 즉 협박의 수단으로 계속 이용할 수 있을지는 정말 의문이란 말이야."

"협박이라니 말도 안 되는 소리예요. 하지만, 더 이상은 말할 게 없는 것 같아요. 사실이지 아는 것도 하나도 없잖아요."

토미가 신중하게 말을 꺼냈다.

"글쎄, 앞으로 어떻게 하지? 휘팅턴은 오늘 아침에는 당신을 쫓아내는 데만 급급했지만, 다음번에는 돈을 내주기에 앞서 좀더 많은 것을 알아내려고 할 게 틀림없어. 그는 당신이 얼마나 많은 것을 알고 있으며, 당신이 알고 있는 정보의 출처가 어디이고, 그 외에 당신으로선 예상할 수도 없는 많은 것을 알아내려고 할 거야. 거기에 대해서는 어떻게 대처할 생각이지?"

터펜스는 이마를 찌푸리며 심각한 표정을 지었다.

"어떻게든 생각해봐야겠어요. 커피 좀 시키세요, 토미. 머리를 좀 자극해야겠어요. 어머나, 세상에! 대체 내가 얼마나 먹은 거죠!"

"당신 스스로가 자청해서 돼지가 된 거잖아. 거기에 대해서는 나도 마찬가지라고 할 수 있지만, 그래도 나는 당신보다는 현명하게 음식을 골라가며 먹었어. 커피 두 잔(이건 웨이터한테 한 말이었다)."

"하나는 터키식으로, 또 하나는 프랑스식으로."

터펜스는 깊은 생각에 잠긴 채 커피를 마시다가 토미가 말을 걸자 한 마디 쏘아붙였다.

"조용히 좀 해요. 난 지금 생각 중이라고요."

"펠먼식 기억법이라도 익힌 모양이로군!"

이렇게 말하고는 토미도 침묵을 지켰다.

"바로 그거예요!" 이윽고 터펜스가 입을 열었다.

"한 가지 계획을 생각해 냈어요. 그 일에 대해 좀더 많은 사실을 알아내는 거예요."

토미가 그녀의 말에 박수를 보냈다.

"그렇게 놀리지 말아요. 우리는 휘팅턴을 통해서 밖에 알아낼 도리가 없어요. 그가 어디에 살고 있으며, 무엇을 하는 사람인지 하나도 빠짐없이 조사해 내야 해요. 하지만 나는 할 수 없어요. 그 사람이 나를 잘 알기 때문이죠. 그렇지만 당신은 라이언스 식당에서 잠깐밖에는 보지 못했거든요. 그는 당신을 알아보지 못할 거예요. 젊은 사람들은 모두 비슷비슷하게 보이는 법이니까."

"그 말에는 도저히 찬성할 수가 없는데. 내 두드러진 외모와 친밀한 표정은 많은 사람 속에서도 금방 눈에 띌 거라고 생각하거든."

"내 계획은 이래요." 터펜스는 고집스럽게 말을 이었다.

"나는 내일 혼자 거길 찾아갈 거예요. 그러고는 오늘처럼 연기할 거고요. 돈을 받지 못하게 된다고 하더라도 그건 문제가 되지 않아요. 50파운드라면 우리가 며칠 동안 쓰기에는 충분하니까 말이에요."

"더 오랫동안 쓸 수도 있지."

"당신은 밖에서 기다려요. 나는 밖으로 나와서도 그가 지켜볼 경우를 생각해서 당신에게 말을 걸지 않을 거예요. 하지만 멀리 가지 않고 근처 어딘가에 숨어 있다가 그가 건물에서 나오면 손수건 같은 걸 떨어뜨리든지 해서 신호를 보낼 테니까, 그때 당신이 나서는 거예요!"

"내가 나서서 어떻게 하라는 거야?"

"아니, 그야 미행하는 거지 뭐겠어요! 내 계획에 대해서 당신은 어떻게 생각하죠?"

"그런 건 소설에서나 볼 수 있는 일이지. 아무것도 하지 않으면서 몇 시간이나 꼼짝 않고 거리에 서 있는 건 바보나 할 짓이잖아? 사람들은 내가 무슨 일 때문에 그러고 있는지 궁금하게 여길 거야."

"시내에서는 그렇지 않아요. 사람들은 저마다 자기 일에 바빠서 그런 데 신경 쓸 겨를이 없어요. 아마, 아무도 당신을 눈여겨보지 않을 거예요."

"또 아까와 똑같은 소리를 하는군. 이번엔 못 들은 걸로 해주겠어. 아무튼 상당히 재미있을 것도 같은데. 당신은 오늘 오후에 뭘 할 생각이야?"

"글쎄요." 터펜스는 신중한 목소리로 말했다.

"모자를 사려고 생각했어요. 아니면 실크 스타킹이라든가! 아니면……."

"그만." 토미가 가로막았다.

"50파운드에도 한계가 있는 거야! 하지만 오늘 저녁만큼은 실컷 먹고 놀아 보자고."

"물론이죠."

그날은 정말 유쾌하게 지나갔다. 밤이 되자 그런 즐거움은 더욱 커졌다. 이제 5파운드 지폐 두 장은 영영 되찾을 수 없게 되었다.

그들은 약속한 대로 다음 날 아침 다시 만나 시내 쪽으로 들어갔다. 토미는 터펜스가 건물 안으로 들어가는 동안 건너편 길에 남아 기다렸다.

그가 거리 끝까지 천천히 걸어 내려갔다가 다시 돌아왔다. 토미가 막 건물과 나란한 지점까지 왔을 때, 터펜스가 허둥지둥 길을 건너 그에게로 돌진해왔다.

"토미!"

"아니, 대체 무슨 일이야?"

"그곳이 문을 닫았어요. 사무실 안에서 아무런 기척도 안 나는 거예요."

"그거 수상한데."

"그렇죠? 나하고 같이 올라가서 다시 한 번 살펴보도록 해요."

토미는 그녀를 따라 올라갔다. 그들이 3층 계단을 지나칠 때 젊은 사무원한 사람이 어떤 사무실에서 나왔다. 그는 잠시 머뭇거리다가 터펜스에게 말을 걸었다.

"혹시 '에스토니아 유리기구 주식회사'를 찾는 건 아닌지요?"

"그렇습니다만."

"그곳은 문을 닫았습니다. 어제 오후부터였죠. 회사가 파산했다고 하더군요. 내가 직접 그 말을 들은 건 아닙니다만. 아무튼 그 사무실은 지금 내놓은 상태라더군요."

"고, 고맙습니다." 터펜스는 더듬거리며 말했다.

"저, 혹시 휘팅턴 씨의 주소 같은 건 알고 계시지 않으요?"

"그건 알 수 없겠는데요. 그 사람들 너무 갑자기 떠나서 말입니다."

"정말 고맙습니다." 토미가 말했다.

"이제 그만 가지, 터펜스"

그들은 다시 거리로 나와서 멍하니 서로 얼굴만 바라보았다.

"완전히 망했군." 이윽고 토미가 말했다.

"나는 전혀 생각도 하지 못했어요." 터펜스가 우는소리로 말했다.

"기운 내, 터펜스, 그건 어쩔 수 없는 일이잖아."

"그야 그렇죠!" 터펜스는 그 조그만 턱을 도전적으로 치켜들었다.

"당신은 이걸로 끝났다고 생각하세요? 그렇다면, 당신이 틀린 거예요. 이제 시작에 불과한 거라고요!"

"무슨 시작?"

"우리의 모험이죠! 토미, 당신 모르시겠어요? 그 사람들이 이런 식으로 순식간에 사라진 것만 봐도 그 제인 핀이라는 여인에게는 뭔가 커다란 비밀이 있는 게 틀림없어요! 우리, 그 일을 끝까지 파헤쳐 보기로 해요. 그들과 맞부딪쳐 보는 거예요! 본격적으로 이번 일을 조사해봐요!"

"그거야 좋지. 하지만 조사해볼 만한 단서가 하나도 없는 걸."

"당연하죠. 그러니까 처음부터 모든 것을 다시 시작해야 한다는 거예요. 연필 좀 빌려 주세요. 고마워요. 잠깐만 기다려줘요. 방해하지 말고 아, 이제 됐어요!"

터펜스는 연필을 돌려주고는 자기가 쓴 것을 만족한 눈으로 다시 한 번 살펴보았다.

"그게 뭐야?"

"광고예요."

"결국 그 일은 포기할 생각인 모양이군."

"아뇨, 그런 게 아니에요." 그녀는 그에게 종이쪽지를 넘겨주었다.

토미는 그것을 큰소리로 읽었다.

"제인 핀과 관계가 있는 정보를 구함. 연락처 Y. A.('젊은 모험가들'의 약자)"

제4장

제인 핀은 누구인가?

다음 날은 지루하게 지나갔다. 불필요한 지출은 줄일 도리밖에 없었다. 조심스럽게 절약을 하면 40파운드만 갖고도 상당히 오랫동안 버틸 수 있을 것 같았다. 다행히도 날씨가 좋아 터펜스 말대로 '돈 안 드는 산책'을 하기에는 안성맞춤이었다. 저녁때는 기분 전환 삼아 변두리에 있는 싸구려 극장을 찾았다.

수요일은 정말 환멸이 느껴질 정도로 지루한 하루였다. 목요일쯤 그 광고가 신문에 나게 되면, 금요일에는 그에 대한 편지들이 토미의 하숙집에 도착하게 될 것 같았다. 그는 편지가 도착해도 혼자서는 절대로 뜯어보지 않기로 신사협정을 맺었고, 터펜스와는 10시 정각에 국립미술관에서 만나기로 약속을 해 두었다. 터펜스는 국립미술관이 처음이었다. 그녀는 붉은 벨벳 시트에 몸을 묻은 채로 터너(1775~1851; 19세기 영국 최대의 풍경화가)의 그림에 시선을 고정하고는 미술관 안으로 들어서는 낯익은 모습을 발견할 때까지 한눈을 팔지 않았다.

"어떻게 되었어요?"

"어떻게 되다니?" 베레즈포드는 놀리려는 듯 되물었다.

"당신 마음에 드는 그림이 어떤 거지?"

"그렇게 너무 놀리지 말아요. 아무런 편지도 오지 않았나요?"

토미는 좀 과장된 표정을 지으며 침울하게 고개를 저었다.

"당신을 실망시키고 싶지가 않았어, 터펜스 만나자마자 그 말을 꺼냄으로써 말이지. 그건 너무 잔인한 일이거든. 그냥 돈만 날려 버린 거야."

그는 한숨을 쉬었다.

"하지만, 너무 실망하지 마. 그 광고는 신문에 나왔어. 그런데, 두 통밖에는 답장이 오지 않았어!"

"토미, 당신은 악마예요!" 터펜스는 거의 고함을 지르듯 소리쳤다.

"이리 줘봐요. 당신, 어쩜 그럴 수가 있죠!"

"제발, 터펜스, 목소리 좀 낮추라고. 국립미술관은 아주 특별한 곳이야. 정부가 운영하는 미술관이란 말이야. 그리고 그 점도 잊지 마, 늘 내가 지적했듯이 제발 좀 목사님 따님답게……."

"그렇담, 나는 배우가 되어야겠군요!" 터펜스가 한마디 쏘아붙였다.

"내 원래 의도는 그게 아니었어. 당신이 몹시 실망에 젖어 있을 때, 내가 친절하게도 완전히 무료로 편지를 내보임으로써 당신을 더할 수 없이 즐겁게 만들어 줄 생각이었거든."

터펜스는 그의 손에서 두 통의 편지를 예의도 무시하고 거칠게 낚아채서는 세심하게 살펴보았다.

"이건 제법 두툼한 종이인데요. 부자가 보낸 것 같아요. 이건 나중에 보기로 하고 다른 것부터 뜯어 봐요."

"좋으실 대로. 하나, 둘, 셋, 시작!"

터펜스는 엄지손가락으로 봉투를 뜯고는 안에 들어 있는 편지를 꺼냈다.

> 오늘 아침 신문에 난 당신의 광고를 보고 혹시 내가 당신에게 도움이 되지 않을까 생각했습니다. 가능하시다면 내일 오전 11시 정각에 위에 적힌 주소로 방문해주시기 바랍니다.
>
> A. 카터

"카셜튼 가든 27번지라." 터펜스가 주소를 읽었다.

"그곳은 글로스터 도로변에 있어요. 지하철을 타고 가면 시간 안에 충분히 도착할 수 있을 거예요."

"그렇다면 필요한 건 행동 계획을 세우는 거로군."

토미가 장난스럽게 말했다.

"이번에는 내가 공격할 차례야. 카터가 있는 곳으로 안내되면 그와 나는 서로 정중하게 아침인사를 나누게 되겠지. 그리고 나서 그가 말할 거야. '자 앉으시죠. 저, 누구시더라?' 그러면 나는 재빨리 엄숙한 어조로 이렇게 말하는 거지. '에드워드 휘팅턴이오!' 그러면 카터가 얼굴을 자줏빛으로 물들이면서 내뱉듯이 말하겠지. '얼마를 요구하는 거요?' 적당한 대가로 50파운드를 주머니에 챙겨 넣고는 길 저쪽에 있는 당신과 다시 만나서, 우리는 다음 주소로 찾아가 같은 일을 반복하는 거지."

"어리석은 소리 하지 말아요, 토미. 다른 편지도 마저 보기로 해요. 어머, 이건 리츠 호텔에서 온 거로군요."

"50파운드가 아니라 이건 100파운드짜리인걸!"

"내가 읽을게요."

당신 광고에 대해서 의논드릴 것이 있습니다. 점심때쯤 방문해주시면 정말 고맙겠습니다.

줄리어스 P. 헤르사이머

"하!" 토미가 탄성을 질렀다.

"어쩐지 독일인 냄새가 나는데? 아니면, 불우한 조상을 가진 미국인 백만장자일까? 그거야 어쨌거나 점심때 방문하기로 하지. 재수가 좋은 날이야. 공짜로 두 번씩이나 식사를 대접받게 되었으니 말이야."

터펜스도 동감이라는 듯이 고개를 끄덕였다.

"먼저 카터란 사람부터 찾아가기로 해요. 서둘러야 할 거예요."

카설튼 지구는 터펜스의 말대로 호화로운 저택들이 늘어선 최고급 주택가였다. 그들이 27번지의 초인종을 누르자, 깔끔한 차림의 하녀가 마중나왔다. 그녀의 모습이 너무 기품이 있게 보여서 터펜스는 주눅이 든 것 같았다. 토미가 카터 씨를 만나러 왔다고 하자, 하녀는 그들을 1층에 있는 서재로 안내하고는 그들을 남겨두고 다시 나갔다. 1분이 여삼추처럼 지루하게 흘렀다. 이윽고 문이 열리며 매같이 날카로운 얼굴에 지친 듯한 표정을 한 키가 큰 남자가 들어왔다.

"Y. A. 씨입니까?" 이렇게 물으며 그는 미소를 지어 보였다. 그의 미소는 정말로 매력적이었다.

"두 분 다 좀 앉으시죠"

그들이 자리에 앉자, 그는 터펜스의 맞은편에 앉으면서 그녀에게 따뜻한 미소를 보냈다. 그의 미소에 담긴 그 무엇인가가 그녀가 가졌던 선입견을 버리도록 하였다.

그가 좀처럼 입을 열 것 같지 않자, 할 수 없이 터펜스가 먼저 말을 꺼냈다.

"우리가 알고 싶은 것은, 그러니까, 선생님이 친절하게도 우리에게 제인 핀에 대해 알고 있는 것을 말씀해주신다고 하셨죠?"

"제인 핀? 아!" 카터 씨는 신중히 생각해보는 것 같았다.

"글쎄요, 문제는 당신들이 그녀에 대해서 무엇을 알고 있느냐 하는 겁니다." 터펜스는 자세를 꼿꼿이 했다.

"저는 그게 무슨 관계가 있는지 알 수 없군요."

"무슨 관계냐고요? 사실은 커다란 관계가 있습니다."

그는 다시 피곤한 표정으로 미소를 지으며 신중하게 말을 이어 나갔다.

"이거 다시 원점으로 돌아가게 되는군요. 당신들은 제인 핀에 대해 무엇을 알고 있습니까?"

터펜스가 아무 말이 없자 그는 다시 말을 이었다.

"당신들이 그런 광고를 낸 이상 무엇인가를 알고 있는 것이 틀림없습니다. 아닌가요?"

그는 상체를 약간 앞으로 내밀고는 피곤한 듯한 목소리로 설득이라도 하려는 듯이 말했다.

"내게 말씀해주신다면……"

카터 씨가 풍기는 분위기에는 뭔가 사람의 마음을 아주 강하게 잡아끄는 것이 있었다. 터펜스는 그런 영향권에서 벗어나려고 무척 애쓰는 것 같았다.

"그럴 순 없어요, 그렇죠, 토미?"

하지만 그녀는 자기 동업자가 자기 말에 동의해주지 않는 것이 정말 뜻밖이었다. 그의 눈은 카터 씨의 얼굴에 고정되어 있었고, 그의 어조에는 평상시와는 전혀 다른 기색이 담겨 있었다.

"감히 말씀드립니다마는, 저희가 알고 있는 보잘것없는 정보는 당신에게 조금도 도움이 되지 못할 것 같습니다, 각하. 하지만 그런 거라도 도움이 된다면 기꺼이 말씀드리겠습니다."

"토미!" 터펜스가 깜짝 놀라며 소리쳤다.

카터 씨는 몸을 돌려 토미에게 의미 있는 시선을 던졌다.

토미는 정중하게 고개를 끄덕여 보였다.

"예, 각하, 저는 즉시 알아보았습니다. 제가 정보부에 있을 때 프랑스에서 각하를 뵌 적이 있었습니다. 각하께서 이 방에 들어오시자 곧 저는……"

카터 씨가 손을 들어 그의 다음 말을 제지시켰다.

"내 이름은 말하지 말게. 나는 여기에서는 카터로 통하고 있으니까. 여긴 내 사촌의 집일세. 그녀는 내가 순전히 개인적인 입장에서 일하는 경우에만 집을 빌려주기로 하고 있거든. 그렇다면, 이제……"

그는 두 사람을 번갈아 돌아보았다.

"누가 나한테 그 이야기를 들려주겠소?"

"빨리 말씀드려, 터펜스." 토미가 그녀를 재촉했다.

"당신이 꾸며낸 이야기잖아."

"좋습니다, 꼬마 아가씨, 어서 털어놔 봐요."

터펜스는 순순히 모든 걸 털어놓았다. 처음에 청년 모험가 회사를 만들기로 한 일에서부터 그동안 있었던 모든 일들을 전부 들려주었다.

카터 씨는 예의 그 피곤해 보이는 듯한 태도로 조용히 그녀의 이야기를 들었다. 가끔씩 그는 터져 나오는 미소를 가리기라도 하려는 듯 손을 입술로 가져가곤 했다. 그녀가 이야기를 끝내자 그는 진지하게 고개를 끄덕여 보였다.

"그렇게 된 것이로군. 하지만 뭔가 의미하는 게 있어. 아주 암시적이라고 할 수 있지. 이런 말을 해서 미안하지만, 자네들은 정말 호기심이 많은 젊은이들이로군. 나는 자신이 없네. 자네들이 다른 사람들이 실패한 일을 성공적으로 해낼 수 있을지는. 하지만 나는 운이라는 것을 믿는 편이지. 자네도 알겠지만, 언제나……" 그는 잠시 멈추었다가 다시 말을 이었다.

"글쎄, 이게 어떨까? 자네들이 모험을 좋아하니까 하는 말인데, 나를 위해 일해 볼 생각은 없나? 물론 완전히 비공식적인 입장에서 말이지. 비용은 내가 대고, 또한 적당한 보수도 주고 말일세?"

터펜스는 멍하니 입을 벌린 채 그를 바라보았다. 그녀의 커다란 눈이 더욱더 커졌다.

"우리가 무슨 일을 하게 되는데요?" 그녀가 제대로 숨도 못 쉬며 물었다.

카터 씨는 미소를 지어 보였다.

"당신이 지금 하는 것을 계속하면 되는 겁니다. 제인 핀을 찾아내는 일."

"알겠어요. 하지만, 제인 핀이 누구죠?"

카터 씨가 진지한 표정으로 고개를 끄덕였다.

"물론, 아가씨라면 그걸 알 자격이 충분히 있다고 생각해요."

그는 뒤로 기대어 앉으며 다리를 포개고는 손가락 끝을 가지런히 모은 채 낮고 단조로운 목소리로 이야기를 시작했다.

"비밀 외교정책(이건 항상 그리 바람직한 정책이라고는 할 수 없지!)까지 거론할 필요야 없겠지. 1915년 어느 날 어떤 문서가 우리에게 전달되어야 했다는 것부터 시작해도 충분하겠군. 일종의 비밀협정, 그러니까 조약 같은 것에 의해서 말이오. 그것은 각국의 대표들이 이미 서명한, 그 당시에는 중립국이었던 미국에서 작성된 문서였소. 그것은 그런 목적을 위해 선발된 특수요원인 댄버스란 젊은 친구가 영국으로 전달하기로 되어 있었지. 결코 정보가 새어나가지 않도록 철저한 보안 속에서 모든 일이 진행되기만 바랐다오. 하지만, 그런 종류의 바람이란 대개는 실망만 맛보게 되는 법이지. 언제나 누군가가 발설하고 말거든!

댄버스는 루시타니아호를 타고 영국으로 오는 중이었소. 그는 그 문서를 기름종이에 싸서 운반하고 있었지. 그건 정말 너무도 운이 없는 항해였소. 그 루시타니아호는 어뢰를 맞고 침몰당했거든. 댄버스는 실종자 명단에 들어 있었지. 나중에 그의 시체는 어떤 해변에서 발견되었고, 그것이 그의 시체였다는데 의문의 여지가 없었다오. 그런데, 기름종이에 싸인 문서는 발견되지 않았지!

따라서 누군가가 그것을 그에게서 빼내 간 것이냐, 아니면 그가 직접 누군가에게 대신 맡긴 거냐 하는 것이었지. 그런데 나중 이론이 더 가능성이 클 거라는 것을 보여주는 몇 가지 증거들이 있었소. 그 배가 어뢰에 맞은 뒤 구명보트를 끌어내리는 동안에 댄버스가 어떤 젊은 미국인 처녀와 이야기를 나누는 것이 목격된 것이었지. 아무도 실제로 그가 그녀에게 무엇인가를 넘겨주는 것은 보지 못했지만, 그렇다고 해도 그렇게 되었을 가능성은 충분히 있다고 보였다오. 내 생각에는, 그가 그 문서를 그 여인에게, 즉 여자이기 때문에 문서를 안전하게 육지까지 운반할 기회가 자기보다는 훨씬 많을 거라고 생각하고 그것을 맡겼을 가능성이 아주 클 것이라 봅니다.

만일 그렇다고 한다면 그녀는 어떻게 되었고, 또한 그 문서는 어떻게 처리했을까? 나중에 미국 측에서 알아본 바로는 댄버스가 줄곧 미행당했을 가능성이 있다는 겁니다. 그렇다면 그 여인은 적과 한 패거리였을까? 아니면, 그녀가 직접 그를 미행하다가 무슨 계교를 썼든가, 혹은 강제로 문서를 빼앗은 것일까?

우리는 그녀에 대해서 조사해보았소. 그건 예상 외로 어려운 작업이었지. 그녀의 이름은 제인 핀이라고 했고, 또한 루시타니아호의 생존자 명단에도 들어 있었는데, 그녀의 실체는 마치 안갯속에 감춰지듯이 완전히 사라져 버린 것 같으니…… 그녀의 내력에 대한 조사도 우리에게 별로 도움이 되지 못했소. 그녀는 고아 출신인데, 미국 서부에 있는 어느 조그만 학교에서 교편을 잡고 있었지. 그녀의 여권은 최종 목적지가 파리로 되어 있었고, 거기에서 어떤 병원의 직원과 만날 예정이었다오. 루시타니아호의 생존자 명단에 그녀의 이름이 들어 있는 것을 본 병원 직원은 그녀가 자원봉사 일을 신청하고서도 병원에 도착하지 않은 것에 대해 크게 실망했었지. 게다가, 그녀로부터 아무런 연락도 없고 말이오.

그래서 우리는 그 젊은 여성을 찾기 위해 모든 노력을 기울여 보았지만, 결국 모든 노력이 허사로 돌아가고 말았소. 우리는 그녀의 흔적을 좇아 아일랜드까지도 가보았지만, 그녀가 영국에 발을 내디딘 이후로 그녀에 대한 소식은 전혀 들을 수가 없었던 거요. 사실 그 비밀협정은 쓸모없어진 것이었지. 전쟁을 아주 쉽게 끝낼 수 있는 내용이긴 했지만 말이오. 그래서 결국엔 댄버스가 그것을 없애버린 거라는 결론에 이르게 되었소. 전쟁은 새로운 국면으로 접어들게 되었고, 따라서 외교적인 상황도 변하게 되었으며, 그 협정은 다시 맺을 수 없게 되었거든. 그런 일이 있었다는 것에 대한 소문조차도 강력하게 부인

되었소. 제인 핀이 사라진 일도, 또한 그것과 관련된 모든 일이 전부 망각 속으로 사라졌던 거지."

카터 씨가 잠시 말을 멈추자 터펜스가 참지 못하고 불쑥 물었다.

"그런데, 어째서 그 일을 다시 들추어내는 거죠? 전쟁은 이미 끝났는데 말이에요."

갑자기 카터 씨의 표정에 경계의 기색이 떠올랐다.

"왜냐하면 그 문서는 아무래도 파괴되지 않은 것 같고, 또한 그것이 지금 발견된다면 다시 새롭고 치명적인 결과를 가져올 수도 있기 때문이라오."

터펜스가 망연히 쳐다보자, 카터 씨는 고개를 끄덕였다.

"그래요. 5년 전에는 그 비밀문서가 우리 손에 있는 무기였는데, 지금은 반대로 그 무기가 우리를 겨냥하는 것이라오. 그것은 엄청난 실책이었지. 만일에 그 사실이 일반에게 알려지게 된다면, 그건 끔찍한 재앙을 뜻하는……, 어쩌면 또 다른 전쟁을 불러일으킬 가능성도 있는 거요. 이번에는 독일과의 전쟁이 아니고 말이오! 그것은 극단적인 가능성이고, 나 역시 그런 일이 일어나리라고는 생각하지 않지만, 그래도 그 문서에는 의심할 것도 없이 수많은 정치가가 연루된 게 확실합니다. 노동당의 좋은 이미지로도 그건 도저히 어찌해볼 수 없을 테고, 그런 상황에선 노동당 정부는 영국의 대외정책이 심각한 무능력 상태에 빠지게 될 거라고 생각합니다. 하지만, 그것도 정말로 위험한 사태에 비하면 아무것도 아니라고 할 수 있지요."

그는 잠시 멈추었다가 다시 침착한 목소리로 말을 이었다.

"당신들도 아마 들어보았을 거요. 볼셰비키주의자들이 요즈음 일고 있는 노동 분쟁을 배후에서 조종하고 있다는 것을 말이오."

터펜스가 고개를 끄덕여 보였다.

"그런 실정이오. 볼셰비키주의자들의 자금이 커다란 혁명을 일으키려고 이 나라에 쏟아져 들어오는 형편이오. 그리고 또 어떤 인물이 있는데, 그자가 자신의 목적을 위해 어둠 속에서 암약하는 겁니다. 하지만, 그자의 정체는 밝혀지지 않았소. 노동자 소요의 배후에는 볼셰비키주의자들이 있고, 그 볼셰비키주의자들 배후에는 바로 그자가 있는 거지. 그렇다면 과연 그자는 누군가? 우리는 아직 모르고 있소. 그자는 통상 '브라운'이라는 이름으로 알려졌지. 하지만 한 가지 분명한 사실은, 그자가 바로 이 시대 범죄의 우두머리라는 겁니다. 그는 방대한 조직을 통제하고 있소. 전쟁 중 평화시위의 대부분은 그에 의해 조직되어 자금이 조달되었지. 그의 첩자들은 없는 데가 없어요."

"귀화한 독일인입니까?" 토미가 물었다.

"그 반대로 나는 그가 영국인이라고 믿을 만한 여러 가지 근거를 가지고 있네. 그는 독일 옹호론자였을 수도, 또한 보어인(남아프리카의 네덜란드 이주민) 옹호론자였을 수도 있지. 그는 우리가 상상할 수는 없는 것, 아마도 최고 권력, 역사상 유일무이한 권력을 쥐고자 획책하는 걸세. 우리는 그의 정체에 대해서 한 오라기의 단서조차 잡지 못한 형편이지. 그를 따르는 추종자들조차 그의 정체에 대해서 모르고 있다고 한다네. 어쩌다가 우리가 그의 흔적을 발견한다고 하더라도 그는 늘 제2의 신분을 준비해 두는 것이지. 다른 자가 그 사람 대리 역할을 맡은 것처럼 보이게 하는 걸세. 하지만 나중에 우리는 평범하고 보잘것없어 보였던 하인이나 사무원이 바로 보이지 않는 배후에 숨어 있는 그자라는 사실을 알게 되지만, 그때는 이미 그 여우 같은 브라운은 우리 손을 빠져나간 뒤지."

"어머나, 세상에!" 터펜스는 펄쩍 뛰듯이 의자에서 일어났다.

"무슨 일이지?"

"그러니까 제가 휘팅턴의 사무실에 있을 때, 그 직원, 휘팅턴이 그를 브라운이라고 불렀어요. 그렇다면……?"

카터는 신중하게 고개를 끄덕였다.

"그것도 가능한 일이라고 할 수 있지. 하여간 특이한 점은, 그 이름이 일상적으로 언급되고 있다는 거요. 정말로 천재적인 수법이지. 아가씨는 그의 얼굴을 기억하고 있소?"

"아뇨, 별로 주의해서 보지 않았거든요. 그는 아주 평범한, 흔히 볼 수 있는 사람이었어요."

카터 씨는 피곤한 표정으로 한숨을 내쉬었다.

"그것이 바로 브라운이란 작자의 본 모습일 텐데! 그자가 휘팅턴이란 사람에게 전화 쪽지를 가져왔다고? 아가씨는 바깥 사무실에 전화가 있는지 보았소?"

터펜스는 잠시 생각해보았다.

"아뇨, 보지 못한 것 같아요."

"그럴 테지. 그 쪽지라는 것이 바로 브라운이란 인물이 자기 부하에게 명령을 전달하는 방법이었을 거요. 물론 그는 대화를 모두 엿들은 것일 테고 휘팅턴이란 사람이 아가씨에게 돈을 건네준 다음에, 다음 날 다시 찾아오라고 했다고요?"

터펜스는 고개를 끄덕였다.

"맞아, 틀림없이 그자는 브라운의 부하일 거야!"

카터 씨는 잠시 숨을 돌렸다.

"아무튼 당신들이 지금 상대하는 자가 어떤 상대인지나 알고 있소? 아마도 이 시대의 가장 뛰어난 범죄 두뇌일 거요. 나는 영 마음이 놓이질 않는구먼. 당신들은 둘 다 너무 젊어. 나는 당신들에게 무슨 위험이 닥치는 것을 원치 않는다오."

"절대로 그렇지 않을 거예요." 터펜스가 아주 자신 있게 말했다.

"제가 잘 돌보겠습니다, 각하." 토미가 말했다.

"나도 당신을 보살펴 줄 거예요."

터펜스가 자기를 여자라고 무시하는 듯한 토미의 말에 화를 내면서 한 마디 쏘아붙였다.

"아무튼 간에 서로서로 돌봐주어야 하네."

카터 씨가 미소를 지으며 말했다.

"자, 이제 다시 본론으로 돌아가세나. 비밀문서에는 아직도 우리가 상상도 못하는 극히 위험한 내용이 들어 있어. 우리는 그것 때문에 지금까지 한시도 마음을 놓을 수가 없었다네. 그것이 그들의 손에 들어 있는 것이 분명하고, 또한 결정적인 시기에 그것을 세상에 공표할 계획을 세운다면 그것은 바로 붉은 혁명을 일으킬 수 있는 결정적인 요소가 되는 것이지. 반대로, 그들은 그 일을 꾸미는 데 많은 결점을 안은 것도 사실이라네. 정부는 그 문서의 역할에 대해 순전히 허장성세에 지나지 않는다고 보고, 그런 판단이 옳건 그르건 간에 완전히 부인하는 정책으로 일관해 왔네. 하지만 나는 그렇게 자신할 수가 없어. 그 이유는, 모종의 희미한 낌새 같은 것이 느껴지고 있기 때문일세. 그것은, 그 위협이 진짜일 수도 있다는 것을 보여주는 것 같거든. 여러 가지 상황으로 봐서 그들이 그 문서를 손에 넣었을 가능성이 아주 큰데, 그런데도 그것을 해독하지 못하는 것은 그것이 암호로 되어 있기 때문일까. 하지만 우리는 비밀문서가 암호 같은 것으로 되어 있지도 않으려니와 또한 암호 같은 것으로 작성될 수도 없었다는 것을 잘 알고 있거든. 그래서 그런 이론은 성립되지가 않지. 하지만 틀림없이 뭔가가 있어. 물론 제인 핀이 우리가 아는 것처럼 죽었을지도 모르지. 그러나 난 그렇게 생각하지 않네. 이상한 것은, 그들도 그 여인에 대한 정보를 우리에게서 알아내려고 애쓰고 있다는 사실일세."

"뭐라고요?"

"그렇다네. 한두 가지 사소한 사실들이 밝혀졌거든. 그리고 바로 이 꼬마 아가씨의 이야기가 그런 내 생각을 확고하게 해주었지. 그들은 우리가 제인 핀을 찾고 있다는 것을 알고 있어. 그들은 자기들 손으로 제인 핀을 만들어 내려는 것 같아. 파리에 있는 기숙학교에 대한 이야기로 미루어 볼 때 그건 틀림없다고 볼 수 있지."

터펜스가 침을 꼴깍 삼키자, 카터 씨가 미소를 지어 보였다.

"그녀가 어떻게 생겼는지 아는 사람이 아무도 없기 때문에 그건 아무런 문제도 없어. 그녀를 거짓으로 꾸며놓고는, 진짜 목적은 우리에게서 가능한 한 더 많은 정보를 알아내려는 거야. 이해가 가나?"

"그렇다면 당신 생각은……."

터펜스는 그런 생각에 잠시 숨이 막혔다가 다시 말을 이었다.

"그들이 저를 파리로 보내려던 것은 제인 핀으로서였다는 말씀인가요?"

카터 씨는 더욱더 지친 표정으로 미소를 지어 보였다.

"나는 우연의 일치라는 것을 믿고 있소"

제5장

줄리어스 P. 헤르사이머

"글쎄요." 터펜스는 침착성을 되찾으며 말했다.

"그렇게 말씀하시니까 정말 그런 것도 같네요."

카터는 고개를 끄덕여 보였다.

"아가씨가 무슨 말을 하는지 나도 알아요. 나는 좀 미신적인 사람이거든. 행운이라든가, 뭐 그런 것들 말이지. 운명의 여신이 아가씨를 이번 일에 끼어들도록 선택한 것 같소."

토미가 참지 못하고 킬킬거렸다.

"세상에! 터펜스가 불쑥 그 이름을 꺼냈을 때 휘팅턴이란 작자가 얼마나 놀랐을지 상상이 갑니다! 제가 너무 실례를 한 것 같군요. 저, 각하, 저희가 너무 시간을 많이 빼앗았나 봅니다. 혹시 저희가 돌아가기 전에 달리하실 말씀은 없는지요?"

"글쎄, 별로 없는 것 같은데. 우리 전문가들은 지나치게 도식화된 방법으로 일을 추진해서 그런지, 그간 실패를 거듭해 왔다네. 하지만 자네들은 아무런 편견 없이 마음껏 상상력을 발휘해서 일을 추진하리라 믿네. 설혹 일이 제대로 풀려나가지 않는다고 하더라도 낙심하지 말고 지나친 욕심은 금물이라고 할 수 있거든."

터펜스는 이해가 안 된다는 듯이 이마를 찌푸렸다.

"아가씨가 휘팅턴과 만나서 대화를 나누고 있을 때, 그들은 이미 시간에 쫓기고 있었을 거요. 나는 커다란 소요가 내년 초에 계획되어 있다는 정보를 가지고 있는데, 정부는 그 스트라이크 위협에 효과적으로 대처할 수 있는 입법적인 행동을 고려하고 있어요. 그들도 곧 눈치 챌 테지만, 만일 그들이 대비하지 못하고 있다면 치명적인 타격을 입게 될 가능성이 있지요. 물론 우리로서야 그렇게 되기를 바라고 있지만 말이오. 그들이 계획을 마무리 짓기에 필요한 시간이 촉박해졌거든. 당신들에게 많은 시간이 주어지지 않았으니, 설사 실패한다고 해도 너무 실망할 필요는 없다는 거요. 그건 그리 쉽지가 않은 일이거든. 내가 하고 싶은 말은 이게 전부요."

터펜스가 의자에서 일어났다.

"제 생각에는 사무적인 문제를 분명히 밝혀두어야 할 것 같은 데요. 우리는 각하에게 무엇을 기대할 수 있는 거죠, 카터 씨?"

카터 씨의 입술이 약간 꿈틀거렸지만, 그냥 간단명료하게 대답해주었다.

"합당한 보수, 필요한 모든 정보의 제공. 반면에 공적인 문제에 대한 보장은 전혀 해줄 수가 없소. 내 말은, 만일에 당신들이 경찰과 무슨 말썽이 생기더라도 나는 공적인 도움을 줄 수가 없다는 겁니다. 당신들 문제는 당신들 손에서 해결해야 한다는 말이오."

터펜스는 알겠다는 듯이 고개를 끄덕였다.

"그건 잘 알겠어요. 나중에 생각해보고 알고 싶은 정보들을 모두 적어 드리겠어요. 지금은, 돈 문제에 대해서……."

"알겠소, 터펜스 양. 그래 얼마나 받았으면 좋겠소?"

"그건 잘 모르겠군요. 당분간 쓸 자금은 어느 정도 있지만, 만일 더 많은 자금이 필요하게 되면 그때 가서……."

"아가씨 좋을 대로 해요."

"좋아요. 하지만, 저는 사실 선생님이 관계하고 계시는 한 정부에 대해서 무례를 범하고 싶지는 않지만, 정말 아셔야 할 것은 정부한테 뭘 한 가지라도 얻어내려면 끔찍하게 시간이 걸린다는 사실이에요! 만일 우리가 정말 필요해서 청구서를 보냈는데 한 3개월 뒤에 가서, 그것도 당장 현금화할 수 없는 어음 같은 걸 보내준다면……, 글쎄요, 그건 아무짝에도 쓸모없는 것이 되지 않겠어요?"

카터 씨는 참지 못하고 웃음을 터뜨렸다.

"걱정 말아요, 터펜스 양. 아가씨는 나한테 개인적으로 청구서를 보내요. 그러면 돈은 수표로, 우편지급환으로 즉시 보내주겠소. 보수는 1년에 300파운드로 하면 어떨까? 물론 베레즈포드한테도 같은 액수로 하고."

터펜스는 다정한 눈길로 그를 바라보았다.

"정말 멋져요. 선생님은 친절하신 분이세요. 저는 돈을 사랑한답니다! 우리가 쓰는 비용은 빠짐없이 장부에 기록할 거예요. 대변, 차변을 잘 맞추어서 오른쪽에다 잔액을 표시하고 총액 밑에는 빨간 줄로 사선을 그어서 마감하고요. 저는 정말 잘할 수 있을 것 같아요."

"아가씨는 잘할 거요. 그렇다면 이제 그만 작별을 해야겠군. 둘 다 일이 잘 되기를 빕니다."

그들은 그와 작별하고, 잠시 뒤 현기증을 느끼며 카설튼 주택가의 27번지 계단을 내려서고 있었다.

"토미! 그 카터 씨란 분은 대체 어떤 사람이죠?"

토미는 그녀의 귀에 대고 어떤 이름인가를 말해주었다.

"오!" 터펜스가 감탄사를 터뜨렸다.

"그분은, 터펜스, 해군 소장이야!"

"오!" 터펜스가 다시 감탄했다. 그러고는 신중한 어조로 덧붙였다.

"나는 그분이 맘에 들어요. 당신은 어때요? 겉으로는 몹시 따분하고 피곤해 보이지만, 실은 강철처럼 예리하고 차가운 이지가 번뜩이는 내면을 감추고 있다는 사실을 느낄 수가 있거든요. 오!"

그녀는 갑자기 발을 굴렀다.

"나 좀 꼬집어 줘요, 토미. 어서요. 나는 도무지 실감이 나질 않아요!"

베레즈포드는 그녀 소원대로 해주었다.

"아야! 그만, 그 정도면 됐어요! 그래요, 우린 지금 꿈을 꾸는 것이 아니에요. 우린 일자리를 얻은 거라고요!"

"게다가 아주 멋진 일자리지! 합작 모험은 이제야말로 정말 본격적으로 시작된 거야."

"이건 내가 상상했던 것보다 훨씬 멋진 일이에요."

터펜스가 신중한 표정으로 말했다.

"당신의 범죄 계획에 말려들지 않게 된 것도 정말 다행이지! 몇 시나 되었나? 우리 점심이나……, 저런!"

그들은 동시에 같은 생각을 했다. 토미가 먼저 입을 열었다.

"줄리어스 P. 헤르사이머!"

"우린 카터 씨에게 그 이야기를 하지 않았어요."

"글쎄, 뭐 사실 할 이야기도 별로 없었지. 아직 그를 보지도 못했으니까. 자, 택시를 타는 것이 좋겠어."

"그것은 낭비가 아닌가요?"

"모든 비용은 나중에 다시 받을 수 있다는 것을 잊지 말라고. 어서 뛰어."

"그래요, 이렇게 택시를 타고 쳐들어가는 게 더욱 효과적일 거예요."

터펜스가 기분 좋게 택시 쿠션에 기대어 앉으며 말했다.

"협박범들은 결코 버스를 타고 가는 법이 없거든요!"

"우린 이젠 협박범 노릇은 그만둔 거야." 토미가 한 마디 일러 주었다.

"난 아직은 단정할 수가 없어요." 터펜스가 음침하게 말했다.

헤르사이머를 찾자, 그들은 곧 그의 방으로 안내되었다. 호텔 보이가 문을 두드리자 안에서 들어오라는 소리가 들렸고, 보이는 그들이 들어갈 수 있도록 한쪽으로 비켜섰다.

줄리어스 P. 헤르사이머는 토미나 터펜스가 생각했던 것보다 너무나도 젊은 사람이었다. 그는 많아야 서른다섯 아래로 보였다. 중간 키에 딱 벌어진 체격을 하고 있었다. 게다가, 싸움을 좋아하는 듯한 기질이 엿보이는 호쾌한 얼굴이었다. 악센트가 약간 특이한 데가 있기는 했지만 누가 봐도 영락없는 미국인이었다.

"내 편지를 받으셨습니까? 앉으시지요. 그리고 어서 내 사촌누이에 대해 알고 계신 것을 말씀해주십시오."

"당신 사촌누이라고요?"

"물론이죠. 제인 핀 말입니다."

"그녀가 당신의 사촌누이인가요?"

"그녀의 어머니가 내 부친의 누이였으니까, 나에게는 고모님이 되시죠."

헤르사이머가 좀스러울 정도로 자세하게 설명해주었다.

"어머!" 터펜스가 탄성을 질렀다.

"그렇다면 당신은 그녀가 어디 있는지 아시겠군요?"

"아니오!" 헤르사이머는 주먹으로 쾅하고 테이블을 내리쳤다.

"내가 알고 있다면 얼마나 좋겠습니까, 예?"

"우리는 정보를 얻고자 광고를 낸 것이었지, 제공하려고 내지는 않았어요." 터펜스가 쏘아붙이듯이 말했다.

"나도 그건 알고 있습니다. 나도 글을 읽을 줄 아니까요. 하지만 나는 당신들이 알고 싶어 하는 게 그녀의 과거가 아닐까 생각했는데, 그렇다면 당신들도 그녀가 지금 어디에 있는지 모르시겠군요?"

"우리는 그녀의 과거에 대해 듣고 싶은 마음은 없다고 할 수 있겠는데요." 터펜스가 조심스럽게 말했다.

헤르사이머는 갑자기 의심이 솟구친 모양이었다.

"이것들 보시오." 그가 소리를 질렀다.

"여긴 시칠리아 섬(이탈리아 남쪽 섬으로, 미국 마피아의 본거지)이 아니오! 그녀의 귀를 보여주고서 나를 위협한다거나 몸값을 요구할 생각은 마시오! 여긴 영국이라 그따위 어리석은 짓거리는 통할 리도 없고, 또한 나는 저기 피카딜리 광장에 서 있는 멋진 영국 경찰관을 소리쳐 부를 수도 있어요."

토미가 당황하며 급히 자신들의 입장을 설명해주었다.

"우린 당신 사촌누이를 납치한 것이 아닙니다. 그 반대로, 그녀의 행방을 찾는 중입니다. 우리는 누군가의 부탁을 받고 그 일을 하는 겁니다."

헤르사이머는 뒤로 기대어 앉았다.

"어찌 된 일인지 내게 말씀해주십시오."

토미는 제인 핀이 실종된 일과 그녀가 자신도 모르게 '모종의 정치적인 사건'에 휘말려 들었을 가능성에 대해서 조심스럽게 설명해주었다. 그는 터펜스와 자신이 일종의 '사립 조사기관'으로서 그녀를 찾도록 의뢰받았다는 사실을 넌지시 밝힘과 아울러, 헤르사이머가 그녀에 대해 자세히 말해준다면 정말 고맙겠다는 말을 덧붙였다.

그는 무슨 말인지 알겠다는 듯이 고개를 끄덕여 보였다.

"그거야 당연한 말씀이지요. 내가 너무 성급했던 것 같습니다. 런던이란 곳은 정말 나를 짜증스럽게 만들거든! 무엇이든 물어보시면 내 기꺼이 대답해 드리겠습니다."

이 말에 젊은 모험가들은 잠시 긴장이 되는 것을 느꼈으나, 터펜스는 곧 정신을 차리고는 대담하게도 옛날에 읽었던 추리소설의 내용을 떠올리며 질문을 시작했다.

"그러니까, 당신 사촌누이를 마지막으로 본 게 언제였나요?"

"그녀를 한 번도 본 적이 없답니다." 헤르사이머가 대답했다.

"뭐라고요?" 토미가 놀란 목소리로 물었다.

헤르사이머는 그를 돌아다보았다.

"그렇습니다. 아까도 말씀드렸지만, 나의 부친과 그녀의 어머니는 당신들 사이처럼 남매간이었지요."

(토미는 그의 생각에 대해 굳이 부인하지 않았다.)

"하지만 그분들은 사이가 무척 나빴답니다. 고모님이 제멋대로 서부의 가난한 학교 선생님이었던 에이모스 핀과 결혼하자, 내 부친께서는 몹시 노했던 거죠. 아버지는 정당한 수단으로 재산을 모았다고 말씀하셨지만, 고모님은 절대 그 말을 믿지 않았답니다. 아무튼 제인 고모님은 서부로 떠나셨고, 그 뒤로 영 소식이 끊기고 말았던 거죠. 그 뒤 부친은 계속 부(富)를 쌓아갔습니다. 석유 사업에도 투자하고, 강철 사업에도 투자하고, 철도 사업에도 약간 손을 댔다가 급기야는 월 스트리트(뉴욕시의 증권가)에까지 손을 뻗쳤던 겁니다!"

그는 잠시 숨을 돌렸다.

"이윽고 아버지가 돌아가시고, 내가 재산을 물려받게 되었습니다. 그러고는 아마 짐작하셨을 테지만, 나도 사람의 도리를 깨닫게 되었던 겁니다! 내 마음 속에서 이런 목소리가 들렸던 거죠. '서부로 떠나신 제인 고모님은 과연 어떻게 되었을까?' 나는 걱정이 되었습니다. 에이모스 핀 고모부는 결코 많은 재산을 모으진 못했을 거라는 생각이 들더군요. 그분은 돈을 벌 만한 사람이 못 되었거든요. 그래서 마침내 나는 사람을 고용해서 고모님의 소식을 수소문해 보았지요. 그 결과, 고모님도 에이모스 핀도 모두 돌아가시고, 그분들 사이에

난 딸 제인은 파리로 가는 도중에 어뢰를 맞고 침몰한 루시타니아호에 타고 있었다는 사실을 알게 되었습니다. 그러나 그녀가 구출된 것은 분명한데, 그 이후로는 전혀 그녀의 소식을 들을 수가 없다는 것이었죠. 나는 그들이 제대로 일하지 않는 것 같아서 내가 직접 건너와 알아봐야겠다고 마음먹게 된 겁니다. 먼저 나는 런던경시청과 해군성에 문의해보았지요. 해군성에서는 나를 상당히 격분시켰지만, 런던경시청 사람들은 아주 친절해서 기꺼이 조사해보겠다고 하고는, 오늘 아침 사람까지 보내어 그녀의 사진을 가져갔답니다. 나는 내일 파리로 건너가서 그쪽 경시총감을 만나볼 생각입니다. 이쪽저쪽에서 볶아대면, 그들도 좀더 일을 빨리하게 될 테니까요!"

헤르사이머의 정력은 정말 놀라울 정도였다. 그들도 그 앞에서는 고개를 숙였다.

"그런데 지금 말을 들어보니 원." 그가 말을 맺었다.

"당신들은 좀 다른 이유로 그녀를 찾는 것 같군요? 무슨 법정모독죄 같은 거라도 저질렀습니까? 한 선량한 젊은 미국 여인이 전쟁 중에 잠시 소홀해져 귀국의 법이라든가 규칙을 위반할 수도 있는 거 아닙니까? 만일 그런 경우로서 무슨 불법행위 같은 거라도 저질렀다면 기꺼이 돈을 치르고라도 그녀를 면죄시킬 용의가 있습니다."

터펜스가 다시 그를 안심시켰다.

"그건 안심하셔도 돼요. 그러면 우린 함께 일할 수 있겠군요. 점심은 어떻게 하셨죠? 이 근처 어디 레스토랑에라도 가실까요?"

터펜스는 마지막 말에 특히 힘을 주었고, 줄리어스도 그녀의 말에 따르기로 했다.

솔 콜버트란 식당에서 막 굴 요리를 먹으려는 참에 명함이 한 장 헤르사이머에게 배달되었다.

"런던경시청 수사국의 잽 경감이라, 또 런던경시청이로군. 이번에는 다른 사람인데. 처음에 왔던 친구한테 내가 해주지 않은 말이 있나? 아니, 혹시 그 사진을 잃어버린 거는 아닐까? 서부에 있는 사진관은 불이 나서 그곳에 있던 필름이 전부 타버렸답니다. 그래서 그 사진 한 장밖에 남은 게 없는데. 나는 그 사진을 그곳에 있는 대학의 학장한테서 얻었답니다."

뭔가 형체를 알 수 없는 불안감이 갑자기 터펜스를 엄습해 왔다.

"저, 혹시 오늘 아침에 왔었다는 그 사람의 이름을 모르세요?"

"글쎄요, 모르겠는데요. 아니, 알 것도 같군요. 잠시만 기다려 봐요. 명함이 있었는데…… 아, 이제 알았습니다! 브라운 경감이라고 했어요. 아주 특징이 없는 사람이었죠."

제6장

행동 계획

그다음 30분 동안 일어났던 일은 자세하게 설명할 필요도 없으리라. 런던경시청에 알아본 결과 '브라운 경감'이라는 사람은 존재하지 않았다는 말이면 충분할 것이다. 제인 핀의 사진, 경찰이 그녀를 찾는데 극히 중요한 단서가 될지도 모르는 그 사진은 영영 되찾지 못하게 된 것이었다. 이번에도 역시 '브라운'이라는 작자가 이긴 것이다.

이런 패배의 결과는 즉시 줄리어스 P. 헤르사이머와 청년 모험가들 사이가 급속도로 가까워지게 하는 효과를 가져왔다. 그들 사이에 존재했던 모든 장벽들이 순식간에 허물어지고, 토미와 터펜스는 그 미국 청년을 아주 옛날부터 친하게 알고 지내온 사이인 것처럼 느끼게 되었다. 그들은 허울 좋은 '사립 조사기관'이라는 가면을 벗어 버리고, 그들이 합작 모험을 하게 된 모든 경위를 그에게 다 말해주자, 그는 그야말로 '배꼽이 튀어나올 정도'로 웃음을 터뜨리고 말았다.

그들이 이야기를 끝내자 그가 터펜스를 돌아다보고 말했다.

"나는 지금까지 영국 아가씨들이란 얌전이나 빼는 구식인 줄 알았답니다. 보수적이고 상냥하지만, 하인이나 유모와 함께 가 아니라면 밖에 나돌아다니지도 못하는 여자들. 나는 여태까지 그런 줄로만 알고 있었거든요!"

그들이 이처럼 친숙한 관계를 맺게 되자 토미와 터펜스는, 터펜스의 말마따나 제인 핀의 유일한 살아 있는 친척과 긴밀한 협조관계를 유지하기 위해 앞으로의 거처를 리츠 호텔에 정하게 되었다.

"그래야 아무도 비용에 대해 뭐라고 꼬투리를 잡을 수 없을 거예요!"

그녀는 토미의 귀에 대고 은밀하게 속삭였다.

사실 아무도 그것이 과도한 낭비라고는 하지 않았다.

"그런데 이제……."

그들이 리츠 호텔에 숙소를 정한 다음 날 아침 젊은 숙녀께서 엄숙하게 입을 열었다.

"우린 일을 해야 해요!"

베레즈포드는 읽고 있던 '데일리 메일'지(紙)를 내려놓으며 좀 지나치다 싶을 정도로 열렬하게 손뼉을 쳤다. 그는 한 마리 멍청한 나귀가 아니라, 그의 동료한테서 정중하게 박수를 요청받았던 것이다.

"아이 참, 토미! 우린 받는 돈을 위해서 무엇인가를 해야 한단 말이에요."

토미는 한숨을 내쉬었다.

"물론이지, 나도 정말 걱정스러워. 우리 귀하신 정부께서 아무 하는 일도 없이 언제까지나 리츠 호텔에서 죽치는 우리를 지원해주지는 않을 텐데 말이야."

"그러니까 내 말대로 무슨 일인가를 해야 해요."

"글쎄." 토미가 다시 신문을 집어들며 말했다.

"그렇게 해봐. 난 당신을 말리지 않을 테니까."

터펜스가 계속 말을 이었다.

"사실은 난 생각을 하고 있었어요."

그녀의 말을 다시 열렬한 박수로 중단되었다.

"그렇게 어리석은 짓이나 하며 그냥 죽치고 앉아 있는 것이 당신에게는 딱 어울리는군요, 토미. 하지만 머리를 약간 쓴다고 해서 당신 몸에 해로울 건 하나도 없을 거예요."

"이봐, 터펜스, 나의 사랑스러운 동지! 오전 11시 이전에는 나에게 일을 시킬 생각은 제발 하지 마."

"토미, 정말 당신한테 뭘 집어던져야 정신을 차리겠어요? 우리한테 지금 가장 필요한 것은 지체없는 행동 계획의 수립이란 말이에요."

"알아, 알고 있어!"

"알았다면, 당장 시작해요."

토미는 결국 신문을 한쪽으로 치웠다.

"당신에게는 정말 어울리지 않을 정도로 순진한 구석이 있거든, 터펜스 어서 이야기해봐. 내 기꺼이 들어줄 테니."

터펜스가 말했다.

"우선 무슨 일부터 착수해야 하죠?"

"착수하고 말고 할 만한 건더기가 하나도 없잖아."

토미가 농담조로 말했다.

"그렇지 않아요!" 터펜스는 힘차게 손가락을 흔들어 보였다.

"우리는 두 개의 분명한 단서를 가지고 있어요."

"그게 뭔데?"

"첫 번째 단서는, 그 갱단 중 한 명을 알고 있다는 거예요."

"휘팅턴?"

"맞아요. 나는 그를 어디에서든 알아볼 수 있어요."

토미가 침중하게 서두를 꺼냈다.

"나는 그게 그렇게 중요한 단서라고는 보지 않는데. 당신은 어디서 그를 찾아야 할지도 모르고 있고, 당신이 또다시 우연히 그와 마주치게 될 확률은 천분의 1도 되지 않을 거야."

"나도 그 점에 대해서는 정말 자신이 없어요." 터펜스가 신중히 대답했다.

"하지만, 내 경험에 의하면 일단 우연의 일치가 일어나기 시작하면 정말 이상하게도 그런 일들이 계속해서 일어난다는 거예요. 그건 우리가 미처 깨닫지 못하는 무슨 자연의 법칙 같은 것이 아닐까 싶어요. 하지만 그렇다 해도, 당신 말대로 우린 거기에만 매달릴 수는 없는 거죠. 그러나 런던에는 거의 모든 사람들이 적어도 한 번 이상은 꼭 거쳐 가야 하는 장소가 몇 군데 있어요. 피카딜리 광장 같은 곳이 그런 곳이죠. 내가 생각하는 방법은, 온종일 깃대처럼 그곳에 서서 기다려 보자는 거예요."

"식사는 어떻게 하고?" 실제적인 토미가 멍청하게 물어보았다.

"남자들이란 정말! 그래 그까짓 식사가 무슨 문제가 된다는 거예요?"

"좋아, 그건 아무래도 좋다고 쳐. 당신은 아침식사를 엄청나게 해치웠으니까. 당신처럼 식성이 좋은 사람도 없을 거야, 터펜스 차 마실 시간이 되면 당신은 깃발이든 못이든, 닥치는 대로 먹어치울 테니. 하지만 솔직히 말해서 난 그 생각이 별로 탐탁지 않은데. 휘팅턴은 런던에 없을 수도 있거든."

"그건 그래요. 그래서 나도 두 번째 방법이 더 유망할 거라고 생각하거든요."

"그게 뭔지 어서 얘기해봐."

"뭐 별것도 아니에요. 리타라는 세례명이에요. 휘팅턴이 그날 그런 이름을 언급한 적이 있거든요."

"당신은 또 광고를 낼 생각이야? '리타란 이름으로 불리는 여자 악당에 대한 정보를 구합니다.'라고?"

"그게 아니에요. 논리적인 방법으로 추리해볼 생각이라고요. 그 댄버스라는 사람은 줄곧 미행당했다고 했죠? 그렇다면 그 미행자는 남자보다는 여자였을 가능성이 더 커요……."

"무슨 소리인지 도통 모르겠는데?"

"나는 아주 확신하고 있어요. 그건 틀림없이 여자, 그것도 아름다운 여인이었을 거라고요."

터펜스가 침착하게 대답했다.

"이런 기술적인 문제에는 당신 생각에 따를 도리밖에 없지."

베레즈포드가 중얼거렸다.

"그리고 그 여자도 누군지는 모르지만 틀림없이 그 비극에서 살아났을 거예요."

"어떻게 당신이 그걸 알 수 있어?"

"만일에 그녀가 살아남지 못했다면, 어떻게 그들이 제인 핀이 비밀문서를 가지고 있었다는 사실을 알 수 있었겠어요?"

"과연 그렇군. 계속해봐, 셜록 홈스!"

"이제 우리가 바랄 수 있는 것은 일종의 운이라고밖에 할 수 없는 거예요. 즉, 그 여인이 바로 '리타'였을 거라는 추측이죠."

"만일에 그렇다고 한다면?"

"그렇다면, 우린 그녀를 찾을 때까지 루시타니아호의 생존자들을 조사해보는 거죠."

"그러면 우선 할 일은 생존자들의 명단을 입수하는 일이겠군."

"나는 벌써 그것을 손에 넣었어요. 카터 씨한테 내가 알고 싶은 것들을 모두 적어서 보냈는데, 오늘 아침 그분이 다른 것들과 함께 루시타니아호의 생존자에 대한 당국의 공식적인 발표문을 보내주셨더군요. 어때요, 이 작은 꼬마 터펜스가 정말 똑똑하다고 할 수 있잖아요?"

"열심인 태도는 만점이지만, 겸손함은 빵점이야. 아무튼 중요한 문제는 그 명단에 '리타'란 이름이 들어 있느냐는 것이지."

"그건 나도 잘 모르겠어요." 터펜스가 솔직히 털어놓았다.

"잘 모르겠다고?"

"그래요. 이걸 봐요." 그들은 머리를 맞대고 명단을 들여다보았다.

"보다시피, 세례명이 붙은 이름이 별로 없어요. 거의 모두 부인, 아니면 양으로 표기되어 있거든요."

토미는 고개를 끄덕여 보였다.

"문제가 복잡해지는데." 그가 미간을 찌푸리며 중얼거렸다.

터펜스는 예의 그 기묘한 동작으로 어깨를 움츠려 보였다.

"꼭 그것을 찾아내야 해요. 우선 런던 일대부터 시작하는 거예요. 내가 모자를 쓰는 동안 런던이나 런던 근교에 사는 여자들의 주소를 적어 놓아요."

5분 뒤, 그 젊은 한 쌍은 피카딜리 광장에 나타나서 곧 택시를 잡아타고는 토미의 수첩에 올라 있는 일곱 명 중 첫 번째 인물인 에드거 케이스 부인이 사는 글렌도워로(路) 7번지의 로렐스 저택으로 향했다.

로렐스 저택은 다 허물어져 가는 낡은 집으로, 도로에서 쑥 들어가 있는 곳에 있었는데, 한때는 정원이었다는 것을 말해주기라도 하는 듯이 집 앞에 몇 그루의 침침한 관목들이 자라고 있었다. 토미는 택시 요금을 내고 터펜스를 따라 초인종이 있는 현관 쪽으로 다가갔다. 그녀가 초인종을 누르려고 할 때, 갑자기 토미가 그녀의 손을 잡았다.

"대체 뭐라고 말할 생각이지?"

"무슨 말을 할 생각이라니요? 저, 나는 그렇게……, 오, 나도 잘 모르겠어요. 정말 난감하군요."

"내 그럴 줄 알았지." 토미가 의기양양하게 말했다.

"여자들이란 할 수 없어! 도무지 선견지명이 없으니 말이야! 자, 한쪽으로 비켜서서 남자들이 얼마나 쉽게 이런 문제들을 처리하는지 잘 보라고."

그가 초인종을 누르자 터펜스는 적당히 뒤로 물러서 주었다. 추잡한 얼굴에 어울리지 않는 맑은 눈을 한 지저분한 용모의 하녀가 문을 열어 주었다.

토미는 수첩과 연필을 꺼내 들었다.

"안녕하십니까?" 그가 밝은 목소리로 말을 꺼냈다.

"햄스테드(런던 북서부의 고지대) 구회(區會)에서 나왔습니다. 새로 선거인 명단을 작성하기 위해서죠. 에드거 케이스 부인이 이 집에 살고 계시죠?"

"예." 하녀가 대답했다.

"세례명이 어떻게 되십니까?" 토미가 받아쓸 준비를 하며 물었다.

"아씨 마님의 세례명 말인가요? 엘리노어 제인이에요."

"엘리노어." 토미가 스펠링을 받아적었다.

"20세 이상의 자녀분은 안 계십니까?"

"아뇨."

"고맙습니다." 토미는 가벼운 동작으로 수첩을 닫았다.

"안녕히 계십시오."

하녀가 처음으로 자진해서 입을 열었다.

"나는 가스 검침을 나온 줄 알았답니다."

그녀는 은밀하게 속삭이고는 문을 닫았다.

토미가 터펜스와 나란히 걸으며 말했다.

"당신도 보았지, 터펜스? 남자들에게 이런 일은 어린애 장난 같은 거라고."

"일단은 당신이 그럴 듯하게 일을 처리했다는 것을 어쩔 수 없이 인정해야겠군요."

"멋진 솜씨였어, 안 그래? 앞으로 얼마든지 써먹을 수 있는 방법이라고."

그들은 어둠침침한 식당에서 점심을 해결하고는, 다음 순서로 글레이디스 메리라는 이름과 마저리란 이름을 골랐는데, 하나는 주소가 바뀌어서 그들은 새디라는 세례명을 가진 원기 왕성한 미국 부인으로부터 일반적인 선거제도에 대한 장황한 연설을 듣기도 했다.

"아!" 토미는 맥주를 죽 들이켜고 나서 한숨을 내쉬었다.

"이제야 좀 기분이 나아졌군. 다음은 어디로 간다지?"

토미는 수첩을 테이블 위에 펼쳐놓았다. 터펜스가 수첩을 집어들었다.

"밴드마이어 부인." 그녀가 읽어 내려갔다.

"남부 오들리 맨션 20호. 휠러 양, 배터시 클래핑턴로(路) 43번지. 이 여자는 어떤 부인의 하녀인데, 아마 이 주소에 살고 있진 않을 거예요. 이 여잔 아닌 것 같아요."

"그렇다면 고급 맨션에 사는 부인부터 방문해야겠군."

"토미, 난 점점 더 자신이 없어지고 있어요."

"기운 내, 터펜스 우린 처음부터 가능성이 희박하다는 사실을 잘 알고 있었 잖아? 이제 겨우 시작에 불과한데 뭐. 만일 런던에서 찾아내지 못한다면 잉글 랜드와 아일랜드, 그리고 스코틀랜드까지 뒤져 보는 거야."

"좋아요." 터펜스가 다시 기운을 차리며 말했다.

"게다가 비용은 걱정하지 않아도 되니까! 하지만, 오, 토미, 나는 빨리 무슨 일이든 일어났으면 좋겠어요. 지금까지는 모험이 모험답게 진행되었지만, 오늘 아침부터는 모든 일이 따분하기만 하거든요."

"그런 통속적인 감상에 젖어 조급히 일을 처리하려는 마음은 버려야 해, 터 펜스 만일 브라운이라는 자가 모든 걸 쥐고 모든 사실을 보고받았는데도 우 리를 처치하려고 손을 쓰지 않는다면, 그게 도리어 이상한 거 아냐? 이건 좀 문학적인 표현이 된 것 같지만."

"당신은 나보다 더 자신만만하군요, 흥! 아무튼 간에 그 브라운이라는 자가 아직도 우릴 그대로 내버려두고 있다는 건 정말 이상한 일이에요. 아무런 방 해도 받지 않고 이렇게 일을 해나가고 있으니 말이에요."

"아마도 그는 우리를 건드릴 가치도 없다고 생각하는 모양이지."

토미가 단순하게 해석했다.

터펜스는 그러한 그의 말에 울화통을 터뜨렸다.

"당신은 정말 너무하는군요, 토미. 우리가 상대할 대상조차 되지 못한다는 듯이 말하니 말이에요."

"미안, 터펜스. 내 말은 우리가 어둠 속에서 두더지처럼 활동하니까, 그는 우리의 계획을 전혀 짐작조차 못 하고 있을 거라는 뜻이었어. 하하!"

"하하!"

터펜스는 그를 째려보며 그의 말투를 흉내 내고는 자리에서 일어났다.

남부 오들리 맨션은 레인 공원에 접해 있는 고급 아파트였다. 20호는 3층에 있었다.

이미 충분한 경험을 쌓은 토미는 이번에는 그야말로 전문가가 되어 있었다. 그는 문을 열어 준 나이가 지긋한, 하녀라기보다는 가정부로 보이는 여인에게 판에 박은 이야기들을 줄줄이 읊어댔다.

"세례명은 무엇입니까?"

"마거릿이에요."

토미가 스펠링을 말하자 상대가 그의 말을 가로챘다.

"그게 아니에요. gue죠."

"오, Marguerite, 마거릿. 프랑스식 이름이군요, 알았습니다."

그는 잠시 멈추었다가 대담하게 물어보았다.

"우리 명단에는 리타 밴드마이어라고 적혀 있는데, 그렇다면 그게 틀린 거로군요?"

"대개는 그런 이름으로 불린답니다. 하지만 마거릿이 본 이름이에요."

"고맙습니다. 그걸로 되었습니다. 그럼, 안녕히 계십시오."

끓어오르는 흥분을 감추지 못하며 토미는 급히 계단을 내려왔다. 터펜스는 모퉁이에서 기다리고 있었다.

"당신도 들었지?"

"그럼요. 오, 토미!"

토미는 감정을 이기지 못하고 그녀의 팔을 강하게 움켜쥐었다.

"물론이지. 나도 같은 생각이야, 터펜스."

"이건 정말 너무도 멋진 일이에요. 정말로 이런 일이 일어 날 수 있다니!"

터펜스가 열광적으로 외쳤다.

그녀의 손은 여전히 토미에게 붙잡혀 있었다. 그들이 현관홀에 도착했을 때, 그들 위쪽에 있는 계단에서 발소리가 나고 사람들의 말소리가 들렸다.

갑자기 터펜스는 토미가 깜짝 놀랄 정도로 급히 그를 어두컴컴한, 승강기 옆의 조그만 공간으로 끌고 가 몸을 숨겼다.

"대체 무슨······?"

"쉿!"

두 남자가 계단을 내려와서 현관을 통해 밖으로 나갔다. 터펜스는 토미의 손을 꽉 움켜쥐고 있었다.

"빨리, 저 사람들을 쫓아가요. 난 안 돼요. 저 사람이 나를 알아볼 거예요. 한 사람은 누군지 모르겠어요. 하지만 둘 중에 덩치가 큰 사람이 바로 휘팅턴 이에요."

제7장

소호가(街)에 있는 집

휘팅턴과 그의 동행은 적당한 속도로 걷고 있었다. 토미는 즉시 뒤따라 나서서 막 거리 모퉁이를 도는 그들의 모습을 발견했다. 그의 힘찬 걸음걸이는 곧 그들을 따라잡을 수 있었고, 얼마 가지 않아 서로 알아볼 수 있을 정도의 간격을 두고 모퉁이에 도착하게 되었다. 작은 주택가라 비교적 거리가 한산했고, 그래서 그는 그들 모습을 잃어버리지 않을 정도로만 거리를 유지하는 것이 현명할 거라고 판단했다.

그 게임은 그에게는 생소한 것이었다. 비록 그와 비슷한 것을 소설을 통해 읽어 본 적은 있었지만, 실제로 누군가를 '미행'해보기는 이번이 처음이었고, 따라서 실제로 그런 일을 한다는 것이 얼마나 어렵다는 것을 실감할 수가 있었다. 가령 예를 들어, 그들이 갑자기 택시라도 잡아탄다면? 소설에서는 마치 대기하고 있었다는 듯이 다른 택시가 곧 나타나 그냥 올라타기만 하면 되었다. 하지만, 실제 상황에서는 다른 택시가 곧이어 나타나는 것은 거의 기대할 수 없는 일이라고 토미는 생각했다. 그러니 할 수 없이 달리기를 해야 할 것 같았다. 하지만, 한 젊은이가 쉬지 않고 런던 거리를 질주한다면 과연 어떤 일이 벌어질까? 주요 도로에서라면 그는 버스를 타려고 달리는 것으로 착각해주기를 바랄 수도 있을 것이다. 하지만 이런 한적한 샛길에서는 참견하기 좋아하는 경찰관이 무슨 일인지 물으려고 그를 세울 것이 뻔했다.

그가 이런 상념에 젖어 있을 때, 택시가 한 대 앞쪽에 있는 거리의 모퉁이를 돌아 나왔다. 토미는 숨을 멈추었다. 그들이 과연 택시를 잡아탈 것인가?

하지만 택시가 그냥 지나가자 그는 안도의 한숨을 내쉬었다. 그들은 옥스퍼드가(街)로 이르는 지름길을 택해서 가려는 듯 골목길을 지그재그로 돌아나갔다. 이윽고 옥스퍼드가로 접어들자 그들은 동쪽으로 방향을 잡았고, 토미는 약간 걷는 속도를 빨리했다. 조금씩 그는 그들과의 거리를 좁혀 나갔다. 사람들이 붐비는 곳에 이르자 그는 그들의 눈에 뜨일 각오를 하고, 가능하다면 그들의 대화를 한두 마디라도 엿들으려고 시도해보았다. 그러나 이런 그의 시도는 완전히 실패로 돌아갔다. 그들은 아주 나지막한 소리로 이야기를 나누어서, 거리 소음으로 제대로 알아들을 수가 없었다.

본드가(街) 지하철역 앞에서 그들은 길을 건넜고, 토미는 그들이 눈치 채지 못하게 조심스레 뒤를 쫓아 라이언스 식당으로 들어갔다. 그들은 2층으로 올라가 창가의 조그만 테이블에 앉았다. 늦은 시각이라 자리가 드문드문 비어 있었다. 토미는 휘팅턴이 자기를 알아볼 경우를 대비해서 그의 뒷자리에 등을 바라보는 자리에 앉았다. 덕분에 토미는 휘팅턴의 동행을 마주 보며 자세하게 관찰할 수 있었다. 그는 금발에 허약하고 불쾌해 보이는 인상을 한 사나이로, 토미는 그가 러시아인이거나 폴란드인이 아닐까 생각했다. 나이는 한 쉰쯤 되어 보였으며, 말할 때마다 어깨를 약간씩 꿈틀거렸고, 조그만 눈을 쉴 새 없이 좌우로 굴리고 있었다.

이미 넉넉하게 점심을 한 토미는 치즈토스트와 커피 한잔을 주문하는 것으로 충분했지만, 휘팅턴은 자신과 동행을 위해 상당한 양의 식사를 주문했다. 웨이트리스가 물러가자 그는 의자를 좀더 테이블 쪽으로 당겨 앉으며 나지막한 목소리로 진지하게 대화를 나누기 시작했다. 토미가 들을 수 있는 것이라고는 이따금 튀어나오는 한두 마디뿐이었지만, 대화의 요점은 휘팅턴이 상대방에게 무슨 명령이나 지시 같은 것을 내리는 것 같았고, 상대방은 때때로 불만을 표시하는 듯싶었다. 휘팅턴은 상대방을 보리스라고 불렀다.

토미는 '아일랜드'라는 말과 '선전'이라는 말은 여러 번 들을 수 있었지만, 제인 핀에 대해서는 한 마디도 언급되지 않았다. 갑자기 실내가 쥐죽은 듯 조용해져 대화의 한 구절을 완전히 엿들을 수 있었다. 휘팅턴이 이렇게 말했다.

"아, 하지만 당신은 플로세를 잘 몰라요. 그녀는 정말 놀라운 여자랍니다. 아마 대주교라도 그녀를 자기 어머니라고 맹세할 거요. 그녀는 모든 목소리를 곧바로 흉내 내는데, 진짜 목소리와 조금도 구별할 수 없거든."

토미는 보리스가 뭐라고 대꾸했는지는 듣지 못했지만, 그에 대한 대답으로 휘팅턴이 이런 말을 하는 것 같았다.

"물론 위급한 경우에만……."

그러고는 다시 그 뒷말은 듣지 못했다. 하지만 이윽고 그들의 대화는 다시 뚜렷해졌는데, 그것은 두 사람이 자기들도 모르는 사이에 목소리가 높아졌기 때문인지, 아니면 토미의 귀가 예민해졌기 때문인지는 알 수 없었다. 어떻든 두 마디의 말이 그를 몹시 자극하는 것이었다. 그것은 보리스가 한 것으로서 바로 이런 말이었다. '브라운 씨.'

휘팅턴이 그를 책망하는 듯했지만, 그는 단지 웃음을 터뜨릴 뿐이었다.

"왜 안 된다는 겁니까? 그건 가장 훌륭하면서도, 가장 흔한 이름이잖아요. 그런 이유 때문에 그 이름을 택한 게 아닙니까? 아, 나도 그분을 만나봤으면 좋겠소. 브라운 씨를 말이오."

그의 말에 대꾸하는 휘팅턴의 목소리에는 강철 같은 울림이 담겨 있었다.

"누가 아오? 당신은 이미 그분을 만나보았을지도 모르지."

"흥." 보리스가 코웃음을 쳤다.

"그건 어린애들이 하는 소리요. 경찰을 위해 꾸며낸 이야기지. 당신은 이따금 내가 무슨 생각을 하는지 아시오? 그건 그분이 조직의 결속을 위해 꾸며낸 이야기이고, 그런 유령으로 우리를 겁주자는 거라고 말이오. 그럴 수도 있잖습니까?"

"그렇지 않을 수도 있지."

"글쎄……, 그렇다면 그분이 우리와 함께 있고, 우리 중에 섞여 있으면서도 극히 몇몇을 제외하고는 아무도 그의 정체를 모른다는 것이 정말 사실이란 말이오? 그게 사실이라면, 그분은 정말로 자신의 비밀을 기가 막히게 유지하는 사람일 거요. 그건 정말 기발한 착상이라고 할 수 있지, 암. 우린 결코 그분을 알아볼 수 없을 테니. 우리가 이렇게 마주 보고 있는데, 우리 중 하나가 브라운 씨일 수도 있다, 그 말이오? 그분은 명령을 내리지만, 그분 역시 명령을 받고 일한다. 우리 중에, 우리와 섞여 있으면서. 그런데 아무도 그분이 누구인지 모른다……."

러시아인은 머리를 흔들며 자신의 종잡을 수 없는 공상을 떨쳐 버리려고 애썼다. 그는 시계를 들여다보았다.

"그렇소." 휘팅턴이 말했다.

"이젠 슬슬 갈 때가 된 것 같은데."

그는 웨이트리스를 불러 음식값을 냈다. 토미도 그렇게 하고는, 잠시 기다렸다가 두 사람의 뒤를 쫓아 계단을 내려갔다.

밖으로 나온 휘팅턴은 택시를 불러 운전사에게 워털루 역으로 가자고 했다.

여긴 택시가 많아서, 휘팅턴이 탄 택시가 떠나자 토미의 손짓에 따라 곧이어 다른 택시가 들어왔다.

"저기 앞에 가는 택시를 따라갑시다." 토미가 말했다.

"놓치면 안 돼요."

나이가 지긋한 운전사는 아무런 흥미도 보이지 않았다. 단지 뭐라고 툴툴거리며 빈차임을 표시하는 깃발을 내렸다. 토미가 탄 택시는 휘팅턴의 택시를 따라서 워털루 역 앞의 광장에 도착했다. 토미는 매표소로 가서 그의 뒤에 줄을 섰다. 그는 본머스행 일등칸을 편도로 한 장 끊었다. 토미도 똑같은 표를 끊었다. 그가 나오자 보리스가 시계를 들여다보면서 한마디 했다.

"당신이 너무 서둘렀나 봅니다. 30분이나 일찍 왔으니."

보리스의 말은 토미의 머릿속에 새로운 생각을 떠오르게 했다. 분명히 휘팅턴은 혼자서 여행할 생각이고, 보리스란 자는 런던에 남아 있을 모양이었다. 그러므로 그는 누구를 따라갈 것인지 결정해야 했다. 한꺼번에 두 사람을 모두 미행할 수 없다는 것이 분명하다면……, 보리스처럼 그도 시계를 들여다보고 나서 열차 시간표를 올려다보았다. 본머스행 열차는 3시 30분에 발차하고, 그때까지는 10분이 남아 있었다. 휘팅턴과 보리스는 신문판매대 옆을 왔다 갔다 하고 있었다. 그는 그들을 슬쩍 쳐다보고 나서는 급히 근처에 있는 전화부스로 갔다. 터펜스를 찾느라고 쓸데없이 시간을 낭비할 여유가 없었다. 그녀는 아직도 오들리 맨션 부근에 있을 것이 거의 틀림없기 때문이다. 하지만 다른 동지가 있었다.

그는 리츠 호텔로 전화를 걸어 헤르사이머를 찾았다. 찰각하는 소리와 함께 전화가 연결되면서 뚜—하는 신호음이 들렸다. 오, 제발 미국인 친구가 방 안에 있어 주었으면! 딸각하는 소리와 함께 저쪽에서 그 특유의 악센트로, "여보세요." 하는 소리가 들렸다.

"헤르사이머? 나 베레즈포드요. 나는 지금 워털루 역에 있어요. 휘팅턴과 또 한 친구를 미행해서 여기까지 온 거요. 지금은 설명할 시간이 없어요. 휘팅턴은 3시 30분발 열차로 본머스에 갈 거요. 이곳으로 나올 수 있겠습니까?"

헤르사이머가 자신 있는 목소리로 대답했다.

"물론이오. 서둘러 그곳으로 가리다."

전화가 끊어졌다. 토미는 안도의 한숨을 내쉬며 수화기를 내려놓았다. 그의 생각에도 줄리어스가 최대한으로 서둘러 줄 것 같았기 때문이다. 그는 직감적으로 미국인 친구가 제시간에 도착해줄 것 같은 기분을 느꼈다.

휘팅턴과 보리스는 아직도 그곳에 있었다. 만일 보리스가 동료를 배웅하기 위해 남아 있는 거라면 문제가 될 게 없었다. 토미는 조심스럽게 주머니를 뒤져 보았다. 그에게는 백지 위임장이 있지만, 아직도 상당한 액수의 현금을 몸에 지니고 다니는 습관이 붙어 있지를 못했다. 본머스행 일등칸 표를 사고 나니까 그의 주머니에는 겨우 몇 실링밖에 남아 있지 않게 되었다. 바랄 수 있는 거라고는 줄리어스가 도착하면 다소 형편이 나아지겠지 하는 것뿐이었다.

한편, 시간은 계속 흘러갔다. 3시 15분, 3시 20분, 3시 27분—줄리어스가 제시간 안에 나타나지 않는다면…… 문이 여닫히는 소리가 들렸다.

토미는 등골을 타고 오르는 싸늘한 절망감을 느꼈다. 그때 한 손이 그의 어깨를 지그시 눌렀다.

"내가 왔어요, 친구. 영국은 도로 사정이 형편없는 것 같습니다! 겨우 빠져나왔어요."

"저자가 휘팅턴이오. 저기, 지금 안으로 들어가는 덩치 큰 사람 말입니다. 그리고 다른 친구는 말투로 봐서 외국인인 것 같아요."

"알았습니다. 둘 중 어느 쪽이 내 차지입니까?"

토미는 이 질문에 대비하고 있었다.

"당신, 돈을 좀 갖고 있습니까?"

줄리어스는 고개를 저었고, 토미의 얼굴이 일그러졌다.

"지금 내가 가진 거라곤 고작 해야 3, 400달러밖에 안 될 겁니다."

토미는 희미하게 안도의 숨을 휴 하고 내쉬었다.

"이런 세상에, 당신은 정말 백만장자가 틀림없군요! 그런 걸 갖고 그런 식으로 말하다니 원! 어서 기차에 올라타시오. 여기 당신 표가 있습니다. 휘팅턴이 당신이 맡을 사람이오."

"휘팅턴이 내 몫이라!" 줄리어스가 짐짓 음산한 어조로 말했다.

"그럼, 나중에 봅시다, 토미."

그는 막 출발하는 기차에 매달리듯 올라탔다. 기차는 서서히 역을 빠져나갔다.

토미는 깊이 숨을 들이켰다. 보리스라는 자가 토미 쪽으로 다가왔다. 토미는 그가 자기를 지나치도록 한 다음에 다시 그의 뒤를 쫓았다.

워털루 역에서 보리스는 지하철을 타고 피카딜리 광장까지 갔다. 그러고는 샤프츠버리가(街)를 거슬러 올라가더니, 이윽고 소호가(외국인이 많이 사는 빈민가)로 통하는 꼬불꼬불한 미로 같은 길로 접어들었다. 토미는 적당한 거리를 두고 그의 뒤를 미행했다.

마침내 그들은 작고 황폐한 광장에 이르게 되었다. 그곳에 있는 집들은 모두 지저분하고 낡은 것들이어서 음산한 분위기를 자아내고 있었다. 보리스가 주위를 둘러보자, 토미는 재빨리 근처에 있는 어떤 집의 현관 포치에 몸을 숨겼다. 그곳은 몹시 삭막한 곳이었다. 막다른 골목인데다 행인들도 전혀 없었다. 보리스란 자가 주위를 살펴보는 은밀한 거동이 토미의 상상력을 자극했다. 문간에 몸을 숨긴 채, 그는 보리스가 그중에서도 유별나게 음침하게 보이는 건물의 계단을 올라가는 모습을 지켜보았다. 그는 재빨리 특이한 방법으로 문을 두드렸다. 급히 문이 열리자, 그는 문지기에게 뭐라고 한두 마디 하고는 안으로 들어갔다. 그러고는 다시 문이 닫혔다.

일이 이렇게 되자 토미는 그만 당황하게 되었다. 그는 어떻게든 행동을 취해야 했는데, 정상적인 사람이라면 당연히 그곳에 남아서 자기가 쫓던 사람이 다시 나올 때까지 참을성 있게 기다려야 옳았을 것이다. 그런데, 그는 전혀 뜻밖에도 완전히 상식에 어긋난 행동을 했던 것이다. 어떤 기발한 착상이 그의 머리에 떠오르기라도 한 모양이었다. 그는 조금도 지체하지 않고 곧바로 계단을 올라가서, 조금 전에 본 대로 특이한 방법으로 문을 두드렸다.

아까와 마찬가지로 신속히 문이 열렸다. 머리를 짧게 깎고 악당같이 험악하게 생긴 사나이가 문간에 서 있었다.

"무슨 일이오?" 그 사나이가 험상궂은 어조로 물었다.

바로 그 순간 토미는 자신이 얼마나 어리석은 짓을 했는지 깨닫게 되었다. 하지만 머뭇거릴 시간이 없었다. 그는 우선 생각나는 대로 내뱉었다.

"브라운 씨는?" 그가 물었다.

그의 놀라운 한 마디에 그 사나이가 한쪽으로 비켜섰다.

"위층으로 올라가시오" 엄지손가락으로 어깨 위를 가리켰다.

"왼쪽에서 두 번째 문이오."

제8장

토미의 모험

 문지기 사내의 말이 뜻밖이기는 했지만, 토미는 주저하는 기색을 보이지 않았다. 지금까지는 배짱이 잘 먹혀들었는데, 앞으로도 계속 그런 식으로 밀고 나갈 도리밖에 없었다. 그는 침착하게 안으로 들어가서 삐걱거리는 계단을 올라갔다. 집 안은 모든 것이 형편없이 불결해 보였다. 너무 낡아서 형태를 알아볼 수 없는 음침한 벽지가 마치 벽에 길게 늘어뜨린 꽃줄처럼 매달려 있었다. 사방 구석에는 온통 거미줄투성이였다.

 토미는 여유 있는 태도로 나아갔다. 그가 계단을 올라가 층계참을 돌게 되었을 때 문지기가 뒤쪽에 있는 어떤 방으로 모습을 감추는 소리가 들렸다. 아직은 그가 아무런 의심도 받지 않은 것이 분명했다. '브라운'을 찾는 것이 집 안으로 들어가기 위한 일종의 절차인 모양이었다.

 계단 꼭대기에 이르게 되자 토미는 다음 행동을 생각하려고 잠시 머뭇거렸다. 그의 앞에는 양쪽으로 문이 나 있는 좁은 복도가 있었다. 왼쪽에 있는 가장 가까운 문에서 사람들이 나지막한 목소리로 속삭이는 소리가 들렸다. 문지기가 일러준 방이었다. 하지만 실상 그의 시선을 잡아끈 것은 낡은 벨벳 커튼으로 반쯤 가려진, 그의 오른쪽에 있는 벽이 움푹 들어간 작은 공간이었다. 그것은 소리가 들리는 문과 마주 보고 있으며, 필요에 따라서는 계단 일부까지도 감시할 수 있는 그런 곳이었다. 위급할 시에는 두 사람 정도는 몸을 숨길 수 있는 이상적인 장소로, 깊이가 60cm, 폭이 90cm 정도 되는 공간이었다. 그것은 토미의 마음을 강하게 잡아끌었다. 그는 평상시처럼 침착하게 생각해본 결과 '브라운'을 언급하는 것은 특정한 개인을 찾는 말이 아니라 갱들이 일반적으로 사용하는 말임이 분명하다고 결론을 내렸다. 그는 정말 재수가 좋게도 될 대로 되라고 내뱉었던 말 때문에 들어올 수가 있었던 것이다. 지금까지 그는 아무런 의심도 받지 않았다. 그러나 그는 다음 행동을 빨리 결정해야 했다.

기왕 내친김에 대담하게 복도 왼쪽에 있는 방으로 들어갈까 하고도 생각해 보았다. 아까 그 말은 집 안으로 들어오는 데에만 써먹을 수 있는 말이 아니 었을까? 그렇다면 다른 암호가 필요할지도 모르는 일이며, 그렇게 되면 그의 정체가 탄로 나게 될 것은 뻔한 일이었다. 문지기는 갱단 멤버들의 얼굴을 전 부 알지 못한 것이 분명했지만, 2층에서는 사정이 전혀 다를 수도 있다. 그는 지금까지는 운이 따라주어 무사하게 통과해 왔지만, 앞으로도 계속 그런 운이 따라주기를 바란다는 것은 너무 지나친 욕심이었다. 아무래도 방 안으로 들어 간다는 것은 너무 위험한 일이었다. 그의 어물쩍한 태도가 계속 성공하리라고 는 도저히 기대할 수 없는 노릇이었고, 따라서 조만간 그는 어쩔 수 없이 자 신의 정체를 드러내게 될 테니, 그건 순전히 무모한 행동으로 그야말로 천금 같은 기회를 제 발로 걷어차 버리는 것과 다를 바가 없었다.

다시 현관문을 두드리는 소리가 들리자, 토미는 마음을 결정하고는 재빨리 그 공간으로 숨어들어 조심스럽게 커튼을 잡아당겨 외부로부터 자신의 몸을 완전히 은폐시켰다. 오래되고 낡은 커튼이라 여기저기 구멍이 뚫려 있어서 그 는 다행히 밖을 내다볼 수 있었다. 그는 일이 진행되는 것을 지켜보고, 나중에 어쩔 수 없을 때는 지금 새로 도착한 사람이 하는 행동을 그대로 따라 하기로 생각했다.

그 사람은 거의 발걸음 소리도 안 나게 조심스럽게 계단을 올라왔는데, 토 미에게는 전혀 낯이 선 사람이었다. 그자는 인간사회의 쓰레기 같은 존재가 분명했다. 툭 튀어나온 눈썹과 범죄형 턱, 얼굴에 쓰인 흉악한 인상 등은 토미 에게는 낯선 것이었지만, 경찰이라면 흘낏 보기만 해도 알아볼 수 있는 그런 타입의 사람이었다.

그자는 거친 숨소리를 내며 토미가 숨어 있는 앞을 지나쳤다. 방문 앞에 선 그는 예의 그 독특한 방법으로 문을 두드렸다. 안쪽에서 무슨 소리가 나자 그 자는 문을 열고 안으로 들어갔고, 그 사이에 토미는 방 안을 슬쩍 살펴볼 수 있었다. 그는 방 안을 커다랗게 차지하는 기다란 탁자 둘레에 네댓 명 정도의 사람들이 앉아 있는 것 같다고 생각했지만, 그보다 그의 주의를 끈 것은 짧게 깎은 머리에 해군식으로 짧게 턱수염까지 기른 키가 큰 남자로서, 그자는 상석에 앉아서 앞에 무슨 서류인가를 펼쳐놓고 있었다. 새로 도착한 자가 방 안으로 들어서자 그는 흘깃 올려다보면서 정확한, 그러나 귀에 거슬릴 정도로 지나치게 정확한 발음으로 물었다.

"번호는?"

"14호입니다."

"좋아."

문이 다시 닫혔다.

'저자가 독일인이 아니라면, 내 성을 갈지!' 토미는 속으로 중얼거렸다.

'그리고 보아하니 정말 지독하게 조직적인데, 저자들은 그게 몸에 밴 것 같아. 내 재수도 이젠 끝장났군. 나는 틀림없이 번호를 잘못 댈 테고, 거기에 따른 대가를 치르게 되겠지. 그래, 여기가 바로 내가 있을 곳이야. 이크, 또 문소리가 나는군.'

이번 사람은 앞서 온 자와는 전혀 딴판이었다. 토미는 그가 아일랜드 독립 당원이 틀림없을 거라고 생각했다. 확실히 브라운의 조직은 그 손이 미치지 않는 곳이 없었다. 일반 범죄자, 교육을 잘 받은 아일랜드 신사, 창백한 표정의 러시아인, 거기에다가 능률적인 독일인이 회의를 주최하고 있다니! 정말 기묘하고 소름끼치는 모임이 아닐 수 없었다! 대체 이들 각종 다양한 인간들을 보이지 않는 끈으로 한데 묶어 마음대로 조종하는 자는 과연 어떤 인물일까?

이번에도 역시 똑같은 절차가 되풀이되었다. 문을 두드리고, 번호를 묻자, 대답하고, "좋아."

이번에는 연속해서 두 번이나 문을 두드리는 소리가 들렸다. 첫 번째 사람은 토미에게 뜻밖의 인상을 지닌 자로, 회사원인 듯싶었다. 침착하고 지적인 용모로 다소 허술한 옷차림을 하고 있었다. 두 번째 사람은 노동자 차림을 하고 있었는데, 그의 얼굴은 토미에게 어딘지 낯이 익어 보였다.

그리고 나서 한 3분쯤 뒤에 또 한 사람이 들어왔는데, 그는 당당한 용모에 호사스런 옷차림까지 한, 훌륭한 가문 출신이 분명한 사람이었다. 그의 얼굴 역시 이름은 잘 모르겠지만 토미에게는 그리 낯설지 않은 사람이었다.

그가 도착하고 한동안 시간이 흘렀다. 토미는 이제 모일 사람은 다 모였나 보다고 생각하고는 숨어 있던 곳으로부터 조심스럽게 빠져나오려는 참인데, 다시 문을 두드리는 소리가 들려 재빨리 원위치로 돌아가 몸을 숨겼다.

이 마지막 사람은 거의 소리도 안 나게 계단을 올라왔기 때문에, 토미는 그 자가 거의 자기 앞에 이를 때까지 그의 존재를 눈치 채지 못했다.

그는 작은 키에 몹시 창백한 얼굴을 한, 거의 여성 같은 분위기를 풍기는 자였다. 광대뼈의 각도로 봐서 그의 조상이 슬라브인이 아닐까 짐작할 수 있을 뿐이었지, 그의 국적을 말해주는 아무런 특징도 없었다. 그자는 토미가 숨어 있는 커튼 앞을 지나칠 때, 천천히 고개를 돌려 그가 있는 쪽을 쳐다보았다. 그 기묘하게 빛나는 눈동자는 마치 커튼 속을 꿰뚫어 보는 것 같았다. 토미는 그자가 절대 자기가 그곳에 있다는 것을 알 리 없다고 생각했지만, 그런데도 온몸에 소름이 끼치는 것을 느낄 수가 있었다. 그가 비록 대다수 영국 젊은이들보다 풍부한 상상력을 가진 것은 아니었지만, 아무튼 그는 그자한테서는 뭔가 범상치 않은 강한 영향력 같은 것이 풍기고 있다는 인상을 좀처럼 떨쳐 버릴 수가 없었다. 토미는 그자에게서 마치 독사 같은 인상을 받았다.

잠시 뒤 그런 그의 인상이 옳았다는 것이 판명되었다. 그자도 다른 사람들과 마찬가지로 문을 두드렸지만, 그에 대한 영접은 앞서와는 전혀 다른 것이었다. 턱수염을 기른 자가 자리에서 일어나자, 다른 자들도 모두 따라서 일어났다. 독일인이 그에게 다가가서 손을 내밀었다. 그러고는 딱 하고 소리가 나도록 뒤꿈치를 부딪쳤다.

"영광입니다. 뵙게 되어서 대단히 영광입니다. 저는 이번 일이 거의 불가능하지 않을까 해서 몹시 염려했습니다."

상대방은 음산한 분위기를 자아내는 나지막한 목소리로 대답했다.

"어려움이 많았소. 두 번 다시는 있을 수 없는 일일 거라고 나도 생각하오. 하지만 어차피 한 번은 모임을 갖고 내 정책을 분명히 밝혀야만 했소. 나는 그, 브라운 씨가 없이는 아무것도 할 수 없소. 그분도 여기 참석했소?"

독일인은 현저하게 달라진 목소리로 다소 주저하는 듯한 기색을 보이며 대답했다.

"우리는 메시지만 받았습니다. 그분이 직접 모습을 나타낸다는 것은 불가능합니다."

그는 말을 멈추고는 뭔가 끝내지 못한 말이 남아 있다는 듯한 표정을 지어 보였다.

아주 천천히 미소가 상대방의 얼굴에 넓게 번졌다. 그는 참석자들의 불안한 표정들을 둘러보았다.

"아! 나도 알고 있소. 나도 그분의 방법을 잘 이해하고 있지. 그분은 어둠 속에서 활동하며 아무도 믿지를 않거든. 하지만, 마찬가지로 그분은 지금 우리 중에 있을 가능성도 있고……"

그는 다시 주위를 둘러보았다. 그러자 공포의 표정이 참석자들의 얼굴에 떠올랐다. 그자들은 서로 자기 옆에 있는 사람들을 의심스런 눈초리로 살피는 것 같았다.

러시아인이 가볍게 자기 뺨을 두드렸다.

"그건 그렇다고 치고, 이제 회의를 진행합시다."

독일인도 이제 정신을 차린 모양이었다. 그가 자기가 앉았던 상석을 가리키며 앉기를 권하자 러시아인이 사양했다. 그가 계속해서 권했다.

"이 자리는 오직, 1호께서만 앉을 수 있습니다. 14호는 어서 문을 닫게!"

다음 순간 토미는 낡은 맨 나무 문짝을 마주하게 되었고, 안에서 나는 소리는 더욱더 알아들을 수 없게 되어 버렸다. 토미는 마음이 초조해지기 시작했다. 그가 엿들은 대화가 그의 호기심을 더욱 강하게 자극했다. 그는 어떻게 해서든 그들의 이야기를 더 많이 엿들어야겠다고 생각했다.

아래층에서는 아무런 소리도 들리지 않았고, 문지기가 위층으로 올라올 일은 없을 것 같았다. 몇 분 더 주의해서 귀를 기울여 본 다음, 그는 커튼 밖으로 고개를 내밀었다. 복도에는 아무도 없었다. 토미는 허리를 굽혀 구두를 벗어서 커튼 뒤에 감추었다. 그러고는 맨발로 살금살금 걸어가 문 옆에 무릎을 꿇고 앉아 조심스럽게 문틈에 귀를 갖다 댔다.

하지만, 별 소득이 없자 그는 속으로 열화 같은 분노를 느꼈다. 어쩌다가 목소리가 높아질 때나 간신히 한두 마디 엿들을 수 있었는데, 그것은 그의 호기심을 더욱 부채질할 따름이었다.

그는 시험 삼아 슬쩍 문손잡이를 쳐다보았다. 방 안에 있는 사람들이 조금도 눈치 채지 못하게 아주 조심스럽게 손잡이를 돌릴 수 있을까? 그는 극도의 조심성만 기울인다면 가능할 것도 같다고 생각했다. 아주 천천히, 한 시간에 1인치 정도밖에는 움직이지 않을 만큼 천천히, 극도의 주의를 기울여 숨조차 죽인 채 그는 손잡이를 돌렸다. 조금씩, 아주 조금씩, 영원히 끝나지 않는 것이 아닐까? 아! 드디어 더 이상 돌아가지 않는 것 같았다.

그는 그대로 잠깐 멈추어 있다가 심호흡을 한번 하고는 문을 아주 살짝 밀어 보았다. 문은 꼼짝하지 않았다. 토미는 화가 치밀어 올랐다. 너무 힘을 많이 주면 틀림없이 소리가 날 것 같았다. 그는 목소리가 조금 커질 때까지 기다렸다가 다시 시도해보았다. 여전히 꼼짝도 하지 않았다. 그는 좀더 힘을 써보았다. 망할 놈의 문짝이 아예 붙어 버린 건가? 드디어 그는 필사적으로 힘을 다해 밀어 보았다. 하지만 문은 전혀 꼼짝도 하지 않았고, 그때야 비로소 그는 깨닫게 되었다. 그 문은 안쪽에서 잠그거나, 빗장을 지른 것이었다.

잠깐 동안 토미의 분노는 머리끝까지 솟구쳐 올랐다.

'젠장, 내가 죽일 놈이지!' 그는 속으로 중얼거렸다.

'이런 엉터리 같은 수작을 부리다니!'

그는 분노가 가라앉자, 현재 직면한 상황을 생각해보았다. 분명히 제일 먼저 해야 할 일은 손잡이를 원래대로 돌려놓는 것이었다. 갑자기 놓아 버린다면 안에 있는 사람들이 눈치 챌 정도로 소리가 날 테니, 그는 어쩔 수 없이 그 끔찍했던 짓거리를 거꾸로 되풀이하는 도리밖에 없었다. 모든 게 무사히 끝난 뒤, 토미는 안도의 한숨을 내쉬며 일어났다.

토미한테는 좀처럼 자신의 실패를 인정하지 않으려는 불도그 같은 고집이 있었다. 진퇴양난에 빠진 순간에도 그는 결코 물러설 생각을 하지 않았다. 그는 여전히 방 안에서 무슨 일이 벌어지는지 엿들으려고 애썼다. 한 가지 계획이 실패로 돌아갔으므로, 다른 계획을 찾아봐야 했다.

그는 주위를 둘러보았다. 복도 왼쪽으로 조금 떨어진 곳에 두 번째 문이 있었다. 그는 그쪽으로 소리 없이 다가갔다. 그는 잠시 귀를 기울여 보고 나서 손잡이를 돌려 보았다. 문은 쉽게 열렸고, 그는 안으로 숨어들어 갔다.

그 방은 오랫동안 사람 손이 미치지 않은 것 같았고, 가구들로 보아 침실이 었던 모양이다. 그 집에 있는 다른 것들과 마찬가지로 가구들은 다 부서졌고, 먼지가 두껍게 쌓여 있었다.

하지만, 토미의 관심을 끈 것은 그가 기대했던 대로 옆방과 통하는 문이 있 다는 것이다. 그는 조심스럽게 문을 닫고는 그쪽으로 다가가 자세히 살펴보았 다. 그 문에는 빗장이 걸려 있었다. 몹시 녹이 슬어 있는 것으로 봐서 오랫동 안 사용하지 않은 게 분명했다. 앞뒤로 몇 번 부드럽게 흔들고서 토미는 그리 큰소리를 내지 않고도 빗장을 벗겨 낼 수 있었다. 그러고는 아까처럼 손잡이 를 돌리자 이번에는 완전히 성공이었다. 문은 쉽게 열렸다. 비록 조그마한 틈 밖에 없었지만, 그 정도로도 토미가 그 안에서 진행되는 대화를 엿듣기에는 충분했다. 그 문 안쪽에는 두꺼운 벨벳 휘장이 쳐져서 토미의 시야를 막았지 만, 목소리의 주인공이 누구인지는 어느 정도 구별할 수 있었다.

그 아일랜드 독립당원이 이야기하고 있었다. 그의 심한 아일랜드 사투리를 잘못 알아들을 리가 없었다.

"그건 조금도 문제가 없어요. 하지만 더 많은 자금이 꼭 필요합니다. 자금이 없으면……, 결과도 없는 겁니다."

"당신이 결과를 보장할 수 있소?"

보리스의 목소리라고 여겨지는 자가 물었다.

"한 달 안에(조만간 당신이 바라는 대로), 대영제국을 밑바닥부터 흔들어 놓 을 엄청난 폭동이 아일랜드에서 일어날 거란 사실을 보장할 수 있습니다."

잠시 침묵이 흐르고, 1호의 이가 마주치는 듯한 나지막한 목소리가 들렸다.

"좋아! 자네에게 돈을 보내주겠네. 보리스, 그 문제는 자네가 알아서 처리하 게."

보리스가 질문했다.

"평소와 같이 아일랜드계 미국인들을 통해 포터 씨에게 전달합니까?"

"그 점은 안심해도 좋을 거요!"

새로운, 대서양 저쪽의 억양이 담긴 목소리가 말했다.

"비록 내가 요즘 당국의 주시를 받는 것도 같고, 그런 덕분에 일하는 데 약간의 어려움을 겪고 있기는 하지만 말이오"

보리스가 어깨를 움찔거리며 대답하는 모습을 토미는 충분히 상상할 수 있었다.

"완전히 정상적인 방법으로 자금이 미국으로부터 조달되는 데도 문제가 된단 말이오?"

"가장 어려운 문제는 무기를 반입하는 데 있어요"

아일랜드 독립당원이 말했다.

"자금을 운반하는 일은 꽤 간단해요. 여기 있는 우리 동지들이 많은 수고를 하고 있지요"

다른 목소리가, 토미의 생각으로는 키가 크고 풍채가 당당한 어딘가 낯이 익은 것 같이 보인 사람인 듯한 목소리가 들렸다.

"그들이 당신 말을 듣게 되면 아마 벨파스트(북아일랜드의 도시) 항구에 대해 의심하게 될 거요!"

"그렇다면 그 문제는 해결된 걸로 하지." 1호가 말했다.

"이제, 영국 신문을 매수하는 문제 말인데, 보리스, 자네는 빈틈없이 점검을 해놓았겠지?"

"문제없을 거라고 생각합니다."

"좋아. 필요한 경우에는 언제든지 모스크바에서는 공식적인 부인을 할 준비가 되어 있을 거야"

잠시 침묵이 흘렀고, 독일인인 듯한 자의 목소리가 침묵을 깨뜨렸다.

"제가, 브라운 씨로부터 지시받기로는 여러 노조(勞組)에서 들어온 보고를 요약해서 당신에게 드리라고 했습니다. 탄광 노조는 아주 만족할 만합니다. 철도 노조는 다시 한 번 생각해보셔야 할 겁니다. A. S. E.와 마찰이 생길 우려가 있습니다."

한동안 침묵이 흐르며, 서류를 넘기는 소리와 가끔씩 설명하는 독일인의 목소리만이 정적을 깨뜨리곤 했다. 그때 토미는 손가락으로 테이블을 가볍게 두드리는 소리를 들었다.

"그런데, 날짜는, 동지?" 1호가 물었다.

"29일입니다."

1호라는 러시아인은 잠시 생각해보는 모양이었다.

"날짜가 좀 촉박한데."

"저도 알고 있습니다. 그것은 원래 노조 간부들에 의해서 결정된 날짜인데, 우리가 지나치게 간섭한다는 인상을 주어서는 안 된다고 생각합니다. 그 일이 완전히 자기들에 의해서 성사되는 것이라고 믿도록 해야 하니까요."

러시아인은 만족한다는 듯이 부드럽게 웃음을 터뜨렸다.

"물론, 물론이지. 제대로 생각했소. 그들을 우리의 목적을 이루기 위한 도구로 이용하고 있다는 사실을 그들이 전혀 눈치 채지 못하게 해야 하오. 그들은 정직한 사람들이오. 바로 그런 점이 우리에게 가치가 있는 거요. 대중의 속성이란 어디서건 다 똑같기 마련이지."

그는 잠시 말을 멈추었다가 그 말을 즐기기라도 하려는 듯 되풀이했다.

"모든 혁명에는 정직한 사람들이 꼭 끼게 마련이오. 그들은 나중에 곧바로 제거되어야 하지만."

그의 목소리에는 잔인한 기색이 담겨 있었다.

독일인이 다시 말을 이었다.

"클라이머스는 꼭 제거되어야 합니다. 그자는 지나치게 눈치가 빠르거든요. 14호가 그 일을 처리할 겁니다."

목이 쉰 듯한 목소리가 툴툴거렸다.

"그 점은 염려 놓으십쇼." 그러고는 잠시 멈추었다가 다시 말을 이었다.

"내 손에서 끝장날 겁니다."

"자네를 변호하려고 최고의 변호사가 동원될 걸세."

독일인이 침착하게 말했다.

"그리고, 어떤 경우에든 자네는 유명한 강도의 지문이 묻어 있는 장갑을 끼고 있어야 하네. 나머지는 걱정하지 않아도 되네."

"저는 걱정하지 않습니다. 우리의 혁명을 위해서 하는 일인데요. 그들 말대로, 거리는 피로 물들게 될 겁니다." 그는 잔인한 어조로 말을 이었다.

"저는 때때로 그런 꿈을 꾸곤 합니다. 다이아몬드와 진주들이 도랑에 굴러 다녀 아무나 주울 수 있는 꿈!"

토미는 의자가 움직이는 소리를 들었다. 그러고 나서 1호가 말했다.

"그렇다면 모든 게 준비 완료되었군. 우리의 성공을 확신해도 되겠소?"

"저는……, 그러리라고 생각합니다."

하지만 독일인의 말투에는 다소 자신감이 모자라 보였다.

1호의 목소리가 갑자기 험악한 기운을 띠었다.

"뭔가 잘못된 데가 있구먼."

"전혀 없습니다. 다만……."

"다만 뭐요?"

"노조 간부들 말입니다. 말씀하신 대로 그들이 없이는 우리는 아무것도 할 수 없습니다. 만일 그들이 29일에 총파업에 들어가지 않는다면……."

"무엇 때문에 총파업에 들어가지 않을 거라는 말이오?"

"당신 말씀대로 그들은 정직합니다. 그리고 우리는 그들이 정부를 불신하도록 모든 노력을 기울였지만, 그들이 내심으론 정부를 신뢰하고 있을지도 모르는 일입니다. 저는 그 점을 자신할 수가 없습니다."

"그러나……."

"저도 알고 있습니다. 그들은 끊임없이 정부를 비난하고 있지요. 하지만 대체로 일반 대중의 의견은 정부 편을 들고 있습니다. 그들은 정부와 맞서려고 하지 않을 겁니다."

다시 러시아인이 손가락으로 테이블을 두드렸다.

"그 점에 대해서는, 동지, 내가 아는 바로는 우리의 성공을 보장해줄 수 있는 어떤 문서가 있다고 하던데?"

"그건 사실입니다. 만일 그 문서를 노조 간부들에게 제시한다면, 결과는 즉각적일 겁니다. 그들은 그것을 인쇄해서 전 영국에 배포할 테고, 그렇게 되면 추호의 망설임도 없이 즉시 혁명이 일어나게 될 테니까요. 정부는 결국 완전히 붕괴하고 말 겁니다."

"그렇다면 더 이상 뭘 바라는 거요?"

"그 문서가 문제입니다." 독일인이 무뚝뚝하게 말했다.

"아! 그 문서가 당신 수중에 없다는 거요? 하지만 당신은 그것이 어디에 있는지 알고는 있겠지?"

"모릅니다."

"누가 그것이 있는 곳을 알고 있소?"

"한 사람이, 있습니다만, 사실 우리는 그것조차 확신을 못하는 형편입니다."

"그게 누구요?"

"어떤 여인입니다."

토미는 숨을 죽였다.

"어떤 여인이라고?"

러시아인의 목소리에는 경멸하는 듯한 기색이 담겨 있었다.

"그런데 당신은 그녀가 입을 열도록 하지 못했다는 말인가? 우리 러시아에는 그녀의 입을 열게 할 방법이 있지."

"이번 경우에는 문제가 좀 다릅니다." 독일인이 심드렁한 어조로 말했다.

"뭐가, 다르다는 거요?" 그는 잠시 멈추었다가 다시 말을 이었다.

"그 여인은 지금 어디 있소?"

"그 여인 말입니까?"

"그렇소."

"그녀는……."

하지만 토미는 더 이상 들을 수가 없었다. 그는 무엇인가에 뒷머리를 강하게 얻어맞고, 그만 모든 것이 캄캄해지고 말았던 것이다.

제9장

터펜스, 하녀가 되다

한편, 토미가 두 사람의 뒤를 미행하는 순간 터펜스도 그와 행동을 같이하고 싶은 마음이 굴뚝같았다. 하지만 그녀는 토미 혼자 미행하는 것이 최선이며, 자신의 추리가 사실로 판명된 것으로 자신을 위로하는 수밖에 없었다. 그 두 사람은 틀림없이 3층에서 내려왔고, 리타란 이름의 가느다란 실마리는 젊은 모험가들이 제인 핀의 납치범들을 추적하는데 한 발짝 다가서게 하였던 것이다.

문제는 다음에 그녀가 취할 행동이 무엇이냐였다. 터펜스는 초조하게 애꿎은 잔디만 발로 걷어차고 있었다. 토미는 이미 그들 뒤를 쫓아 멀리 가버렸고, 그녀가 그 뒤를 따라 그와 합세한다는 것은 이젠 불가능한 일이었다. 그녀는 어찌해야 좋을지 갈피를 잡을 수 없었다. 터펜스는 다시 맨션 입구 쪽으로 걸음을 옮겼다. 그곳에는 조그만 엘리베이터 보이가 앉아, 놋쇠로 된 기구들을 닦으며 최근 유행하는 유행가 곡조를 제법 힘차고 멋들어지게 휘파람으로 불고 있었다.

그는 터펜스가 들어서자 흘깃 올려다보았다. 터펜스에게는 말괄량이 같은 기질이 다분히 있어서, 그녀는 언제나 꼬마 소년들과는 잘 사귀는 편이었다. 그들 둘 사이에는 즉시 어떤 공감대가 형성된 것 같았다. 그녀는 그것이, 소위 말해서 적의 요새에 첩자를 하나 둔다고 해서 크게 잘못될 일은 없을 거라고 생각했다.

"애, 윌리엄."

그녀는 옛날에 병원에서 아침인사를 하듯 밝은 목소리로 말을 걸었다.

"정말 좋은 날씨지?"

그 소년은 즉시 싱긋이 웃어 보였다.

"앨버트예요."

"앨버트였구나." 터펜스가 고쳐서 말했다.

그녀는 은밀하게 홀 안을 살펴보았다. 앨버트가 그것을 눈치 채지 못할 경우를 대비해서 일부러 과장된 태도로 말이다. 그러고는 소년에게 몸을 기울여서 짐짓 나지막한 목소리로 말했다.

"너한테 한 가지 물어볼 것이 있어, 앨버트"

앨버트는 기구를 닦던 것을 멈추고 입을 약간 벌린 채 멍하니 그녀를 바라보았다.

"너, 이게 뭔지 알고 있니?"

그녀는 배우 같은 동작으로 코트의 왼쪽 깃을 뒤집으며 조그만 에나멜 배지를 보여주었다. 앨버트가 그것을 알아볼 염려는 거의 없었지만, 그래도 혹시 알아본다면 그것은 터펜스의 계획에 치명적인 타격이 될 것이다. 왜냐하면 그 배지는 전쟁 초기에 시골에 계신 아버지가 조직한 지역 훈련단의 문장이었기 때문이다. 그것이 터펜스의 코트에 달리게 된 까닭은 며칠 전 그녀가 코트에 꽃을 꽂으려고 핀 대용으로 사용했던 데 있었다. 하지만 터펜스의 예리한 눈은 앨버트의 호주머니에 3페니짜리 추리소설이 한 권 꽂혀 있다는 사실에 주목했고, 그의 휘둥그레진 눈은 그녀의 계략이 적중해서 곧 물고기가 미끼를 물게 될 거라는 것을 말해주고 있었다.

"미국의 특별수사본부야!" 그녀는 입술에 손가락을 갖다 댔다.

앨버트는 그 말에 완전히 항복하고 말았다.

"왜!" 소년은 열광적으로 탄성을 질렀다.

터펜스는 충분히 이해가 간다는 듯이 그에게 고개를 끄덕여 보였다.

"내가 누구를 찾는지 알고 있니?" 그녀가 부드럽게 물어보았다.

앨버트는 여전히 휘둥그레진 눈으로 숨이 넘어가는 듯한 목소리로 물었다.

"이 아파트에서요?"

터펜스는 고개를 끄덕이며 엄지손가락으로 위층을 가리켜 보였다.

"20호야. 그녀는 자기를 밴드마이어라고 하지. 밴드마이어! 하하!"

앨버트의 손이 슬며시 주머니 속으로 들어갔다.

"악당인가요?" 그가 진지하게 물어보았다.

"악당? 그렇게 말할 수도 있겠지. 미국에서는 그녀를 '레디 리타'라고 부른다."

"레디 리타!" 앨버트는 열정적으로 그 말을 되풀이했다.

"야, 정말 영화하고 똑같은데!"

사실이었다. 터펜스는 영화광이었다.

소년이 계속 말을 이었다.

"애니는 입버릇처럼 그녀가 악당이라고 했어요." 소년이 계속 말을 이었다.

"애니가 누구지?" 터펜스가 짐짓 관심이 없다는 듯한 투로 물었다.

"그 집에서 일하는 하녀예요. 그녀는 오늘 그만둘 거예요. 몇 번씩이나 애니는 나한테 이런 말을 했어요. '정말이야, 앨버트, 경찰이 어느 날 갑자기 그녀를 잡으러 와도 나는 놀라지 않을 거야.' 이렇게요. 하지만 그녀는 정말 굉장한 미인이에요, 그렇죠?"

"상당히 미인이라고 할 수 있지." 터펜스가 무심하게 대꾸했다.

"그것이 바로 그녀에게 유리한 점이야. 그런데 혹시 그녀가 무슨 에메랄드 같은 걸 가지고 있지는 않니?"

"에메랄드? 푸른색을 띤 보석을 말하는 건가요?"

터펜스는 고개를 끄덕였다.

"그게 바로 우리가 찾는 것이야. 너도 리즈데일이라는 사람을 알고 있겠지?"

앨버트는 고개를 저었다.

"석유왕, 피터 B. 리즈데일을 몰라?"

"한 번 들어본 적이 있는 것 같기도 한데요."

"그 보석은 원래 그 사람 것이었어. 세상에서 가장 훌륭한 에메랄드라고 할 수 있지. 한 백만 달러는 할 거야!"

"이야!" 다시 앨버트의 입에서 탄성이 터져 나왔다.

"정말 점점 더 영화에서 본 것하고 똑같아지는 것 같은데."

터펜스는 자기 노력이 효과를 거둔 것 같아 흡족한 미소를 지었다.

"우리는 아직도 그것을 정확히 밝혀내지는 못했어. 계속 그녀의 뒤만 쫓고

있지. 하지만(그녀는 의식적으로 길게 눈웃음을 보냈다), 이번에는 그녀도 그
걸 가지고 도망치지는 못할 거야."

앨버트는 다시 탄성을 질렀다.

"그런데, 앨버트, 절대로 이런 말을 입 밖에 내서는 안 돼."

터펜스가 갑자기 다짐하듯 말했다.

"너한테 이런 소리를 해서는 안 되겠지만, 미국에 있을 때 우리는 정말로
영리하고 멋진 애를 알았는데……."

"나는 한 마디도 발설하지 않을 거예요." 앨버트가 진지하게 말했다.

"내가 무슨 일이든 도와줄 게 없나요? 미행을 한다든가, 아니면 뭐 그런 것
들을 시킬 건 없나요?"

터펜스는 잠시 생각해보는 척하고는 고개를 저었다.

"지금은 그럴 필요가 없어. 하지만 언제고 필요할 때는 너를 꼭 찾을게. 그
런데 네가 말한 그만둔다는 아가씨 말인데, 무슨 일로 그만두려는 거지?"

"애니 말인가요? 뭐 흔히 있는 일이에요. 애니 말에 따르면, 요즘 세상에는
하녀도 여느 사람이나 다를 바 없고, 따라서 대우를 받아야 한다는 거예요. 그
리고 또 그녀는 다른 사람을 구하기가 그렇게 쉽지는 않을 거라고 했어요."

"그래? 그렇다면……." 터펜스는 신중한 어조로 말했다.

갑자기 한 가지 생각이 그녀의 머릿속에 떠올랐다. 그녀는 잠시 생각해보더
니, 앨버트의 어깨를 가볍게 쳤다.

"이봐, 앨버트, 지금 좋은 생각이 떠올랐다. 너한테 말이야, 애니를 대신해서
소개해줄 만한 사촌 누나라든가 여자 친구가 있다면? 내 말이 무슨 뜻인지 알
겠어?"

"물론이에요." 앨버트가 즉시 대답했다.

"그건 나한테 맡겨요. 그런 일이라면 눈 감고도 해낼 수 있을 거예요."

"멋진데!" 터펜스는 알았다는 듯이 고개를 끄덕여 보였다.

"너는 금방 데려올 수 있는 젊은 여자가 있다고만 말하면 돼. 그리고 그 사
실을 나한테 알려주면 만사 OK야. 내일 11시에 다시 들를게."

"그런데 어디로 연락하죠?"

"리츠 호텔." 터펜스는 간단히 대답했다.

"카울리 양을 찾으면 돼."

앨버트는 부러운 듯이 그녀를 쳐다보았다.

"이런 탐정 일도 괜찮은 직업인 모양이군요."

"그렇다고도 할 수 있지." 터펜스가 말했다.

다시 다짐하며 그녀는 새로운 동료와 헤어져 가벼운 발걸음으로, 자신의 아침 일과에 상당히 만족하며 남부 오들리 맨션을 떠났다.

그러나 꾸물거릴 시간이 없었다. 그녀는 곧장 리츠 호텔로 돌아와 카터 씨에게 간단한 내용의 편지를 썼다. 편지를 부칠 때까지도 토미는 돌아오지 않았지만(그녀는 별로 걱정이 되지 않았다), 그녀는 쇼핑을 나가서 잠시 차도 한 잔 마시며 6시까지는 그럭저럭 보내다가 이윽고 신물이 나서 다시 호텔로 돌아왔지만, 그래도 자기가 사들인 물건들에 대해서는 대체로 만족이었다. 그녀는 먼저 싸구려 옷가게에서부터 시작해서, 한두 군데 중고품 상점에 들렀다가 유명한 미장원을 마지막으로 쇼핑을 끝냈다. 이제 그녀는 자기 침실에서 마지막으로 산 물건을 풀어 보았다. 5분 뒤에 그녀는 거울에 비친 자신의 모습에 대해 흡족한 미소를 지었다. 화장용 연필로 눈썹의 선을 약간 고치고 풍성한 금발의 가발을 쓰자 그녀의 모습은 완전히 변해, 그녀는 설사 휘팅턴과 얼굴을 맞대게 되더라도 그가 자기를 전혀 몰라볼 거라는 자신감이 생겼다. 게다가 구두굽을 좀더 높이고, 모자에 앞치마까지 두르게 되면 정말 감쪽같은 변장이 될 것 같았다. 병원에서 근무할 때의 경험을 통해 그녀는 간호사가 제복만 벗어 버려도 부모들조차 종종 알아보지 못한다는 사실을 너무도 잘 알고 있었다.

"좋아."

그녀는 큰소리로 말하며 거울에 비친 자신의 깜찍한 모습에 고개를 끄덕여 보였다.

"너는 잘해 낼 거야." 그러고는 다시 평상시 모습으로 되돌아왔다.

저녁식사는 쓸쓸했다. 터펜스는 토미가 여전히 돌아오지 않고, 줄리어스도 역시 보이지 않아 다소 걱정이 되었지만, 그녀는 낙관적으로 사태를 생각하려고 했다. 토미의 넘치는 활동력은 그를 런던에만 잡아둘 수가 없었을 것이며, 또한 그의 갑작스런 출몰은 젊은 모험가로서 그날의 임무 수행에 잘 어울릴 것으로 생각했다. 그리고 줄리어스 P. 헤르사이머는 사촌누이의 실종과 관계된 단서가 콘스탄티노플에서 발견될지도 모른다고 생각하고는 지체없이 그리로 떠났을지도 모르는 일이라고 생각했다. 그 원기 왕성한 젊은이는 런던경시청 사람들을 두손들 정도로 끊임없이 들볶았고, 해군성의 전화교환원들도 그에 대해 정통해서 그 귀에 익은 '여보세요!' 하는 소리만 들어도 진저리를 칠 것이 틀림없었다. 그는 파리에서 경시총감을 붙들고 한 세 시간쯤 보내다가, 기진맥진한 프랑스 경찰로부터 그녀의 실종에 대한 진짜 단서가 아일랜드에서 발견된 것 같다는 암시라도 받게 되면 그 생각에 푹 빠져 다시 돌아오게 될 거라고 생각했다.

'지금쯤 그는 그곳을 떠났을 거야.' 터펜스는 생각했다.

'아무런 이상도 없을 테지만, 정말 따분해서 죽겠어! 나는 지금 새로운 소식에 가슴이 잔뜩 부풀어 있는데, 이야기를 들어줄 사람이 하나도 없다니! 토미는 전화를 걸어 주든지 할 거야. 대체 지금 어디 있을까? 아무튼, '꼬리를 놓치는' 일은 없겠지. 그렇다면 나는……'

카울리 양은 갑자기 이런 상념에서 깨어나며 앨버트라는 꼬마 소년을 머릿속에 떠올렸다.

10분 뒤에 터펜스는 침대 위에 편안한 자세로 누워 담배를 한 대 피워 물며, 아까 사온 3페니짜리 추리소설인 가너비 윌리엄스의 《소년 탐정》이라는 책을 탐독하기 시작했다. 그녀는 앨버트와의 친숙한 관계를 좀더 발전시키려면 그와 공통적인 색채로 자신을 무장할 필요가 있다고 생각했던 것이다.

다음 날 아침 카터 씨로부터 답장이 날아들었다.

친애하는 터펜스 양

당신의 멋진 출발에 대해서 우선 축하를 보내는 바이오. 하지만 나는 당신이 직면한 위험을 거듭 지적하지 않을 수가 없군요. 특히 당신이 그런 식으로 일을 추진하려는 데는 더욱 그러하오. 그자들은 그야말

로 극악무도한 인간들이어서 자비라든지 연민 따위와는 아예 거리가 먼 자들이기 때문이오. 혹시나 당신이 그 위험성을 과소평가하는 게 아닌가 싶어서 다시 한 번 경고하는데, 나는 당신을 위험에서 보호해 주겠다는 보장을 전혀 해줄 수가 없다오. 당신은 우리에게 가치 있는 정보를 제공했고, 따라서 이제 와서 당신이 물러선다고 해도 비난할 사람은 아무도 없을 거요. 모쪼록 마음을 정하기 전에 그 문제를 잘 생각해보기 바라오. 내 경고에도 당신이 그 일을 끝까지 밀고 나가겠다고 결심할 경우에는 필요한 모든 것들이 준비되어 있소. 당신은 2년 동안 더페린 양과 라넬리의 목사관에서 지낸 것으로 되어 있으니, 밴드마이어 부인이 그녀에게 신원 조회를 해봐도 괜찮소.

내가 몇 마디 충고해도 될까? 가능한 한 진실에 가까이 있으라는 거요. 그렇게 함으로써 실수를 저지를 위험을 최소화할 수가 있는 거라오. 한 가지 제안하고 싶은 것은, 가사를 돌보는 일에 전문가로서 자원봉사대 출신으로 행세하라는 것이오. 요즈음에는 그런 기관이 많거든. 그렇게 하면 자칫 의심을 살 수도 있는 어색한 말씨나 태도에 대한 충분한 설명이 될 테니 말이오.

당신이 어떤 결정을 내리든 간에, 모쪼록 부디 행운이 있기를 빌겠소.

카터

터펜스는 더욱 용기가 솟아났다. 카터 씨의 경고 따위는 귓전으로 흘려버렸다. 그녀는 그런 것들에 마음을 쓰기에는 지나치게 자신감이 강했다.

다소 내키지 않는 마음으로 그녀는 자신이 궁리해 낸 흥미있는 역할을 포기하기로 했다. 비록 그녀는 자기가 무슨 역할이든 해낼 수 있으리라는 자신의 능력에는 추호도 의심하지 않았지만, 카터 씨의 논리 정연한 의견을 이해하지 못할 정도로 몰상식하지는 않았다.

토미로부터는 아직 아무런 연락도 없었지만, 아침에 지저분한 우편엽서가 한 통 배달되었는데, '그 일은 잘 되었음.'이라는 말이 휘갈겨져 있었다.

10시 30분, 터펜스는 새로운 소지품들로 가득 차 있는 허름하고 얄팍한 트

링크를 만족스러운 눈으로 살펴보고 있었다. 그것은 정말 그 모습에 잘 어울리게 노끈으로 묶여 있었다. 벨을 눌러 트렁크를 택시에 실으라고 지시할 때 그녀는 얼굴이 약간 붉어지는 것을 느꼈다. 그녀는 패딩턴 역까지 택시를 타고 가서 소화물 보관소에 트렁크를 맡겼다. 그러고는 숙녀용 대기실로 들어가 재빨리 분장을 했다. 10분 뒤에 완전히 달라진 모습의 터펜스가 얌전을 빼며 역에서 나와 버스에 올라탔다.

터펜스가 다시 남부 오들리 맨션의 현관 입구에 모습을 나타낸 것은 11시가 조금 못 되어서였다. 앨버트는 좀 안절부절못하는 듯한 태도로 두리번거리고 있었다. 그는 처음에는 터펜스를 알아보지 못했다. 이윽고 그녀를 알아본 그는 침이 마르도록 칭찬했다.

"정말이지 몰라볼 뻔했는데요! 그 변장은 최고예요!"

"그렇게 봐준다니 정말 기쁜데, 앨버트"

터펜스는 겸손하게 말했다.

"그런데 지금 나는 너의 사촌으로 되어 있니?"

"그 목소리, 역시!" 즐거움에 들뜬 소년이 감탄조로 말을 이었다.

"완전히 영국인 같아요. 그냥 내가 잘 아는 아가씨라고 했어요. 애니는 별로 달가워하지 않았답니다. 그녀 말로는, 어쩔 수 없이 오늘까지 일하게 되었지만, 그건 당신에게 일자리에 대해 말해주기 위해서예요."

"훌륭한 아가씨로군." 터펜스가 말했다.

앨버트는 그녀가 비꼬아 한 말이라는 것을 조금도 눈치 채지 못했다.

"자, 올라가실까요, 아가씨? 엘리베이터에 타십시오. 20호라고 했죠?"

그러고는 그는 눈을 찡긋해 보였다.

터펜스는 엄한 시선으로 그의 들뜬 마음을 진정시키며 엘리베이터 안으로 들어섰다.

그녀는 20호의 벨을 누르며 앨버트의 시선이 천천히 바닥 쪽으로 향해서 내리깔리는 것을 알아차렸다. 영리해 보이는 젊은 여인이 문을 열었다.

"일자리 때문에 왔어요." 터펜스가 말했다.

"여긴 좋은 일자리가 못 돼요." 젊은 여인이 대뜸 말했다.

"지독한 늙은 고양이가, 사사건건 간섭하고 나서거든요. 자기 편지를 건드렸다고 나를 아주 심하게 나무랐답니다. 나를 말이에요! 거의 휴지나 다름없는 거였는데, 절대로 휴지통에 무엇을 버리는 법이 없어요. 그녀는 모두 태워 버린답니다. 수상한 여자예요. 옷차림은 제법 그럴싸하게 보이지만, 그래도 신분은 형편없는 여편네죠. 요리사는 뭔가를 알고 있는데(하지만 입을 열지 않을 거예요), 그녀에 대해서 끔찍하게 겁을 먹고 있거든요. 정말 수상쩍은 여자예요! 만일 당신이 누군가하고 길게 이야기하기라도 한다면 즉시 당신을 불러 야단을 칠 거예요. 내가 당신한테 이야기해줄 수 있는 건……."

하지만 더 이상 애니는 이야기를 해줄 수가 없었고, 터펜스도 더 들을 수가 없는 운명이었는지 바로 그 순간 쇳소리처럼 쨍쨍 울리는 아주 날카로운 목소리가 들렸다.

"애니!"

영리해 보이는 젊은 여인은 총에 맞기라도 한 듯이 펄쩍 뛰었다.

"예, 마님."

"누구하고 이야기하는 거지?"

"일자리를 알아보려고 온 젊은 아가씨예요, 마님."

"그렇다면 이리 데리고 와, 즉시."

"예, 마님."

터펜스는 기다란 복도의 오른쪽에 있는 방으로 안내되었다. 한 여인이 난로 옆에 서 있었다. 그녀는 결코 젊다고는 할 수 없는 여인으로, 그녀가 예전에 소유했던 아름다움도 이제는 다소 빛이 바랜 듯했다. 그녀가 젊었을 때는 그야말로 눈부신 미모를 마음껏 과시했을 게 틀림없었다. 그녀의 옅은 금발은 정성들여 손질된 탓인지 목덜미께로 우아하게 굽이치고 있었고, 쏘는 듯이 날카로운 감청색의 눈은 마치 보는 사람의 영혼까지도 꿰뚫어볼 수 있는 능력을 지닌 것처럼 보였다. 그녀의 우아한 자태는 남청색 비단으로 꾸며진 멋진 가운으로 더욱 돋보였다. 하지만 그렇게 더할 나위 없이 우아한 자태와 기막히게 아름다운 용모에도 그녀에게는 뭔가 차갑고 잔인한 분위기가, 그녀의 목소리와 꿰뚫어 볼 듯이 날카로운 시선에서 느낄 수 있는 강철같이 차가운 면모가 있다는 것을 본능적으로 직감할 수 있었다.

처음으로 터펜스는 두려움을 느꼈다. 그녀는 휘팅턴에 대해서는 아무런 두려움도 느끼지 않았으나 이 여인은 전혀 달랐다. 지나친 상상인지는 몰라도, 그녀는 이 여인의 붉은 입술에 떠올라 있는 잔인한 표정을 발견하고는 다시 공포의 감정이 자신을 엄습하는 것을 느꼈다. 그녀가 평소에 가졌던 자신감은 어디로 갔는지 찾아볼 수가 없었다. 막연하게 그녀는 이 여인을 속인다는 것은 휘팅턴을 속일 때와는 비교도 할 수 없게 어려운 일일 거라고 직감했다. 카터 씨의 경고가 다시 그녀의 마음속에 떠올랐다. 실로, 이 여인한테서는 일말의 자비심도 기대할 수 없을 것 같았다.

조금도 덜해지는 법이 없이 계속해서 그녀를 몰아붙이는 공포의 본능과 싸우면서 터펜스는 감탄 어린 시선으로 그 여인의 눈빛을 마주 보았다.

그녀를 자세히 뜯어보고 마음에 들었는지, 밴드마이어 부인은 의자 쪽으로 몸을 돌렸다.

"앉아도 좋아요. 내가 하녀를 구한다는 사실을 어떻게 알게 되었죠?"

"이곳에서 엘리베이터 보이로 일하는 소년을 잘 아는 친구를 통해 알았어요. 그 애는 제가 이 일자리에 맞을 것 같다고 생각한 모양입니다."

다시 무서운 뱀 같은 눈초리가 그녀의 속마음을 꿰뚫어 보는 듯한 기분을 느꼈다.

"아가씨 말투를 들어보니까, 상당히 교육을 받은 것 같은데?"

유창하게 터펜스는 카터 씨가 일러준 대로 자기의 가짜 경력을 줄줄이 늘어놓았다. 그녀는 이야기하는 동안 밴드마이어 부인의 경직되었던 태도가 차츰 풀리는 듯한 느낌을 받았다.

"알겠어요." 이윽고 부인이 말했다.

"내가 신원 조회를 해볼 만한 사람이 있나요?"

"저는 지난번에 라넬리의 목사관에서 더페린 양과 함께 지냈었습니다. 그녀와는 2년간 같이 있었지요."

"그렇다면 아가씨는 런던에 오면 좀더 많은 보수를 받을 수 있을 거라고 생각한 모양이군. 좋아, 그런 건 나한텐 문제가 되지 않아요. 아가씨가 원하는 대로 50파운드든, 60파운드든 줄 수 있어. 아가씨는 곧 들어올 수 있나?"

"예, 마님. 원하신다면 오늘이라도 들어올 수 있습니다. 제 짐은 패팅턴 역에 있어요."

"그러면 택시를 타고 가서 가져오도록 해요. 별로 먼 곳이 아니니까. 그런데, 아가씨 이름이 뭐지?"

"프루던스 쿠퍼입니다, 마님."

"좋아, 프루던스 지금 가서 짐을 가져와요. 나는 점심때 외출할 거니까, 아마 요리사가 아가씨한테 모든 걸 잘 설명해줄 거야."

"고맙습니다, 마님."

터펜스는 그 방을 물러 나왔다. 애니라는 여인은 보이지가 않았다. 아래층 홀에 있던 근엄한 수위가 앨버트를 내몰았다. 터펜스는 그에게 눈길조차 주지 않고 그냥 지나쳤다.

모험이 시작되었지만 그녀는 아침에 가졌던 것보다는 자신감이 훨씬 줄어든 것 같았다. 만일 제인 핀이 밴드마이어 부인의 수중에 떨어졌다면 그녀는 꽤나 고통스러웠을 거라는 생각이 터펜스의 마음에 떠올랐다.

제10장

제임스 필 에드거튼 경의 등장

터펜스는 자신의 새로운 역할을 무리 없이 잘해 낼 수 있었다. 부주교의 딸들은 집안일을 하는데 아주 익숙했기 때문이다. 그들은 또한 소녀단에 가입해서 전문적인 수련을 쌓았고, 일단 훈련받은 소녀단원은 자신들이 새로이 취득한 지식을 활용해서 더 나은 보수를 받을 수 있는 곳을 찾아 어디로든 떠나는 것이 상례였다.

따라서 터펜스는 자신의 무능함을 드러내는 일은 별로 없을 거라고 생각했다. 밴드마이어 부인의 요리사는 그녀를 당황하게 하였다. 그 요리사는 자기 여주인에 대해 극도의 두려움을 가진 것이 분명했다. 터펜스는 그녀가 여주인에게 무슨 약점을 잡힌 게 아닐까 생각했다. 그런 것 말고는 대체로 그녀는 훌륭한 요리사였고, 터펜스는 그날 저녁 자신의 생각을 확인해볼 기회를 얻게되었다. 밴드마이어 부인은 저녁식사에 손님을 한 명 초대할 계획이어서 터펜스는 두 사람을 위해서 식탁을 윤이 날 정도로 깨끗하게 닦아놓았다. 그녀는 방문자가 과연 어떤 사람일지 꽤 궁금했다. 그 사람은 휘팅턴이 될 가능성이 아주 클 것 같았다. 비록 그녀는 그가 자기를 알아보지 못할 거라고 상당히 자신하고 있었지만, 그래도 그 손님이 전혀 낯선 사람이기를 바랐다. 하지만 그건 그녀의 일방적인 요망사항에 불과했다.

8시가 조금 지나 현관문의 초인종이 울리자, 터펜스는 내심으로 떨리는 심정을 억누르며 손님을 마중하려고 현관으로 나갔다. 그러나 찾아온 사람이 전날 토미가 뒤를 쫓던 휘팅턴과 동행한 사람이란 걸 알고는 안도의 한숨을 내쉬었다.

그는 스테파노프 백작이라고 신분을 밝혔다. 터펜스가 그의 방문을 알리자 밴드마이어 부인은 기쁜 표정을 띠며 자리에서 일어났다.

"정말 반갑군요, 보리스 이바노비치."

"나도 동감입니다, 마담!" 그는 허리를 굽혀 그녀의 손에 입을 맞추었다.

터펜스는 부엌으로 돌아왔다.

"스테파노프 백작인가 하는 분이 오셨어요."

그녀는 이렇게 말하고는 솔직하게 호기심을 드러내 보였다.

"누구죠, 그분은?"

"러시아 사람인 모양이에요."

"여기 자주 오시나요?"

"가끔가다 한 번씩 들르곤 해요. 뭘 알고 싶죠?"

"아뇨, 그냥 그 사람이 마님한테 몹시 빠진 것 같다고 생각했을 뿐, 다른 건 없어요." 터펜스는 뽀로통한 표정으로 다시 덧붙였다.

"정말 당신은 별걸 다 묻는군요!"

"난 그저 수플레가 어떻게 되었는지 걱정될 뿐이에요."

그녀는 딴청을 부렸다.

'당신은 뭔가 숨기는 게 틀림없어.'

이렇게 생각했지만 터펜스는 큰소리로 말했다.

"이제 접시에 담을까요? 좋아요."

식탁을 차리는 동안 터펜스는 그들의 대화를 가까이에서 들을 수 있었다. 그녀는 이 사람이 그날 토미가 미행하던 두 사람 중 한 명이라는 것을 기억하고 있었다. 사실 그것을 인정하고 싶지는 않았지만, 그녀는 차츰 파트너가 걱정이 되기 시작했다. 대체 그는 어디에 있는 것일까? 어째서 그에게서 아무런 연락도 없는 것일까? 그녀는 리츠 호텔을 떠나기에 앞서 모든 조치를 취해, 무슨 연락이 오면 즉시 사람을 맨션 근처에 있는, 앨버트가 자주 드나드는 조그만 문방구점으로 보내라고 지시해 두었다. 그녀가 토미와 헤어진 것은 겨우 어제 아침 일이어서, 그의 신변에 대해 무슨 염려를 한다는 게 어리석은 짓이라고 속으로 자신을 달랬다. 하지만 아무리 그렇다고 해도, 그가 아무런 연락도 해오지 않는 것은 정말 이상한 일이었다.

그녀는 그들의 대화에 귀를 기울여 보았지만 아무런 단서도 얻을 수 없었다. 보리스와 밴드마이어 부인의 대화는 순전히 일상적인 화제에 대한 것들로, 그들이 본 연극이라든가 무용, 그리고 최근 사교계에 떠도는 소문 같은 것들 뿐이었다. 저녁식사를 마친 뒤 그들은 밴드마이어 부인의 작은 거실로 들어갔 는데, 소파 위에 길게 누운 그녀의 모습은 더욱더 사악한 아름다움을 풍기고 있었다. 터펜스는 커피와 리큐르(식후에 마시는 술)를 날라주고는 내키지 않는 마음으로 물러 나왔다. 그녀가 막 나오는 순간에 보리스의 목소리가 들렸다.

"새로 들어온 하녀요?"

"오늘 들어온 하녀예요. 전에 있던 애는 정말 악마였어요. 이 아가씨는 괜찮 을 것 같아요. 시중을 잘 들거든요."

터펜스는 고의로 문을 닫는 것을 소홀히 한 척하며 문 옆에서 잠시 머뭇거 리며 그의 말을 엿들었다.

"그렇게 안심해도 좋을지 모르겠군요?"

"정말이지, 보리스, 당신은 끔찍하게 의심도 많아요. 저 애는 수위의 사촌이 라든가 뭐 그런 모양이에요. 그리고 아무도 내가 우리, 공통의 친구인 브라운 씨와 무슨 관계가 있다고는 전혀 꿈도 꾸지 못할 거예요."

"제발 조심하도록 해요, 리타. 문이 닫히지 않았잖소!"

"그렇다면 문을 닫으면 되잖아요." 밴드마이어 부인이 웃으며 말했다.

터펜스는 재빨리 움직였다. 그녀는 더 이상 그 앞에서 꾸물거릴 여유가 없 었지만, 병원에서 익힌 재빠른 동작으로 한쪽으로 비켜서 있다가 다시 거실문 뒤로 침착하게 다가섰다. 요리사는 아직도 부엌에서 바쁘게 손을 놀리고 있을 테고, 설사 그녀가 없다는 사실을 깨닫게 되더라도 어디 침실에라도 들어갔으 려니 하고 여길 것이 분명했다.

그런데, 안에서 진행되는 대화는 목소리가 너무 낮아서 그녀는 거의 알아들 을 수가 없었다. 하지만 그렇다고 해서 그녀는 감히 그 문을 다시 연다든가 하는 일은 상상할 수도 없었다. 밴드마이어 부인은 거의 문쪽을 마주 보며 앉 아 있었고, 또한 터펜스는 그녀의 사물을 꿰뚫어보는 듯한 예리한 시선을 염 두에 두지 않을 수 없었다.

그렇지만 그녀는 그들의 대화를 엿듣지 않고서는 궁금해서 견딜 수가 없을 것 같았다. 어쩌면, 정말 예기치 않게 토미에 대한 소식을 들을 수 있게 될지도 모르는 일이었다. 잠깐 그녀는 거의 필사적으로 궁리해본 끝에, 그녀의 얼굴에는 한 가닥 밝은 빛이 떠올랐다. 그녀는 재빨리 밴드마이어 부인의 침실로 이르는 복도를 따라갔다. 복도 끝에는 발코니로 통하는 기다란 프랑스식 창문이 있었다. 재빨리 창문을 통해 발코니로 나온 터펜스는 살금살금 소리를 죽여가며 거실 창문까지 접근했다. 창문이 조금 열렸는지, 안에서 나는 말소리를 제법 분명하게 들을 수 있었다.

터펜스는 주의를 기울여 엿들었지만, 토미의 일과 결부시켜 생각할 만한 말은 한마디도 언급되지 않았다. 밴드마이어 부인과 보리스라는 러시아인은 어떤 문제에 대해 서로 의견이 맞지 않는 모양이었다. 이윽고 보리스가 신랄한 어조로 고함을 쳤다.

"그렇게 계속 당신의 그 엉터리 같은 주장을 고집한다면, 당신은 결국 우리를 파멸로 이끌어갈 거요!"

"흥." 그 여인이 코웃음을 쳤다.

"그런 식으로 이름을 날리는 것이 의심을 줄일 수 있는 최선의 방법이에요. 당신도 얼마 안 있어 그 사실을 깨닫게 될 거예요."

"그런데 요즘 당신은 필 에드거튼이란 자와 안 가는 데가 없이 돌아다니더군. 그는 영국에서 가장 명망이 있는 왕실 고문변호사일 뿐만 아니라, 그의 전문 분야는 바로 범죄학이오! 그건 정말로 정신 나간 짓이오!"

"나는 그가 놀라운 웅변으로 수많은 사람을 교수대로부터 구해 냈다는 것을 잘 알고 있어요."

밴드마이어 부인이 침착하게 말을 이었다.

"그게 어떻다는 거죠? 나도 어느 날인가 그런 입장에 놓여 그의 도움이 필요해질지도 몰라요. 그렇게 된다면, 법조계에 그런 친구를 가진다는 것은 상당한 행운이 될 거예요. 법정에서 보다 유리한 입장에 서게 될 테니까요."

보리스는 자리에서 일어나 이리저리 방 안을 거닐기 시작했다. 그는 몹시 흥분해 있었다.

"당신은 영리한 여인이오, 리타. 하지만 당신은 역시 바보요! 제발 내 말대로 필 에드거튼을 포기하도록 해요."

밴드마이어 부인은 부드럽게 고개를 저었다.

"난 그렇게 생각하지 않아요."

"내 충고를 거절하겠다는 거요?"

러시아인의 목소리에서는 험악한 분위기가 풍겼다.

"그래요."

"그렇다면, 기필코." 보리스는 으르렁거리며 말했다.

"우리가 알아봐야……."

하지만 밴드마이어 부인 역시 자리에서 일어나 눈에서 불꽃을 튀기며 그를 노려보았다.

"당신은 잊고 있나 보군요, 보리스." 그녀가 말했다.

"나는 누구에게도 간섭받지 않아요. 나는 오직, 브라운 씨로부터만 지시를 받는다는 사실을 명심하세요."

상대방은 절망적으로 손을 내밀었다.

"어쩔 수 없는 사람이로군." 그가 중얼거렸다.

"어쩔 수가 없어! 이미 때가 너무 늦었는지도 모르지. 사람들은 필 에드거튼이 범죄에 대해서는 귀신같이 냄새를 맡는다고들 합디다! 그가 갑자기 당신에게 관심을 두게 된 이유가 뭐겠소? 지금쯤은 이미 눈치 챘을지도 모르지. 그는 아마……."

밴드마이어 부인은 경멸이 담긴 시선으로 그를 바라보았다.

"기운 내세요, 보리스. 그는 아무런 의심도 하지 않아요. 당신의 기사도 정신은 어디 갔죠? 당신은 내가 누구라도 관심을 둘만큼 아름다운 여인이란 사실을 잊어버린 것 같아요. 필 에드거튼이 관심을 두는 것은 오로지 그것뿐이란 사실을 난 보장할 수 있어요."

보리스는 믿을 수 없다는 듯이 고개를 저었다.

"그는 영국에선 아무도 밝혀내지 못하는 범죄를 밝혀내는 사람이오. 당신이 그를 속일 수 있을 거라고 생각합니까?"

밴드마이어 부인은 눈을 가늘게 떴다.

"만일 그가 정말로 그런 사람이라면, 한번 시도해보는 것도 나한테는 재미가 있을 것 같은데요!"

"제발, 리타……."

밴드마이어 부인이 다시 덧붙였다.

"게다가, 그는 굉장한 부자이거든요. 난 결코 돈을 경멸하는 사람이 아니에요. '군자금' 조달 방법도 되는 거죠, 보리스!"

"돈, 돈! 그게 바로 당신한테는 문제가 되는 거요, 리타. 당신은 돈을 위해서라면 자기 영혼이라도 팔 사람이오. 나는……."

그는 잠시 멈추었다가 나지막하고 음산한 목소리로 다시 천천히 말했다.

"이따금씩 나는 당신이……, 우리를 돈에 팔아넘길지도 모른다는 생각이 들곤 해!"

밴드마이어 부인은 미소를 지으며 어깨를 으쓱해 보였다.

"아마 엄청난 액수를 받게 될 거예요." 그녀는 밝은 목소리로 말을 이었다. "수백만 파운드를 준다면 누구라도 굴복당하고 말 테니까요."

"흐흐!" 러시아인이 잔인한 웃음을 흘렸다.

"내 생각이 틀림없었어!"

"이봐요, 보리스, 당신은 농담도 이해하지 못하세요?"

"그게 농담이었다고?"

"물론이죠."

"그렇다면 당신의 유머 감각이 별나다고밖에 할 수 없겠군."

밴드마이어 부인은 미소를 지어 보였다.

"우리 싸우지 마요, 보리스 벨 좀 눌러 주세요. 무얼 좀 마시는 게 어때요?"

터펜스는 재빨리 빠져나왔다. 그녀는 잠시 거울에 자신의 모습을 비추어 보고는 아무런 이상이 없는지 확인을 해보았다. 그리고 나서 그녀는 얌전한 모습으로 거실문을 노크했다.

그녀가 엿들었던 대화로 리타와 보리스 사이에는 커다란 갈등이 존재한다는 흥미 있는 사실을 알게 되었지만, 당면한 문제에는 거의 아무런 소득도 얻지 못했다. 제인 핀이라는 이름조차 거론되지 않았던 것이다.

다음 날 아침, 앨버트가 문방구점에는 아무런 연락도 오지 않았다는 사실을 그녀에게 알려주었다. 토미가 아무런 일도 없이 무사한데도 그녀에게 연락을 취하지 않는다는 것은 도저히 있을 수 없는 일 같았다. 차가운 손 하나가 그녀의 가슴에 와 닿는 것 같았다. 그렇다면……, 그녀는 용기를 내어 그러한 걱정을 떨쳐 버리려고 애썼다. 걱정해봐야 소용없는 일이다. 하지만 밴드마이어 부인이 뜻밖의 제안을 하자 그녀는 정말 뛸 듯이 기뻤다.

"대개 어느 날 쉬곤 했지, 프루던스?"

"보통 금요일에 쉬곤 했습니다, 마님."

"오, 마침 오늘이 금요일이군! 하지만 우리 집에 온 지 겨우 이틀밖에 되지 않았는데 설마 쉬고 싶다는 생각은 못 할 테지?"

"그래서 저도 마침 쉬어도 좋을지 여쭤 보려던 참이었습니다, 마님."

밴드마이어 부인은 잠깐 그녀를 바라보더니 이윽고 미소를 떠올렸다.

"스테파노프 백작이 아가씨 말을 들었다면 어떤 표정을 지었을까? 그는 어젯밤 아가씨에 대해 별로 달갑지 않은 말을 했거든."

그녀의 얼굴에 고양이 같은 미소가 넓게 퍼졌다.

"아가씨의 요구는 아주, 전형적인 요구라 할 수 있지. 나는 만족했어요. 아가씨는 무슨 소리인지 잘 이해가 안 갈 거야. 하지만, 아무튼 오늘은 외출해도 좋아. 나는 상관하지 않아도 돼요, 난 오늘 집에서 저녁을 먹지 않을 거니까."

"고맙습니다, 마님."

터펜스는 그녀에게서 벗어나게 되자 안도의 한숨을 내쉴 수 있을 것 같았다. 다시 한 번 그녀는 잔인한 눈빛을 가진 아름다운 여인에 대해 두려움을, 끔찍할 정도로 두려움을 느끼고 있었다는 사실을 인정하지 않을 수가 없었다.

은식기를 닦느라고 여념이 없던 터펜스는 현관 벨소리에 깜짝 놀라 급히 뛰어나갔다. 이번에 찾아온 방문객은 휘팅턴도 보리스도 아닌, 전혀 색다른 인물이었다.

평균 키에서 약간 미달하는 듯싶었지만, 그래도 그에게서는 거대한 사람이라는 인상이 강하게 풍겼다. 수염을 깨끗이 깎고 감정이 몹시 예민한 듯이 보이는 그의 얼굴은 평범한 것과는 아예 거리가 먼 강한 권력과 능력을 지닌 사람이라는 것을 말없이 대변해주고 있었다. 강한 자력 같은 것이 그에게서 끊임없이 발산되는 것 같았다.

터펜스는 잠깐 그가 배우인지 변호사인지 확실한 결정을 내리지 못하고 있었는데, 이런 그녀의 의문은 그가, '제임스 필 에드거튼 경'이라고 자신을 밝힘으로써 곧 풀렸다.

그녀는 새삼스런 관심을 두고 그를 다시 보았다. 그렇다면, 이 사람이 바로 전 영국에 이름을 떨치는 유명한 왕실 고문변호사였던 것이다. 그녀는 그가 언젠가는 수상이 될 거라는 말을 들은 적이 있었다. 그는 자신의 직업적인 관심으로 공직을 사양하고, 스코틀랜드 지방의 평범한 시민으로 남아 있기를 원했다고 알려졌었다.

터펜스는 곰곰이 생각에 잠긴 채 식품저장실로 되돌아갔다. 그 위대한 사람은 그녀에게 강한 인상을 심어 주었다. 그녀는 보리스가 그토록 불안해하던 것이 충분히 이해가 갔다. 필 에드거튼 경은 결코 쉽게 속일 수 있는 사람이 아닐 것 같았다.

15분 정도 지나서 다시 벨이 울렸고, 터펜스는 손님이 돌아가는 것을 전송하려고 다시 홀에 나타났다. 그는 그녀에게 쏘는 듯이 날카로운 시선을 던졌다. 그녀는 그의 모자와 지팡이를 손에 들고서, 그의 예리한 시선이 마치 자신의 마음속을 속속들이 꿰뚫어보는 듯한 기분을 느꼈다. 그녀가 문을 열고 그가 지나가도록 한쪽으로 비켜서자, 그는 문간에서 잠시 걸음을 멈추었다.

"이 집에 온 지 얼마 되지 않았지요?"

터펜스는 깜짝 놀라며 눈을 크게 치켜떴다. 그녀는 그의 친절한 시선 속에 깊이를 헤아리기가 어려운 뭔가 다른 것이 깃들어 있다는 것을 알 수 있었다.

그는 마치 그녀의 대답을 듣기라도 한 듯이 고개를 끄덕여 보였다.

"자원봉사대 출신이고, 가정 형편이 어렵겠고, 내 말이 맞지?"

"밴드마이어 부인께서 그렇게 말씀하셨나요?"

터펜스가 의심스러운 눈초리로 물었다.

"아니, 꼬마 아가씨. 아가씨의 그 눈빛이 내게 말해주었다오. 그래, 이곳이 마음에 드는가?"

"아주 좋아요, 고맙습니다, 선생님."

"아, 하지만 요즈음에는 좋은 일자리가 많은데. 그리고 때로는 직업을 바꾸어 보는 것도 별로 해롭지가 않다오."

"무슨 말씀이신지……?" 터펜스가 말을 끝내지 못했다.

제임스 경은 이미 계단 끝에 가 있었다. 그는 고개를 돌려 그 친절하고 예리한 시선을 보냈다.

"그저 힌트를 준 것뿐이라오. 그게 전부지."

터펜스는 전보다 더욱 깊은 생각에 빠져 식품저장실로 돌아왔다.

줄리어스의 이야기

적당하게 차려입은 터펜스는 '오후의 외출'을 위해 맨션을 나섰다. 앨버트가 대충 알려주기는 했지만, 터펜스는 자기가 직접 문방구점에 가서 정말로 아무런 연락도 없었는지 확인해봐야 직성이 풀릴 것 같았다. 그 문제를 확인하고 나서 그녀는 리츠 호텔로 돌아왔다. 카운터에 문의해본 결과 토미는 아직 돌아오지 않았다는 것을 알게 되었다. 그것은 이미 그녀가 예상했던 바이지만, 그런데도 한 가닥 희망마저 사라지는 듯한 심정이 되었다. 그녀는 카터 씨에게 토미의 일을 모두 말해주고, 그를 찾을 수 있도록 도와 달라고 부탁해야겠다고 결심했다. 그의 도움을 받을 수 있을 거라는 생각이 들자 그녀는 다시 힘이 나는 것 같았고, 곧이어 줄리어스 P. 헤르사이머의 소식도 물어보았다. 그 결과 그녀는, 그가 30분 전에 돌아왔는데 곧바로 다시 외출했다는 사실을 알게 되었다.

터펜스는 더욱더 힘이 솟는 것 같았다. 줄리어스를 만나면 무슨 수가 생길 거라고 생각했다. 그러면 토미의 행방을 추적하기 위한 무슨 계획을 궁리해낼 수 있을 것 같았다. 그녀가 줄리어스의 거실에서 카터 씨에게 보낼 편지를 쓰고, 막 주소를 적어 넣으려는 순간에 거칠게 문이 열렸다.

"그 망할 놈의……." 줄리어스는 갑자기 하던 말을 중단했다.

"죄송합니다, 터펜스 양. 그 바보 같은 녀석들은 베레즈포드가 오랫동안 소식이 끊겼는데도 그냥 사무실에 처박혀만 있으려고 하니, 지난 수요일부터 소식이 없는데 말입니다. 그렇죠?"

터펜스는 고개를 끄덕여 보았다.

"당신도 그이가 어디 있는지 모르세요?" 그녀가 맥빠진 목소리로 물었다.

"내가요? 내가 어떻게 알겠습니까? 어제 아침 그에게 전보를 쳐보았지만,

아무런 연락도 없더군요."

"당신이 보낸 전보는 우체국으로 다시 반송되었을 거예요."

"그렇다면 도대체 그 사람은 어떻게 된 거죠?"

"나도 몰라요. 난 당신이 알고 있을 줄 알았는데요."

"우리가 수요일에 정거장에서 헤어진 이후로 나는 그에게서 아무런 연락도 받지 못했어요."

"정거장이라뇨?"

"워털루 역 말입니다."

"워털루 역?" 터펜스가 이마를 찌푸리며 물었다.

"그래요. 그가 당신에게 아무런 말도 해주지 않았나요?"

"나도 그이를 보지 못했어요." 터펜스가 짜증스런 어조로 대답했다.

"워털루 역에 대해서 다시 말해봐요. 도대체 당신들은 거기에서 무엇을 한 거죠?"

"그가 나한테 전화를 걸었더군요. 그러고는 다짜고짜 그곳으로 빨리 나오라는 것이었습니다. 자기는 악당 두 놈을 쫓은 중이라고 하더군요."

"오!" 터펜스의 눈이 동그래졌다.

"알았어요. 다음엔 어떻게 되었죠?"

"나는 곧바로 뛰쳐나갔죠. 베레즈포드가 거기 있더군요. 그는 나한테 악당들을 가리키면서 덩치가 큰, 당신이 골려 주었던 자를 내 몫이라고 하더군요. 토미는 내게 기차표를 한 장 쥐여주면서 기차에 타고 악당을 쫓아가라고 했습니다. 그러고는 그는 다른 악당을 쫓아갔답니다."

줄리어스는 잠깐 숨을 돌렸다.

"나는 당신이 다 알고 있으려니 생각했는데……."

터펜스가 단호한 어조로 말했다.

"줄리어스, 제발 좀 그렇게 왔다 갔다 하지 말아요. 정말 현기증이 날 지경이라고요. 저기 의자에 좀 앉으세요. 그리고 그 이야기를 자세하게 해주세요. 허풍은 섞지 말고요."

헤르사이머는 그녀의 말에 따랐다.

"좋습니다. 어디서부터 시작할까요?"

"워털루 역에서 당신이 떠났다는 이야기부터 시작하세요."

줄리어스가 이야기를 시작했다.

"그렇게 해서 나는 당신네 나라의 그 유명한 기차에 올라타게 되었지요. 기차가 막 떠나려고 할 때였습니다. 검표원이 지나가다가 나한테 와서는 내 자리는 금연석이라고 아주 공손하게 알려주더군요. 나는 그에게 50센트를 쥐여주어서 그 문제를 해결했죠. 휘팅턴을 찾기 위해 다음 칸을 죽 훑어보았더니, 그가 거기 있더군요. 나는 그 살찐 돼지 같은 녀석을 보자, 그 악당의 손에 잡혀 있을 가엾은 제인이 생각났어요. 정말 권총이 없는 것이 한이 되더군요. 그 자리에서 악당을 처치해 버리고 싶었습니다.

우리는 본머스에 도착하게 되었습니다. 휘팅턴은 택시를 한 대 잡더니 어떤 호텔 이름을 대더군요. 나도 역시 그렇게 했죠. 우리는 한 3분 정도 택시를 타고 갔습니다. 그가 방을 잡자, 나도 역시 방을 잡았어요. 그때까지는 모든 게 순풍에 돛을 단 것처럼 순조롭게 진행되었지요. 그자는 호텔 라운지에 죽치고 앉아서는 신문을 들여다보면서 시간을 보내더군요. 저녁식사를 할 때까지 그렇게 보내더니, 저녁을 먹고 나서도 전혀 서두르는 기색이 없었어요.

나는 그만 아무런 일도 일어나지 않는 게 아닌가 하는, 그자는 다만 건강을 위해서 여행하는 게 아닐까 하는 생각이 들기 시작했는데, 그때 문득 그자가 저녁식사 때 아무것도 가리지 않고 닥치는 대로 배를 채우던 것이 기억이 나서 아무래도 좀더 나중에 진짜 일을 볼 생각인 모양인가 보다고 생각하게 되었지요.

과연 9시쯤 되자 그자는 자리를 뜨더군요. 택시를 잡아타고는 도시를 빠져나가더니(그곳은 정말 아름다운 지방이었는데, 나는 꼭 제인을 찾아낼 것 같은 생각이 들었답니다), 이윽고 요금을 내고는 차에서 내려 소나무 숲으로 난 길을 따라 벼랑 꼭대기를 향해 걸어가기 시작했어요. 물론 나도 그자를 쫓아갔죠. 우리는 30분 정도 걸었을 겁니다. 길을 따라 여기저기 커다란 별장들이 있었는데, 위로 올라갈수록 그 수가 줄어들기 시작하더니 이윽고 우리는 맨 마지막 것으로 보이는 곳에 이르게 되었지요. 그곳은 커다란 저택인데, 소나무

숲에 둘러싸여 있었습니다.

아주 칠흑같이 어두운 밤이었죠. 그래서 그를 볼 수는 없었지만, 앞에서 들리는 그의 움직임 소리만은 들을 수가 있었습니다. 나는 그가 미행당하고 있다는 것을 눈치 챌까 봐 아주 조심스럽게 걸어야 했어요. 한 굽이를 돌아가자 마침 벨을 누르고 집 안으로 들어가는 그의 모습을 볼 수 있었습니다. 나는 거기서 걸음을 멈췄죠. 그때 갑자기 비가 쏟아지기 시작해서 나는 완전히 물에 빠진 생쥐 꼴이 되고 말았답니다. 게다가 정말 끔찍하게 춥기도 했지요.

휘팅턴은 한번 들어가더니 나올 생각을 하지 않고, 나는 점점 더 조바심이 나기 시작해서 그 부근을 어슬렁거리기 시작했습니다. 1층에 있는 창문들은 죄다 커튼이 내려져 있었는데, 2층(그 저택은 2층 집이었습니다) 창문 하나가 불이 켜져 있고 커튼도 젖혀져 있는 것을 발견하게 되었습니다.

그리고 그 창문 바로 맞은편에 나무 한 그루가 있더군요. 그 나무는 저택에서 한 9m쯤 떨어져 있었는데, 그때 문득 나는 이런 생각이 들게 되더군요. 만일 저 나무에 기어올라갈 수 있다면 방 안을 들여다볼 수 있지 않을까 하는 생각이 말이죠. 물론 휘팅턴이 다른 방에 있지 않고 꼭 그 방에 있을 거라고 생각할 만한 근거는 전혀 없었지만. 사실, 확률로 치자면 무슨 응접실 같은 곳에 있을 가능성이 더 컸다고 할 수 있었지요. 하지만 나는 빗속에서 그렇게 멍청하게 서 있으니 아무 거라도 한번 시도해보는 게 좋지 않을까 하고 생각했던 겁니다. 그래서 그 일에 착수했습니다.

그건 정말 쉽지 않은 일이었답니다! 비에 젖어서 나무가 온통 미끌미끌한 게 도무지 어디 한군데 의지할 만한 곳이 없었거든요. 하지만 끈질기게 기어올라가서 마침내 그 창문과 같은 높이에 이르게 되었죠.

그런데 그만 낙심천만이었어요. 너무 왼쪽으로 치우쳐 있었던 겁니다. 나는 겨우 그 방의 한쪽 구석밖에는 볼 수가 없었던 거죠. 커튼 한쪽과 벽지, 그것이 내가 볼 수 있는 전부였어요. 그런 건 내게 아무런 소용도 없어서, 그만 포기를 하고 명예스럽지 못하게 도로 내려오려고 하는데, 누군가 방 안에서 움직이며 내가 볼 수 있는 벽에 그림자를 던지는 것이었습니다. 그런데 그건 놀랍게도 휘팅턴이란 자였던 겁니다!

그러자 나는 피가 솟구쳐 올랐죠. 어떻게 해서든 그 방 안의 광경을 살펴봐야겠다는 생각이 들었습니다. 그때 나는 내 오른쪽으로 긴 가지 하나가 뻗쳐 있는 것을 보게 되었지요. 그 가지의 중간 정도까지만 갈 수 있다면 위치상 문제는 해결될 것 같았습니다. 하지만 그 가지가 내 몸무게를 지탱해줄 수 있을지는 정말 의문이었죠. 결국 나는 그 모험을 감행하기로 하고, 즉시 착수했습니다. 아주 조심스럽게 조금씩, 조금씩 계속 기어갔지요. 나뭇가지가 우지직 소리를 내며 마구 흔들거렸지만 쉽게 부러질 것 같지는 않았고, 마침내 나는 내가 원하던 곳까지 무사히 도달하게 되었습니다.

그 방은 중간 정도의 크기로, 무슨 병실같이 꾸며져 있었어요. 방 한가운데에는 램프가 달린 테이블이 있었는데, 거기에 휘팅턴이 앉아 있더군요. 그는 간호사복을 입은 여인과 이야기하고 있었어요. 그녀는 나한테 등을 지고 앉아서 얼굴은 볼 수가 없었습니다. 비록 커튼이 젖혀져 있기는 했지만, 창문이 닫혀 있어서 그들이 무슨 말을 나누는지는 알아들을 수가 없었죠. 휘팅턴이 혼자 이야기를 다 하고, 그 간호사는 그냥 듣고만 있는 것 같았어요. 이따금씩 고개를 끄덕이기도 하고 혹은 고개를 젓는 것이, 마치 그녀는 무슨 질문에 대답하는 것 같더군요. 그는 몹시 흥분했는지, 한두 번 주먹으로 테이블을 내리치곤 했어요. 이윽고 비가 그치고, 갑자기 하늘이 맑게 개었지요.

드디어 그는 할 말을 다 마친 모양이었습니다. 그가 자리에서 일어났고 그녀도 따라 일어났어요. 그는 창 쪽을 쳐다보며 뭐라고 묻는 것 같았는데, 내 생각에는 비가 오는지 어떤지를 물었던 것 같습니다. 아무튼, 그녀는 창가로 다가와 밖을 내다보더군요. 바로 그 순간 달이 구름에서 나왔어요. 나는 달빛에 완전히 노출되어서 그 여인이 나를 발견할까 봐 두려웠죠. 그래서 급히 뒤로 물러서려고 했습니다. 그러다가 낡고 힘없는 가지를 너무 세게 잡아당겼던 거예요. 나뭇가지가 우지끈 부러지면서 줄리어스 P. 헤르사이머도 함께 떨어진 겁니다!"

"오, 세상에, 줄리어스! 정말 놀랍군요! 계속하세요."

터펜스가 숨죽인 목소리로 말했다.

"하지만 운이 좋게도 나는 푹신한 땅 위로 떨어지긴 했지만, 한동안 정신을 잃고 말았지요. 정신을 차려 보니 나는 침대에 누워 있고, 옆에는 간호사와 금테 안경을 끼고 검은 수염을 기른 의사인 듯한 조그만 사나이가 나를 들여다보고 있더군요. 내가 눈을 뜨고 그를 쳐다보자, 그는 손을 마주 비비며 눈썹을 치켜세우며 말했어요. '오! 그래 우리 젊은 친구가 이제 정신이 드는가 보구먼. 좋아, 좋아.'

나는 용기를 내어 물어보았지요. '대체 무슨 일입니까?' '여기가 어디죠?' 하지만 나는 그 대답을 충분히 알고 있었습니다. 내 머리에는 아무 이상이 없으니까요. '그 선물을 줄 때가 된 것 같은데, 간호사.'라고 조그만 의사가 말하자, 간호사는 익숙한 동작으로 그 방을 떠나어요. 하지만 나는 그녀가 문을 나설 때 나한테 보내던 호기심 어린 눈빛을 알아보았지요.

그녀의 시선은 나한테 한 가지 생각을 일으키게 했던 겁니다. '나는 이제 아무렇지도 않습니다, 선생님.' 하고 말하며 나는 침대에서 일어나 앉으려고 하는데, 갑자기 오른쪽 발에 끔찍한 통증이 오더군요. '조금 삔 것뿐이오.' 하고 의사가 말해주었어요. '하지만 그렇게 큰 부상은 아니라오. 한 이틀쯤 지나면 다시 괜찮아질 겁니다.'"

"나도 당신이 발을 절룩거리는 걸 봤어요."

터펜스가 불쑥 참견하고 나섰다.

줄리어스는 고개를 끄덕여 보이며 다시 이야기를 계속했다.

"'어떻게 된 겁니다?' 하고 내가 다시 물었지요. 그는 냉담하게 대답해주더군요. '당신은 떨어진 거요. 내 나무 한 그루의 상당한 부분과 함께 말이오. 그래서 내가 새로 꾸민 꽃밭으로 옮겨진 거라오.'

나는 그 사람이 좋아졌습니다. 유머 감각이 있는 사람 같았거든요. 적어도 그는 아주 솔직한 사람이라는 생각이 들었던 겁니다. 내가 이렇게 말했지요. '그렇게 된 거로군요, 선생님. 그 나무는 정말 죄송하게 되었습니다. 이젠 나한테도 새로운 뿌리들이 내리게 되겠군요. 하지만 내가 선생님 정원에서 무슨 짓을 하고 있었는지 알고 싶으실 테죠?', '나도 그 일에 대한 해명을 요구하려던 참이라오.'라고 그가 대답했지요. '아무튼 골프를 치려고 한 것은 아니었습니다.'

그는 미소를 짓더군요. '그게 내 첫 번째 추측이었는데요. 하지만 나는 곧 생각을 바꾸었다오. 그런데, 당신 혹시 미국인이 아닌가요?' 나는 그에게 내 이름을 말해주고 물었지요. '그런데 선생님은?', '나는 훌 박사라고 해요. 그리고 이곳은, 아시겠지만 내 개인 요양원이라오.'

나는 몰랐지만, 그렇다고 해서 그에게 솔직히 말할 수야 없지요. 아무튼 그 사실을 알게 된 것은 정말 고마운 일이었답니다. 나는 그 사람이 마음에 들었고, 또한 정직한 사람이라고 생각되었지만, 그렇다고 그에게 모든 이야기를 털어놓을 생각은 없었지요. 우선 그 이야기를 믿어 주지도 않을 것 같았거든요.

그때 갑자기 한 가지 생각이 떠오르더군요. '물론이죠, 박사님.' 하고 내가 말했죠. '내가 정말 바보짓을 한 것 같군요. 하지만 내가 빌 사이크스 같은 짓을 하려던 것이 아니었다는 사실만 알아주셨으면 합니다.' 그러고는 어떤 처녀에 대해 대충 꾸며대고는 이야기를 해나갔어요. 나는 어떤 신경쇠약에 걸린 아가씨를 찾아다니는 중인데, 그곳에 있는 환자 중에서 그녀를 찾아낼 수 있지 않을까 하고 생각해서 야간 모험을 하게 된 거라고 설명해주었지요.

내 생각에는 그도 그런 종류의 이야기일 거라고 예상하고 있었던 게 아닌가 싶어요. '아주 로맨틱한 이야기로군요.' 그는 내 이야기가 끝나자 그렇게 말하더군요. 그래서 내가 다시 말했죠. '저, 박사님. 제게 솔직히 말씀해주십시오. 혹시 이곳에 지금, 아니면 전에 언젠가 제인 핀이라는 이름의 젊은 아가씨가 있지 않았습니까?' 그는 심각한 얼굴로, '제인 핀?'이라고 되묻더니 '아니오.'라고 대답하더군요. 나는 몹시 실망한 듯한 표정을 지어 보였습니다. '확실합니까?', '틀림없어요, 헤르사이머 씨. 그런 흔치 않은 이름을 내가 기억하지 못할 리가 없지요.' 그건 그렇게 대강 넘어갔습니다.

나한테는 여유가 생겼죠. 그래서 마지막으로 희망을 걸고 한 번 더 시도를 해보았습니다. '그렇다면 할 수 없는 거죠.' 이윽고 내가 말했지요. '그런데, 또 다른 문제가 있습니다. 내가 그 끔찍한 나뭇가지에 매달렸을 때 언뜻 내 옛 친구 하나가 어떤 간호사와 이야기를 나누는 것을 본 것 같습니다만.' 나는 일부러 이름은 밝히지 않았는데, 왜냐하면 휘팅턴이 그곳에서는 전혀 다른 이름으로 알려졌을지도 모르는 일이었거든요. 하지만 의사는 즉시 대답을 하더군요. '휘팅턴 씨를 말하는 거로군요?', '바로 그 사람입니다. 그가 무슨 일로 여기 왔습니까? 혹시 그가 신경쇠약에 걸린 것은 아닐 테죠?'

홀 박사는 웃음을 터뜨리더군요. '천만에요. 그는 자기 조카인 에디스 간호사를 만나러 온 거라오.', '아, 그랬었군요! 그는 아직도 여기 있습니까?' 하고 물었더니, '아니오, 그는 오자마자 얼마 안 있어 다시 런던으로 돌아갔다오.'라고 말해주더군요. 그래서 내가 탄성을 지르면서 말했죠. '정말 유감이로군요! 하지만 그의 조카, 에디스 간호사라고 하셨죠? 그녀와 이야기는 할 수 있겠죠?'

그러나 그 의사는 고개를 흔들더군요. '그것도 불가능할 것 같은데요. 에디스 간호사도 역시 오늘 밤 어떤 환자와 함께 떠났답니다.', '나는 정말 운이 없는 것 같군요.' 내가 말했지요. '혹시 휘팅턴 씨의 런던 주소를 알고 계십니까? 돌아가면 그를 한 번 만나봤으면 싶군요.', '나는 그의 주소를 모른다오. 좋으시다면 에디스 간호사에게 주소를 알려 달라고 편지를 쓸 수는 있지요.' 나는 그에게 고맙다고 했죠. '누가 그것을 알고 싶어 하는지는 밝히지 말아 주십시오. 그를 좀 놀라게 해줄 생각이거든요.'

그 말이 당시 내가 할 수 있었던 전부였지요. 물론 그 간호사가 정말로 휘팅턴의 조카였다면 그건 너무 위험한 함정이 될 수도 있지만, 그래도 한번 해볼 만한 가치가 있는 시도였습니다. 그러고 나서 베레즈포드에게 전보를 쳐서 내가 있는 곳과 다리를 삐어서 꼼짝할 수 없으니 바쁘지 않으면 내려와 달라고 했죠. 하지만 그에게서는 아무런 연락도 없었고, 내 다리는 곧 회복이 되었습니다. 사실 약간 접질렸을 뿐이었지, 정말로 삔 것은 아니거든요. 그래서 오늘 다시 그 조그만 의사에게 작별을 고하고는, 혹시 에디스 간호사한테서 소식이 오면 나에게 연락해 달라고 부탁하고 곧바로 런던으로 돌아온 겁니다. 저런, 터펜스 양, 당신 안색이 몹시 창백해 보이는데요?"

"토미 때문이에요. 그이한테 도대체 무슨 일이 일어났을까요?"

터펜스가 걱정스럽게 말했다.

"그만 기운 내요. 그에게는 아무런 이상도 없을 겁니다. 어째서 그가 잘못되었을 거라고 생각하는 거죠? 이봐요, 그가 뒤를 쫓던 자는 꼭 외국인처럼 생긴 사람이었어요. 그들이 외국으로, 폴란드라든가 뭐 그런 외국으로 갔을 수도 있는 게 아니겠습니까?"

터펜스는 고개를 흔들었다.

"토미는 여권 같은 걸 갖고 있지 않아요. 게다가 나는 그 사람, 보리스라는 자를 보았어요. 그는 어젯밤 밴드마이어 부인과 식사를 같이했거든요."

"무슨 부인?"

"내가 그만 잊고 있었군요. 물론 당신은 그 일을 모르고 계실 테죠."

"지금 듣고 있지 않습니까?"

그가 특히 즐겨 사용하는 표현법을 쓰며 말했다.

"어서 털어놓으십시오."

그래서 터펜스는 지난 이틀 동안 있었던 일들을 모두 말해주었다. 줄리어스의 놀람과 감탄은 끝이 없었다.

"정말 기발한데요! 당신이 하녀로 변장하다니! 나는 배꼽이 다 빠질 지경입니다!"

그러더니 그는 진지한 어조로 덧붙였다.

"하지만, 이봐요, 난 그 일이 마음에 들지 않습니다, 터펜스 양. 안심이 안돼요. 당신의 용기는 가상하지만, 그래도 당신은 이번 일에서 즉시 손을 떼었으면 좋겠소. 우리가 상대하는 악당들은 여자라고 해서 봐주는 일이 없을 거요."

터펜스는 밴드마이어 부인의 강철같이 예리한 시선에 대한 기억을 억지로 떨쳐 버리며 화가 난 어조로 쏘아붙였다.

"내가 겁을 낼 거라고 생각하세요?"

"당신은 대단히 용감하다고 생각해요. 하지만 그것과는 별개의 문제입니다."

"오, 제발 그만 하세요!" 터펜스가 짜증을 내며 말했다.

"우리, 토미가 과연 무슨 일을 당했는지 생각해보기로 해요. 나는 카터 씨한테 그 일에 대해 편지를 보냈어요."

그리고 그녀는 그에게 편지의 내용을 이야기해주었다.

줄리어스는 진지한 표정으로 고개를 끄덕여 보였다.

"내가 보기에도 그게 해볼 수 있는 최선인 것 같습니다. 하지만 우리들도 뭔가를 해야 합니다."

"무슨 일을 할까요?" 터펜스가 갑자기 활기를 찾으며 물었다.

"내 생각에는 우리가 그 보리스란 자를 추적하면 어떨까 싶은데. 당신이 일하는 곳에서 그자를 보았다면서요? 그가 다시 올 것 같습니까?"

"그럴 가능성도 있어요. 하지만 실은 나도 모르겠어요."

"알았습니다. 그렇다면 나는 멋진 자동차를 한 대 사서 운전사 복장을 하고는 밖에서 기다리고 있겠습니다. 그러다가 보리스가 나타나면 당신이 내게 신호를 보내고, 내가 그자를 뒤쫓는 겁니다. 자, 어때요?"

"멋지군요, 하지만 그는 몇 주일 이상 나타나지 않을 수도 있어요."

"언젠간 그런 기회를 잡게 될 겁니다. 당신도 그 계획이 마음에 든다니 기쁘군요."

그가 자리에서 일어났다.

"어디를 가시려고요?"

"차를 사러 가야죠." 줄리어스가 뜻밖이라는 듯한 표정으로 대답했다.

"당신은 어떤 차가 마음에 드십니까? 일을 끝내기 전에 한번 타보셔야죠."

"어머." 터펜스가 수줍어하며 대답을 했다.

"난 롤스로이스를 타보았으면 좋겠어요, 하지만……."

줄리어스가 즉시 동의했다.

"좋습니다. 그걸 원하신다면 곧 사지요."

터펜스가 비명을 지르듯 말했다.

"하지만 당장 그렇게 할 수는 없는 거예요. 사람들은 때로는 기다려 볼 줄도 알아야 해요."

"이 줄리어스는 그렇지 않습니다." 헤르사이머가 단언하듯 말했다.

"당신은 걱정하실 필요가 없어요. 30분 내에 그 차를 몰고 오겠습니다."

터펜스가 자리에서 일어나며 말했다.

"당신은 정말 좋은 분이에요, 줄리어스. 하지만 나는 그것이 너무 무모한 희망이라는 생각을 떨쳐 버릴 수가 없군요. 난 사실 카터 씨에게 내 모든 희망을 걸고 있어요."

"나는 그럴 수가 없는데요."

"어째서죠?"

"그건 순전히 내 개인적인 생각입니다."

"오, 하지만 그분도 뭔가를 해야 해요. 그분 말고는 할 사람이 없어요. 참, 그걸 당신에게 이야기해준다는 것을 깜빡 잊고 있었군요. 난 오늘 아침에 이상한 일을 겪었어요."

그리고 그녀는 그날 아침에 제임스 필 에드거튼 경을 만났던 일을 이야기해주었다. 줄리어스는 그 일에 관심을 보였다.

"그 사람의 의도가 무엇이라고 생각하십니까?" 그가 물었다.

"나도 잘 모르겠어요." 터펜스가 신중한 어조로 말했다.

"하지만 편견없는 변호사로서 법률적인, 그러니까 해석하기에 따라서는 다르게 받아들일 수도 있는 암시적인 방법으로 나한테 경고하려는 것 같았어요."

"왜 그가 그런 일을 하려고 했을까요?"

터펜스가 솔직하게 말했다.

"정말 알 수가 없어요. 그는 친절하고도, 대단히 뛰어난 머리를 가진 것 같았어요. 그를 찾아가서 모든 걸 털어놓고 싶기도 해요."

하지만 뜻밖에도 줄리어스는 그녀의 생각에 즉시 반박을 했다.

"이봐요, 이번 일엔 변호사 친구를 끌어넣을 필요가 없어요. 그런 친구들은 우리에게 아무런 도움도 주지 못할 겁니다."

"하지만 그분이라면 도움이 될 거예요."

터펜스가 계속 고집을 피웠다.

"그런 생각일랑 아예 마십시오. 자, 그럼 나는 한 30분 뒤에 다시 돌아오겠습니다."

그로부터 35분 뒤에 줄리어스가 돌아왔다. 그는 터펜스의 팔을 잡고 창가로 데려갔다.

"저걸 봐요."

"오!" 터펜스는 탄성을 지르며 그 거대한 자동차를 내려다보았다.

"저 자동차에는 속도조절 장치가 달렸답니다."

줄리어스가 만족스런 표정으로 말했다.

"어떻게 손에 넣으신 거죠?" 터펜스가 숨죽인 목소리로 물었다.

"어떤 높으신 양반한테 막 팔렸던 거죠."

"그런데요?"

"나는 그 사람의 집에 찾아가서, 그 차가 2만 달러는 나갈 것 같다고 말했지요. 그러고는 나한테 팔면 5만 달러를 내겠다고 한 겁니다."

"그래서요?" 터펜스가 놀라움을 금치 못하고 물었다.

"그래서 그가 내게 판 거죠, 그뿐입니다."

제12장

궁할 때 친구

금요일과 토요일을 무사하게 보낸 터펜스는 그녀의 부탁에 대한 카터 씨의 간략한 답신을 받았다. 편지에서 그는 '청년 모험가' 클럽이 어떠한 위험도 감수하고 그 일을 맡은 것이며, 또한 자기는 그 위험들에 대해 충분히 경고를 한 바가 있다는 것을 밝히고 있었다. 토미한테 무슨 일이 일어났다면, 그것은 자기로서도 무척 유감이 아닐 수 없지만, 자기는 아무런 도움도 줄 수가 없다는 것이었다.

이런 답장은 차라리 안 받느니만 못했다. 어쩐지 토미가 없이는 모험도 아무런 흥미가 없었고, 또한 처음으로 터펜스는 성공에 대한 회의를 느끼게 되었다. 그녀는 그들이 함께 있는 동안에는 한 번도 성공에 대해 의문을 품어 본 적이 없었다. 비록 그녀는 모든 일에 자기가 앞장을 서고, 자신의 총명함에 스스로 자부심을 느끼는 것에 익숙해져 있었는데, 실제로는 자기가 아는 것보다 훨씬 더 토미에게 의지하고 있었던 것이다. 그에게는 아주 냉철한 면과 명석한 두뇌가 있었고, 또한 결코 흔들림이 없는 그의 건전한 사고방식은 그녀에게 좋은 길잡이가 되어 주었는데, 이제 그가 곁에 없는 터펜스는 마치 방향타를 잃어버린 배라도 된 듯한 심정이었다. 게다가, 토미보다 훨씬 뛰어난 사람임이 틀림없는 줄리어스도 그녀에게 토미만큼 믿음직한 기분을 주지 못한다는 것은 정말 이상한 일이었다. 그녀는 토미를 비관론자라고 비난했었는데, 사실이지 그는 언제나 그녀가 낙관적으로 생각하는 것들을 너무 어렵고 비관적으로 보곤 했었다. 그래도 그녀는 그의 판단에 많은 의지를 해왔었다. 그는 둔한 사람일지는 몰라도, 반면에 아주 확실한 사람이었다.

처음으로 그녀는 자기들이 그토록 가벼운 마음으로 떠맡은 그 일의 불길한 성격을 깨닫게 된 것 같았다. 출발은 마치 무슨 로맨스처럼 시작되었다. 그러나 이제 그것은 껍질을 벗고 자신의 냉혹한 실체를 드러내 보이는 것이었다. 토미 때문에 그날 터펜스는 수도 없이 눈물을 훔쳐내야 했다.

"바보 같으니라고 그렇게 눈물이나 질질 짜지 마. 그래, 너는 그 사람을 사랑하고 있어. 하지만 이렇게 감상적이 된다고 해서 좋아질 건 하나도 없어."라고 되뇌면서.

한편, 보리스는 더 이상 모습을 보이지 않았다. 그는 아파트에 다시는 나타나지 않았고, 줄리어스와 자동차는 하는 일 없이 마냥 기다리기만 했다. 터펜스는 새로운 생각에 골몰하고 있었다. 줄리어스의 반대가 진정이라는 것을 인정했지만, 그래도 그녀는 제임스 필 에드거튼 경에게 호소해봐야겠다는 생각을 완전히 포기한 것은 아니었다. 사실 그녀는 인명록에서 그의 주소를 알아두고 있었다. 그는 정말로 그날 그녀에게 경고할 뜻이 있었던 것일까? 그렇다면 왜? 그녀는 적어도 그 일에 대한 설명을 요구할 자격이 있었다. 그는 아주 친절한 시선으로 그녀를 바라봤었다. 혹시 그는 토미의 실종에 대한 단서가 될지도 모르는 밴드마이어 부인과 관계가 있는 어떤 사실을 말해줄지도 모르는 일이었다.

터펜스는 어깨를 한번 으쓱해 보고는, 그것은 시도해볼 가치가 있는 일이며, 따라서 한번 해봐야겠다고 결심했다. 일요일 오후에 그녀는 외출했다. 그녀는 줄리어스를 만나, 자기 생각을 따르도록 그를 설득시켜서 둘이 함께 제임스 경을 찾아가 볼 생각이었다.

줄리어스를 설득하는데 상당한 애를 먹었지만, 터펜스는 끝까지 주장을 굽히지 않았다. "해본다고 해서 손해 볼 건 없어요." 이것이 그녀의 줄기찬 이론이었다. 결국 줄리어스도 항복하고, 그들은 칼튼 하우스 테라스(높은 지대에 있는 고급 주택구)로 차를 몰았다.

조금도 빈틈이 없어 보이는 집사가 문을 열어 주었다. 터펜스는 약간 초조함을 느꼈다. 뭐니 뭐니 해도, 그녀의 입장에서 보면 너무 주제넘은 짓이 될지도 모르는 일이었기 때문이다. 그녀는 단순히 제임스 경이 집에 계시느냐고 묻는 것보다는, 좀더 개인적인 용무가 있는 것처럼 보이는 것이 좋겠다고 생각했다.

"제임스 경께 제가 잠시 뵐 수 있는지 여쭤봐 주시겠습니까? 그분께 전해 드릴 중요한 전갈을 가지고 왔거든요."

집사는 물러갔다가 잠시 뒤 다시 돌아왔다.

"제임스 경께서 만나보시겠다고 합니다. 이쪽으로 오시겠습니까?"

그는 그들을 집 뒤에 있는 서재로 안내했다. 엄청난 분량의 장서로 가득 차 있는 방이었는데, 터펜스는 한쪽 벽이 온통 범죄와 범죄학에 대한 저서들로 채워진 것을 보았다. 푹신한 가죽으로 꾸민 안락의자 몇 개와 고풍스러운 벽난로가 커다랗게 입을 벌리고 있었다. 창가에는 서류가 잔뜩 쌓인 커다란 책상이 있고, 그곳에 집주인이 앉아 있었다.

그들이 들어서자 그가 자리에서 일어섰다.

"나한테 전갈을 가지고 오셨다고요? 아……."

그는 터펜스를 알아보며 미소를 지었다.

"아가씨로구먼? 그래, 밴드마이어 부인한테서 전갈을 가져왔나 보구려?"

"그렇지가 않습니다." 터펜스가 말했다.

"꼭 뵙고 싶어서 그런 식으로 말씀드렸을 뿐입니다. 참, 그리고 이쪽은 헤르사이머 씨입니다, 제임스 필 에드거튼 경."

"뵙게 되어서 기쁩니다." 줄리어스가 말하며 악수를 청했다.

"자, 이리 좀 앉으시지요."

제임스 경이 의자 두 개를 끌어당기며 자리를 권했다.

터펜스가 용기 있게 말문을 열었다.

"제임스 경, 제가 이렇게 불쑥 찾아온 것을 무례한 행동이라고 여기시리라 생각합니다. 왜냐하면, 이건 선생님과는 전혀 무관한 일이고, 또한 선생님은 중요한 분이시고, 저와 토미는 대단치 않은 존재이기 때문이지요."

그녀는 잠시 숨을 돌렸다.

"토미?" 제임스 경이 줄리어스 쪽을 건너다보며 물었다.

"아니에요, 그쪽은 줄리어스랍니다." 터펜스가 설명해주었다.

"제가 너무 마음이 급하다 보니 그만 두서가 없었던 것 같군요. 제가 사실 알고 싶은 것은 무슨 뜻으로 지난번 저에게 그런 말씀을 하셨나 하는 거예요.

선생님은 저에게 밴드마이어 부인에 대해 조심하라고 경고하실 생각이셨죠? 제 말이 맞나요?"

"이봐요, 젊은 아가씨, 나는 단지 얼마든지 좋은 일자리를 얻을 수 있다고 말한 것으로 기억하는데."

"예, 저도 알고 있습니다. 하지만 그건 일종의 암시였어요, 그렇죠?"

"글쎄, 아마 그럴 수도 있었겠지." 제임스 경이 진지한 어조로 동의했다.

"저는 좀더 자세히 알고 싶은 겁니다. 어째서 선생님이 저에게 그런 귀띔을 주셨는지 그 이유를 알고 싶습니다."

제임스 경은 그녀의 진지한 태도에 미소를 지어 보였다.

"아마도 부인이 나를 명예훼손죄로 고발이라도 할 모양이지?"

터펜스가 말했다.

"물론 저도 변호사란 늘 무척 조심스럽게 처신한다는 것을 잘 알고 있습니다. 하지만 일단 편견을 버려야 우리가 원하는 대화를 나눌 수 있을 거예요."

제임스 경이 여전히 미소를 띤 얼굴로 말을 이었다.

"편견 없이 말하자면, 만일 나한테 생활을 위해 어쩔 수 없이 돈을 벌어야 할 어린 여동생이 있다고 해봅시다. 나는 그녀가 밴드마이어 부인의 시중을 드는 걸 보고 싶지가 않았을 거요. 나는 아가씨한테 그런 귀띔을 해주어야 할 의무 같은 것을 느꼈던 것이지. 그곳은 어리고 경험이 없는 젊은 여인이 있을 만한 곳이 결코 못 돼요. 그것이 내가 아가씨한테 해줄 수 있는 전부지."

터펜스가 신중한 어조로 말했다.

"알았습니다. 정말 고마운 말씀이로군요. 하지만 저는 선생님이 생각하시는 것처럼 그렇게 미숙하지가 않습니다. 저는 그녀가 상당히 좋지 않은 여인이라는 사실을 죄다 알고도 그 집에 들어간 것인데, 사실 제가 그 집에 들어간 이유는……"

그녀는 이야기를 중단하고 제임스 경의 얼굴에 떠오른 당혹스런 표정을 주시하다가 다시 말을 이었다.

"선생님한테 모든 이야기를 솔직히 털어놓는 편이 좋을 것 같군요. 만일 제가 진실을 말하지 않는다면 선생님은 곧 알아차리실 것 같은 생각이 드는군요. 혹시 선생님이 처음부터 그 일에 대해서 잘 알고 계실지도 모르기 때문이죠. 당신은 어떻게 생각하세요, 줄리어스?"

"당신이 그렇게 결정했다면, 나야 따를 도리밖에 없겠죠."

그때까지 침묵을 지키던 줄리어스가 대답했다.

"그래요, 나한테 전부 말해주시오. 토미가 누구인지 알고 싶군요."

제임스 경이 말했다.

이에 고무된 터펜스가 모든 이야기를 털어놓기 시작하자 제임스 경은 주의 깊게 그녀의 말을 경청했다.

이윽고 그녀가 말을 마치자 그가 입을 열었다.

"아주 흥미 있는 이야기로군. 아가씨가 한 이야기 중 상당 부분은 나도 이미 잘 아는 거라오. 그 제인 핀이라는 여인에 대해선 나 나름대로 생각을 하고 있어요. 아가씨는 지금까지 정말 놀라운 일을 해낸 거요. 하지만 그것은, 그의 이름이 뭐라고 했지? 카터 씨라고 했던가, 아무튼 그 사람이 당신들 두 젊은이를 이런 일에 끌어들인 것은 정말 너무도 부당한 처사라고 할 수 있소. 그런데 헤르사이머 씨는 언제부터 이 일에 끼어들게 된 거요? 아가씨는 그 점을 분명히 밝히지 않은 것 같은데?"

줄리어스가 직접 대답했다.

"저는 제인의 사촌입니다."

그는 변호사의 예리한 시선을 마주 보며 설명했다.

"아!"

터펜스가 갑자기 입을 열었다.

"저, 제임스 경, 토미한테 어떤 일이 일어났다고 생각하세요?"

"흠." 변호사는 의자에서 일어나 방 안을 천천히 거닐기 시작했다.

"이봐요, 아가씨가 도착했을 때 나는 막 여행을 떠나려고 짐을 꾸리던 참이었소. 오늘 밤 기차로 스코틀랜드로 며칠 동안 낚시 여행을 갈 생각이었다오. 하지만 다른 낚시 거리가 생겼구먼. 이제는 떠나고 싶은 생각이 없어졌고, 또한 우리가 그 젊은 친구의 행방을 알아낼 수 있는지부터 알아봐야겠소."

"오!" 터펜스는 열정적으로 두 손을 움켜잡으며 소리쳤다.

"하지만 방금도 말했듯이, 그것은 너무 무모한 처사요. 카터란 사람이 당신들 두 젊은이를 이런 일에 끼어들게 한 것 말이오. 그렇다고 해서 내 말에 너무 화를 내지는 마요, 미스……."

"카울리, 프루던스 카울리예요. 하지만 친구들은 터펜스라고 부른답니다."

"좋아요, 터펜스 양, 그렇다면 나도 분명히 친구가 되는 모양이로군. 내가 아가씨를 어리게 생각한다고 해서 불쾌하게 여기지는 마요. 젊은 사람들은 너무 쉽게 판단을 내리기 때문에 실패하기가 쉬운 법이라오. 자, 이제는 그 토미라는 친구에 대해……."

"예." 터펜스는 두 손을 꼭 움켜쥐었다.

"솔직히 말해서 그에게는 모든 상황이 불리하게 보여요. 그는 타의에 의해서 어딘가로 끌려간 것 같거든. 그건 의심할 나위가 없는 거요. 하지만 희망을 버리진 맙시다."

"그렇다면 정말로 우리를 도와주실 건가요? 봐요, 줄리어스! 저이는 제가 여기 오는 것을 반대했답니다."

그녀가 말했다.

"흠, 그 까닭은?" 변호사는 예리한 시선으로 줄리어스를 주시했다.

"저는 이런 사소한 일로 선생님을 번거롭게 해 드리는 것은 옳지 않은 짓이라고 생각했습니다."

"알았소." 그는 잠깐 생각에 잠겼다.

"당신 말대로 이건 아주 사소한 일이라고도 할 수 있소. 그러나 아주 중대한, 당신이나 터펜스 양이 아는 것보다 훨씬 중대한 사건으로 발전하고 있어요. 만일 토미라는 청년이 살아 있다면, 그는 우리에게 아주 가치 있는 정보를 제공해줄지도 모르지. 그래서 우리는 그를 꼭 찾아내야 하오."

"물론이죠, 하지만 어떻게요?" 터펜스가 절망적인 목소리로 물었다.

"저는 생각해볼 수 있는 것은 전부 시도해봤어요."

제임스 경은 미소를 지어 보였다.

"그가 어디 있는지, 아니면 그가 어떻게 되었는지 잘 알고 있을 가능성이 큰 사람이 아주 가까운 곳에 있다오."

"그게 누구죠?" 터펜스가 어리둥절해하며 물었다.

"밴드마이어 부인."

"그렇죠, 하지만 그녀는 결코 우리에게 입을 열지 않을 거예요."

"아, 그것이 바로 내가 이번 일에 참여하는 이유라오. 밴드마이어 부인에게는 내가 알고 싶은 것을 털어놓게 할 자신이 있다고 보거든."

"어떻게요?" 터펜스가 눈을 커다랗게 뜨며 물었다.

"아, 그녀에게 대답해 달라고 하는 거라오."

제임스 경이 쉽게 대답했다.

"그것이 우리가 할 방법이지."

그가 손가락으로 책상을 가볍게 두드리자, 터펜스는 다시금 그에게서 발산되는 강력한 힘을 느낄 수 있었다.

"그런데 만일 그녀가 입을 열지 않는다면 어떻게 하죠?"

줄리어스가 불쑥 물어보았다.

"나는 그녀가 입을 열 거라고 생각하오. 나에게는 한두 가지 강력한 수단이 있어요. 하지만 그것도 통하지 않을 때는 돈으로 매수하는 방법도 생각할 수 있지요."

"그렇습니다. 그것이 바로 제가 할 수 있는 일입니다."

줄리어스가 주먹으로 책상을 내리치며 소리쳤다.

"저는 필요하다면 백만 달러라도 내놓을 수 있습니다. 그렇습니다, 제임스 경, 백만 달러라도 말입니다!"

제임스 경은 가만히 앉아서 한참 동안 줄리어스를 자세히 바라보았다. 이윽고 그가 입을 열었다.

"헤르사이머 씨, 그것은 대단히 큰 액수요."

"저도 그 정도는 각오하고 있습니다. 그들은 그저 푼돈이나 뜯어내는 그런 족속들이 아닐 테니까 말입니다."

"현재 시세로 봐서 백만 달러라면 25만 파운드 이상은 충분히 나갈 거요."

"그럴 겁니다. 혹시 제가 허풍을 떠는 거라고 생각하실지 몰라도, 선생님이 요구하시는 이상으로 얼마든지 지급할 능력이 있습니다."

제임스 경은 약간 얼굴을 붉혔다.

"보수를 논하자는 게 아니오, 헤르사이머 씨. 나는 사립탐정이 아니오."

"죄송합니다. 제가 조금 성급했던 모양이로군요. 하지만 저도 돈 문제에 대해선 좋지 않은 생각을 하고 있었답니다. 언젠가 한번 제인의 소식에 많은 보상금을 걸겠다고 제안을 했더니, 그 완고하기 짝이 없는 런던경시청 사람들은 저에게 충고를 해주더군요. 그건 바람직하지 못한 방법이라면서요."

"그들 생각이 아마 옳을 거요." 제임스 경이 냉담하게 말했다.

"하지만 줄리어스한테는 전혀 문제가 되지 않는답니다."

터펜스가 끼어들며 설명해주었다.

"저 사람은 선생님을 우롱하는 게 아니에요. 줄리어스는 정말로 막대한 재산을 가졌거든요."

줄리어스가 다시 설명을 보탰다.

"제 부친께서는 돈을 쌓아 놓기만 하셨는데, 이제 그것을 유용하게 쓰자는 거죠. 선생님 생각대로 말입니다."

제임스 경은 잠시 생각에 잠겼다.

"꾸물거릴 시간이 없어요. 빠를수록 우리에게 유리하거든."

그는 터펜스 쪽을 돌아보았다.

"밴드마이어 부인이 오늘 밤 밖에서 저녁을 먹을 거라고 생각하오?"

"예, 저는 그렇게 알고 있어요. 하지만 그렇게 늦게까지 있지는 않을 거예요. 그럴 생각이었다면 아마 열쇠를 가지고 나갔을 테니까요."

"좋아요. 나는 한 10시쯤 그녀를 방문하겠소. 아가씨는 몇 시까지 돌아갈 생각이오?"

"9시 30분이나 10시쯤에요. 하지만 좀더 일찍 돌아갈 수도 있어요."

"그렇게 해서는 절대 안 되지. 평소보다 일찍 돌아간다면 의심을 불러일으킬 수도 있으니까. 9시 30분까지 돌아가도록 해요. 나는 10시까지 도착할 테니까. 헤르사이머 씨는 택시를 대기시켜 놓도록 하고 말이오."

"줄리어스는 롤스로이스를 가지고 있어요."

터펜스가 대신 자랑을 늘어놓았다.

"그렇다면 더욱 좋지. 만일 내가 그녀한테서 주소를 알아내게 되면, 우리는 즉시 그곳으로 달려가는 거요. 필요할 경우에는 밴드마이어 부인도 함께 데려가는 거지. 이해하겠소?"

"예." 터펜스는 경쾌하게 발을 구르며 일어났다.

"아, 이제야 마음이 훨씬 놓이는 것 같아요!"

"너무 지나친 기대는 마요, 터펜스 양. 마음을 편하게 가져야 해요."

줄리어스가 제임스 경을 쳐다보았다.

"저, 그런데, 제가 선생님을 모시러 9시 30분경에 이리로 차를 가져오는 게 어떨까요? 그게 좋지 않겠습니까?"

"그게 좋을 것 같군요. 쓸데없이 차를 두 대씩이나 대기시킬 필요는 없으니까. 자, 터펜스 양, 이제 내가 해줄 수 있는 말은 가서 저녁을 든든하게, 아주 든든하게 먹어 두라는 거요. 그리고 너무 조급하게 서두를 생각은 말아요."

그들은 제임스 경과 작별을 하고 곧 밖으로 나왔다.

"멋진 분이죠?"

터펜스가 가벼운 발걸음으로 계단을 내려오며 몹시 들뜬 어조로 물었다.

"오, 줄리어스, 당신은 그가 정말 멋진 분이라고 생각지 않으세요?"

"글쎄요, 나도 그가 상당히 유능한 사람인 것 같다고 생각합니다. 그를 찾아가 봤자 아무런 소용도 없을 거라고 한 것은 내 실수였어요. 그런데, 곧바로 리츠 호텔로 돌아갈까요?"

"나는 좀 산책을 하고 싶어요. 지금 너무 흥분한 상태이거든요. 하이드 파크에서 나를 내려주실 수 있겠어요? 당신도 함께 가지 않을래요?"

줄리어스는 고개를 저었다.

"휘발유를 좀 넣어야겠습니다. 그리고 국제전보도 몇 통 쳐야 하고."

"좋아요. 7시에 리츠 호텔에서 만나기로 해요. 그리고 함께 2층에서 식사를 하는 거예요."

"좋습니다. 그러면 그때 보기로 하죠."

터펜스는 경쾌한 기분으로 서펜타인 쪽을 향해 걷다가 처음으로 시계를 흘끗 들여다보았다. 거의 6시가 다 되어 있었다. 그녀는 차를 마시지 않았다는 것이 생각났지만, 너무도 흥분해 있어서 배고픔조차도 느끼지 못하는 것 같았다. 그녀는 켄싱턴 가든까지 걸어갔다가 다시 천천히 되돌아오며 그 신선한 공기와 기분 좋은 산책으로 더할 수 없이 마음이 상쾌해졌다. 제임스 경의 충고대로 그녀의 머릿속에서 그날 밤에 있을 사건에 대한 생각을 밀어내기란 그리 쉽지 않은 일이었다. 그녀가 하이드 파크의 모퉁이에 가까워지면 질수록 남부 오들리 맨션으로 돌아가고 싶다는 유혹을 도저히 억누를 수가 없었다.

그녀가 잠깐 가서 그 건물을 살펴본다고 해서 뭐가 잘못될 것 같지는 않았다. 그녀는 10시까지 참을성 있게 기다리는 것을 포기하기로 했다.

남부 오들리 맨션은 평상시와 조금도 다를 바가 없어 보였다. 터펜스는 자신이 도대체 무엇을 기대하는지도 알지 못했지만, 견고한 모습의 붉은 벽돌 건물은 그녀를 지배하고 있으며 점점 더 커지기만 하는, 도무지 이유를 알 수 없는 불안감을 다소 완화해주었다. 그녀가 막 돌아가려고 하는데, 예리한 휘파람 소리가 나며 충실한 앨버트가 그녀를 만나려고 건물에서 뛰쳐나왔다.

터펜스는 미간을 찌푸렸다. 그곳에 그녀가 나타났다는 사실을 누군가에게 들키는 것은 예정에 없었던 일이기 때문이다. 하지만 앨버트의 얼굴은 흥분을 억제하느라고 자줏빛으로 물들어 있었다.

"저 말이에요, 카울리 양, 그녀가 도망치려고 해요!"

"누가 도망친다는 거지?" 터펜스가 급히 물었다.

"그 악당 말이에요. 레디 리타, 밴드마이어 부인 말이에요. 그녀가 지금 짐을 꾸리고 있는데, 방금 나한테 택시를 잡아오라고 심부름을 시켰어요."

"뭐라고?" 터펜스는 그의 팔을 움켜잡았다.

"정말 사실이에요, 카울리 양. 나는 당신이 그 일을 모르고 있을 거라고 생각했어요."

"앨버트!" 터펜스가 탄성을 질렀다.

"너는 정말 최고야. 네가 없었다면 그녀를 놓칠 뻔했어."

앨버트는 이런 칭찬을 듣자 기쁨으로 얼굴이 환해졌다.

"이렇게 꾸물거릴 시간이 없어." 터펜스가 길을 건너며 말했다.

"그녀를 붙잡아놔야 해. 무슨 대가를 치르든지 그녀를 이곳에 붙잡아 놓아야만 해……." 그녀는 말을 끊었다.

"앨버트, 이 근처에 전화가 있니?"

소년은 고개를 저었다.

"이 아파트는 거의 다 자기 전화를 가지고 있어요, 카울리 양. 하지만 공중 전화가 저기 모퉁이를 돌아가면 있어요."

"그렇다면, 즉시 그리로 가서 리츠 호텔에 전화해. 헤르사이머 씨를 바꿔 달라고 해서 그가 전화를 받으면 그에게 제임스 경과 함께 즉시 이곳으로 오라고 전해. 밴드마이어 부인이 도망치려고 한다면서 말이야. 만일 그를 찾을 수가 없으면 제임스 필 에드거튼 경에게 전화해. 그분 전화번호는 전화번호부에서 찾을 수 있을 거야. 그리고 그분에게 지금 상황을 말씀드려. 내가 말한 이름들을 기억할 수 있겠지, 앨버트?"

앨버트는 그 이름들을 줄줄이 외어 보였다.

"나를 믿으세요, 카울리 양, 틀림없이 해낼 테니까요. 하지만 당신은 어떻게 하죠? 그녀가 당신을 의심하지 않을까요?"

"아니, 그렇지 않아, 난 괜찮을 거야. 그런 걱정은 말고 가서 전화해. 빨리!"

숨을 깊게 들이마시고 터펜스는 맨션으로 들어가 20호를 향해 뛰어올라갔다. 그녀는 두 사람이 도착할 때까지 어떻게 밴드마이어 부인을 붙잡아 놓아야 할지 아무런 묘안도 떠오르지 않았지만, 그래도 어떻게 해서든지 그 일을 해내야만 하고, 또한 그녀 혼자 힘으로 그 임무를 완수해야 했다. 대체 무슨 일이 생겨서 이렇게 급히 떠나려는 것일까? 밴드마이어 부인이 그녀를 의심한 것일까?

생각해봐야 소용없는 짓이었다. 터펜스는 힘차게 초인종을 눌렀다. 요리사한테 뭔가를 들을 수 있을지도 모른다고 그녀는 생각했다.

아무런 응답이 없자, 그녀는 잠시 기다려 보다가 다시 이번에는 한동안 벨에서 손가락을 떼지 않고 초인종을 계속 눌렀다. 이윽고 터펜스는 안에서 발걸음 소리가 나는 것을 들을 수 있었고, 잠시 뒤 밴드마이어 부인이 직접 문을 열어 주었다. 그녀는 터펜스의 모습을 보고 눈썹을 치켜세웠을까?

"아가씨로군?"

"이가 아파서요, 마님." 터펜스는 천연덕스럽게 줄줄 늘어놓기 시작했다.

"그래서 일찍 집으로 돌아와 조용히 쉬는 게 나을 것 같다고 생각했어요."

밴드마이어 부인은 아무 말도 하지 않고 다만 길을 비켜 주어 터펜스가 안으로 들어갈 수 있도록 해주었다.

"정말 안되었구먼." 그녀가 차갑게 말했다.

"곧바로 침대에 가서 쉬도록 해요."

"아니에요, 부엌에 가서 일을 봐야겠어요, 마님. 요리사가……."

"요리사는 나갔어."

밴드마이어 부인이 상당히 불쾌한 듯한 어조로 말했다.

"내가 내보냈어. 아가씨를 보니까 어서 침대로 가서 쉬어야 할 것 같은데."

갑자기 터펜스는 공포를 느꼈다. 밴드마이어 부인의 목소리에는 뭔가 아주 심상치 않은 기색이 담겨 있었다. 그녀는 천천히 돌아섰다. 터펜스는 막바지로 몰렸다.

"저는 그러고 싶지……."

그러자 갑자기 차가운 강철 총구를 그녀의 관자놀이께 갖다 대며, 밴드마이어 부인이 아주 음산하고 냉랭한 목소리로 말했다.

"망할 계집 같으니라고! 내가 아무것도 모르는 줄 알아? 아니, 대답할 필요도 없어. 반항하거나 소리를 지르면 개처럼 쏘아 죽일 테야."

차가운 총구가 터펜스의 관자놀이에 압력을 더욱 가해왔다.

"자, 어서 걸어." 밴드마이어 부인이 계속 말을 이었다.

"이쪽으로, 내 방으로 들어가. 이제 잠시 뒤면 너는 아까 내가 말한 것처럼 침대로 가는 거야. 그러고는 잠을 자는 거지. 오, 그럼, 꼬마 스파이 아가씨, 너는 그냥 잠이 들게 되는 거라고!"

그녀의 마지막 말에는 터펜스가 전혀 겪어 보지 못했던, 정말 소름끼치는 상냥함이 담겨 있었다. 그 순간 그녀는 어쩔 수 없이 시키는 대로 밴드마이어 부인의 침실로 들어갔다. 권총은 계속 그녀의 이마에 머물러 있었다. 방 안은 여기저기에 흩어진 옷가지들로 온통 난장판을 이루고, 옷가방과 모자 상자가 반쯤 꾸리다 만 채로 방 한가운데 놓여 있었다.

터펜스는 온 힘을 다해 두려움과 싸웠다. 이윽고 그녀는 목소리가 다소 떨리기는 했지만, 그래도 용감하게 입을 열었다.

"이보세요, 이건 정말 어처구니없는 짓이에요. 당신은 나를 쏠 수 없어요. 이 건물 안에 있는 모든 사람들이 총소리를 들을 테니까."

밴드마이어 부인이 밝은 목소리로 말했다.

"그 정도의 모험은 감수할 수 있어. 하지만 네가 소리를 지르지 않는다면 괜찮을 거야. 나도 네가 감히 소리를 지르리라고는 생각지 않아. 너는 똑똑한 아가씨이니까. 그동안 나를 잘도 속여 왔지. 한 번도 너를 의심해본 적이 없으니 말이야! 그래서 나는 네가 충분히 이해하고 있을 거란 사실을 믿어 의심치 않지. 지금의 상황이 내가 위에 있고 너는 밑에 깔렸다는 것을 말이야. 자, 그렇다면, 이제 침대에 누워. 손을 머리 위로 쳐들고, 목숨이 아깝다면 그 손을 움직일 생각일랑 아예 말고."

터펜스는 순순히 따랐다. 그녀의 이지는 지금의 상황을 순순히 받아들이는 것 이외에 다른 도리가 없다고 말해주고 있었다. 그녀가 도와 달라고 소리를 지른다고 하더라도 누군가가 그녀의 절박한 외침을 들어줄 가능성은 극히 희박했고, 반면에 밴드마이어 부인이 그녀를 쏴 죽일 가능성만 커질 것 같았기 때문이다. 한편 계속해서 시간을 질질 끄는 것은 바람직하지 않았다.

밴드마이어 부인은 권총을 언제든지 손이 미칠 수 있도록 세면대 모서리에 내려놓고는, 터펜스가 움직일 때를 대비해서 마치 스라소니처럼 시선을 그녀에게 고정한 채 대리석으로 만든 세면대 위에서 마개가 달린 작은 병을 집어 안에 들어 있는 내용물을 물이 가득 찬 유리잔에 쏟아 부었다.

"그게 뭐죠?" 터펜스가 날카롭게 물었다.

"너를 그냥 푹 잠들게 해주는 약이야."

터펜스의 안색이 약간 창백해졌다.

"나를 독살시킬 생각인가요?" 그녀는 숨죽인 목소리로 물었다.

"글쎄." 밴드마이어 부인이 기분 좋은 미소를 지으며 말했다.

"난 마시지 않을 거예요." 터펜스가 단호하게 말했다.

"차라리 총에 맞아 죽는 편이 나을 거예요. 그러면 큰 소리가 날 테고, 누군가가 총소리를 듣게 될지도 모르니까요. 난 결코 새끼 양처럼 조용하게 살해당할 수는 없다고요."

밴드마이어 부인이 발을 쾅하고 굴렀다.

"바보 같은 소리 하지 마! 너는 정말로 내가 살인을 저질러 경찰의 추적을 받고 싶어 할 거라고 생각해? 조금만 생각해보면 너를 독살시키는 것이 결코 내 목적에 어울리지가 않는다는 사실을 깨닫게 될 거야. 이것은 수면제일뿐이야. 너는 내일 아침에 아무런 이상도 없이 깨어나게 될 거야. 너하고 더 이상은 지겨운 입씨름을 하고 싶지가 않아. 다른 쪽을 택할 수도 있지만, 너도 결코 그걸 원치는 않을 거야! 마음만 먹으면 난 정말 인정사정없이 해치울 수도 있어. 자, 그러니까 착한 아가씨답게 이걸 마셔. 너한테는 아무런 해도 없을 거야."

터펜스는 그녀의 말이 진정에서 나온 것이라고 생각했다. 그녀는 예까지 들어가며 자신의 진심을 드러내 보였다. 그것은 그녀에게 시간을 벌 수 있는 간단하고도 효과적인 설득 방법이었다. 그렇지만 터펜스는 순순히 잠들어 달라는 밴드마이어 부인의 설득(?)을 들어주지 않았다. 그녀는 밴드마이어 부인이 주는 것을 마시고 잠이 들어 버리게 되면, 토미를 찾을 수 있는 마지막 희망마저 사라지게 될 것 같은 기분을 느꼈다.

따라서 그녀는 갑자기 침대에서 비틀거리며 내려와 밴드마이어 부인 앞에 무릎을 꿇고는 미친 듯이 부인의 치맛자락을 붙잡고 매달렸다. 그러고는 애처로운 목소리로 나지막하게 울부짖었다.

"나는 그 말을 믿을 수가 없어요. 그건 독약이에요. 독약이란 걸 알고 있어요. 오, 제발 그걸 마시라고 하진 마세요."

그녀의 목소리는 점점 더 비명에 가까워졌다.

"제발 나한테 그걸 마시게 하지 말아 주세요."

밴드마이어 부인은 유리잔을 손에 든 채, 입술을 묘하게 비틀고는 그녀의 갑작스런 소동을 내려다보았다.

"어서 일어나, 이 바보 같은 아가씨야! 어리석은 짓거리를 당장 그만둬. 정말 끔찍하게 겁이 많은 아가씨로구먼." 그녀는 다시 발을 쾅하고 굴렀다.

"어서 일어나!"

하지만 터펜스는 여전히 그녀의 치맛자락을 움켜쥔 채 흐느껴 울며 중간중간 되지도 않은 소리로 자비를 호소했다. 시간을 끌 수만 있다면야 아무래도 좋았다. 더군다나, 그녀가 머리를 처박고 비는 동안, 그녀는 거의 눈에 띄지 않을 만큼 조금씩 자신의 목표를 향해 다가가고 있었던 것이다.

밴드마이어 부인은 아주 날카로운 소리로 신경질을 내며 무릎으로 터펜스를 갑자기 밀어 버렸다.

"어서 이걸 마셔!" 그러고는 강제로 유리잔을 그녀의 입술에 갖다 댔다.

터펜스는 마지막으로 절망적인 애원을 했다.

"이것이 정말로 나한테 아무런 해도 없다는 것을 맹세할 수 있나요?"

그녀는 타협이라도 하듯 물었다.

"그래, 이건 너한테 아무런 해도 없어. 바보같이 굴지 마!"

"그걸 맹세할 수 있나요?"

"그럼, 물론이지." 밴드마이어 부인이 신경질적으로 말했다.

"맹세할 수 있단 말이야!"

터펜스는 부들부들 떨리는 왼손을 들어 유리잔으로 가져갔다.

"좋아요." 그녀의 입이 순순히 벌어졌다.

밴드마이어 부인은 안도의 한숨을 내쉬며 잠시 경계를 소홀히 했다. 바로 그 순간, 그야말로 비호같이 터펜스는 온힘을 다해 유리잔을 내던졌다. 얼굴에 온통 물을 뒤집어쓴 밴드마이어 부인이 뜻밖의 공격으로 잠시 어리둥절해 있는 순간, 터펜스는 재빨리 오른손을 내밀어 세면대 모서리에 있던 권총을 움켜쥐었다. 그러고는 급히 뒤로 물러서며 권총을 밴드마이어 부인의 심장을 향해 똑바로 겨누며, 권총이 움직이지 않게 고정을 시켰다.

승리의 순간에, 터펜스는 다소 떳떳하지 못한 승리감인들 어떠냐 싶었다.

"이제 누가 위에 있고, 누가 밑에 깔린 거지?"

그녀는 의기양양해하며 소리쳤다.

밴드마이어 부인의 얼굴이 격심한 분노로 파르르 경련을 일으켰다. 순간 터펜스는 그녀가 자기한테 대들게 되면 정말 난처한 지경에 빠지게 될 거라는 생각이 들었는데, 그것은 터펜스는 실제로 권총을 쏠 마음이 없었기 때문이었다. 그러나 다행히도 밴드마이어 부인은 간신히 자신을 억제하며, 이윽고 그녀의 얼굴에는 악마 같은 미소가 천천히 떠올랐다.

"결국 그렇게 바보는 아니었군! 정말 멋진 연기였어, 아가씨. 하지만 너는 그 대가를 치르게 될 거야. 암, 물론이지, 너는 그 대가를 치르게 될 거야! 나는 원한을 쉽게 잊어버리는 사람이 결코 아니야!"

"나는 당신이 그렇게 쉽게 속아 넘어가리라고는 정말 생각지도 못했어."

터펜스가 그녀를 경멸하듯이 말했다.

"정말로 내가 방바닥을 뒹굴며 자비를 구걸하는 그런 여자인 줄 알았나?"

"너는, 언젠가는 그렇게 될 거야!"

밴드마이어 부인이 의미심장하게 대꾸했다.

그녀의 차갑고 한이 맺힌 듯한 태도는 터펜스의 등골까지 오싹하게 하였지만, 그렇다고 그런 음산한 분위기에 더 이상 빠져들 수는 없는 노릇이었다.

"우리 좀 앉도록 하죠." 그녀가 밝은 목소리로 말을 꺼냈다.

"지금 우리 태도는 어쩐지 멜로드라마 같은 기분이 드는군요. 아니, 침대가 아니야. 테이블 쪽으로 의자를 끌어 와요, 그래 거기. 혹시 만일의 경우를 위해서, 내 앞에 권총을 내려놓고 당신 맞은편에 앉겠어요. 좋아, 이제 우리 이야기를 시작하죠."

"무슨 이야기?" 밴드마이어 부인이 음침하게 물었다.

터펜스는 잠깐 동안 그녀를 신중하게 바라보았다. 그녀는 몇 가지 사실을 기억하고 있었다. 보리스가 이렇게 말했었다. "나는 당신이……, 우리를 돈에 팔아넘길지도 모른다는 생각이 들곤 해!" 그러자 그녀가 대답했다. "그 가격은 엄청난 액수를 받게 될 거예요." 그것도 밝은 목소리로. 그건 사실이긴 할 테지만, 정말로 진의가 담긴 말이었을까? 오래전에 휘팅턴도 이렇게 물어본 적이 있었다. "누가 입을 놀렸지? 리타였나?" 리타 밴드마이어는 브라운의 약점을 입증할 수 있을지도 모르는 일이었다.

한동안 상대방의 얼굴에 시선을 고정하던 터펜스가 조용히 입을 열었다.

"돈에 대해서……."

밴드마이어 부인은 움찔했다. 정말로 그것은 예상치 못했던 말이었으리라.

"무슨 뜻으로 하는 말이지?"

"들어봐요. 당신은 방금 원한을 쉽게 잊지 않을 거라고 했어요. 오랫동안 앙심을 품어 봐야 두둑한 돈주머니에 비하면 반 푼어치의 소용도 없죠! 무슨 수단을 써서든 나에게 앙갚음을 해야 당신의 감정이 풀릴 거란 사실은 나도 알고 있지만, 그렇더라도 그렇게 해서 실제로 무슨 이득을 얻을 수 있나요? 복수를 해봐야 별로 만족스러울 것도 없어요. 흔히들 그렇게 말하죠. 하지만 돈이라면(터펜스는 잔뜩 약이 올라 있는 눈앞의 제자(?)에게 따뜻한 시선을 보냈다), 돈을 받는다면 아무런 불만도 없을 거예요. 그렇지 않은가요?"

밴드마이어 부인이 냉랭한 어조로 되물었다.

"너는 내가 친구를 팔아먹는 그런 여자라고 생각해?"

"그래요." 터펜스가 즉시 대답했다.

"그에 대한 대가를 엄청나게 받을 수만 있다면."

"겨우 몇 백 파운드에 말이지!"

"천만에, 나는 10만 파운드 정도는 제시할 수 있어요!"

그녀의 경제적인 정신 능력으로는 감히 줄리어스가 제시한 백만 달러라는 금액을 그냥 통째로 언급하기에는 역부족이었다.

밴드마이어 부인의 얼굴에 홍조가 떠오르기 시작했다.

"뭐라고 그랬지?"

그녀는 가슴에 달린 브로치를 초조하게 만지작거리면서 물었다. 그 순간 터펜스는 고기가 미끼를 물었다는 사실을 깨닫고, 처음으로 돈의 위력에 대해 일종의 공포 같은 것을 느꼈다. 그것은 자기도 눈앞에 앉아 있는 여인과 다를 바가 없다는 끔찍한 생각을 하게 된 것이었다.

"10만 파운드." 터펜스가 다시 말했다.

탐욕의 빛이 밴드마이어 부인의 눈에서 사라졌다. 그녀는 의자에 깊숙이 기대어 앉았다.

"흥! 너는 그만한 돈을 가지고 있지 못해."

"그래요." 터펜스도 인정을 하며 다시 덧붙였다.

"나한테는 돈이 없어요. 하지만 그만한 돈을 가진 사람을 알고 있어요."

"그게 누구지?"

"내 친구예요."

"백만장자라도 되는 모양이군."

밴드마이어 부인이 믿기지 않는다는 듯이 한마디 했다.

"그래요. 미국인이죠. 그는 당신에게 한 마디 군소리 없이 돈을 지급할 거예요. 당신이 진실을 말해주면 그 돈을 받을 수가 있어요."

밴드마이어 부인은 자세를 고쳐 앉았다.

"아가씨 말을 믿고 싶어지는데." 그녀가 천천히 말했다.

그들 사이에 잠시 침묵이 흐르고 나서, 이윽고 밴드마이어 부인이 그녀를 쳐다보며 입을 열었다.

"도대체 뭘 알고 싶다는 거지, 그 아가씨에 대해서 말이야?"

터펜스는 잠시 견디기 어려운 유혹에 빠졌지만, 그것은 줄리어스의 돈이었기에 또한 그의 관심사가 최우선이 되어야 했다.

"그는 제인 핀이 어디 있는지를 알고 싶어 해요." 그녀가 대담하게 말했다.

밴드마이어 부인은 전혀 놀라움의 빛을 보이지 않았다.

"나도 그녀가 지금 어디 있는지 확신할 수 없어." 그녀가 대답했다.

"하지만 당신은 그걸 알아낼 수 있을 테죠?"

"그야 물론이지." 밴드마이어 부인이 무심하게 대꾸했다.

"그 일에는 조금도 어려움이 없을 거야."

터펜스의 목소리가 약간 떨렸다.

"다음에는……, 내 남자친구에 대한 일이에요. 나는 그이한테 무슨 일이 있는지 걱정이 돼요. 당신 친구, 보리스란 사람 때문에 말이에요."

"그의 이름이 뭐지?"

"토미 베레즈포드."

"그런 이름은 들어본 적이 없어. 하지만 보리스에게 물어볼 수는 있지. 그가 알고 있다면 나한테 이야기해줄 거야."

"고맙군요."

터펜스는 갑자기 새로운 활력이 용솟음치는 것 같았다. 그것은 그녀로 하여금 더욱 대담한 질문을 하도록 몰고 갔다.

"한 가지가 더 있어요."

"뭔데?"

터펜스는 몸을 앞으로 기울이며 목소리를 낮추었다.

"브라운 씨가 누구예요?"

그녀는 상대방의 아름다운 얼굴이 갑자기 창백해지는 것을 볼 수 있었다. 밴드마이어 부인은 침착한 태도를 되찾으려고 노력했다. 하지만 그것은 헛된 노력일 뿐이었다.

그녀는 어깨를 으쓱해 보였다.

"너는 우리에 대해서 아는 게 별로 많지가 않은 모양이로군. 아무도 브라운 씨가 누구인지 모른다는 사실을 모르고 있다니⋯⋯."

터펜스가 침착하게 말했다.

"당신은 알고 있어요."

다시 상대방의 얼굴에서 핏기가 사라졌다.

"무슨 근거로 그렇게 생각하는 거지?"

"나도 그건 모르겠어요." 터펜스가 신중한 어조로 말했다.

"하지만 틀림없을 거라고 생각해요."

밴드마이어 부인은 한동안 상대방의 얼굴을 쏘아보았다.

"맞아." 이윽고 그녀가 착 가라앉은 목소리로 말했다.

"나는 알고 있지. 나는 아름다웠어. 정말로, 아주 아름다웠지."

"당신은 아직도 아름다워요." 터펜스가 부럽다는 듯이 말했다.

밴드마이어 부인은 서글프게 고개를 저었다. 그녀의 새파란 눈에는 기이한 빛이 서려 있었다.

"만족할 정도로는 아름답지 못해."

그녀는 다소 위기감을 느끼게 하는 목소리로 말을 이었다.

"결코, 안심할 정도로, 아름답지는 못해! 그리고 요즈음에는, 이따금 나는 두려움을 느끼곤 해. 지나치게 많이 아는 것은 위험한 일이야!"

그녀는 테이블 위로 몸을 기울였다.

"내 이름을 그 일에 끌어넣지 않겠다고 맹세해줘. 아무도 내 이름을 알지 못하게 해야 해."

"맹세할 수 있어요. 그리고 일단 그가 잡히면, 당신은 위험에서 벗어날 수 있을 거예요."

공포의 표정이 밴드마이어 부인의 얼굴에 떠올랐다.

"내가? 내가 안전해질 거라고?" 그녀는 터펜스의 팔을 움켜잡았다.

"그 돈에 대해서는 확실한 거지?"

"그건 틀림없어요."

"언제 그 돈을 받게 되지? 미루면 절대로 안 돼."

"내가 말한 친구가 곧 여기로 올 거예요. 그는 국제전보를 칠지도 몰라요. 하지만 지급을 연기하는 일은 결코 없을 거예요. 그는 끔찍할 정도로 활동적이고 서두르는 사람이거든요."

밴드마이어 부인의 얼굴에 결심의 빛이 떠올랐다.

"그렇다면 말하겠어. 그것은 정말 엄청난 액수라고 할 수 있고, 게다가……."

그녀는 기묘한 미소를 지어 보였다.

"말도 안 되는 짓이야. 나 같은 여자를 차버린다는 것은!"

한동안 그녀는 미소를 띤 채 가볍게 손가락으로 테이블을 두드리고 있었다. 그러다가 갑자기 흠칫하며 돌연 안색을 바꾸었다.

"저게 무슨 소리지?"

"나는 아무것도 듣지 못했어요."

밴드마이어 부인은 겁먹은 표정으로 주위를 살펴보았다.

"만일에 누군가가 엿듣고 있다면……."

"말도 안 되는 소리예요. 대체 누가 엿듣는다는 거예요?"

"벽에도 귀가 있을 수 있어." 상대방이 속삭였다.

"솔직히 말하지만, 나는 정말 두려워. 너는 그가 어떤 사람인지 잘 몰라!"

"10만 파운드를 생각해보세요." 터펜스가 그녀를 달래듯 말했다.

밴드마이어 부인은 혀로 마른 입술을 적셨다.

"너는 그가 어떤 사람인지 잘 몰라."

그녀는 쉰 목소리로 같은 말을 되풀이했다.

"그는……, 아!"

극도의 공포로 온몸을 떨며 그녀는 갑자기 의자에서 일어섰다. 그녀는 손을 뻗어 터펜스의 머리 뒤를 가리켰다. 그러고는 정신을 잃고 방바닥에 쓰러졌다.

터펜스는 그녀를 놀라게 한 것이 무엇인지 보려고 돌아섰다.

문간에 제임스 경과 줄리어스 헤르사이머가 서 있었다.

제13장

불침번

제임스 경은 줄리어스를 밀치고 급히 쓰러진 여인한테 다가와 몸을 굽히고 그녀를 살펴보았다.

"심장발작 같은데." 그가 급하게 말했다.

"갑자기 우리를 보자 충격을 받은 모양이오. 브랜디를 가져와요—빨리! 자칫하면 목숨을 잃을지도 모르겠는걸."

줄리어스가 서둘러 세면대 쪽으로 달려갔다.

"거긴 없어요." 터펜스가 어깨너머로 말했다.

"식당에 있는 찬장 안에 있어요. 복도를 따라가다가 두 번째 문이에요."

그동안 제임스 경과 터펜스는 밴드마이어 부인을 침대로 옮겼다. 그러고는 물수건으로 그녀의 얼굴을 닦아 주었지만 아무런 효과도 없었다.

제임스 경이 그녀의 맥박을 재보았다.

"위험한데." 그가 초조하게 중얼거렸다.

"젊은 친구가 빨리 브랜디를 가져와야 할 텐데."

그 순간 줄리어스가 다시 방으로 돌아오며 브랜디가 반쯤 들어 있는 유리잔을 제임스 경에게 넘겨주었다. 터펜스가 그녀의 머리를 받치는 동안 변호사는 억지로 브랜디를 그녀의 꼭 다문 입술 사이로 흘려 넣으려고 애썼다. 이윽고 그 여인이 힘없이 눈을 떴다. 터펜스는 브랜디 잔을 그녀의 입술에 가져갔다.

"이걸 마셔요."

밴드마이어 부인은 순순히 그 말에 따랐다. 브랜디는 즉시 그녀의 창백한 뺨에 혈색이 돌게 하고, 정말 믿기지 않을 정도로 그녀를 회복시켜 주었다. 그녀는 일어나 앉으려고 했지만, 곧 힘없이 팔을 늘어뜨리며 한 마디 신음을 내고는 다시 쓰러졌다.

"심장발작을 일으킨 모양이야." 그녀가 속삭이듯 말했다.

"지금은 아무 말도 못 하겠어."

그녀는 다시 눈을 감았다.

제임스 경은 한동안 그녀의 손목을 잡고 맥박을 재보더니, 이윽고 고개를 끄덕이며 그녀의 손목을 내려놓았다.

"이젠 괜찮아질 거요."

그들은 침대에서 물러나 머리를 맞대고 서서는 나지막한 목소리로 이야기를 나누었다. 세 사람 모두 이제는 절정의 순간이 지나간 듯한 기분을 느꼈다. 분명히 그 부인에게 지금 당장 질문공세를 퍼붓는다는 것은 불가능한 일이었다. 잠깐 그들은 궁리를 해보았지만 별 뾰족한 수가 없었다.

터펜스는 어떻게 해서 밴드마이어 부인이 기꺼이 브라운이라는 인물의 정체를 폭로하겠다고 했으며, 제인 핀의 행방을 찾는 일에도 적극적으로 협조하겠다고 했는지 이야기해주었다. 줄리어스는 그녀에게 축하를 보냈다.

"잘 되었군요, 터펜스 양, 정말 훌륭해요! 그 부인은 틀림없이 10만 파운드를 받게 될 겁니다. 그 문제는 조금도 걱정할 게 없어요. 그녀는 돈을 받지 않으면 입을 열지 않을 테니까!"

그의 말에는 확실히 일리가 있었고, 터펜스는 다소 안도감을 느꼈다.

"당신 말이 맞아요." 제임스 경이 신중한 어조로 말했다.

"하지만 솔직히 말해서, 우리가 결정적인 순간에 그만 일을 망쳐놓은 꼴이 된 것 같군요. 그렇다고 해서 이제 와서 그 일을 다시 돌이켜 놓을 수도 없는 노릇이고, 다만 아침이 될 때까지 기다려 보는 수밖에 없는 것 같소."

그는 침대 위에 죽은 듯이 누워 있는 여인 쪽을 쳐다보았다. 밴드마이어 부인은 말 그대로 두 눈을 꼭 감은 채 죽은 듯이 누워 있었다. 그는 고개를 설레설레 저었다.

"그래요." 터펜스가 분위기를 바꾸려는 듯 짐짓 쾌활한 목소리로 말했다.

"우린 아침까지 기다려 보는 거예요. 그 밖에 뭐 도리가 있겠어요? 하지만 우리가 이 아파트를 떠나서는 안 될 것 같아요."

"당신의 영리한 꼬마 친구에게 감시를 부탁하면 어떨까요?"

"앨버트? 만일 그녀가 다시 정신을 차리고 도망치려고 한다면 앨버트는 그녀를 붙잡지 못할 거예요."

"과연 그녀가 10만 파운드라는 거금을 내팽개치고 달아나려고 할까요?"

"아마 그럴 거예요. 그녀는 그 '브라운'이라는 인물에 대해서 말할 수 없이 두려움을 느끼는 것 같았거든요."

"그래요? 정말로 그자를 그토록 두려워하나요?"

"예, 그녀는 주위를 살펴보며 벽에도 귀가 있다는 말까지 한걸요."

줄리어스가 관심을 두고 대꾸했다.

"무슨 도청장치 같은 걸 두고 한 말이었나 보군."

제임스 경이 침착한 어조로 말했다.

"터펜스 양이 옳아요. 우리는 이 아파트를 떠나면 안 돼요. 밴드마이어 부인의 안전을 위해서도 말이오."

줄리어스가 망연히 그를 쳐다보았다.

"그자가 그녀를 없애려 들 거란 말씀입니까? 지금부터 내일 아침 사이에요? 아니, 그가 어떻게 이 일을 눈치 챌 수 있을까요?"

제임스 경이 무뚝뚝한 어조로 대답했다.

"당신이 직접 도청장치에 대해서 말해 놓고도 그걸 잊은 모양이군. 우리의 상대는 결코 만만하게 볼 적이 아니요. 내 생각에는 우리가 모든 주의를 기울일 수만 있다면 그자를 우리 손에 넣을 가능성이 아주 클 것 같소. 경계를 소홀히 해서는 안 돼요. 지금 중요한 증인을 간신히 확보해 두었는데, 무슨 일이 있어도 그녀를 안전하게 보호해야 하오. 그러니까, 터펜스 양은 이제 침대로 가서 눈을 좀 붙이고, 헤르사이머 씨, 당신과 내가 불침번을 섭시다."

터펜스는 항의하려고 했지만, 침대에 누워 있는 밴드마이어 부인이 눈을 반쯤 뜬 채 공포와 적의가 뒤섞인 묘한 표정을 짓는 것을 보자 그만 말이 입술에서 얼어붙고 말았다.

그 순간 그녀는 밴드마이어 부인이 갑자기 졸도를 하며 심장발작을 일으킨 것이 모두 기막힌 연극이 아닐까 하는 의심이 들었지만, 한편 그 죽은 듯이 창백해졌던 모습을 생각하고는 자신의 그런 의심은 거의 있을 수 없는 일이라고 생각했다. 하지만 곧 요술처럼 그런 표정은 씻은 듯이 사라지고, 밴드마이어 부인은 여전히 죽은 듯이 누워 있을 뿐이었다. 잠시 터펜스는 자기가 꿈이라도 꾸는 듯한 기분이 들었다. 아무튼 간에 그녀는 결코 마음을 놓아서는 안 되겠다는 결심이 섰다.

줄리어스가 입을 열었다.

"자, 내 생각에는 우리 모두 이 방에서 나가는 게 좋을 것 같습니다."

다른 사람들의 생각도 그와 마찬가지였다. 제임스 경은 다시 그녀의 맥박을 재보았다.

"이젠 정말 안심해도 될 것 같소"

그는 터펜스에게 나직한 목소리로 말했다.

"밤새 푹 쉬고 나면 완전히 회복될 거요"

터펜스는 침대 곁에서 잠시 머뭇거렸다. 그 예기치 못했던 처절한 표정이 그녀에게 강한 인상을 심어 주었던 것이다. 밴드마이어 부인이 간신히 눈을 떴다. 그 여인은 무슨 말인가를 하려고 무척 애를 쓰는 것 같았다. 터펜스는 그녀의 위로 몸을 굽혔다.

"제발, 떠나면 안 돼⋯⋯."

그녀는 중얼거리는 것조차 힘에 겨운 것 같았다. 그녀는 다시 입을 열려고 했다.

터펜스는 더욱더 자세를 낮추었다. 그 여인의 말은 거의 속삭임에 가까웠다.

"브라운은⋯⋯." 그 목소리는 더 이상 이어지지 않았다.

하지만 반쯤 감긴 두 눈에는 여전히 무슨 말인가를 하고 싶어 안타까워하는 빛이 역력히 보였다.

갑자기 뭔가 알 수 없는 충동에 마음이 움직인 터펜스가 재빨리 말했다.

"나는 결코 아파트를 떠나지 않겠어요. 밤새도록 당신을 보호해줄 거예요."

안도의 빛이 다시 감기려는 그녀의 눈가에 떠올랐다. 이제 밴드마이어 부인은 잠이 든 것 같았다. 하지만 그녀의 못다 한 말은 터펜스에게 새로운 불안감을 느끼게 하였다. 그녀의 나지막한 중얼거림은 대체 무슨 의미를 담은 것일까?

"브라운?"

터펜스는 초조한 눈빛으로 자신의 어깨너머를 바라보았다. 커다란 옷장이 불길한 모습을 한 채 그녀의 눈 속에 들어왔다. 어떤 남자가 그 속에 숨어 있다면……. 다소 멋쩍은 기분으로 터펜스는 옷장 문을 열고 안을 들여다보았다. 물론 거기에는, 아무도 없었다! 그녀는 다시 몸을 웅크리고는 침대 밑을 살펴보았다. 거긴 숨을 만한 곳이 없었다.

터펜스는 예의 그 묘한 동작으로 어깨를 흔들어 보았다. 어리석은 짓이야, 이렇게 신경과민에 빠지다니! 천천히 그녀는 방을 나섰다. 줄리어스와 제임스 경은 나지막한 목소리로 이야기를 나누고 있었다. 제임스 경이 그녀를 돌아다보았다.

"밖에서 문을 잠그도록 해요, 터펜스 양. 그리고 열쇠를 따로 보관해 두고 아무도 그 방에 들어가지 못하도록 해 두어야 안심이 되니까."

믿음직한 그의 태도는 그들에게 강한 인상을 주었고, 터펜스는 자신이 신경과민에 빠진 것에 대해서 좀 부끄러운 생각이 들었다.

"아 참!" 줄리어스가 갑자기 다리를 치며 말했다.

"그 영리한 꼬마 친구가 있었지. 내가 내려가서 그를 안심시켜 주어야겠는데. 그 꼬마, 참으로 영리한 아이입니다, 터펜스"

"그런데 참, 당신은 어떻게 연락을 받았죠? 그걸 물어본다는 것을 깜빡 잊고 있었어요."

터펜스가 불쑥 물어보았다.

"아, 앨버트가 나한테 전화했더군요. 그래서 여기 제임스 경을 모시고 이리로 곧장 달려온 겁니다. 그 소년이 우리를 기다리고 있었는데, 당신에게 무슨일이 일어날까 봐 몹시 걱정하고 있었어요. 그 애는 아파트 문에 귀를 대고 안에서 나는 소리를 들으려고 해보았지만 아무런 소리도 들을 수가 없었다고 하더군요. 게다가, 그 애는 초인종을 누르는 것보다는 석탄운반용 엘리베이터를 타고 올라가는 편이 좋을 거라고 했어요. 그래서 우리는 손쉽게 그걸 타고 부엌으로 올라와서 당신을 찾게 된 거죠. 앨버트는 아직도 밑에서, 지금쯤은 아마 거의 미칠 지경이 되어 안절부절못하고 있을 겁니다."

말을 마치고 줄리어스는 급히 앨버트에게 내려갔다.

제임스 경이 말했다.

"흠, 그러니까 터펜스 양이 나보다는 이 아파트를 잘 알고 있을 테니 하는 말인데, 우리가 밤샐 만한 곳이 없을까요?"

터펜스는 잠시 생각해보았다.

"제 생각에는, 밴드마이어 부인의 거실이 지내기에 가장 적당할 것 같아요."

이렇게 말하고는 제임스 경을 그 방으로 안내했다.

제임스 경은 살피듯 방 안을 둘러보았다.

"이 정도면 아주 충분하겠군. 터펜스 양, 아가씨는 그만 가서 좀 눈을 붙이도록 해요."

터펜스는 단호하게 고개를 저었다.

"말씀은 고맙지만, 저는 그렇게 할 수 없을 것 같아요, 제임스 경. 밤새도록 브라운에 대한 꿈을 꿀 테니까 말이에요!"

"그래도 잠을 자두지 않으면 몸에 좋지가 않아요, 아가씨."

"아니, 전 괜찮아요. 저도 밤을 새울 거예요."

제임스 경은 결국 포기하고 말았다.

잠시 뒤, 줄리어스는 앨버트를 안심시켜 주고 그의 노고에 충분한 보상해준 다음 다시 올라왔다. 그 역시 돌아오자마자 터펜스에게 잠을 자도록 설득해보 았지만 결국 실패하고는, 마지막으로 이렇게 말했다.

"그렇다고 해도, 당신은 뭘 좀 먹어야 합니다. 냉장고가 어디 있죠?"

터펜스가 가르쳐 주자, 잠시 뒤 차갑게 식은 파이와 접시 세 개를 들고 돌아왔다.

배부르게 음식을 먹고 나자, 터펜스는 30분 전에 자신이 생각한 것을 다시 떠올려 보았다. 돈의 위력을 매수의 수단으로 이용하면 결코 실패하는 법이 없을 것 같았다.

이윽고 제임스 경이 입을 열었다.

"자 이제, 터펜스 양, 우린 아가씨의 모험담을 들어보았으면 하는데."

"정말입니다." 줄리어스도 맞장구를 쳤다.

터펜스는 자못 자랑스러운 표정을 지으며 자신의 모험담을 들려주기 시작했다. 줄리어스는 이따금, "멋지군요." 하며 감탄사를 터뜨리곤 했다. 제임스 경은 아무 말 없이 그녀의 이야기를 끝까지 듣고 나서, "정말 훌륭히 해냈어요, 터펜스 양." 하고 말해 그녀는 기쁨으로 얼굴이 붉게 달아올랐다.

"내가 도무지 이해할 수 없는 사실이 한 가지 있는데요."

줄리어스가 궁금한 듯이 입을 열었다.

"무엇 때문에 그녀가 갑자기 여길 떠나려고 한 것일까요?"

"그건 나도 잘 모르겠어요." 터펜스가 솔직히 털어놓았다.

제임스 경이 신중한 표정으로 턱을 쓰다듬었다.

"그 방은 몹시 어지럽혀져 있었소. 그것은 그녀의 도주가 사전에 계획되지 않은 갑작스런 결정이었다는 사실을 보여주는 것 같아요. 마치 누군가로부터 갑자기 경고를 받기라도 한 것처럼 말이오."

"브라운이라는 자한테서 말이군요?" 줄리어스가 코웃음을 치며 말했다.

제임스 경은 한동안 그의 얼굴을 신중하게 바라보았다. 그러고는 말했다.

"왜, 불가능한 일이라고 생각하시오? 당신도 한 번 그자에게 당한 적이 있었다는 사실을 명심해요."

줄리어스는 생각만 해도 원통하다는 듯이 얼굴을 붉혔다.

"그때 내가 어리석게도 순순히 그자한테 제인의 사진을 넘겨준 것을 생각하면 정말 미칠 지경입니다. 만일 다시 내 손에 잡히면, 절대 놓치지 않을 겁니다. 정말 죽기 살기로 잡고 늘어질 작정입니다!"

"그런 일들을 보면 틀림없이 보이지 않는 곳에서 조종하는 자가 있는 것 같소."

제임스 경이 냉정하게 말했다.

"아마 당신 말씀이 옳을 겁니다." 줄리어스가 솔직하게 인정했다.

"그 일이 본래 내 목적이니까요. 그녀가 어디 있을 거라고 생각하십니까, 제임스 경?"

제임스 경은 고개를 저었다.

"나로서는 뭐라고 말할 수가 없군요. 하지만 그녀가 어디 있는지는 거의 확신할 수가 있지요."

"정말입니까? 그게 어디죠?"

제임스 경은 미소를 지어 보였다.

"당신이 밤중에 모험했다는 본머스의 요양원 아니겠소?"

"예에? 절대로 그럴 리가 없습니다. 내가 자세히 물어보았는데요."

"그렇지가 않아요, 젊은이. 당신은 제인 핀이라는 이름을 가진 여인이 그곳에 있었는지 물었잖소 하지만, 그 아가씨가 정말로 그곳에 있었다면 아마 십중팔구는 다른 가명을 쓰고 있었을 거라오."

"정말 그렇겠군요!" 줄리어스가 탄성을 질렀다.

"왜 내가 그 생각을 못 했을까!"

"그건 아주 알기 쉬운 일인데." 제임스 경이 말했다.

"혹시 그 의사도 한 패거리가 아닐까요?" 터펜스가 물어보았다.

줄리어스는 단호하게 고개를 저었다.

"난 그렇게 생각하지 않아요. 나는 금방 그를 알아볼 수가 있었어요. 나는 홀 박사를 완전히 믿을 수 있습니다."

"홀 박사라고 했소?" 제임스 경이 물었다.

"그건 기묘한데……, 정말 이상한 일이 아닐 수 없는걸."

"뭐가요?" 터펜스가 물었다.

"왜냐하면, 내가 오늘 아침에 그를 우연히 만났기 때문이라오. 나는 몇 년 동안 그와는 가끔 만나곤 해서 안면이 약간 있는 편인데, 오늘 아침 시내에서 우연히 마주쳤다. 그는 메트로폴 호텔에 머무르고 있다고 하더군요."

그는 줄리어스 쪽을 돌아보았다.

"그가 당신한테 자기도 런던에 올라갈 거라는 말은 하지 않던가요?"

줄리어스는 고개를 저었다.

"이상하군." 제임스 경은 곰곰이 생각해보는 것 같았다.

"당신은 오늘 오후 나를 찾아왔을 때 그의 이름을 언급하지 않는데, 만일 그의 이름을 말했다면 내가 소개장을 써주어 당신이 그에게 더 많은 정보를 알아낼 수도 있었을 텐데 말이오."

"난 정말 멍텅구리인 모양입니다."

줄리어스는 지나칠 정도로 자신을 비하했다.

"그럴 듯한 가명을 썼을 거란 점을 진작 생각했어야 하는 건데."

"나무에서 그렇게 떨어져 정신을 잃기까지 했는데 무슨 생각을 제대로 할 수 있겠어요?"

터펜스가 그를 위로하듯 큰소리로 말했다.

"당신이 아닌 다른 사람 같았으면 아마 목숨까지 잃었을 게 틀림없어요."

"아무튼 그건 이젠 문제가 되지 않을 겁니다. 우리는 밴드마이어 부인을 확보했으니까 구태여 다른 사소한 것들은 신경 쓸 필요도 없는 거죠."

줄리어스가 말했다.

"그래요."

터펜스가 대답했지만, 그녀의 목소리에는 확신감이 부족했다.

정적이 일행을 내리덮었다. 조금씩 밤의 마력이 그들을 사로잡기 시작했다. 갑자기 가구가 삐걱거리기 시작했고, 커튼이 보이지 않을 정도로 살랑거리며 흔들렸다. 갑자기 터펜스가 비명을 지르면서 뛰듯이 자리를 박차고 일어났다.

"정말 못 견디겠어요! 나는 브라운이라는 인물이 이 아파트 어디엔가 있다는 것을 알고 있어요. 난 그를 분명히 느낄 수 있단 말이에요."

"이봐요, 터펜스, 어떻게 그자가 여길 들어올 수 있겠소? 이 방의 문은 홀쪽으로 열렸어요. 아무도 우리의 눈과 귀를 벗어나 현관문으로 들어올 순 없어요."

"그건 잘 모르겠어요. 그래도 나는 그가 여기 있다는 것을 분명히 느낄 수 있어요!"

그녀가 호소하는 듯한 시선으로 제임스 경을 바라보자, 그가 침착하게 대꾸했다.

"그런 기분을 느끼는 것은 당연한 거라오, 터펜스 양(그건 나도 마찬가지요). 하지만 우리의 감시를 피해서 이 아파트 안으로 잠입한다는 것이 과연 인간의 능력으로 가능할지는 의문이 아닐 수 없는데."

터펜스는 그의 말을 듣자 다소 마음이 놓이는 것 같았다.

"앉아서 밤을 새우게 되면 신경과민이 되는 모양이에요."

그녀가 자신의 심경을 솔직히 털어놓았다.

제임스 경이 말했다.

"그렇다오. 우리는 지금 강신술에 사로잡힌 사람들과 비슷한 정신 상태에 빠져 있는 거라고 볼 수 있어요. 만일 영매(靈媒)가 있다면 우린 아마도 놀라운 결과를 얻어냈을지도 모르는 일이지."

"강신술을 믿으세요?" 터펜스는 눈을 커다랗게 뜨고는 물었다.

제임스 경은 어깨를 으쓱했다.

"강신술에는 뭔가 속임수라고만 할 수 없는 점이 있다는 것은 틀림없어요. 그러나 그런 강신술 등에서 밝혀진 증언은 대부분 법정에서 받아들여지지가 않지요."

시간이 계속 흘러갔다. 희미하게 새벽이 밝아오기 시작하자, 제임스 경은 커튼을 한쪽으로 열어젖혔다. 그들은 태양이 잠든 도시 위로 천천히 떠오르는 모습을 말없이 지켜보았다. 동이 터오기 시작하자 어쩐지 지난밤의 환상적이고 두려웠던 기억이 어리석게만 느껴졌다. 터펜스는 평상시의 활기를 되찾았다.

"만세!" 그녀가 호들갑스럽게 외쳤다.

"오늘은 정말 화창한 날씨가 될 것 같아요. 그리고 우리는 토미를 찾을 수 있을 거예요. 또 제인 핀도요. 그리고 모든 문제가 멋지게 해결될 거예요. 카터 씨한테 내가 데임(귀부인에게 붙는, 남자의 '기사'에 해당하는 경칭) 칭호를 받을 수 없는지 물어봐야겠어요!"

7시가 되자 터펜스는 자진해서 차를 끓여 오겠다고 했다. 잠시 뒤, 그녀는 찻주전자와 잔 네 개를 쟁반에 받쳐 들고 들어왔다.

"잔 하나는 누구 겁니까?" 줄리어스가 궁금한 듯이 물어보았다.

"죄수 거예요. 우리가 그녀의 방으로 가는 게 어떻겠어요?"

줄리어스가 신중하게 말했다.

"그녀에게 차를 대접한다는 것은 지난밤을 돌이켜볼 때 어쩐지 용두사미가 되는 것 같군요."

터펜스도 인정했다.

"맞아요, 그건 그래요. 그렇지만 어쩔 수 없잖아요? 두 분도 함께 가는 게 좋겠어요. 혹시 그녀가 저한테 달려들 때를 대비해서 말이에요. 잠에서 깨어났을 때, 그녀의 심리상태가 어떨지 아무도 알 수가 없으니까요."

제임스 경과 줄리어스도 그녀와 함께 그 방으로 갔다.

"열쇠가 어디 있죠? 아, 내가 갖고 있었지."

그녀는 열쇠를 꽂고 문을 열었다.

"혹시 그녀가 도망갔다면 어떻게 하죠?" 그녀가 속삭이듯 말했다.

"그건 절대로 불가능해요." 줄리어스가 그녀를 안심시키듯 대꾸했다.

하지만 제임스 경은 아무 말도 하지 않았다.

터펜스는 심호흡을 한 번 하고 안으로 들어갔다. 그녀는 밴드마이어 부인이 침대에 누워 있는 것을 보고 안도의 한숨을 내쉬었다.

"잘 주무셨나요? 당신한테 차를 좀 가져왔어요."

그녀가 밝은 목소리로 말했다.

밴드마이어 부인은 대답이 없었다. 터펜스는 찻잔을 침대 곁에 있는 테이블 위에 내려놓고 블라인드를 걷어 올리기 위해 창가로 다가갔다. 그녀가 창가에서 돌아섰을 때도 밴드마이어 부인은 여전히 꼼짝도 하지 않고 누워 있었다. 갑작스런 공포가 엄습해 오는 것을 느끼며 터펜스는 침대로 달려갔다. 그 여인의 손은 얼음장처럼 차가웠다. 밴드마이어 부인은 이제 다시는 입을 열지 못하게 되었다……

터펜스의 비명에 다른 사람들도 급히 뛰어들어 왔다. 더 이상 살펴볼 것도 없었다. 밴드마이어 부인은 죽은 것이다. 죽은 지 이미 몇 시간은 된 것이 분명했다. 그녀는 잠든 채로 죽음을 맞이한 것처럼 보였다.

"정말 억세게도 재수가 없군!" 줄리어스가 절망적으로 소리쳤다.

제임스 경은 아무 말도 없었지만, 그의 두 눈에는 기묘한 빛이 떠올랐다.

"글쎄요, 이걸 재수라고 봐야 할지……" 그가 대꾸했다.

"아니라는 말씀인가요? 하지만, 그건 있을 수 없는 일입니다."

"아무도 방 안에 들어올 수가 없었어요!"

"물론이오." 제임스 경도 그의 말에 공감을 표시했다.

"나도 그럴 가능성이 있다고는 생각할 수 없어요. 하지만, 그녀는 브라운을 배반하려고 마음먹었는데, 그만 죽은 것이오. 이것을 단지 우연이라고만 볼 수 있겠소?"

"하지만 어떻게……?"

"그렇소, 그 '어떻게'가 문제인 거요! 그것이 우리가 밝혀내야 할 점이오."

그는 잠시 부드럽게 턱을 쓰다듬으며 말없이 서 있었다.

"우리는 그 점을 밝혀내야 하오."

그가 조용하게 말했지만, 터펜스는 자기가 브라운이었다고 하더라도 말처럼 그렇게 쉽게 밝혀질 방법은 쓰지 않았을 거라고 생각했다.

줄리어스의 시선이 창문 쪽을 향했다. 그가 입을 열었다.

"창문이 열렸는데, 당신은……?"

터펜스는 고개를 저었다.

"발코니는 그 거실까지 밖에는 이어져 있지 않아요."

"그는 창문으로 살짝……."

줄리어스가 말을 꺼냈지만, 제임스 경이 도중에 그의 말을 가로챘다.

"브라운은 그렇게 서툰 방법은 쓰지 않았을 거요. 아무튼 의사를 불러야겠는데, 우선 그전에 혹시 이 방에서 뭔가 단서가 될 만한 것은 없는지 찾아보는 게 어떻겠소?"

서둘러 세 사람은 집 안을 수색하기 시작했다. 벽난로 안에 상당한 양의 잿더미가 있는 것으로 봐서 밴드마이어 부인은 달아나기에 전에 서류들을 태워버린 것이 분명했다. 단서가 될 만한 것은 전혀 없었고, 다른 방들도 수색해보았지만 결과는 마찬가지였다.

"저걸 보세요."

터펜스가 벽으로 들어가 있는 작고 오래된 금고를 가리키며 말했다.

"보석 같은 것이 들어 있을 거예요. 하지만 보석 말고 다른 것들도 들어 있을지 모르죠."

열쇠가 꽂혀 있어서 줄리어스가 금고문을 열고 안을 조사해보았다. 그건 꽤 시간이 걸렸다.

"뭐가 있어요?" 터펜스가 초조한 듯이 물었다.

여전히 줄리어스는 아무런 대답도 없다가, 이윽고 고개를 들어 금고문을 닫았다.

"아무것도 없군요." 그가 말했다.

5분 뒤에 밝은 표정의 젊은 의사가 도착해서 서둘러 살펴보았다. 그는 제임스 경을 알아보고는 정중하게 경의를 표했다.

"심장마비이거나, 아니면 수면제 과용일 가능성이 큽니다."

그는 킁킁거리며 냄새를 맡아 보았다.

"방 안에서 클로랄 냄새가 상당히 나는군요."

터펜스는 자기가 곤욕을 치렀던 유리잔이 생각났다. 갑자기 새로운 생각이 떠올라 그녀는 세면대로 달려갔다. 거기에서 그녀는 밴드마이어 부인이 유리잔에 몇 방울 따라 붓던 조그만 약병을 발견했다.

어제는 그것은 4분의 3 정도가 들어 있었다. 그런데 지금은, 완전히 비어 있는 것이었다.

제14장

자문

모든 일이 그토록 쉽고 간단하게 제임스 경의 능숙한 솜씨로 처리된 것 말고는 더 이상 터펜스를 놀라게 하거나 당혹하게 만든 일은 없었다. 그 의사는 밴드마이어 부인이 뜻하지 않게 클로랄을 과용하게 되었다는 이론을 아주 선뜻 받아들였다. 그는 검시가 필요해질지 확신하지 못했다. 만일 필요해지면 제임스 경에게 알아봐 달라고 할 생각이었다. 그는 밴드마이어 부인이 외국으로 도피하려는 중이었고, 하인들도 이미 내보낸 뒤였다는 사실을 알고 있었을까? 제임스 경과 그의 젊은 친구들은 그녀를 찾아왔다가, 그녀가 갑자기 쓰러져서 그녀를 혼자 두고 떠나는 것이 도리가 아닌 것 같아 그녀의 아파트에서 하룻밤을 지내게 된 것으로 알고 있었다. 그들은 그녀의 친척이 있는지 알 수가 없었지만, 제임스 경이 의사에게 그녀의 변호사를 알려주었다.

잠시 뒤 한 간호사가 시체를 돌보려고 도착하자 그들은 그 불길한 건물을 떠났다.

"그런데 이젠 뭘 하죠?" 줄리어스가 절망적인 몸짓을 해보이며 물었다.

이제는 더 이상 기대해볼 만한 것도 없는 것 같습니다."

제임스 경은 신중하게 턱을 쓰다듬으며 조심스럽게 말했다.

"그렇지 않아요. 아직도 기회는 있어요. 홀 박사가 혹시 우리에게 뭔가를 알려줄 수 있을지도 모르는 일이니까."

"그렇군요! 그만 그분을 잊어버리고 있었습니다."

"가능성이 희박한 기회이긴 하지만, 그래도 결코 무시해서는 안 됩니다. 그는 아마 메트로폴 호텔에 묵고 있을 거요. 내 생각에는 가능한 한 그를 빨리 만나보는 게 좋을 것 같은데, 목욕하고 아침을 먹은 뒤가 어떻겠소?"

터펜스와 줄리어스는 리츠 호텔로 돌아갔다가, 나중에 제임스 경한테 들러서 같이 가기로 약속을 했다. 모든 일은 예정대로 순조롭게 진행되어, 11시가 조금 지나 그들은 메트로폴 호텔에 도착하게 되었다. 그들이 홀 박사를 만나러 왔다고 하자, 보이가 그를 찾으러 안으로 들어갔다. 곧이어 그 키가 작달막한 의사가 허둥지둥 그들을 맞이하러 나왔다.

"잠깐 시간을 내주실 수 있겠습니까, 홀 박사?"

제임스 경이 밝은 어조로 말했다.

"이쪽은 카울리 양입니다. 헤르사이머 씨는 이미 만나본 적이 있을 겁니다."

줄리어스와 악수를 하는 홀 박사의 눈에는 짓궂은 장난꾸러기 같은 빛이 떠올랐다.

"아, 그래요. 나무 소동을 일으켰던 젊은 분이로구먼! 그래 발목은 괜찮소?"

"선생님의 훌륭한 치료 덕분에 이젠 다 나은 것 같습니다, 박사님."

"그 가슴속의 문제는? 하하하!"

"여전히 찾아 헤매는 중이랍니다." 줄리어스가 간단하게 대답했다.

"그 문제 말입니다만, 우리와 잠깐 개인적으로 대화를 나눌 수 있겠습니까?"

제임스 경이 물어보았다.

"물론입니다. 내 방으로 가면 아무에게도 방해받지 않고 조용히 이야기를 나눌 수 있을 겁니다."

그는 일행을 방으로 안내했다. 이윽고 그들이 자리에 앉자, 홀 박사가 묻는 듯한 시선으로 제임스 경을 바라보았다.

"홀 박사, 나는 한 젊은 여인을 몹시도 애타게 찾은 중인데, 그건 그녀에게 어떤 진술을 받아내야 하기 때문입니다. 당신이 세운 본머스의 요양소에 그녀가 들어간 적이 있다고 믿을 만한 근거가 있습니다. 혹시 그 문제로 당신에게 묻는 것이 직업윤리에 벗어나는 일은 안 되겠는지요?"

"무슨 증언에 대한 문제인가요?"

"그렇습니다." 제임스 경은 잠시 망설이다가 대답했다.

"내가 아는 것이라면 무엇이든 기꺼이 말씀드리지요. 그 젊은 여인의 이름이 어떻게 됩니까? 헤르사이머 씨가 한 번 말한 적이 있었는데……."

그는 반쯤 줄리어스 쪽으로 고개를 돌렸다.

그때 갑자기 제임스 경이 끼어들었다.

"그 이름은 사실 중요하지 않습니다. 그녀는 아마도 다른 이름으로 그 요양소에 보내졌을 테니까요. 하지만 밴드마이어 부인을 잘 알고 계실 테지요?"

"남부 오들리 맨션 20호에 사는 밴드마이어 부인 말입니까? 그녀와는 약간 안면이 있지요."

"무슨 일이 있었는지 전혀 모르고 있습니까?"

"무슨 말씀이신지요?"

"밴드마이어 부인이 죽었다는 사실을 모르고 있습니까?"

"저런 세상에, 나는 그런 사실을 조금도 몰랐습니다. 언제 그렇게 됐나요?"

"어젯밤에 클로랄 과용으로 그만……."

"의도적으로 말입니까?"

"우연한 사고였다고 보는 모양입니다만, 나는 그런 결론이 별로 탐탁지 않습니다. 그녀는 오늘 아침 죽은 채로 발견되었습니다."

"정말 안된 일이로군요. 참으로 아름다운 여인이었는데. 당신이 그토록 자세하게 아는 것을 보니 그녀와는 무척 친한 사이였던 모양이로군요."

"내가 그 일을 자세히 아는 것은 왜냐하면, 음, 바로 내가 그녀의 죽음을 발견한 사람이기 때문이지요."

"예?" 홀 박사가 깜짝 놀라며 반문했다.

"그렇습니다." 제임스 경이 심각한 표정으로 턱을 쓰다듬었다.

"매우 유감스러운 소식이로군요. 하지만 그 일이 당신이 질문하시고자 하는 문제와 무슨 관계가 있는지 나로서는 이해가 안 갑니다만?"

"거기에는 바로 이런 관계가 있습니다. 혹시 밴드마이어 부인이 자기 친척이라 하면서 어떤 젊은 아가씨를 당신 요양소에 맡긴 사실은 없었습니까?"

줄리어스는 긴장된 표정으로 고개를 홀 박사 쪽으로 내밀었다.

"그게 그렇게 된 거로군요." 홀 박사가 침착한 어조로 말했다.

"그 아가씨의 이름은……?"

"자넷 밴드마이어라고 했지요. 밴드마이어 부인의 조카라고 알고 있었습니다만."

"언제 당신 요양소에 맡겼습니까?"

"내가 기억하기로는 1915년 6월인가 7월경이었을 겁니다."

"무슨 정신질환을 앓고 있었습니까?"

"그녀는 정상이었던 것 같더군요. 밴드마이어 부인한테 들은 바로는, 그 아가씨는 불운하게 침몰당한 루시타니아호에 타고 있었는데, 그 사건으로 해서 극심한 충격을 받았다고 하더군요."

"우리가 제대로 짚은 것 같지 않소?" 제임스 경이 일행을 돌아보며 말했다.

"나는 정말 구제불능의 멍청이입니다!" 줄리어스가 대답했다.

홀 박사는 몹시 호기심 어린 눈으로 그들을 둘러보았다.

"당신은 그녀로부터 진술을 받아낼 생각이라고 말씀하셨는데, 만일 그녀가 진술할 수 없는 상태라면 어떻게 하시겠습니까?"

"뭐라고요? 아니, 방금 그녀가 정상이라고 하지 않았습니까?"

"그건 그렇습니다만. 그러나 그렇다고 해도 그녀한테서 듣고자 하는 진술이 1915년 5월 7일 이전에 있었던 사건과 관계된 것이라면, 그녀는 아무런 진술도 해주지 못할 겁니다."

그들은 얼떨떨한 표정으로 조그만 키의 의사를 바라보았다. 그는 미소를 띤 얼굴로 고개를 끄덕여 보였다.

"유감이로군요, 제임스 경. 상당히 중요한 문제인 것 같은데, 정말 유감이 아닐 수 없군요. 어떻든 그녀가 당신에게 한 마디의 진술도 해줄 수 없다는 것만은 틀림없는 사실입니다."

"아니, 그 이유가 뭐죠, 박사님? 도대체 뭣 때문에 안 된다는 겁니까?"

홀 박사는 자애로운 시선으로 격양된 미국 청년을 바라보았다.

"왜냐하면 자넷 밴드마이어는 기억상실증에 걸렸기 때문입니다."

"뭐라고요?"

"틀림없는 사실입니다. 특이한, 정말 아주 특이한 경우라고 할 수 있지요. 하지만 여러분이 생각하는 것처럼 그렇게 진기한 경우는 아니랍니다. 그와 유사한 사례가 종종 학계에 보고되고 있거든요. 물론 내 개인적인 경험으로는 그런 경우를 처음 보는 것이었고, 사실 그 문제에 대해서 내가 지대한 흥미를 느꼈었다는 것을 솔직히 말씀드려야겠군요."

홀 박사의 그런 만족감에는 듣는 이로 하여금 다소 섬뜩하게 만드는 구석이 있었다.

"그래서 그녀는 아무것도 기억하지 못한다 이거로군요."

제임스 경이 천천히 말했다.

"1915년 5월 7일 이전의 일은 전혀 기억하지 못하는 거죠. 그날 이후의 일에 대해서는 그녀의 기억력은 정상인과 조금도 다를 바가 없습니다."

"그녀가 최초로 기억하는 것은 무엇입니까?"

"다른 생존자들과 함께 육지에 내린 일입니다. 그 이전의 일에 대해서는 완전히 백지상태랍니다. 그녀는 자신의 이름도, 어디에서 왔는지, 지금 어디에 있는 것인지도 전혀 기억하지 못하더군요. 심지어 말조차 잊어버린 것 같았습니다."

"그렇지만 그런 일은 정말 흔치 않은 일이 아닙니까?"

줄리어스가 불쑥 참견하고 나섰다.

"그렇지 않습니다. 그런 상황 하에서라면 흔히 있을 수 있는 일이죠. 신경계통에 심각한 충격을 받게 되면 말입니다. 기억상실증에 걸리게 되는 과정은 거의 대개가 그런 식이죠. 그래서 내가 그 방면의 권위자를 한 분 추천해주었답니다. 파리에 있는 아주 유명한 의사인데 그런 방면에 대해 연구하고 있죠. 하지만 밴드마이어 부인은 그 일이 사람들에게 알려질지도 모른다고 하면서 그 생각에 반대하더군요."

"그녀의 당시 심정을 이해할 수 있을 것 같습니다."

제임스 경이 몹시 근엄한 표정으로 말했다.

"나도 그녀의 의견에 공감했습니다. 그런 일로 좋지 못한 소문이 날 수도 있거든요. 게다가 아주 어린 아가씨인데—열아홉 살인가 밖에 안 되었지요. 그녀의 상태가 사람들에게 알려지게 되면, 그녀의 장래에 치명적인 손상이 될지도 모르는 일이니까 말입니다. 더군다나 그런 일에는 기억을 회복시켜 줄 수 있는 치료법도 전혀 없는 형편이죠. 오직 기다려 보는 수밖에 다른 도리가 없답니다."

"기다린다고요?"

"그렇습니다. 조만간 그 기억이 다시 돌아오기만을 기다리는 거죠. 기억을 상실했던 때처럼 갑자기 말입니다. 하지만 모든 가능성으로 미루어 볼 때, 그 아가씨는 비극적인 사건 이전의 일들은 완전히 잊어버리고, 그러니까 그 루시타니아호가 침몰당한 순간부터 그녀는 새로운 인생을 살아가게 되는 것이 아닐까 싶군요."

"그녀의 기억이 언젠가는 돌아올 것이라고 생각진 않습니까?"

홀 박사는 어깨를 으쓱해 보였다.

"글쎄요, 나로서는 뭐라고 말씀드릴 수가 없군요. 때로는 몇 달이 걸릴 수도 있고, 혹은 20년이 걸릴 수도 있는 겁니다! 때론 또 다른 충격이 기억을 회복시켜줄 수도 있습니다. 다른 충격이 그전에 받았던 충격으로 상실되었던 기억을 다시 회복시켜 주는 거죠."

"또 다른 충격이 말입니까?" 줄리어스가 조심스럽게 물어보았다.

"그렇습니다. 미국 콜로라도 주에서 있었던 일인데……."

홀 박사의 목소리가 길게 늘어졌다. 자신의 유창한 말솜씨에 도취하면서…….

줄리어스는 더 이상 듣고 싶은 마음이 없었다. 그는 잔뜩 미간을 찌푸린 채 자신의 상념 속으로 빠져 들어갔다. 갑자기 그는 상념에서 깨어나며 테이블을 주먹으로 쾅하고 내리쳐서 모든 사람들을, 특히 홀 박사를 몹시 놀라게 하였다.

"그래, 바로 그거야! 저, 박사님, 내가 방금 생각해낸 계획에 대해서 박사님의 견해를 듣고 싶습니다. 그러니까 제인이 다시 배를 타고 대서양을 건너며, 똑같은 사건을 다시 겪게 되는 겁니다. 잠수함, 침몰하는 배, 사람들이 아우성을 치며 구명보트에 매달리는 등등. 그렇게 되면 효과가 있지 않을까요? 그녀의 잠재의식에 커다란 충격을 주게 되어, 상실했던 기억이 되살아나게 되지 않을까요?"

"아주 흥미 있는 생각이로군요, 헤르사이머 씨. 내 생각으로는 성공할 가능성이 큰 것 같습니다. 하지만 불행하게도 당신이 생각하는 것처럼 그런 상황을 재연한다는 것은 가능성이 없는 일이 아니겠습니까?"

"원래대로 똑같이 재현할 수야 없을 테지요, 박사님. 하지만 제 말은 기술적인 문제에는 가능하지 않겠느냐 하는 겁니다."

"기술적인 문제라니?"

"그렇습니다. 어려울 게 뭐가 있겠습니까? 기선을 한 척 빌려서……."

"기선을 빌린다!" 홀 박사가 나직하게 중얼거렸다.

"승객들도 고용하고, 잠수함도 빌리는 겁니다. 물론 잠수함을 빌린다는 것이 좀 어려운 일이겠지만. 정부에서는 전쟁 무기들을 선뜻 내놓으려 하지 않는 법이니까요. 그런 무기들을 선착순으로 판매할 수야 없는 노릇이겠죠. 하지만 그것도 가능할 겁니다. '뇌물'이라는 말을 들어보셨습니까? 그 뇌물이란 것은 어느 때고 통하지 않는 법이 없거든! 물론 어뢰를 발사할 필요까지야 없다고 생각합니다. 모든 사람들이 우왕좌왕하며 소리 높여 비명을 질러대고, 배가 기우뚱거리게 되면 제인같이 순진한 아가씨한테는 충분한 효과를 나타내게 될 겁니다. 그녀가 구명조끼를 착용할 때쯤 서둘러 구명보트를 내리고, 갑판에서는 잘 훈련된 배우들이 아우성을 치게 되면 틀림없이, 그녀는 1915년 5월 7일에 겪었던 일들을 다시 떠올리게 될 겁니다. 어떻습니까, 제 생각이?"

홀 박사는 멍하니 줄리어스를 쳐다보았다. 비록 말은 하지 않았지만, 그의 시선이 그걸 웅변으로 대신해주고 있었다.

줄리어스가 그 시선에 대답이라도 하듯이 다시 입을 열었다.

"아니, 나는 헛소리를 하는 게 아닙니다. 그건 충분히 가능한 일입니다. 오늘날 미국에서는 영화를 제작할 때 그와 비슷한 일들을 실제로 하고 있답니다. 영화에서 열차가 충돌하는 장면 같은 것을 못 보셨나요? 기차를 이용하는 대신 기선을 쓰는 것 말고는 무슨 차이점이 있겠습니까? 그런 것들을 사들일 수만 있다면야 문제는 간단한 거죠!"

홀 박사가 겨우 입을 열었다.

"하지만 그 비용이 문제지요, 헤르사이머 씨." 그의 목소리가 높아졌다.

"그 비용 말이오! 아마 엄청난 비용이 들 겁니다!"

"비용이 얼마가 들든 그건 나에겐 아무런 문제가 되지 않습니다."

줄리어스가 아주 쉽게 대답했다.

홀 박사가 호소하는 듯한 표정을 제임스 경 쪽으로 돌리자, 그는 희미하게 미소를 지어 보였다.

"헤르사이머 씨는 엄청난 부자이지요."

홀 박사의 시선이 다시 전에는 볼 수 없었던 묘한 표정을 담아 줄리어스의 얼굴로 돌아갔다. 줄리어스는 이젠 나무에서 떨어지거나 하는 그런 별난 젊은 이가 아니었다. 박사의 눈에는 대부호에 대한 존경 어린 빛이 담겨 있었다.

"정말 놀라운 계획입니다, 정말로 놀라워." 그가 중얼거리듯 말했다.

"영화라······, 물론 가능하지요! 미국에서는 시네마라고 합디다만. 정말 흥미 있는 분야라 할 수 있지요. 우리 영국은 기술적인 면에서 약간 시대에 뒤떨어진 게 아닌가 싶습니다. 아무튼 당신은 정말로 그 놀라운 계획을 실행에 옮길 생각인가 보군요?"

"그야 물론입니다."

홀 박사는 그의 말을 믿을 수 있었다. 그건 일종의 국민성과도 같은 것이었기 때문이다. 만일 영국인이 그런 일을 제안했다면 그는 틀림없이 그 사람의 정신 상태를 의심해보았을 것이다.

그가 다시 입을 열었다.

"그런 방법이 틀림없이 성공할 것이라고는 보장할 수 없습니다. 그 점을 분명하게 밝혀 두어야 할 것 같군요."

"물론 그러실 테지요." 줄리어스가 말했다.

"박사님은 제안을 보내주시기만 하면 되고, 나머지는 제게 맡겨 두십시오."

"제인이라니?"

"자넷 밴드마이어 양을 말하는 거죠. 우리가 그곳으로 연락해서 그녀를 보내 달라고 할까요, 아니면 제가 차로 직접 달려가서 그녀를 데리고 올까요?"

홀 박사는 망연한 표정이었다.

"미안합니다만, 헤르사이머 씨. 나는 당신이 아는 줄 생각했는데요?"

"무엇을 알고 있을 거라는 말씀이신지요?"

"밴드마이어 양은 이제는 내 치료를 받지 않고 있습니다."

제15장

터펜스, 구혼을 받다

줄리어스가 펄쩍 뛰며 자리에서 일어났다.

"뭐라고요?"

"당신은 그 사실을 모르는 모양이군요?"

"그녀는 언제 떠났습니까?"

"가만있자, 오늘이 월요일이지요? 그러니까, 그게 지난 수요일이었던가. 그렇군요. 틀림없습니다. 그래요. 당신이, 저, 나무에서 떨어진 그날 저녁이었습니다. 밴드마이어 부인한테서 긴급한 전갈이 왔더군요. 그래서 그 젊은 처녀와 그녀를 돌보던 간호사가 밤기차로 떠났습니다."

줄리어스는 다시 쓰러지듯 의자에 털썩 주저앉았다.

"에디스 간호사가, 어떤 환자와 함께 떠났다는 말을 나도 기억하고 있습니다." 그가 중얼거렸다.

"오, 세상에! 그토록 가까이 있었는데!"

홀 박사는 당혹한 모습이었다.

"이해할 수가 없군요. 그렇다면 그 젊은 처녀는 자기 숙모와 같이 있는 게 아닙니까?"

터펜스가 고개를 저었다. 그녀가 막 입을 열려고 하는데 제임스 경이 경고하듯 시선을 보내 그녀의 입을 틀어막았다. 그가 자리에서 일어났다.

"이거, 많은 폐를 끼쳤군요, 홀 박사. 많은 이야기를 들려줘서 정말 고맙습니다. 이제 우리는 다시 밴드마이어 양의 행방을 수소문해봐야 할 것 같군요. 그녀와 동행했다는 간호사 말입니다만, 그 간호사는 지금 어디 있는지 모르고 계십니까?"

홀 박사는 고개를 흔들었다.

"그녀에게서 무슨 일이 있었다는 말은 듣지 못했습니다. 내가 알고 있기로는, 그녀는 밴드마이어 양과 한동안 같이 지낸 것 같았습니다. 하지만 대체 무슨 일입니까? 설마하니 그 처녀가 납치당한 것은 아닐 테고."

"그건 곧 밝혀지게 되겠지요." 제임스 경이 엄숙하게 말했다.

홀 박사는 잠시 머뭇거리는 눈치였다.

"내가 경찰에 출두해야 할 거라고는 생각지 않으시겠지요?"

"물론 그런 일은 없을 겁니다. 여러 가지 상황으로 미루어 볼 때, 그 젊은 처녀는 다른 친척들과 함께 있을 가능성이 큽니다."

홀 박사는 완전히 안심되지는 않았지만, 제임스 경이 더 이상은 말해주지 않을 거란 것을 알고 있어서, 이 유명한 왕실 고문변호사로부터 더 많은 정보를 끌어내려고 해봐야 소용없는 짓이라는 사실을 깨달았다. 따라서 그는 그들과 작별인사를 나누었고, 그들은 호텔을 떠났다. 잠시 뒤 그들은 차 안에서 이야기를 나누었다.

"정말 미칠 것 같아요." 터펜스가 발을 구르며 소리쳤다.

"줄리어스가 실제로 몇 시간 동안이나 그녀하고 같은 지붕 아래 있었다는 사실을 생각하면 말이에요."

"나는 정말 멍텅구리 천치 바보였습니다."

줄리어스가 인상을 험악하게 쓰며 중얼거리듯 말했다.

"당신이 어떻게 그걸 알 수가 있었겠어요." 터펜스가 그를 위로해주었다.

"그렇죠?" 그녀는 제임스 경에게 동의를 구했다.

제임스 경이 부드러운 어조로 말했다.

"내가 하고 싶은 말은, 너무 괴로워하지 말라는 거요. 이미 엎질러진 우유통을 붙잡고 울어 봐야 소용없는 일이니 말이오."

"중요한 것은 다음에 할 일이 무엇이냐는 거예요."

실제적인 성격의 터펜스가 덧붙였다.

제임스 경은 어깨를 으쓱해 보였다.

"제인 핀이라는 아가씨와 동행했다는 간호사를 찾는 광고를 낼 수도 있어요. 그것이 한 가지 방법이라면 방법일 수 있는데, 그러나 솔직히 말해서 나도 그걸로 큰 효과를 볼 수 있으리라고는 생각지 않아요. 그밖에는 달리해볼 만한 방법이 없다고 생각되는데……"

"없다고요?" 터펜스가 멍하니 물었다.

"그렇다면, 토미는 어떻게 하고요?"

제임스 경이 대답했다.

"결코 희망을 포기해서는 안 되지요. 암, 끝까지 희망을 버려선 안 됩니다."

하지만 풀죽은 그녀의 머리 너머로 그의 눈이 줄리어스의 눈과 마주치자, 거의 알아보지 못할 정도로 살짝 고개를 저었다. 줄리어스는 그 의미를 이해할 수 있었다. 제임스 경은 그 일이 거의 절망적이라고 생각하는 것 같았다. 줄리어스의 표정이 몹시 침중해졌다. 제임스 경이 터펜스의 손을 잡았다.

"일이 조금이라도 진척을 보이게 되면 나한테도 꼭 알려주도록 해요. 편지를 보내면 언제든지 받아볼 수 있을 테니까."

터펜스는 깜짝 놀라며 망연히 그를 바라보았다.

"어디로 떠나실 생각이신가요?"

"한 번 말했을 텐데, 그새 잊어버린 모양이지? 스코틀랜드로 낚시여행을 간다고 했는데."

"알아요, 하지만 제 생각에는……." 그녀는 말끝을 흐렸다.

제임스 경은 어깨를 으쓱해 보였다.

"자, 이봐요, 꼬마 아가씨, 나는 더 이상 할 일이 없는 것 같아요. 우리가 가졌던 단서들은 모두 공기 중으로 사라졌어요. 내 말은, 더 이상 해볼 만한 일이 없는 것 같다는 뜻이라오. 만일 무슨 일이 생긴다면 언제든지 아가씨한테 조언을 아끼지 않을 생각이오."

그의 말은 터펜스에게 더할 수 없는 절망감을 느끼게 했다.

"저도 선생님 말씀이 옳다고 생각해요." 그녀가 처연한 표정으로 말했다.

"저희를 도와주시려고 이렇게 애를 많이 써주시는 데 정말 뭐라고 감사 드려야 할지 모르겠군요. 안녕히 가세요."

줄리어스가 고개를 숙여 보였다. 터펜스의 낙담한 표정을 바라보는 제임스 경의 예리한 시선 속에 순간적으로 유감의 빛이 떠올랐다.

"그렇게 너무 슬퍼하지 마요, 터펜스 양." 그가 나지막한 목소리로 말했다.

"기억할 것은, 휴일이라고 해서 꼭 일하지 말고 놀라는 법은 없다는 사실이라오. 때로는 평일과 다름 없이 일에 몰두할 수도 있거든."

속에 뼈가 있는 듯한 그의 말에 터펜스는 급히 고개를 들고 그의 눈을 쳐다보았다.

"아니, 더 이상은 말하지 말아야겠는데. 지나치게 말이 많으면 커다란 실수를 자초하는 법이지. 그것을 명심해요. 결코 자신이 아는 것을 죄다 털어놓아서는 안 되는 거라오. 비록 자기와 가장 가까운 사람이라고 할지라도 말이오. 내 말을 이해하겠소? 자, 그럼 다음에 봅시다."

그는 성큼성큼 멀어져 갔다. 터펜스는 멍하니 그의 뒷모습을 지켜보고 있었다. 비로소 그녀는 제임스 경의 방법을 이해하기 시작했다. 전에도 한 번 그는 그녀에게 같은 방법으로 대수롭지 않은 듯이 귀띔해준 적이 있었다. 이번에도 일종의 암시일까? 그가 마지막으로 남긴 간단한 말 속에는 대체 무슨 의미가 숨어 있는 것일까? 겉으로 보기엔 이 사건을 포기한 것 같았지만, 그런 중에도 계속해서 은밀히 그 사건을 조사하겠다는……

그녀의 상념은 줄리어스가 어서 타라고 재촉하는 바람에 깨져 버렸다.

"무슨 생각을 그렇게 골똘히 하는 거죠?" 그가 차를 출발시키며 물었다.

"그 노인네가 뭔가 다른 말이라도 했습니까?"

터펜스는 불쑥 입을 열려다가 도로 다물었다. 제임스 경의 말이 귓가를 맴돌았기 때문이다. '자신이 아는 것을 죄다 털어놓아서는 안 되는 거라오. 비록 자기와 가장 가까운 사람이라고 할지라도 말이오.' 그리고 마치 섬광처럼 또다른 기억이 머릿속에 떠올랐다. 그 아파트의 금고 앞에서 줄리어스는 그녀가 물어보았는데도 한참 뜸을 들였다가 고작 한다는 말이, '아무것도 없군요.'라고 한 것이었다. 정말로 아무것도 없었을까? 아니면 그는 뭔가를 발견하고서도 혼자만 알고 있으려고 한 것일까? 그가 뭔가를 감추려고 한다면 자기도 감출 수 있다.

"뭐 별다른 말은 없었어요." 그녀가 시치미를 떼며 말했다.

그녀는 줄리어스가 곁눈질로 자기를 슬쩍 쳐다보는 것 같아 마음이 편치 못했다.

"우리 말이에요, 한바탕 공원 길을 드라이브하는 게 어때요?"

"당신만 좋다면."

한동안 그들은 말없이 숲 속을 질주했다. 아름다운 날씨였다. 한바탕 신나게 달리고 나자 터펜스는 새로운 활력이 넘치는 것 같았다.

"그런데, 터펜스 양, 당신은 내가 계속해서 제인을 찾아야 한다고 생각합니까?"

줄리어스는 풀죽은 목소리로 말했다. 그런 태도는 그와는 전혀 어울리지 않는 것이어서 터펜스는 깜짝 놀라며 망연히 그의 얼굴을 쳐다보았다. 그는 맥없이 고개를 끄덕여 보였다.

"맞아요. 나는 정말 이번 일에 대해서 두 손을 들고 싶은 심정입니다. 오늘 제임스 경도 모든 희망을 포기한 것 같더군요. 나는 그 사람이 마음에 들지 않아요. 우리야 어쩔 수 없다고 쳐도, 그는 머리가 뛰어난 사람인데, 정말로 그가 성공할 가망성이 전혀 없다고 하며 그렇게 쉽게 포기해야 할까요?"

터펜스는 상당히 마음이 불편했지만, 줄리어스도 자기에게 뭔가를 숨기고 있다는 생각을 떨쳐 버릴 수가 없어서 마음을 굳게 다졌다.

"간호사를 찾는 광고를 내보라고 했잖아요." 그녀가 그를 상기시켜주었다.

"그랬죠. '절망적인 희망'이라는 것을 강조라도 하는 듯한 목소리로 제길, 이젠 아주 신물이 났습니다. 그냥 미국으로 돌아가 버릴까 하는 생각이 굴뚝 같아요."

"오, 그건 절대로 안 돼요!" 터펜스가 비명을 지르듯 소리쳤다.

"우린 토미를 찾아야 해요."

"아, 그만 베레즈포드를 잊고 있었군요."

줄리어스가 정말 미안하다는 듯이 기어들어가는 목소리로 말했다.

"그렇습니다. 그를 찾아야 하죠. 하지만 나도 도무지, 뭐라고 할까요. 이번 일에 끼어들면서부터 줄곧 마치 백일몽이라도 꾸는 것 같은, 그런 기분이라서 말이죠. 정말 그런 기분이랍니다. 그건 그렇고, 터펜스 양, 당신한테 한 가지 물어보고 싶은 것이 있습니다."

"뭔데요?"

"당신과 베레즈포드 말입니다. 대체 어떤 사이죠?"

"무슨 말씀을 하시는지 모르겠군요."

그녀가 정색하며 말했다. 그러고는 두서도 없이 덧붙였다.

"그리고 당신이 잘못 생각하신 거예요!"

"그 사람에게 따뜻한 감정 같은 것을 갖고 있지 않았다는 말씀입니까?"

"물론 그런 감정이야 있지요." 터펜스가 다정한 목소리로 말했다.

"토미와 나는 친구 사이니까요. 하지만 그 이상은 아니에요."

"사랑하는 연인들이란 다 그런 식으로 말하는 게 아닐까요?" 줄리어스가 말했다.

터펜스가 딱 잘라 말했다.

"말도 안 되는 소리예요! 내가 만나는 남자마다 사랑에 빠지는 그런 여자로 밖에 보이지 않나요?"

"그렇진 않습니다. 그 반대로 당신은 남자들을 사랑에 빠지게 하는 그런 여인인 것 같은걸요!"

"어머!" 터펜스는 상당히 놀란 모양이었다.

"비행기 태우시는군요."

"진정입니다. 아니, 이제 그 문제는 잠시 접어두기로 하죠. 만일 우리가 베레즈포드를 영영 찾지 못하게 되고, 그리고……."

"괜찮아요, 말하세요! 난 사실을 겁내지 않아요. 그는……, 그래요. 죽었을지도 몰라요! 그게 어떻다는 거죠?"

"그리고 이번 일이 모두 허사로 끝나게 된다면, 그때는 당신은 무슨 일을 할 생각입니까?"

"나도 모르겠어요." 터펜스가 쓸쓸한 어조로 말했다.

"당신은 아주 고독해질 겁니다, 가엾은 아가씨."

"난 결코 그렇게 되지는 않을 거예요."

어떤 종류의 동정도 용납하지 않는 성격의 터펜스가 아주 딱 잘라 말했다.

"결혼에 대해서는 어떻게 생각하죠? 그 문제를 생각해본 적이 있습니까?"

줄리어스가 물어보았다.

"물론 결혼할 생각이야 있지요." 터펜스가 대답했다.

"내 말은, 만일에……." 그녀는 잠시 망설이다가 용기 있게 내뱉었다.

"나 자신을 맡길 만큼 돈 많은 남자를 만나게 된다면 말이에요. 솔직하죠, 그렇죠? 아마 당신은 나를 경멸하실 거예요."

줄리어스가 말했다.

"나는 경제적인 본능은 절대 경멸하지 않습니다. 마음속으로 특별히 생각해 둔 남성상이라도 있나요?"

터펜스가 어리둥절한 표정으로 물었다.

"남성상이라뇨? 키가 크다든가, 아니면 작다든가 하는 그런 거 말인가요?"

"그게 아니고, 수입, 재산 정도를 말하는 겁니다."

"오, 그런 건 생각해본 적이 없어요."

"나는 어떻습니까?"

"당신?"

"예, 그렇습니다."

"오, 그건 안 돼요!"

"왜 안 된다는 거죠?"

"아무튼 안 돼요."

"글쎄요, 왜 안 된다는 겁니까?"

"너무 불공평한 것 같아요."

"거기에 무슨 불공평한 게 있는지 모르겠군요. 그건 당신이 그냥 해보는 소리에 지나지 않을 겁니다. 나는 당신을 정말로 사랑하고 있습니다, 터펜스 양. 내가 지금껏 만나본 어떤 여인보다도 더 말입니다. 당신은 정말로 용기가 있는 여성이거든요. 진정으로 당신을 행복하게 해 드리고 싶습니다. 말씀만 하시면, 즉시 최고급 보석상으로 달려가 반지를 맞출 수가 있습니다."

"그렇게 할 순 없어요." 터펜스가 숨이 막히는 소리로 말했다.

"베레즈포드 때문입니까?"

"아니, 그렇지 않아요. 결코 그 사람 때문이 아니에요!"

"그렇다면 왜 안 된다는 겁니까?"

터펜스는 여전히 완강하게 고개를 저을 뿐이었다.

"당신은 아마 나보다 더 돈이 많은 남자는 기대할 수 없을 겁니다."

"오, 그런 게 아니에요."

터펜스는 거의 히스테릭한 웃음을 터뜨리며 숨넘어갈 듯이 소리쳤다.

"당신 말은 너무도 고맙지만, 그래도 나는 아니라는 말밖에는 할 수가 없을 것 같아요."

"부디 내일까지 생각해보고 다시 말해주겠다고 약속해주십시오."

"그래 봐야 소용없어요."

"그렇다고 하더라도 나는 내일까지 시간을 주겠습니다."

"좋을 대로 하세요." 터펜스가 부드럽게 말했다.

그들은 리츠 호텔에 도착할 때까지 서로 침묵을 지켰다.

터펜스는 곧장 자기 방으로 올라갔다. 줄리어스의 불 같은 정열에 시달린 그녀는 완전히 녹초가 된 기분이었다. 그녀는 거울 앞에 앉아서 한동안 거울에 비친 자신의 모습을 가만히 들여다보았다.

"바보." 이윽고 터펜스는 찡그린 표정을 지어 보이며 말했다.

"바보 같은 계집애. 네가 원하는 모든 것—지금까지 네가 소망했던 모든 것을 갖고 싶으면, 어서 가서 코맹맹이 소리로, '아니에요.'라고 말해. 그것만이 너의 유일한 기회야. 왜 너는 청혼을 받아들이지 않는 거지? 눈 딱 감고 움켜잡아! 더 이상 뭘 바라는 거야?"

마치 자신의 질문에 스스로 대답이라도 하려는 듯이 그녀의 눈은 경대 위에 세워놓은 토미의 스냅사진이 들어 있는 낡은 사진틀로 향했다. 잠시 그녀는 자신을 억제하려고 애써보았지만, 이내 허울 좋은 껍질들을 모두 내팽개치고 입술을 깨물며 갑자기 봇물이 터지듯 눈물을 쏟아내기 시작했다.

"오, 토미, 토미." 그녀는 울음을 터뜨리며 애절하게 그의 이름을 불렀다.

"당신을 정말 사랑해요. 이제 다시는 당신을 볼 수 없을 것 같아요……."

한 5분쯤 실컷 울고 나서 터펜스는 자세를 똑바로 고쳐 앉으며 코를 풀고는 머리를 뒤로 빗어 넘겼다.

"바로 그거야." 그녀가 단호하게 말했다.

"사태를 똑바로 직시하자고. 나는 지금 사랑에 빠진 것 같아. 나한테는 눈곱만치도 관심이 없을지도 모르는 바보 같은 사내한테."

여기서 그녀는 잠시 숨을 돌렸다. 그녀는 마치 보이지 않는 상대와 논쟁이라도 하듯이 다시 말을 이었다.

"도대체 그가 나한테 관심이 있는지 없는지 알 수가 없어. 아니, 그는 감히 그런 말을 할 수 없을지도 모르지. 나는 항상 감상적인 게 탈이었는데, 이제는 아마 세상에서 가장 감상적인 계집애가 된 것 같아. 바보 같은 계집애! 난 언제나 그렇게 생각했지. 베개 밑에 그의 사진을 집어넣고 잠을 자면 밤새도록 그의 꿈만 꾸게 될 거라고. 내 순정이 헛된 것은 아니었을까 하는 것은 정말 생각만 해도 끔찍한 일이야."

터펜스는 마치 자신의 비참해진 모습이 보이기라도 하듯이 서글프게 고개를 저었다.

"줄리어스한테 뭐라고 말해야 할지 정말 모르겠어. 아, 난 정말 바보가 된 것 같아! 뭐라고 하기는 해야 할 텐데. 그는 철저한 미국인이라서 끝까지 물을 텐데. 그는 정말로 금고에서 뭔가를 발견한 것은 아니었을까……?"

터펜스의 상념은 다른 길로 벗어났다. 그녀는 지난밤 일들을 곰곰이 돌이켜 보았다. 어쩐지 그들은 제임스 경의 그 수수께끼 같은 말에 자신들도 모르게 끌려 들어갔던 것 같았다.

갑자기 그녀는 소스라치게 놀라며, 얼굴이 혈색을 잃고 하얗게 변했다. 허공을 똑바로 노려보는 그녀의 동공이 점점 더 확대되었다.

"불가능한 일이야." 그녀는 중얼거렸다.

"있을 수 없는 일이야! 그런 생각을 다 하다니 내가 제정신이 아닌 모양이야……."

터무니없는 생각이긴 했지만, 그걸로 모든 것이 설명될 수…….

잠시 더 곰곰이 생각해본 뒤에 그녀는 다시 앉아서 한 마디 한 마디에 힘을 주며 편지를 한 장 썼다. 이윽고 만족스럽다는 듯이 고개를 끄덕이고 나서, 편지를 봉투에 집어넣고는 그 위에 줄리어스의 이름을 썼다. 그녀는 그의 방으로 가서 문을 두드려 보았지만 예상했던 대로 그의 방은 비어 있었다. 그녀는 테이블 위에 편지를 놓아두고 그 방을 떠났다.

그녀가 자기 방으로 돌아오자 보이가 문밖에서 기다리고 있었다.

"전보가 왔습니다."

터펜스는 쟁반에서 전보를 집어들고는 급히 뜯어보았다. 그러고는 갑자기 탄성을 질렀다. 그 전보는 토미한테서 온 것이었다!

제16장

토미의 계속되는 모험

어둠 속에서 욱신욱신 쑤시는 듯한 고통을 느끼며 토미는 천천히 의식이 돌아오기 시작했다. 이윽고 겨우 눈을 뜬 그는 관자놀이가 찌르는 듯이 격심하게 아프다는 것 말고는 아무것도 느낄 수 없었다. 그는 주위 환경이 전혀 낯설다는 것을 어렴풋이 깨달았다. 도대체 여기가 어딜까? 그는 힘없이 눈을 깜박였다. 이곳은 분명히 리츠 호텔에 있는 그의 침실이 아니었다. 그리고 무엇보다도 머리가 깨질 듯이 쑤셨다.

"제길!"

토미는 일어나 앉으려고 애썼다. 그는 기억하고 있었다. 그는 지금 소호가에 있는 그 음침한 집에 있는 것이다. 다시 그는 신음을 내며 쓰러졌다. 거의 감긴 듯한 눈꺼풀을 통해 그는 주변을 조심스럽게 살펴보았다.

"이제 정신이 돌아오는 모양이군."

목소리가 토미의 귓가에서 들렸다. 그는 그 목소리가 수염을 기른 독일인의 단조로운 목소리라는 것을 알 수 있었다. 그는 자기가 너무 일찍 정신을 차리게 된 것이 오히려 불리한 결과를 가져올 것 같은 생각이 들었다. 머리의 고통이 좀더 완쾌되기 전까지는 도무지 묘안을 짜낼 수가 없을 것 같았다. 극심한 고통을 겪으며 그는 자기가 무슨 일을 당한 것인지를 알아내려고 애썼다. 분명히 누군가가 엿듣고 있던 그의 뒤로 소리 없이 다가와서 머리를 내리친 것이리라. 그들이 이제 그가 스파이란 것을 알게 되면, 기다려 볼 것도 없이 곧바로 저 세상으로 보낼 것이 뻔했다. 그가 사면초가에 빠졌다는 것은 의심할 것도 없는 사실이었다. 아무도 그가 어디 있는지 모르고 있을 테고, 따라서 외부의 도움을 전혀 기대할 수가 없었다. 결국 그의 목숨은 오로지 그 자신의 기지에 달린 것이었다.

'한번 해보는 거야.'

토미는 속으로 중얼거리며 아까 한 말을 다시 내뱉었다.

"제길!"

이번에는 겨우 일어나 앉을 수 있었다.

그러자 독일인이 그에게 다가와서 그의 입에 유리잔을 갖다 대며, "마셔." 하고 짧게 명령했다. 토미는 순순히 마셨다. 갑자기 독한 술이 목구멍으로 넘어가자 기침이 나왔지만, 곧 그의 두뇌는 놀라우리만큼 맑아졌다.

그는 악당들의 회의가 열렸던 방의 긴 소파 위에 누워 있었다. 그의 옆에는 독일인이 서 있었고, 다른 쪽에는 그에게 문을 열어 주었던 험악한 인상의 문지기가 서 있었다. 다른 일당들은 좀더 떨어진 곳에 모여 있었다. 그러나 토미는 한 사람의 얼굴이 보이지 않는다는 것을 알았다. 그 1호라고 불렸던 자는 어디로 갔는지 그들 중에서 찾아볼 수가 없었다.

"기분이 좀 나아졌나?" 독일인이 빈 잔을 치우며 물었다.

"조금 나아진 것 같은데, 아무튼 고맙소."

토미가 짐짓 쾌활한 어조로 말했다.

"아, 이보게, 젊은 친구. 자네의 두개골이 남보다 단단하다는 것에 감사하게. 콘래드가 그렇게 세게 내리쳤는데도 살아났으니."

그는 턱으로 흉악한 인상의 문지기를 가리켰다.

문지기는 히죽 웃어 보였다.

토미는 가까스로 고개를 돌려 그자를 쳐다보았다.

"오, 그래, 자네가 콘래드인가, 응? 내 머리가 남보다 튼튼한 게 자네한테도 역시 다행한 일이었다는 사실을 명심하라고. 자네를 보니까 어떻게 자네가 사형집행인의 손에서 빠져나올 수 있었는지 정말 유감스럽기까지 하구먼."

문지기가 잡아먹을 듯 으르렁거리자 독일인이 침착하게 말했다.

"이 친구에게 그런 위험은 조금도 없을 걸세."

"당신만 좋다면, 내 당장 경찰서에 달려가서 그걸 알아볼 수도 있는데."

토미가 대꾸했다.

그의 태도는 정말 침착하기 이를 데 없었다. 토미 베레즈포드는 특별히 뛰어난 재능도 없는 평범한 영국 청년에 지나지 않았지만, 자신이 절체절명의 위기에 빠졌다는 사실을 깨닫게 되고서도 결코 포기하는 법이 없이 최선을 다해 자신을 지키려고 애쓸 줄 아는 그런 젊은이였다. 토미는 자신의 유일한 탈출구는 바로 자신의 기지에 달렸다는 것을 깊이 인식하고는, 겉으로 태연함을 가장하면서 속으로는 끊임없이 두뇌를 회전시키고 있었다.

독일인이 그 차가운 억양으로 입을 열었다.

"스파이로서 죽음을 당하기 전에, 마지막으로 하고 싶은 말이 있는가?"

"하고 싶은 말이 너무 많아서 걱정이오."

토미는 여전히 태평한 모습으로 대꾸했다.

"자네는 저 문 뒤에서 우리 대화를 엿들은 사실을 부인하는 겐가?"

"부인하지는 않소. 사실 그 일에 대해서는 사과를 해야 마땅할 테지만, 당신들의 대화가 너무도 흥미진진해서 그만 실례를 무릅쓰고라도 엿듣게 되었던 거요."

"자네는 어떻게 이곳에 들어왔지?"

"여기, 콘래드라는 친구가 들여보내 주더군요."

토미는 놀리기라도 하듯이 빙글빙글 미소를 지어 보였다.

"당신한테 충실한 부하를 내쫓으라고 얘기하기가 좀 망설여지기는 하지만, 사실이지 당신은 좀더 똑똑한 문지기를 두어야 할 겁니다."

콘래드는 맥없이 으르렁거리더니, 자기한테로 고개를 돌린 독일인에게 변명하듯 말했다.

"저 녀석이 암호를 말했거든요. 그러니 제가 어떻게 알아볼 수 있겠습니까?"

"물론이지." 토미가 맞장구를 쳤다.

"저 친구가 어떻게 알아볼 수 있었을라고? 저 불쌍한 친구를 너무 나무라지 마시구려. 그가 지체 없이 문을 열어 주어서 이렇게 여러 친구와 직접 얼굴을 맞대게 되는 기쁨을 누리게 되었으니 말이오."

그가 생각했던 대로 그의 말은 무리 사이에 다소 동요가 일어나게 했지만, 그 침착한 독일인은 손을 내저어 동요를 진정시켰다.

"죽은 자는 말을 못 하는 법이지." 그가 냉정하게 말했다.

"아! 하지만 나는 아직 죽지 않았소!"

"자네는 곧 죽게 될 거야, 젊은 친구." 독일인이 말했다.

여기저기에서 그 말에 동조하는 소리가 터져 나왔다.

토미는 심장의 박동이 마구 빨라졌지만, 그의 태연자약한 태도는 추호도 흔들리지 않았다.

그가 단호하게 말했다.

"나는 그렇게 생각하지 않는데. 나는 죽을 수 없는 중대한 이유가 있기 때문이오."

그는 그들이 당황하고 있다는 것을, 독일인의 표정을 보고 알 수 있었다.

"어째서 우리가 자네를 처치할 수 없는지 그 이유를 우리에게 알려줄 수 있겠나?"

독일인이 말했다.

"몇 가지가 있지." 토미가 대꾸했다.

"이보시오, 이제까지는 당신이 질문을 했으니, 내 쪽에서도 한번 질문을 해 봅시다. 어째서 당신은 나를 의식이 돌아오기 전에 일찌감치 처치하지 않은 거요?"

독일인이 대답을 못하고 우물거리자 토미는 기회를 잡고 늘어졌다.

"왜냐하면, 그건 당신들이 내가 얼마나 알고 있고, 또한 내가 아는 정보를 어떻게 처리했는지 모르기 때문이었소. 이제 나를 처치해 버리면, 당신은 그걸 영원히 알 수 없게 되는 거요."

하지만 여기서 그만 보리스의 감정을 건드려, 그가 성질을 못 이기고 토미한테로 다가오며 손을 내저었다.

"이 쥐새끼 같은 스파이 녀석!" 그가 고함을 질렀다.

"네 녀석을 곧 처치해주지. 어서 저놈을 죽여 버리시오! 당장 없애버려요!"

여기저기서 찬성의 소리가 터져 나왔다.

"자네도 들었나?" 독일인이 토미를 주시하며 물었다.

"거기에 대해 무슨 할 말이 있나?"

"할 말이라니?" 토미는 어깨를 으쓱해 보였다.

"모두 바보들만 모였구먼? 그들 스스로에게 물어보라고 하시오. 내가 이곳에 어떻게 들어왔소? 콘래드가 뭐라고 했지? 당신네 암호를 댔다고 하지 않았던가? 그럼, 내가 그 암호를 어떻게 알게 되었을까? 설마하니 당신은 내가 오다가다 우연히 당신네 소굴을 찾아와서 아무렇게나 머리에 떠오르는 대로 내뱉은 말이 당신네 암호와 딱 맞아떨어지게 된 것이라고는 생각하지 않겠지?"

토미는 이런 식으로 결론을 맺은 것에 대해서 스스로도 만족을 느꼈다. 유감이라면 자신의 멋진 말솜씨에 찬사를 보내줄 터펜스가 그 자리에 없다는 것뿐이었다.

"그건 맞는 말이오." 노동자 차림의 사내가 불쑥 입을 열었다.

"동지들, 우리는 누군가에게 배반당한 거요!"

여기저기에서 험악한 욕설들이 쏟아져 나왔다. 토미는 그들을 격려라도 하듯 미소를 지어 보였다.

"훌륭합니다. 그래, 도대체 머리를 쓰지 않고서야 무슨 일이 제대로 이루어지기를 바랄 수 있겠소."

"자네는 우리에게 변절자가 누구인지 말하게 될 거야." 독일인이 말했다.

"하지만 그걸로 자네 목숨을 구할 수는 없지. 그럼, 그건 어림도 없는 수작이야! 자네가 아는 사실을 모두 우리에게 털어놓게 될 걸세. 여기 있는 보리스는 사람들이 입을 열게 하는 멋진 방법을 많이 알고 있거든!"

"흥." 토미는 코웃음을 쳤지만, 심장이 얼어붙는 듯한 공포를 느껴야 했다.

"당신들은 결코 나를 고문하거나 죽일 수가 없을걸!"

"어째서 할 수 없다는 건가?" 보리스가 음흉한 어조로 물었다.

"왜냐하면, 황금알을 낳는 거위를 잡아 죽일 수야 없는 노릇이니까."

토미가 천연덕스럽게 대꾸했다.

잠시 적막이 감돌았다. 토미의 조금만치도 동요가 없는 자신만만한 태도가 마침내 성공을 거둔 것 같았다. 그들은 자기들 자신에 대해서도 완전히 만족할 수 없게 되었다. 허름한 옷차림을 한 사내가 토미의 표정을 뚫어질 듯이 주시했다.

"저자는 당신한테 허풍을 떠는 거요, 보리스." 그가 침착하게 말했다.

토미는 그자가 죽이고 싶도록 미웠다. 혹시 그자가 토미의 내심을 꿰뚫어본 것은 아닐까?

냉정함을 되찾으려고 애쓰며 독일인이 토미 쪽으로 거칠게 돌아섰다.

"그게 무슨 뜻이지?"

"당신은 내 말이 무슨 뜻이라고 생각하시오?"

토미는 대답을 교묘하게 회피하며 마음속으로는 필사적으로 다음 궁리를 찾아 헤맸다.

갑자기 보리스가 다가서며 토미의 눈앞에 대고 주먹을 흔들어 보였다.

"말해, 이 돼지 같은 영국 놈아. 어서 말해!"

"아, 그렇게 흥분하면 못써요, 친구." 토미가 침착하게 말했다.

"당신 같은 외국인 친구한테는 흥분하는 것이 가장 나쁜 거라오. 당신은 도대체 냉정함을 지킬 줄 모르는구먼. 자, 내가 당신한테 한 가지 물어보지. 그래 내가 눈곱만치라도 당신들이 나를 살해할 수 있으리라고 여기는 것처럼 보이오?"

그는 자신감 넘치는 태도로 그들을 둘러보며, 자신의 거짓말이 들통이 날까봐 끊임없이 쿵쾅거리는 심장의 고동소리를 그들이 들을 수가 없다는 사실이 정말 다행스럽기 짝이 없었다.

이윽고 보리스가 음침한 목소리로 내키지 않는 듯 입을 열었다.

"아니, 네놈은 그런 것 같지 않아."

'하느님, 고맙습니다. 이자는 남의 마음까지 읽어내는 재주는 없나 봅니다.'

토미는 속으로 안도의 한숨을 내쉬었다. 그러고는 큰소리를 치며 계속 자신의 기회를 살려 나갔다.

"자, 그렇다면 어째서 내가 그토록 자신만만할 수 있겠소? 왜냐하면, 나는 당신들과 거래를 하자고 제안할 만큼 충분한 가치가 있는 어떤 정보를 알고 있기 때문이지."

수염을 기른 독일인이 갑자기 그를 움켜잡았다.

"거래라고?"

"그렇소, 거래. 내 목숨과 자유에 대한 대가로……." 그는 말끝을 흐렸다.

"그 대가로 무엇을 제공한다는 건가?"

일당이 일제히 그를 압박해 오는 것 같았다.

사방이 쥐 죽은 듯이 고요해졌다.

천천히 토미가 입을 열었다.

"댄버스가 루시타니아호를 타고 미국에서 운반해 오던 그 문서."

이 말의 효과는 그야말로 충격적이었다.

모두 자리를 박차고 벌떡 일어섰다. 독일인이 손을 저어 그들을 물리쳤다.

그는 흥분으로 인해 자줏빛으로 달아오른 얼굴을 토미에게로 기울였다.

"흠! 그렇다면 자네가 그걸 가지고 있다는 말인가?"

아주 엄숙한 표정으로 토미가 고개를 저었다.

"그 문서가 어디에 있는지 알고 있다는 말인가?" 독일인이 계속 다그쳤다.

다시 토미는 고개를 저었다.

"그렇다고 할 수야 없지만……."

"그렇다면, 도대체?"

너무도 어이가 없고 화가 머리 꼭대기까지 치솟아 올라 그는 제대로 말도 이을 수가 없었다.

토미는 주위를 둘러보았다. 그는 모든 사람들의 얼굴에 분노와 당혹감이 뒤섞여서 떠올라 있는 것을 분명히 볼 수 있었지만, 여전히 자신만만해 보이는 듯한 그의 태도가 제대로 먹혀들어서—모두 그의 말 속에 뭔가가 숨어 있을 거라는 데 추호도 의심치 않는 것 같았다.

"사실 나는 그 문서가 어디에 있는지는 모르오. 하지만 나는 그것을 틀림없이 찾을 수 있다고 믿고 있소. 내가 가진 이론은……."

"흥!"

토미는 손을 들어 듣기 거북한 야유들을 침묵시켰다.

"나는 그것을 이론이라고 부르지만, 내가 아는 사실들은 충분히 근거가 있는 것들로 나 말고는 아무에게도 알려지지 않은 것들이오. 어쨌든 당신들이 손해 볼 게 뭐가 있지? 만일 내가 그 문서를 찾아낸다면, 그 대가로 당신들은 나에게 목숨과 자유를 주면 되는데. 그게 거래가 아니고 뭐겠소?"

"우리가 거절한다면?" 독일인이 침착하게 물었다.

토미는 소파 위로 길게 드러누웠다. 그러고는 신중하게 입을 열었다.

"29일까지는 이제 2주일도 채 남지 않았지……."

잠시 독일인의 얼굴에 주저하는 듯한 기색이 떠올랐다. 이윽고 그는 콘래드에게 손짓을 보냈다.

"이 친구를 저쪽 방으로 데려가."

5분 뒤 토미는 옆방에 있는 지저분한 침대에 걸터앉게 되었다. 그의 심장은 격렬하게 고동치고 있었다. 그는 이번 주사위에 모든 희망을 걸었던 것이다. 과연 그들은 어떤 결정을 내리게 될까? 내심으로는 끊임없이 되풀이되는 질문에 시달리면서도, 그는 콘래드에게 짓궂은 농담을 걸며 흉악한 인상에서 살인광의 징후가 보인다고 말해 그자를 격노케 만들고 있었다.

이윽고 문이 열리며 독일인이 콘래드를 불렀다.

"판사가 검정 벨벳 모자(사형선고를 내릴 때 판사가 쓰는 모자)를 쓰지 않기만을 바라야지."

토미가 까불거리며 말했다.

"좋아, 콘래드 나를 끌고 가라고. 죄수가 법정에 있어야 어울리는 거라네, 친구."

독일인은 다시 테이블 뒤에 앉아 있었다. 그는 토미에게 손짓으로 자기 맞은편에 앉으라고 했다.

그가 쉰 목소리로 입을 열었다.

"우리는 거래를 받아들이기로 했네. 문서가 우리 손에 들어온 뒤에야 자네는 자유롭게 될 거야."

"순진하시구먼!" 토미가 다정하게 미소를 지어 보이며 말했다.

"어떻게 당신들은 내가 이곳에서 발이 묶여 꼼짝도 하지 못하면서도 내가 그 문서를 찾을 수 있을 거라고 생각하는 거요?"

"그렇다면 도대체 자네는 어떻게 해주기를 바라는 건가?"

"내 방식대로 처리할 수 있게 활동의 자유가 보장되어야 하오."

독일인이 웃음을 터뜨렸다.

"자네는 우리가 그 순진한 약속만을 믿고 자네를 여기서 내보내 줄 그런 어린애로밖에 보이지 않나?"

"그렇지는 않소" 토미가 신중하게 대꾸했다.

"나한테야 더할 수 없이 간단한 계획일 테지만, 사실 당신들이 그 계획에 동의하리라고는 생각지 않았지. 그럼 좋소. 한 가지 협상을 하면 되는 거요. 당신이 나한테 감시병으로 콘래드를 붙여주면 어떻겠소? 그는 믿음직한 친구이고, 주먹도 무척 셀 테니까 말이오."

독일인이 차가운 어조로 말을 받았다.

"우리는 자네가 여기 남아 있어 주기를 원한다네. 그리고 우리 멤버 중 하나가 자네의 지시대로 일을 처리하면 되는 거지. 만일 그 일이 간단하게 처리할 수 없는 일이라면, 돌아와서 자네의 지시를 다시 받을 수도 있고 말일세."

"결국은 내 손을 묶어둘 생각이로구먼." 토미가 툴툴거렸다.

"그건 아주 미묘한 일이라서, 다른 친구들이라면 거의 틀림없이 일을 망쳐놓을 것이 뻔한데, 그렇게 되면 나는 어떻게 되겠소? 나는 도무지 당신들이 솜씨 있게 일을 처리할 수 있을 것으로 보이지가 않는데."

독일인이 테이블을 두드렸다.

"그게 우리 요구조건이야. 받아들이지 않겠다면, 죽음밖에 기대할 수 없지!"

토미는 힘없이 뒤로 기대어 앉았다.

"당신의 말투가 마음에 드는군. 무뚝뚝하기는 하지만, 그런대로 매력이 있거든. 그렇다면 그렇게 할 도리밖에 없겠군. 하지만 거기에는 한 가지 필수적인 조건이 있는데, 그건 그 여자를 만나봐야겠다는 거요."

"무슨 여자를?"

"물론 제인 핀을 말하는 거지."

상대방은 한동안 호기심 어린 시선으로 그를 바라보더니 이윽고 천천히, 마치 한 마디 한 마디 조심스럽게 생각해가며 말하듯이 입을 열었다.

"그녀가 자네한테 아무 말도 해줄 수 없다는 사실을 모르고 있나?"

토미는 심장의 고동이 약간 빨라지는 것 같았다. 잘하면 자기가 찾던 그 여인과 얼굴을 맞대게 될지도 모르는 일이었다.

"나는 그녀에게 많은 걸 물어보지는 않을 거요." 그가 침착하게 대꾸했다. "내 말은, 그렇게 많은 말이 필요가 없다는 뜻이오."

"그런데, 왜 그녀를 봐야 한다는 건가?"

토미는 잠시 숨을 돌리며 대답했다.

"내가 그녀에게 한 가지 질문을 던졌을 때 그녀의 얼굴에 떠오르는 표정을 살펴보기 위해서요."

다시 독일인의 눈에 토미로서는 전혀 이해할 수 없는 기이한 빛이 떠올랐다.

"그녀는 자네의 질문에 대해 대답할 수 없을 텐데."

"그건 문제가 안 되오. 내 질문을 받았을 때 그녀의 얼굴에 떠오른 표정을 보면 된다고 하지 않았소."

"그렇다면 그 표정이 자네에게 뭔가를 말해줄 거라고 생각하는 건가?"

그는 짧게 코웃음을 쳤다. 더욱더 토미는 자기가 알지 못하는 무엇인가가 있다는 사실을 강하게 느낄 수 있었다. 독일인이 그를 살피듯이 쏘아보았다.

"자네가 정말로 우리가 생각하는 것만큼 많이 아는 것인지 의심스러워지는데?" 그가 부드럽게 말했다.

토미는 자신의 형세가 전보다 상당히 불리해졌다는 것을 느낄 수 있었다. 그의 보물 보따리가 조금씩 새어나간 것이다. 그는 도무지 알 수가 없었다. 혹시 무슨 말을 잘못한 것은 아닐까? 그는 될 대로 되라는 식으로 아무거나 생각나는 대로 내뱉었다.

"내가 모르는 사실을 당신이 알고 있을 수도 있지. 당신만이 아는 것까지도 내가 모두 아는 척하지 않겠소. 하지만 마찬가지로 나 역시 당신이 모르는 어떤 사실을 알고 있는 거요. 그것이 바로 내가 차지하는 현재의 위치요. 댄버스는 정말 영리한 친구여서……."

그는 너무 많이 입을 놀리기라도 한 듯 갑자기 말을 끊었다.

하지만 독일인의 표정이 약간 밝아진 것을 알아볼 수 있었다.

"댄버스라." 그가 중얼거렸다.

"알아봐야겠는데……."

그는 잠시 멈추었다가 콘래드에게 손짓을 했다.

"이자를 위층으로 데려가, 그 방으로 말이야."

"잠깐만, 그 여인은 어떻게 할 생각이오?"

"그 문제는 아마 잘 될 걸세."

"그래야 할 거요."

"우리도 그걸 알아봐야겠어. 오직 한 사람만이 그 문제에 대해서 결정을 내릴 수가 있거든."

"그게 누구요?" 토미가 물었다. 하지만 그는 그 대답을 이미 알고 있었다.

"브라운 씨가……."

"내가 그를 만나볼 수 있겠소?"

"글쎄."

"이리 와." 콘래드가 거칠게 말했다.

토미는 순순히 자리에서 일어났다. 문을 나서자 콘래드는 몸짓으로 그에게 계단을 올라가라고 했다. 그러고는 그의 뒤에 바싹 붙어서 따라왔다. 위층으로 올라가자 콘래드는 어떤 방문을 열고 토미를 들어가게 했다. 가스 램프에 불을 켠 다음 콘래드는 밖으로 나갔다. 토미는 열쇠로 문을 잠그는 소리를 들을 수 있었다.

그는 자기가 감금된 방을 살펴보기 시작했다. 그곳은 아래층에 있는 것들보다 작은 방으로, 이상하리 만치 공기가 통하지 않는 것 같았다. 이윽고 그는 창문이 하나도 없다는 사실을 깨닫게 되었다. 방 안을 둘러보았다. 사방의 벽은 불결하기 짝이 없었다. 한쪽 벽에는 《파우스트》에 나오는 장면들을 묘사한 그림이 네 장 비스듬히 걸려 있었다. 보석 상자를 든 마거릿, 교회 풍경, 꽃다발을 든 지벨, 그리고 파우스트와 메피스토펠레스 그 메피스토펠레스의 모습은 토미의 마음속에 새삼 브라운이라는 사람을 떠올리게 했다. 두꺼운 문으로 철저하게 밀폐된 이 방에서 그는 바깥세상과는 완전히 격리되어, 갱단 두목의 사악한 힘이 현실적으로 더 강하게 느껴지는 것 같았다. 고함을 친다고 해도 아무도 그의 소리를 듣지 못할 것 같았다. 그곳은 살아 있는 무덤이었다……

토미는 어떻게 해서라도 용기를 잃지 않으려고 애썼다. 하지만 곧 그는 무너지듯이 침대에 주저앉으며 더 이상 생각하는 것도 단념했다. 머리가 깨질 듯이 아픈데다가 허기까지 겹쳤다. 그 방의 적막한 분위기가 정신력마저 꺾어 놓는 것 같았다.

토미는 억지로라도 명랑한 기분을 유지하려고 애쓰며 중얼거렸다.

"어떻게 해서든 두목, 그 신비에 싸인 브라운이라는 작자를 만나, 운 좋게 내 허풍이 통하게 되면 신비의 여인인 제인 핀 역시 만나볼 수 있을 거야. 그 다음에는……."

그다음 일에 대해서 토미는 어쩔 수 없이 우울한 종말을 맞이하게 될 거라는 사실을 인정하지 않을 수 없었다.

제17장

아네트

그러나 앞날에 대한 걱정보다는 지금 당면한 고통이 더 절박했다. 이것은 긴급하고도 참기 어려운 고통으로, 바로 배고픔이었다. 토미는 왕성한 식욕을 가진 건강한 청년이었다. 점심으로 스테이크와 감자튀김을 먹은 것이 마치 10년은 지난 듯한 기분이었다. 유감스럽게도 그는 자기가 단식투쟁만큼은 도저히 할 수 없을 것 같다는 사실을 깨닫게 되었다.

그는 아무런 목적도 없이 방 안을 서성거렸다. 한두 번 그는 자존심도 내팽개쳐 버리고 문을 쾅쾅 두들겨 보았다. 하지만 아무런 응답도 없었다.

"망할 놈의 자식들!" 토미는 분통을 터뜨리며 중얼거렸다.

"설마하니 나를 굶겨 죽일 작정은 아니겠지."

새로운 공포가 그의 마음속을 스치고 지나가며, 혹시 이것이 보리스의 특기라던 사람들의 입을 열게 하는 '멋진 방법' 중 하나일지도 모른다는 생각이 들었다. 그러나 좀더 생각해본 결과, 그런 생각을 버렸다.

"이건 순전히 그 악당 같은 콘래드 녀석의 짓일 거야." 그는 단정했다.

"언젠가는 그 녀석한테 본때를 보여주어야 분이 풀리겠는걸. 이건 틀림없이 그 녀석의 개인적인 앙갚음일 거야. 그게 분명해."

좀더 생각해본 후에, 그는 콘래드의 달걀처럼 생긴 머리를 몽둥이 같은 걸로 한 대 후려갈겼으면 정말 원이 없을 것 같은 기분이 들었다. 토미는 자기 머리를 조심스럽게 만져 보고는 그런 상상의 기쁨도 단념하게 되었다. 그때 갑자기 전광석화처럼 멋진 생각이 머릿속에 떠올랐다. 어째서 그런 상상을 현실로 바꾸어놓을 수 없다는 말인가! 콘래드는 틀림없이 이 집에서 기거하고 있을 것이다. 그 밖의 다른 자들은, 아마 그 수염을 기른 독일인을 제외하고는 이곳을 단지 밀회 장소로만 이용할 것이 분명하다. 그러니 문 뒤에서 콘래드를 기다리고 있다가 그 녀석이 들어오면 의자라든가 그림 액자 따위로 그 녀석의 머리를 호되게 갈겨주지 못한다는 법은 없다. 물론, 너무 세게 내리친다고 해서 나무랄 사람도 없을 테고 그리고 나서는……, 그리고 나서는 그냥 걸어나가기만 하면 되는 것이다! 도중에 누구를 만나게 된다면, 글쎄, 토미는 주먹으로 치고받으며 싸우게 될 생각을 하자 흥이 저절로 솟아났다. 그런 일이라면 그날 오후에 한 것처럼 입으로 싸우는 것보다야 그에게는 얼마든지 자신이 있었다. 이런 계획에 도취해 토미는 악마와 파우스트의 그림이 들어 있는 액자를 조심스럽게 벽에서 떼어내 자기 옆에 세워두었다. 그의 마음은 희망으로 부풀어 올랐다. 그 계획은 단순하면서도 훌륭한 생각 같아 보였다.

그러나 시간이 계속 흘러갔지만 콘래드는 도무지 모습을 나타내지 않았다. 감옥 같은 방에서 밤과 낮을 구별할 수 없었지만, 다행히도 토미가 찬 손목시계는 상당히 정확한 것이어서 현재 시각이 밤 9시라는 것을 알려주고 있었다. 토미는 침통한 기분으로 만일 저녁식사가 곧 나오지 않는다면 아침식사 때까지 배고픔을 참아야 하게 되는 것이 아닐까 하는 생각에 잠기게 되었다. 10시가 되자 그는 모든 희망을 포기하고 잠으로 허기를 달래야겠다고 생각하고는 침대에 벌렁 드러누웠다. 그로부터 5분도 지나지 않아 그는 모든 고통을 잊어버리게 되었다.

자물쇠가 돌아가는 소리에 그는 얕은 잠에서 깨어나게 되었다. 모든 감각기능이 언제나 깨어 있는 영웅적인 기질을 전혀 가지지 못한 토미는 단지 천장만 쳐다보며 눈을 깜박거리면서 도대체 자기가 어디에 있는 것인지조차도 모호하게 느껴졌다. 이윽고 그는 모든 것을 기억해 내고는 급히 시계를 들여다보았다. 8시였다.

그는 생각했다.

'아침에 마시는 차나 아침식사 둘 중 하나일 텐데 제발 아침식사이기를 비나이다!'

문이 열렸다. 이미 늦었다. 토미가 불한당 같은 콘래드 녀석을 보기 좋게 때려눕히겠다는 계획을 기억해 냈을 때는, 잠시 뒤에 그는 방으로 들어온 사람이 콘래드가 아니라 어떤 여인이라는 것을 알게 되자 마음이 놓였다. 그녀는 쟁반을 들고 들어와 테이블 위에 내려놓았다.

희미한 가스 불빛 속에서 토미는 그 여인의 모습을 몰래 살펴보았다. 그는 즉시 그 여인이 지금껏 자기가 봐온 여인 중 가장 아름답다고 생각했다. 그녀의 풍성한 갈색 머리는 마치 그 속에 갇혀 있는 햇살이 밖으로 빠져나오려고 몸부림을 치기라도 하는 것처럼 찬란한 황금빛으로 빛나고 있었다. 그녀의 얼굴은 싱싱한 들장미를 연상케 했다. 커다란 두 눈 역시 황금빛 개암나무처럼 엷은 갈색을 띠어 다시 그 햇살의 기억을 떠올리게 했다.

한 가지 걷잡을 수 없는 생각이 토미의 머릿속으로 뚫고 들어왔다.

"당신이 제인 핀입니까?" 그가 숨죽인 목소리로 물었다.

그 여인은 영문을 모르겠다는 듯 고개를 저었다.

"제 이름은 아네트예요."

그녀의 영어 발음은 형편없었고, 어딘지 부드러운 프랑스어를 연상케 했다.

"오!" 토미가 다소 뜻밖이라는 듯이 탄성을 질렀다.

그가 다시 모험하는 셈치고 물어보았다.

"프랑스인입니까?"

"예, 당신도 불어를 할 줄 아세요?"

"썩 잘하지는 못합니다." 그가 대답했다.

"저게 뭐죠? 아침식사입니까?"

그 여인이 고개를 끄덕였다. 토미는 급히 침대에서 내려와 쟁반의 내용물을 살펴보았다. 빵 한 조각과 마가린, 그리고 커피가 들어 있는 커다란 잔이 고작이었다.

"리츠 호텔에서 지낼 때와 똑같을 수야 없겠지."

그는 한숨을 내쉬며 말했다.

"하지만 이런 음식이나마 허락해주신 주님의 은총에 진심으로 감사를 드립니다. 아멘."

그가 의자를 끌어당기자 그 여인은 문쪽으로 돌아섰다.

"잠깐만 기다려요." 토미가 소리쳤다.

"당신한테 물어보고 싶은 것이 많습니다, 아네트 대체 이 집에서 뭘 하고 있습니까? 행여 당신이 콘래드의 조카라든가, 딸이라든가 하는 말은 마십시오. 나는 그런 말은 도저히 믿을 수 없을 테니 말입니다."

"저는 하녀로 일하고 있어요. 아무와도 친척관계가 없답니다."

"알았습니다. 당신은 내가 방금 물어본 이름을 알고 있겠죠? 그런 이름을 들어본 적이 있습니까?"

"사람들이 제인 핀이라는 말을 하는 것을 들어본 적은 있는 것 같아요."

"혹시 그녀가 어디 있는지 모릅니까?"

아네트는 고개를 저었다.

"그러니까, 그녀가 이 집에 있지는 않습니까?"

"오, 아뇨. 저는 이제 가봐야 해요. 그들이 저를 기다리고 있을 거예요."

그녀는 급히 방에서 나갔다. 문이 다시 잠겼다.

"'그들'이라니, 어떤 자들을 말하는 걸까?"

토미는 계속 빵을 뜯어 먹으며 곰곰이 생각해보았다.

'운만 좋다면 저 여인이 나를 이곳에서 나갈 수 있도록 도와줄지도 모르지. 아무튼 그녀는 갱들과 한패로 보이지는 않아.'

1시에 아네트는 다시 쟁반을 들고 나타났다. 하지만 이번에는 콘래드가 그녀와 동반하고 있었다.

"안녕하신가?" 토미가 그에게 상냥하게 인사를 보냈다.

"내가 보기에 자네는 좋은 비누를 쓰지 않는 것 같은데."

콘래드가 잡아먹을 듯이 으르렁거렸다.

"좀 상냥하게 받아넘길 수는 없겠나, 응, 친구? 자 자, 외모가 잘났다고 해서 항상 머리가 좋은 것은 아니라네. 그래, 점심은 뭐지? 스튜? 내가 어떻게 알았느냐고? 그거야 기초지, 친애하는 왓슨 군, 양파 냄새는 금방 알아볼 수 있거든."

"얼마든지 지껄이고 싶은 대로 지껄여 봐라."

콘래드가 으르렁거리듯 말했다.

"네 녀석이 함부로 지껄여댈 시간도 이제 얼마 남지 않았으니까."

그 말은 별로 기분이 좋지 않은 암시를 풍겼지만, 그래도 토미는 상관치 않았다.

"물러가게, 콘래드 시종." 그는 한 손을 내저으며 말했다.

"윗사람들한테 쓸데없는 소리는 지껄이지 말게나."

그날 저녁 토미는 침대에 걸터앉아 곰곰이 생각해보았다. 콘래드가 다시 여인과 같이 올 것인가? 만일 그가 함께 오지 않는다면 그녀에게 협조를 요청하는 모험을 시도해볼 것인가? 그는 온갖 궁리를 해본 끝에 결심했다. 그의 형세는 절망적이었다.

8시가 되자 귀에 익은 열쇠가 돌아가는 소리가 들려서 그는 벌떡 일어났다. 그 여인 혼자였다.

"문을 닫으시오. 당신한테 하고 싶은 말이 있습니다."

그가 명령조로 말했다. 그녀는 순순히 따랐다.

"이봐요, 아네트, 내가 이곳에서 나갈 수 있도록 좀 도와주시오."

그녀는 고개를 저었다.

"불가능한 일이에요. 아래층에 그들이 세 명이나 있어요."

"오!" 토미는 그 정보에 대해 내심으로 감사를 느꼈다.

"하지만 당신은 마음만 먹으면 나를 도와줄 수도 있지 않겠습니까?"

"안 돼요."

"왜 안 된다는 겁니까?"

그 여인은 잠시 망설였다.

"제 생각엔, 그들은 저와 같은 편이고, 당신은 몰래 그들을 염탐했어요. 그들이 당신을 이곳에 잡아두는 것은 아주 당연한 거예요."

"그들은 아주 나쁜 놈들입니다, 아네트. 당신이 나를 도와준다면 내가 당신을 악당들 손에서 벗어나게 해주겠습니다. 그리고 당신은 아마 많은 돈도 받게 될 겁니다."

하지만 그녀는 여전히 고개를 저을 뿐이었다.

"저는 그럴 수가 없어요. 그들이 두려워요."

그녀는 돌아섰다.

"당신은 또 다른 여인을 위해서 도와줄 수는 없겠습니까?"

토미가 절망적으로 외쳤다.

"그녀도 역시 당신 또래쯤 되었을 겁니다. 당신은 그녀를 그 악당들의 손에서 구해 주지 않겠다는 겁니까!"

"제인 핀을 말씀하시는 건가요?"

"그렇습니다."

"당신은 그녀를 구하러 여기 오신 건가요? 예?"

"그렇습니다."

그 여인은 그를 잠시 바라보더니 이윽고 한 손을 이마로 가져갔다.

"제인 핀. 저는 언제나 그 이름을 듣고 있어요. 아주 귀에 익은 이름이죠."

토미는 진지한 표정으로 그녀에게 다가섰다.

"당신은 틀림없이 그녀에 대해 알고 있군요?"

그녀는 갑자기 돌아섰다.

"저는 아무것도 몰라요, 그 이름 말고는."

그녀는 문쪽으로 걸어갔다. 그러다가 갑자기 나지막하게 비명을 질렀다. 토미는 영문을 알 수가 없었다. 그녀는 토미가 전날 밤에 벽에서 내려놓은 그림에 시선을 고정하는 것이었다. 한순간 그는 그녀의 눈에 떠오른 공포의 표정을 알아볼 수 있었다. 그러더니 불가사의하게 그것은 곧 안도의 표정으로 바뀌었다. 그러고는 갑자기 그녀는 방을 나가 버렸다. 토미는 더 이상 어찌해볼 수가 없었다. 혹시 그가 그것으로 자기를 공격하려고 한 것은 아닐까 하고 생각한 것인가? 설마 그렇게 생각했을 리야 없겠지. 그는 그림을 다시 벽에 조심스럽게 걸어 놓았다.

그로부터 견디기 어려울 정도로 무료한 나날들이 사흘이나 더 계속되었다. 그는 긴장이 가중되는 것을 느꼈다. 콘래드와 아네트 이외에 다른 사람들은 볼 수가 없었고, 그 여인은 아예 귀머거리가 되어 버렸다. 그녀는 단지, "예" 또는 "아뇨"라는 말밖에는 하지 않았다. 짙은 의심 같은 것이 그녀의 눈에 담겨 있었다. 토미는 고독한 감금 생활을 더 이상 계속하게 되면 정말 미쳐 버리고 말 것 같았다. 그가 콘래드한테 들은 바로는, 그들은 브라운으로부터 명령을 기다리는 중이라고 했다. 아마도 토미 생각에는 그가 외국에라도 나가서 그들은 어쩔 수 없이 그가 돌아오기만을 기다리는 모양이었다.

그러다가 사흘째 되는 날 저녁에 드디어 일이 벌어지고 말았다.

그가 문밖 복도에서 쿵쾅거리는 발걸음 소리를 들은 것은 7시쯤 되었을 때였다. 잠시 뒤 문이 활짝 열리고, 콘래드가 들어왔다. 그의 뒤에는 악마 같은 표정을 한 14호가 있었다. 그들의 모습을 보는 순간 토미의 심장이 덜컥 내려 앉았다.

"그동안 잘 지냈나, 친구." 14호란 사내가 곁눈질로 흘겨보며 말했다.

"밧줄은 가지고 왔겠지, 콘래드?"

말없이 콘래드가 가느다란 밧줄을 꺼내 들었다. 콘래드가 토미를 방바닥에 쓰러뜨려 누르는 동안 14호의 손이 기막히게 재빠른 솜씨로 토미의 사지를 밧줄로 묶기 시작했다.

"도대체 이게 무슨……?"

토미가 입을 열었지만 침묵을 지키는 콘래드의 얼굴에 천천히 번지는 잔인한 미소를 보자 그만 입술이 얼어붙었다.

14호는 능숙한 솜씨로 일을 마쳤다. 이윽고 토미는 손가락 하나 제대로 움직이지도 못할 정도로 꽁꽁 묶여 버렸다. 그러자 콘래드가 입을 열었다.

"그래, 우리에게 허풍을 떨 수작이었나, 응? 아무것도 아는 게 없으면서 말이지. 우리와 거래를 하자고! 그동안 잘도 허풍을 떨었겠지! 허풍을! 너는 새끼고양이만큼도 아는 게 없어. 이제 네 녀석 목숨도 끝장이 난 거야. 이, 더러운 자식아!"

토미는 말없이 누워 있었다. 사실 아무런 할 말도 없었다. 그는 실패한 것이다. 어떻게 해서인가 전능한 브라운이라는 자가 그의 가면을 꿰뚫어본 것이다. 갑자기 한 생각이 그에게 떠올랐다.

"멋진 연설이었어, 콘래드." 그가 담담하게 말했다.

"하지만 무엇 때문에 이렇게 꽁꽁 묶는 건가? 어째서 이 친절하신 신사 양반에게 즉석에서 내 목을 따라고 하지 않는 건가?"

14호가 불쑥 입을 열었다.

"자네를 이곳에서 끝장내서 경찰이 냄새 맡고 돌아다니게 할 만큼 우리가 애송이라고 생각하나? 천만의 말씀이지. 우리는 내일 아침 자네의 여행을 위해 좌석을 예약해 두었다네. 그렇게 하면 우리는 결코 의심받을 일이 없게 되거든, 알겠나!"

토미가 말했다.

"세상에 자네 말보다 쉬운 것은 없을 거야. 자네의 그 잘난 얼굴을 알아보는 것을 제외하고 말일세."

"입 닥쳐!" 14호가 말했다.

"기꺼이 입을 다물지." 토미가 대꾸했다.

"자네는 지금 엄청난 실수를 저지르고 있다고. 하지만 자네의 얼굴이 손상될 텐데."

14호가 말했다.

"네 녀석은 다시 우리를 그런 식으로 놀리지 못하게 될 거야. 네 녀석은 아직도 리츠 호텔에서 지내는 것처럼 말하고 있구먼, 응?"

토미는 더 이상 대꾸하지 않았다. 그는 어떻게 브라운이란 자가 자기의 정체를 알아내게 되었는지를 곰곰이 생각해보았다. 그는 터펜스가 초조한 나머지 경찰에 알린 거라고 생각했다. 그래서 그의 실종이 얼마 가지 않아 갱들에게도 알려지게 되었을 거라고.

그들이 떠나고 방문이 다시 쾅하고 닫혔다. 그들은 결코 인심이 좋은 자들이 못 되었다. 벌써 그의 사지가 경련을 일으키고 뻣뻣해졌다. 그는 극도의 절망상태에 빠져서 살아날 희망이란 전혀 찾아볼 수가 없을 것 같았다.

그런 식으로 한 시간가량이 지났을 때, 그는 부드럽게 자물쇠가 열리는 소리를 듣게 되었고 이어서 문이 열렸다. 그것은 아네트였다. 토미의 심장이 좀더 급하게 고동치기 시작했다. 그는 그 여인을 그만 잊고 있었던 것이다. 혹시 그녀는 도와주러 온 것은 아닐까?

갑자기 그는 콘래드의 목소리를 들었다.

"그 방에서 나와, 아네트. 그 녀석은 오늘 밤에는 저녁을 먹지 않을 거야."

"예, 알았어요. 하지만 쟁반을 가져와야 해요. 그건 계속 써야 하거든요."

"좋아, 빨리 나와!" 콘래드가 으르렁거리며 소리를 쳤다.

그 여인은 토미를 쳐다보지도 않고 곧바로 테이블 쪽으로 다가가서 쟁반을 집어들었다. 그러고는 한 손을 들어 불을 껐다.

"제기랄(콘래드는 문 앞에 와 있었다), 불은 왜 끄는 거야?"

"저는 항상 불을 껐어요. 불을 다시 켜라고 하시는 건가요, 콘래드 씨?"

"아니, 그대로 두고 빨리 나와."

"어머나!" 아네트는 탄성을 지르고는 어둠 속에서 침대 곁에 멈춰 섰다.

"당신은 이 사람을 아주 단단히 묶으셨군요, 예? 정말 날개가 묶인 병아리 같아요!"

그녀의 어조에 깃든 노골적인 즐거움의 기색이 토미의 신경을 건드렸지만, 그 순간 그는 깜짝 놀라며 날랜 놀림으로 그의 몸을 더듬는 그녀의 손길을 느꼈고 곧 무언가 작고 차가운 것이 그의 손바닥 안에 쥐어졌다.

"어서 나와, 아네트."

"알았어요."

문이 닫혔다. 토미는 콘래드의 말을 들을 수 있었다.

"문을 잠그고 열쇠는 이리 줘."

발걸음 소리가 멀어져 갔다. 토미는 너무도 뜻밖의 일에 잠시 넋을 잃고 누워 있었다. 아네트가 그의 손에 쥐어준 물건은 조그만 펜나이프였다. 그녀가 지금까지 그를 가소로운 듯 대하고, 불을 끄는 소동을 피운 것은 그 방이 감시당하기 때문이라고 그는 결론을 내렸다. 벽 어딘가에 감시 구멍 같은 것이 뚫려 있을 수도 있는 일이었다. 그녀가 언제나 극히 조심스러운 태도로 그를 대했다는 사실이 생각나자 그는 아마도 자기가 줄곧 감시당하고 있었을 것이라는 사실을 깨닫게 되었다. 그가 혹시 자기의 정체를 드러내는 말을 한 적이 있었을까? 그런 적은 거의 없는 것 같았다. 비록 그는 탈출하고 싶다는 말과 제인 핀을 만나봐야겠다는 심정을 드러낸 적은 있었지만, 자기 정체를 알아차리게 할 만한 말은 결코 한 적이 없었다. 사실 그가 아네트에게 질문한 것은 그가 제인 핀과 개인적인 친분 관계가 전혀 없다는 사실을 보여준 것이기는 했지만, 그렇다고 해서 제인 핀을 잘 아는 체할 수도 없는 노릇이었다. 이제 문제는 아네트가 정말로 많은 사실을 알고 있느냐 하는 것이었다. 그녀가 모른다고 잡아뗀 것은 오로지 감시자들의 귀를 피하기 위해서만이었을까? 그 점에 대해서 그는 도무지 확신을 할 수가 없었다.

하지만 그런 문제들은 다 접어두고라도 더욱 중요한, 생사가 걸린 문제가 있었다. 그것은 그가 과연 결박을 풀어 버릴 수 있을까 하는 문제였다. 그는 조심스럽게 날을 세워서 뒤로 한데 묶여 있는 손목의 밧줄을 끊기 시작했다. 그 작업은 몹시 어렵고도 고통스러운 것이어서 간혹 가다가 자기 손목을 베일 때마다 터져 나오려는 고통에 찬 신음을 가까스로 참아내곤 했다. 그러나 조금씩 끈질기게 그는 작업을 계속했다. 그 과정에 그는 자기 손목에 무수히 많은 상처를 내게 되었지만 마침내 밧줄이 끊어졌다는 것을 느낄 수 있었다. 손이 자유로워지자 그 나머지 일은 쉬웠다. 5분가량 지나자 그는 그동안 마비되었던 팔다리 때문에 비틀거리며 가까스로 일어설 수가 있었다. 그는 우선 상처가 난 손목부터 감쌌다. 그러고는 침대 모서리에 앉아서 생각해보았다. 콘래드가 열쇠를 가져갔기 때문에 더 이상 아네트의 도움은 기대할 수 없었다. 그 방에서의 유일한 탈출구는 문이었고, 따라서 그는 그 두 사람이 자기를 끌고 가려고 다시 돌아올 때까지 기다려 볼 수밖에 없을 것 같았다. 하지만 그들이 돌아오면, 토미는 미소를 떠올렸다! 칠흑 같은 방 안을 극히 조심스럽게 움직여서, 그는 그 액자를 찾아내어 벽에서 떼어냈다. 그는 맨 처음 세웠던 계획이 결코 헛된 것이 되지는 않을 거라는 생각에 흐뭇한 기분을 감출 수가 없었다. 이제는 기다리는 일밖에 남지 않았다. 그는 기다렸다.

밤은 천천히 흘러갔다. 토미로서는 시간이 영원히 멈춘 것 같았지만, 이윽고 그는 발걸음 소리를 들을 수 있었다. 그는 몸을 꼿꼿이 세우며 숨을 깊이 들이쉬고는, 단단하게 액자를 움켜잡았다.

문이 열렸다. 희미한 불빛이 방 안으로 흘러들어왔다. 콘래드가 불을 켜려고 곧장 가스 램프 쪽으로 걸어갔다. 토미에게는 콘래드가 먼저 방 안에 들어오게 된 것이 정말 유감이 아닐 수 없었다. 그 뒤를 따라 14호가 들어왔다. 그 자가 문지방을 지날 때 토미는 액자로 온 힘을 다해 머리를 내려쳤다. 액자 유리가 산산조각으로 깨어져 나가며 14호가 방바닥에 나뒹굴었다. 토미는 번개같이 빠져나와 문을 잡아당겼다. 열쇠는 열쇠구멍에 꽂혀 있었다. 그가 재빨리 문을 잠그고 열쇠를 뽑아내자마자 곧 콘래드가 안쪽에서 더러운 욕설을 퍼부으며 문으로 돌진해 부딪쳤다.

다음 순간 토미는 어찌할 바를 몰랐다. 아래층에서 누군가가 떠들어대는 소리가 들렸기 때문이다. 이윽고 독일인의 목소리가 계단 쪽으로 가까워졌다.

"어서 그자를 끌어내 와! 콘래드, 뭘 하는 거야?"

토미는 한 자그마한 손이 자기 손목을 잡는 것을 느꼈다. 그의 옆에는 아네트가 서 있었다. 그녀는 고미다락으로 통하는 것으로 보이는 사다리를 가리켰다.

"빨리, 이쪽으로 올라가세요!"

그녀는 그를 끌고 사다리로 올라갔다. 잠시 뒤 그들은 온갖 잡동사니들로 가득 찬 지저분한 다락방에 서 있게 되었다. 토미가 사방을 둘러보았다.

"여긴 좋지가 않은데. 막다른 곳입니다. 더 이상 빠져나갈 구멍이 없어요."

"쉿! 기다려요."

그 여인은 손가락을 입술로 가져갔다. 그녀는 살금살금 사다리 끝쪽으로 다가가서 귀를 기울였다.

문을 쾅쾅 두드리고 발로 차는 등 소란이 계속되었다. 독일인과 또 다른 악당 한 명이 문을 강제로 부수고 들어가려고 시도하고 있었다.

아네트가 귀엣말로 상황을 설명해주었다.

"그들은 당신이 아직도 안에 있는 줄 알 거예요. 콘래드가 안에서 무슨 말을 하는지 알아들을 수 없거든요. 그 문이 너무 두껍기 때문이에요."

"당신은 방에 올 때마다 누군가에게 감시를 당하는 것처럼 행동하곤 하는 것 같았는데?"

"그 벽에는 옆방에서 감시할 수 있는 구멍이 뚫려 있어요. 참으로 교묘한 수단이죠. 하지만 그들은 지금 그 생각은 미처 못 하고 있을 거예요. 안으로 들어갈 생각만 하고 있기 때문이죠."

"그렇군요. 하지만 곧……."

"그건 저한테 맡겨 두세요."

그녀는 바닥에 쭈그리고 앉았다. 토미는 어리둥절해하며 그녀가 기다란 끈을 부서진 물병 손잡이에 붙들어 매는 것을 지켜보았다. 그녀는 조심스럽게 그 일을 끝내고는 토미 쪽을 돌아보았다.

"그 문 열쇠를 갖고 계시죠?"

"그렇습니다."

"그걸 저한테 주세요."

그는 열쇠를 그녀에게 넘겨주었다.

"저는 다시 내려갈 거예요. 저기 사다리 중간쯤 가서 뒤쪽으로 매달릴 수 있겠어요? 그렇게 하면 그들이 당신을 발견하지 못할 거예요."

토미는 고개를 끄덕였다.

"그 뒤쪽에 보면 커다란 찬장이 있어요. 그 뒤에 숨어 계세요. 그리고 끈 한쪽을 잡고 계세요. 제가 다른 사람들을 끌어내게 되면 그때, 잡아당기는 거예요!"

그가 물어볼 시간도 주지 않고 그녀는 가볍게 사다리를 내려가서는 큰소리를 지르며 그자들 사이에 끼어들었다.

"어머나! 세상에 이게 무슨 일이죠?"

독일인이 욕지거리하며 그녀에게 고개를 돌렸다.

"여기서 빨리 꺼져! 어서 네 방으로 가!"

극히 조심스럽게 토미는 사다리 뒤에 매달려서 내려갔다. 다행히도 그들이 돌아보지 않아서 무사할 수 있었다. 그는 아네트가 말한 찬장 뒤에 몸을 웅크리고 숨었다. 그와 계단 사이에는 그들이 버티고 있었다.

"아!"

아네트가 갑자기 뭔가에 발이 걸린 듯 비틀거렸다. 그녀는 허리를 굽혔다.

"어머, 이게 왜 여기 있을까!"

독일인이 그녀한테서 열쇠를 난폭하게 가로챘다. 그러고는 서둘러 문을 열었다. 콘래드가 욕을 해대며 비틀비틀 걸어 나왔다.

"그 자식 어디 있습니까? 그놈을 보지 못했나요?"

그의 안색이 창백해졌다.

"우린 아무도 보지 못해." 독일인이 날카롭게 말했다.

"누굴 말하는 거야?"

콘래드는 다시 험악한 욕설을 내뱉었다.

"그 녀석이 도망쳤습니다."

"그건 말도 안 돼. 그자가 도망쳤다면 필시 우리 앞을 지나갔어야 해."

바로 그 순간 토미는 지극히 만족한 미소를 띠며 끈을 힘껏 잡아당겼다. 우당탕하고 소리를 내며 부서진 물병 손잡이가 고미다락에서 떨어졌다. 순식간에 그자들은 서로 밀치고 떼밀며 사다리를 올라가 어둠 속으로 사라졌다.

그 순간 토미는 번개처럼 숨어 있던 곳에서 뛰쳐나와 아네트를 붙잡고는 계단을 뛰어 내려갔다. 홀에는 아무도 없었다. 그는 허둥지둥 빗장과 사슬을 벗겨 냈다. 드디어 문이 열렸다. 그는 고개를 돌렸다. 아네트는 보이지 않았다.

토미는 잠시 무엇에 홀리기라도 한 듯 멍청히 서 있었다.

그녀는 다시 위층으로 올라갔단 말인가? 정말 정신 나간 여자로군! 그는 애간장이 탔지만, 꼼짝도 할 수 없었다. 그녀를 혼자 두고 자기만 도망칠 수는 없는 노릇이기 때문이다.

그때 갑자기 머리 위에서 독일인의 고함 소리가 나고는, 이어서 아네트의 높고 맑은 목소리가 들려왔다.

"그 사람이 도망쳤군요! 어느새! 아무도 그걸 몰랐나요!"

토미는 여전히 뿌리라도 내린 듯이 꼼짝도 하지 않았다. 그녀의 말은 그에게 어서 도망치라는 뜻일까? 그는 그런 뜻일 거라고 생각했다.

그때 다시 여전히 높은 음성으로 소리치는 그녀의 목소리가 들렸다.

"여긴 끔찍한 집이에요. 난 마거릿한테 돌아가고 싶어요, 마거릿한테. 마거릿한테 돌아갈래요!"

토미는 계단 쪽으로 다시 뛰어나갔다. 그녀는 자기를 놔두고 혼자서 도망가기를 바라는 것일까? 그러나 무슨 대가를 치르고서라도 기필코 그녀를 데리고 가야만 할 것 같았다. 바로 그 순간 그는 심장이 덜컥 내려앉는 듯한 기분이 되었다. 콘래드가 그를 발견하고는 욕설을 퍼부으며 계단을 뛰어 내려오는 것이었다. 다른 자들도 뒤를 따르고 있었다.

토미는 콘래드의 돌진을 막아서며 번개같이 주먹을 내질렀다. 그것이 멋지게 상대방의 턱에 명중하자 그자는 마치 통나무처럼 바닥에 나가떨어졌다. 그를 뒤따르던 자가 그의 몸뚱어리에 걸리며 앞으로 고꾸라졌다. 그때 계단 위에서 불꽃이 일고는, 총알이 토미의 귓전을 스치고 지나갔다. 그는 가능한 한 재빨리 그곳을 벗어나야 목숨을 부지할 수 있다는 사실을 깨달았다. 아네트에 대해서는 어쩔 수 없는 노릇이었다. 한 가지 위안이 되는 것은 콘래드에게 멋지게 복수했다는 사실이었다. 그 일격은 정말 멋들어진 것이었다.

그는 번개같이 문을 빠져나오며 쾅하고 닫았다. 집 앞의 광장은 적막하기 이를 데 없었다. 그 앞에는 빵을 배달하는 트럭이 한 대 서 있었다. 볼 것도 없이 그는 그 차에 실려 런던을 빠져나가 소호가에 있는 집으로부터 수십 마일 떨어진 곳에서 시체로 발견될 뻔했던 것이다. 그 차의 운전사가 토미를 보자 차에서 뛰어내려 앞길을 막으려고 했다. 다시 토미의 주먹이 허공을 가르고, 운전사는 길바닥에 개구리처럼 사지를 뻗고 나가떨어졌다.

토미는 죽기 살기로 뛰기 시작했다. 그때 현관문이 우당탕 열리며 한 무더기의 총탄이 빗발치듯 토미의 뒤로 쏟아졌다. 다행히도 총탄은 모두 그를 빗나갔다. 그는 광장 모퉁이를 돌았다.

뛰면서 그는 생각했다.

'분명한 것은, 그자들이 계속 총을 쏘아댈 수 없다는 사실이지. 그렇게 하다가는 경찰한테 쫓기는 신세가 될 테니까. 과연 그들이 그런 위험을 무릅쓰고 계속 총을 쏘아댈까?'

추적자들이 쫓아오는 발걸음 소리가 들리자, 그는 달리는 속도를 두 배로 높였다. 일단 이 한적한 골목만 벗어나게 되면 안전할 것 같았다. 혹시 경관을 만나 도움을 청할 수도 있고, 하지만 사실 그는 할 수만 있다면 경찰의 도움은 피하고 싶었다. 여러 가지 번거로운 일들이 뒤따를 테니 말이다. 곧 그는 생명의 위협에서 벗어날 수 있을 것 같았다. 엎어질 듯이 비틀거리면서 마구 고함을 질러대며 큰길로 뛰쳐나왔다. 토미는 급히 어떤 집 문간으로 뛰어들어 몸을 숨겼다. 잠시 뒤 그는 두 명의 추적자들을 지켜보면서 짜릿한 기쁨을 만끽할 수 있었다. 둘 중에는 독일인도 있었는데, 그때까지 열심히 쫓아오다가 닭 쫓던 개 지붕 쳐다보는 격으로 돌아서는 꼴이란!

토미는 잠시 문간에 걸터앉아 숨을 돌리기로 했다. 이윽고 그는 여유 있는 태도로 길을 건너갔다. 시계를 힐끗 들여다보았다. 5시 30분이 조금 지난 시각이었다. 거리가 신속히 밝아오고 있었다. 다음 모퉁이에서 그는 순찰 중인 경관과 마주쳤다. 그 경관은 의심스런 눈초리를 토미의 얼굴에 던졌다. 토미는 약간 불쾌함을 느꼈다. 순간 그는 자기 얼굴을 만져 보고는 실소를 터뜨렸다. 그도 그럴 것이 사흘 동안 면도는 고사하고 세수도 못 했으니! 그는 자기의 몰골이 어떤 꼬락서니를 하고 있을지 능히 짐작이 갔다.

그는 우선 심야 영업을 하는 터키탕을 찾았다. 이윽고 개운해진 몸으로 다시 밝은 거리로 나서자 한층 더 기분이 상쾌해진 듯했고, 앞으로 할 일에 대한 계획도 새롭게 세울 수 있을 것 같았다.

제일 먼저 할 일은 배를 채우는 일이었다. 그는 어제 오후부터 아무것도 먹지 못했던 것이다. 그는 음식도 파는 다방에 들어가 달걀과 베이컨, 그리고 커피를 주문했다. 음식을 먹는 동안 그는 앞에 있던 조간신문을 펴들고 읽어 보았다. 그는 갑자기 긴장이 되는 것을 느꼈다. '크램닌'이란 자에 대한 긴 기사가 실려 있었다. 그자는 러시아에서 일고 있는 '볼셰비즘의 배후 인물'로서 알려졌는데, 얼마 전 영국에 도착했다는 것이다. 비공식적인 외교사절로 말이다. 그러고는 그의 경력을 간단하게 소개하고 있었는데, 그는 상징적인 지도자로서가 아니라 러시아 혁명의 실질적인 주도자였다는 사실을 세세하게 밝히고 있었다.

그 면 가운데에는 그의 사진이 실려 있었다.

"바로 이자가 1호임이 분명해."

토미는 입속에 달걀과 베이컨을 잔뜩 집어넣은 채로 중얼거렸다.

"거기에 대해서는 추호도 의심할 점이 없어."

그는 식대를 내고는 화이트홀(런던의 관청 소재 구역)로 달려갔다. 그곳에서 그는 자기 이름을 밝히고 긴급한 용무가 있어서 왔다고 했다. 몇 분 뒤, 그는 이곳에서는 다른 이름으로 통하는 카터 씨를 만나게 되었다. 카터 씨는 불쾌한 표정을 짓고 있었다.

"이보게, 자네는 이런 식으로 나를 찾아오는 일이 있어서는 절대로 안 돼. 그 점을 분명히 밝혀둔 것으로 알고 있는데?"

"잘 알고 있습니다, 각하. 하지만 저는 시간을 다투는 중요한 일이라고 판단했기 때문입니다."

그러고는 되도록 간단하게 요점만 추려서 그가 지난 며칠 동안 겪었던 일들을 보고했다.

그의 이야기가 반쯤 진행되었을 때, 카터 씨는 그를 잠깐 기다리게 하고는 전화를 걸어 부하들에게 몇 가지 은밀한 명령을 내렸다. 이제 카터 씨의 얼굴에서 불쾌해하던 표정을 전혀 찾아볼 수가 없었다. 토미가 이야기를 끝내자 그는 힘 있게 고개를 끄덕여 보였다.

"자네 말이 옳아. 한시도 지체할 수 없는 일이지. 하지만, 우리가 이미 때를 놓쳤는지도 모르는 일일세. 그자들이 우리를 기다려 주지는 않을 테니까. 그 즉시 철수해 버렸는지도 모르지. 하지만 혹시 단서가 될 만한 것을 남겨 두었을 가능성도 없는 건 아니야. 그 1호란 자가 크램닌이라는 것을 알아볼 수 있었다고 했지? 그것은 정말 중요한 정보일세. 우리도 그자가 너무 자유롭게 돌아다님으로써 우리 정부를 파국으로 몰고 갈 위험성이 있다는 사실을 주목하고, 어떻게 해서든 그자를 궁지에 몰아넣으려고 애쓰고 있거든. 그 외에 다른 자들에 대해서는 아는 바가 없나? 그중에 두 명이 어딘지 낯이 익어 보였다고 했겠다? 한 명은 노동자인 것 같았다고? 자, 이 사진들을 살펴보고 그자의 얼굴이 있는지 찾아보게."

잠시 뒤 토미는 한 장을 집어들었다. 카터 씨는 상당히 뜻밖인 모양이었다.

"아, 웨스트웨이가! 그자일 줄을 정말 몰랐는데. 아주 온건주의자인 양 행세하고 있으니 말일세. 그 말고 다른 인물은 내가 한번 맞추어 볼까?"

그는 다른 사진을 토미에게 넘겨주고는 상대방의 놀라워하는 표정을 지켜보며 미소를 지었다.

"그렇다면 내가 제대로 골랐구먼. 이자가 누구냐고? 아일랜드인이지. 유명한 통일당(아일랜드 자치안에 반대하는 보수당)의 일원이라네. 물론 완전히 베일 속의 인물이지. 우리는 이 자를 의심하고 있었지만 증거를 잡을 수가 없었다네. 좋아, 자네는 정말 훌륭한 일을 해냈어. 자네 말로는 거사일이 29일이라고 했는데, 그렇다면 시간이 별로 없어. 촉박하게 되었구먼."

"하지만……." 토미는 주저했다.

카터 씨가 그의 생각을 읽어냈다.

"총파업의 위협에 대해서는 우리도 충분히 대처할 수 있다고 보네. 승패는 반반이라고 볼 수 있지만, 그래도 우리 쪽에 승산이 있어! 하지만 그 문서가 공개된다면, 우리는 끝장이 나게 될 걸세. 전 영국이 무정부 상태에 돌입하게 될 거야. 아, 뭐라고? 차가 준비됐다고? 자, 베레즈포드, 우리도 그 문제의 현장으로 가보세."

소호가에 있는 그 집 현관에는 경관 둘이 보초를 서고 있었다. 한 경감이 나지막한 목소리로 카터 씨에게 뭐라고 보고했다. 이윽고 카터 씨가 토미 쪽을 돌아다보았다.

"그 새들은 벌써 날아가 버렸다네—우리가 이미 예상했던 바대로. 우리가 직접 살펴보는 것도 괜찮을 거야."

텅 빈 집을 조사하는 동안 토미는 마치 꿈이라도 꾸는 듯한 기분에 사로잡혔다. 그가 갇혀 있었던 그 음산한 그림이 걸려 있는 방, 고미다락의 깨진 물병, 긴 테이블이 있는 회의실. 하지만 단서가 될 만한 서류 같은 것은 전혀 보이지 않았다. 그런 것들은 전부 불살라 버렸거나, 아니면 가지고 간 것이 분명했다. 그리고 아네트의 흔적도 전혀 보이지가 않았다.

카터 씨가 말했다.

"그 여인에 대한 자네의 말은 나를 상당히 당혹하게 하는구먼. 자네는 그녀가 자의로 그들에게 돌아갔다고 생각하는가?"

"그런 것 같습니다, 각하. 그녀는 제가 문을 열고 나오는 동안 위층으로 올라갔거든요."

"흠, 그렇다면 그녀도 갱단의 일원이었을 게야. 하지만 여인이기 때문에 자네 같은 건실한 젊은이가 살해당하는 것을 그냥 방관할 수가 없다는 생각이 들었던 게지. 아무튼 여러 가지 사실에 비추어 볼 때 그녀는 그들과 한 패거리야. 그렇지 않다면 그들에게 돌아갈 리가 없거든."

"저는 도저히 그녀가 정말로 그들과 한패라고 생각할 수가 없습니다, 각하. 그녀는, 그 악당들과는 전혀 달랐는데……."

"아름다운 여인이었을 테지?"

카터 씨가 미소를 띤 얼굴로 말하자, 토미는 얼굴을 몹시 붉혔다.

그는 다소 부끄러운 표정을 지으며 아네트가 몹시 아름다운 여인이었다는 사실을 인정했다.

"그건 그렇고……." 카터 씨가 다시 입을 열었다.

"자네는 아직 터펜스 양한테 가보지 않았을 테지? 그녀는 자네를 찾아달라는 편지를 보내 나를 몹시 곤경에 처하게 했다네."

"터펜스가 말입니까? 그녀가 너무 소란을 피웠던 모양이로군요. 경찰에 신고하지는 않았을까요?"

카터 씨는 고개를 저었다.

"그렇게 했다면 내 귀에도 들어왔을 게야."

카터 씨가 궁금해하는 듯한 시선으로 토미를 바라보자, 토미가 그 일을 설명해주었다. 카터 씨는 신중하게 고개를 끄덕였다.

"그것은 정말 이상한 일이 아닐 수 없구먼. 과연 리츠 호텔에 대한 언급이 우연이었을까?"

"그럴 수도 있었을 겁니다, 각하. 하지만 그들은 어떻게 해서인지 갑자기 제 정체를 알아낸 것 같았습니다."

카터 씨는 주변을 둘러보며 말을 이었다.

"아무튼 이곳에서는 더 이상 할 일이 없는 것 같구먼. 나와 점심을 함께 들지 않겠나?"

"정말 고맙습니다, 각하. 하지만 저는 이만 돌아가서 터펜스를 만나볼까 합니다만."

"좋도록 하게나. 그녀에게 내 안부를 전해 주고, 다음에는 너무 일찍 자네가 죽었으리라고 믿지 말라고 말해주게."

토미는 싱긋이 웃어 보였다.

"저는 아직 죽을 때가 아닌 모양입니다, 각하."

카터 씨가 말했다.

"나도 그렇게 생각한다네. 그럼, 조심해서 가게나. 이제부터는 자네도 요주의 인물이 되었다는 사실을 명심하고, 부디 매사에 조심해야 할 걸세."

"감사합니다, 각하."

가벼운 마음으로 택시를 잡아타고 리츠 호텔로 향하는 동안 토미는 터펜스를 놀라게 해줄 생각을 하자 저절로 미소가 새어 나왔다.

'그동안 그녀는 과연 무엇을 하고 지냈을까? 아마도 '리타'를 쫓아다녔을 거야. 그런데, 아네트가 말한 마거릿은 누구를 두고 하는 말일까? 그때는 그 점을 미처 깨닫지 못했는데.'

그런 생각은 그를 조금 우울하게 만들었는데, 그것은 밴드마이어 부인과 아네트가 상당히 절친한 관계라는 사실을 보여주는 것 같았기 때문이다.

이윽고 택시가 리츠 호텔 앞에 멈춰 섰다. 토미는 맹렬히 호텔문을 열고 안으로 들이닥쳤지만, 그의 들뜬 마음은 곧 수그러지고 말았다. 카운터에서 그에게 이르기를, 카울리 양은 15분 전에 외출하고 없다는 것이었다.

제18장

전보

　잠시 멍하니 서 있던 토미는 이윽고 성큼성큼 레스토랑으로 들어가서 고급 음식을 잔뜩 시켰다. 나흘간의 감금생활은 그에게 좋은 음식의 가치를 새롭게 인식하도록 가르쳐 주었다. 그가 특별 요리를 한 점 입에 넣으려는 순간, 그는 레스토랑 안으로 들어서는 줄리어스의 모습을 발견했다. 토미는 메뉴판을 흔들어 보여 줄리어스의 시선을 끄는 데 성공했다. 토미의 모습을 본 줄리어스의 눈은 곧 튀어나올 듯이 크게 부릅떠졌다. 그는 급히 다가와 지나치다 싶을 정도로 열정적으로 토미의 손을 잡고 펌프질이라도 하듯이 세차게 흔들었다.

　"아니, 이게 누구야!" 그는 믿기지 않는다는 듯이 외쳤다.

　"이게 정말 당신이오?"

　"물론이지요. 왜 내가 아닐 이유라도 있습니까?"

　"아닐 이유라도 있느냐고? 세상에, 이봐요, 당신은 자신이 죽었다고 알려진 것도 모르고 있습니까? 나는 앞으로 며칠만 더 기다려 보고 당신의 불쌍한 영혼을 위해 명복이라도 빌어 주어야 할 거라고 생각했단 말입니다."

　"내가 죽었다고 생각한 게 누구였습니까?" 토미가 이상하다는 듯이 물었다.

　"터펜스죠"

　"그녀는 아마 착한 사람은 젊어서 죽는다는 말을 생각했던 모양이로군. 거 참, 그렇게 되면 나한테는 살아 있다는 게 오히려 죄가 되겠는데. 그런데 터펜스는 어디 갔습니까?"

　"호텔에 없나요?"

　"아니오, 카운터에 있는 친구들은 그녀가 방금 나갔다고 합디다만"

　"쇼핑이라도 나갔을 겁니다. 한 시간 전에 내가 그녀를 이곳까지 태워다 주었거든. 그건 그렇고, 이보시오, 그렇게 아무 일도 없었다는 듯이 시치미를 뚝

떼고 앉아 있지 말고, 어서 털어놔 봐요. 도대체 지금까지 뭘 하고 숨어 있었던 겁니까?"

"여기서 내 이야기를 듣고 싶다면, 지금 음식을 주문해야 할 겁니다. 상당히 긴 이야기가 될 테니까요."

줄리어스는 테이블 맞은편에 자리를 잡으면서 웨이터를 손짓해 불러 음식을 시켰다. 그러고는 토미를 쳐다보았다.

"자, 어서요. 물론 흥미진진한 모험을 했겠죠?"

"뭐 그리 대단한 모험도 아니었답니다."

토미가 제법 겸손하게 대답을 하고는 본격적으로 자기가 겪은 모험을 털어놓기 시작했다.

줄리어스는 넋을 잃고 경청을 했다. 자기 앞에 놓인 음식을 먹어야 한다는 생각조차 잊은 것 같았다. 이윽고 이야기가 끝나자 그는 길게 한숨을 내쉬었다.

"멋지군요. 무슨 소설 속에서나 볼 수 있는 이야기 같습니다!"

토미가 복숭아 쪽으로 손을 내밀며 말했다.

"그리고 지금 그 집에 다시 갔다가 오는 길이지요."

"사실은 말이죠……." 줄리어스가 길게 뽑으며 말을 이었다.

"우리도 상당한 모험을 했다고 할 수 있답니다."

이번에는 줄리어스 쪽에서 이야기를 시작했다. 본머스까지 쫓아갔다가 실패했던 일에서부터 시작해서 런던으로 돌아와 차를 한 대 샀던 일과 터펜스의 걱정이 커져서 제임스 경을 찾아갔던 일, 그리고 지난밤에 겪었던 놀라운 사건 등등.

"아니, 세상에 누가 그녀를 살해했을까요?" 토미가 물었다.

"나로서는 도무지 이해가 가지 않는군요."

"그 바보 같은 의사는 그녀가 자살한 걸로 생각하는 것 같습니다."

줄리어스가 냉담하게 대답했다.

"그런데 제임스 경은? 그는 어떻게 생각하고 있나요?"

"고명한 법률가 나리께서는 그야말로 인간 굴(입이 무거운 것을 뜻함)이나 다름없어요." 줄리어스가 대답했다.

"그러니까, 그는 판단을 보류했다고 볼 수 있지요."

그러고는 그날 아침에 있었던 일에 대해서 자세하게 이야기해주었다.

"그녀가 기억상실증에 걸렸다고요?" 토미가 흥미로운 듯이 물었다.

"제길, 그렇다면 내가 그녀에게 질문해야겠다고 했을 때 그들이 나를 묘한 눈초리로 쳐다보던 까닭은 그것 때문이었구먼. 어쩐지 내 허풍이 잘 통하지 않는 것 같더라니! 하지만 그런 사정이 있었을 줄이야 어찌 짐작이나 할 수 있었겠습니까?"

"그들은 당신에게 제인이 어디 있는지 무슨 힌트조차 주지 않던가요?"

토미는 유감이라는 듯이 고개를 저었다.

"전혀. 당신도 알다시피 내가 원래 좀 둔한 편이 아닙니까. 무슨 수를 써서든 좀더 알아냈어야 하는 건데."

"당신이 이렇게 살아올 수 있었던 것만도 다행이라고 할 수 있어요. 당신이 친 그 허풍은 정말 멋진 것이었습니다. 도대체 어떻게 그런 생각을 다 할 수 있었습니까?"

"그저 겁에 질려서 무언가를 생각해 내야 했던 것뿐이지요."

토미가 간단하게 대답했다.

잠시 침묵이 흐르고 나서 토미가 다시 밴드마이어 부인의 죽음에 대한 문제를 거론했다.

"사인이 클로랄 과용이었다는 데는 의문의 여지가 없습니까?"

"없는 것 같습니다. 소위 클로랄 과용이라든가, 뭐 그런 것에 의한 심장마비였다고 하는데, 그건 일단 틀림없어요. 우리는 검시로 인한 번거로움은 될 수 있으면 피하고 싶었는데, 터펜스와 나, 그리고 고명하신 제임스 경 나리까지도 모두 같은 생각을 하고 있을 거라고 생각합니다."

"브라운의 소행일 것이라는 말입니까?" 토미가 물었다.

"그렇죠."

토미는 고개를 끄덕였다.

"그렇다고 해도……." 그가 조심스럽게 입을 열었다.

"그 브라운이라는 자가 날개가 달린 것도 아닐 텐데, 어떻게 감쪽같이 출입

할 수 있는지 모르겠군요"

"무슨 고도의 텔레파시, 사고이전 능력 같은 것이 아니었을까요? 어떤 강력한 정신력이 밴드마이어 부인에게 자살하도록 주문을 건 게 아닐까요?"

토미는 그를 존경스러운 눈초리로 바라보았다.

"훌륭하군요, 줄리어스 정말 훌륭한 생각입니다. 특히 그 표현력이. 하지만 그런 건 나한테는 관심이 없습니다. 내게 관심이 있는 것은 피와 살로 된 살아 있는 브라운입니다. 내 생각에는, 그 미스터리를 해결할 때까지 재능 있는 젊은 탐정들이 서로 머리를 맞대고 그자의 출입 방법을 연구하고 조사해야 한다는 겁니다. 가서 범죄현장을 다시 한 번 둘러보도록 합시다. 로비에서 터펜스와 마주치게 될지도 모르죠 그렇게 되면 감격스런 재회의 장면을 구경하느라고 온 리츠 호텔이 떠들썩해질 겁니다."

그러나 카운터에 알아본 결과 터펜스는 아직도 돌아오지 않았다는 것이다.

"아무튼 위층에 한번 올라가 봐야겠습니다." 줄리어스가 말했다.

"그녀가 혹시 내 방에 있을지도 모르는 일이니까요."

그는 위층으로 모습을 감추었다.

갑자기 토미의 팔꿈치 근처에서 조그마한 보이의 목소리가 들렸다.

"그 젊은 아가씨는 기차여행을 떠났을 거예요."

보이는 수줍은 듯이 자그마한 목소리로 말했다.

"뭐라고요?" 토미는 그 보이 쪽으로 빙그르르 돌아섰다.

보이는 더욱 얼굴을 붉혔다.

"택시를 타면서 운전사한테 차링 크로스 역(런던 남쪽에 있는 역)으로 빨리 가자고 하는 말을 들었거든요"

토미는 깜짝 놀란 눈을 하고 보이를 멍하니 바라보았다. 용기를 얻은 보이가 계속 말을 이었다.

"그래서 저는 그 아가씨가 ABC 철도안내서와 브래드쇼 철도안내서를 갖다 달라고 한 것이었구나 하고 생각했어요"

토미가 보이의 말을 가로챘다.

"그녀가 ABC 철도안내서와 브래드쇼 철도안내서를 갖다 달라고 한 게 언제였지?"

"제가 전보를 아가씨한테 갖다 드렸을 때였어요."

"전보?"

"예, 선생님."

"그게 언제였지?"

"2시 30분쯤이었을 거예요."

"그때 무슨 일이 있었는지 정확하게 말해봐."

보이는 길게 숨을 들이켰다.

"저는 전보를 891호실로 가지고 갔는데, 그 아가씨가 거기 계셨어요. 아가씨는 전보를 뜯어보고는 상당히 놀라는 것 같았어요. 그리고는 몹시 기쁨에 들뜬 목소리로 이렇게 말하더군요. '브래드쇼 철도안내서와 ABC 철도안내서를 갖다주지 않겠니, 빨리, 헨리.' 하지만 내 이름은 헨리가 아니라……"

"네 이름은 상관치 말고, 어서 계속해." 토미가 초조하다는 듯이 다그쳤다.

"예, 선생님. 제가 책자들을 가지고 오자, 아가씨는 저에게 기다리라고 하고는 뭔가를 급히 찾았어요. 그리고는 시계를 들여다보며 이렇게 말했답니다. '서둘러. 내려가서 택시를 한 대 잡아놓으라고 해.' 그리고는 모자를 쓰고 거울에 비추어 보더니 곧 저를 쫓아 내려왔어요. 그래서 저는 아가씨를 택시까지 모셔다 드리고, 그때 아까 말씀드린 그런 내용을 듣게 된 것이었죠."

보이는 말을 멈추고는 길게 숨을 내쉬었다. 토미는 여전히 그 보이를 쳐다보고 있었다. 그때 줄리어스가 다시 나타났다. 그의 손에는 개봉된 편지가 한 통 들려 있었다.

토미가 그를 돌아보며 말했다.

"헤르샤이머, 터펜스는 누군가를 추적해 간 모양입니다."

"이런 세상에!"

"그렇습니다. 그녀는 전보를 받자마자 몹시 서둘러 택시를 타고 차링 크로스 역으로 떠났답니다."

그의 눈이 줄리어스의 손에 있는 편지로 향했다.

"오, 그녀가 당신에게 편지를 남겼나 보군요. 그렇다면야 문제가 없겠죠. 그래, 어디로 간다고 써놓았습니까?"

거의 무의식적으로 그는 편지 쪽으로 손을 내밀었지만, 줄리어스는 재빨리 접어서 주머니 속에 집어넣다. 그는 조금 당황한 듯이 보였다.

"이 편지는 그 일과는 아무런 관계도 없는 겁니다. 이건, 내가 그녀에게 어떤 문제에 대답해 달라고 했는데, 거기에 대한 그녀의 답장입니다."

"아!"

토미는 상당히 궁금해하는 듯한 표정을 지었는데, 그건 마치 줄리어스의 자세한 설명을 기다리기라도 하는 듯한 눈치였다.

"젠장." 줄리어스가 갑자기 입을 열었다.

"당신한테 솔직히 말하는 게 맘이 편할 것 같군요. 나는 오늘 아침에 터펜스에게 청혼을 했습니다."

"오, 그랬군요!" 토미가 기계적으로 대꾸했다.

그는 뒤통수를 한 대 얻어맞은 듯한 기분이었다. 줄리어스의 말은 전혀 예상치도 못한 것이었다. 잠시 그 단어들이 토미의 머릿속에서 윙윙거리는 것 같았다.

"당신한테 전부 밝히는 게 좋을 것 같군요." 줄리어스가 계속 말을 이었다.

"나는 터펜스에게 청혼을 하기에 앞서, 당신과 그녀 사이에 무슨 관계가 있다면 결코 끼어들고 싶지 않다는 점을 분명히 밝혔……."

토미는 정신을 차리며 급히 그의 말을 가로챘다.

"그런 문제는 전혀 없습니다. 터펜스와 나는 오랫동안 단짝 친구로 지내왔을 뿐이지, 그 이상의 다른 관계는 절대로 아니죠."

그는 담배를 한 대 피워 물었는데, 손끝이 약간 떨리는 건 어쩔 수 없었다.

"그런 문제라면 걱정할 게 하나도 없어요. 터펜스는 항상 입버릇처럼 자기가 찾은 상대는……."

그는 갑자기 얼굴을 붉히며 말을 끊었지만, 줄리어스는 전혀 동요하는 기색이 없었다.

"아, 나는 돈 얘기는 순전히 핑계에 지나지 않을 거라고 봅니다. 터펜스 양은 조금도 망설이지 않고 그런 이야기를 하더군요. 그녀는 가식이라곤 하나도 없는 여인입니다. 우리는 서로 뜻이 아주 잘 맞을 겁니다."

토미는 잠시 묘한 시선으로 그를 쳐다보다가, 무슨 말인가를 할 듯하더니 곧 생각을 바꿨는지 그대로 입을 다물어 버렸다. 터펜스와 줄리어스! 뭐 안 될 이유라도 있단 말인가? 그녀는 자기 입으로 돈 많은 남자를 사귀지 못했다는 사실을 한탄하지 않았던가? 기회만 온다면 돈하고도 결혼할 생각이 있다고 내뱉지 않았던가? 백만장자인 미국인 청년과 알게 된 것은 그녀에게 있어서 둘도 없는 기회였고, 그녀에게 그런 기회를 마다할 아무런 이유도 없었다. 그녀는 돈을 원했고, 그런 자신의 생각을 밝히는 데 추호도 거리낌이 없었다. 그런 그녀가 자신의 방침을 충실히 따른다고 해서 그녀를 탓할 수야 없는 일이지 않을까?

그렇지만, 토미는 그녀를 비난했다. 그는 정말 도저히 참을 수 없는, 논리적으로 설명할 수가 없는 극도의 분노를 느꼈다. 그와 같은 일은 말하기는 쉬워도, 진실한 여인이라면 결코 돈과 결혼할 수는 없는 법이다. 터펜스같이 철저하게 이기적이고 무정하기 이를 데 없는 여인은 앞으로 다시는 보지 않았으면 정말 가슴속까지 후련해질 것 같다!

줄리어스의 목소리가 그를 이러한 상념에서 깨어나게 했다.

"그렇습니다, 우린 서로 잘 어울릴 겁니다. 여자들이란 대개 처음에는 거절하는 것이 상례라는 말을 들은 적이 있거든요."

토미가 그의 팔을 움켜잡았다.

"거절했다고요? 방금 거절했다는 말을 했습니까?"

"그렇습니다. 내가 그렇게 말하지 않았던가요? 그녀는 아무런 이유도 대지 않고 매정하게 안 된다고 딱 잘라 말하더군요. 그게 바로 가장 여자다운 점이라고 헌즈라는 사람이 말한 적이 있지요. 하지만 그녀는 곧 생각을 바꾸게 될 겁니다. 틀림없어요. 나는 그녀를 마구……."

하지만 토미는 예의도 전혀 무시한 채 그의 말을 가로챘다.

"그녀는 그 편지에다 뭐라고 썼습니까?" 그가 몹시 조급한 어조로 물었다.

줄리어스는 순순히 그 편지를 그에게 넘겨주었다.

"자기가 어디로 갈 것인지는 일언반구도 없어요."

그가 토미에게 거듭 확인을 해주었다.

"하지만 내 말을 정 못 믿겠으면 당신이 직접 확인해보는 것도 괜찮을 겁니다."

편지에는 터펜스의 그 남학생 같은 필체로 다음과 같이 적혀 있었다.

> 줄리어스
> 그 문제에 대해서는 분명히 해두는 편이 좋을 것 같군요 나는 토미를 찾을 때까지는 결혼 문제 때문에 고민하고 싶은 생각이 없어요 그 문제는 그때까지 접어두기로 해요
>
> 터펜스

토미는 눈을 빛내며 그 편지를 돌려주었다. 그의 기분이 갑작스런 희열에 둘러싸인 것 같았다. 이제야 비로소 그는 터펜스가 한 오라기의 흠도 없는 여인이란 것을 느낄 수 있었다. 그녀가 정말 추호도 망설임이 없이 줄리어스의 구혼을 거절했을까? 사실 그 편지는 단호한 거절이 아니라 결정을 뒤로 미루겠다는 내용이었지만, 그래도 그는 그것만으로도 안심되는 것 같았다. 보기에 따라서 그 편지는 줄리어스에게 더 적극적으로 청혼하라고 재촉하는 듯한 유혹의 뜻을 담은 것으로 간주할 수도 있겠지만, 토미는 그녀에게 정말로 그런 의도가 있으리라고는 생각지 않았다. 사랑스러운 터펜스, 세상에 그녀와 견줄 만한 여인은 결코 없을 거야! 그녀를 만났을 때……, 누군가가 갑자기 밀치는 바람에 그는 상념에서 깨어났다.

"당신 말대로군요." 그는 정신을 차리며 말했다.

"그녀의 행적을 짐작할 만한 말이 전혀 없어요. 어이, 헨리!"

보이가 다가오자 그는 5실링을 꺼내 들었다.

"한 가지만 더 묻겠는데, 혹시 그녀가 그 전보를 어떻게 했는지 알고 있니?"

헨리가 침을 꿀꺽 삼키며 입을 열었다.

"아가씨는 그것을 둥글게 구겨서 벽난로 속에 집어던지고는, '흥!' 하고 코웃음을 치는 것 같았어요."

"아주 생생하게 기억하는 것 같구나, 헨리." 토미가 말했다.

"자, 5실링을 주마, 네 수고비야. 이봐요, 줄리어스 어서 그 전보를 찾아봅시다."

그들은 서둘러 위층으로 올라갔다. 터펜스의 방문에는 열쇠가 그대로 꽂혀 있었다. 방 안은 그녀가 떠날 당시와 조금도 달라진 게 없는 것 같았다. 과연 벽난로 안에는 알록달록한 종이뭉치가 하나 있었다. 토미는 급히 그 구겨진 전보용지를 펴보았다.

<지금 곧 요크셔 군(郡) 에버리 마을 모트 하우스로 올 것. 대발견―토미>

그들은 넋을 잃고 서로 얼굴만 쳐다보았다. 이윽고 줄리어스가 먼저 입을 열었다.

"정말 당신이 보낸 전보가 아니란 말인가요?"

"그야 물론입니다. 대체 이게 어찌 된 일일까요?"

줄리어스가 침착하게 대답했다.

"내 생각에는 이건 최악의 경우를 뜻하는 것으로, 그녀는 그자들 손에 넘어간 게 아닐까 합니다만."

"뭐라고요?"

"틀림없어요! 그자들이 당신 이름을 이용했기 때문에 그녀는 순진하게도 그 함정에 빠져들고 만 겁니다."

"하느님 맙소사! 우린 이제 어쩌면 좋지요?"

"빨리 그녀를 쫓아갑시다! 지금 당장! 꾸물거릴 시간이 없어요. 그녀가 전보를 가져가지 않은 게 정말 천만다행이라고 할 수 있습니다. 만일 그랬다면 아마 우린 그녀를 쫓지도 못했을 겁니다. 자, 서둘러야 해요. 철도안내서가 어디 있지?"

줄리어스의 정력은 굉장한 것이었다. 그게 토미였다면, 그는 행동 계획을 결정하기에 앞서 아마 반 시간은 족히 궁리를 짜내려고 죽치고 앉아 있었을 게 틀림없었다. 하지만 줄리어스 헤르사이머에게 서두름이란 일종의 본능과도 같은 것이었다. 잠시 뒤, 그는 뭐라고 몇 마디 저주의 말을 내뱉으며 자기보다는 토미가 그 수수께끼 같은 내용을 더 잘 이해할 수 있으리라 여기고는 브래드쇼 철도안내서를 토미에게 넘겨주었다. 토미도 그것을 포기하고는 ABC 철도안내서를 들여다보았다.

"여기 있군. 요크셔 군 에버리 마을. 킹스 크로스 역, 또는 팬크레이스 역(둘 다 런던 북쪽의 역) 발차(그 소년이 잘못 말한 게 틀림없었다. 킹스 크로스 역이지 차링 크로스가 아니었다). 12시 50분 차는 터펜스가 탔을 테고, 2시 10분 차도 이미 떠났을 테고, 다음 기차가 3시 20분에 있는데, 너무 시간을 많이 잡아먹겠는걸."

"자동차는 어떨 것 같소?"

토미는 고개를 저었다.

"자동차로 갈 수도 있지만, 기차를 타는 게 더 좋을 겁니다. 우선 편하게 갈 수 있을 테니까요."

줄리어스가 신음소리를 냈다.

"그렇다면 그렇게 합시다. 하지만 순진한 아가씨가 위험에 처해 있다는 걸 생각하면 더 이상 참고 기다릴 수가 없을 것 같아서 말입니다!"

토미는 멍하니 고개를 끄덕였다. 그는 생각 중이었다. 이윽고 그가 말했다.

"이봐요, 줄리어스, 무엇 때문에 그놈들이 그녀를 유인한 걸까요?"

"예? 그게 무슨 소리입니까?"

"내 말은 그들의 의도가 그녀를 해치고자 하는 데 있지는 않은 것 같다는 겁니다."

토미는 이마를 찌푸린 채 계속 머릿속으로 생각해가며 말을 이었다.

"그녀는 일종의 볼모인 셈이죠. 그래요, 바로 그겁니다. 그녀에게는 당장 위험에 처할 염려는 없을 겁니다. 왜냐하면 만일 우리가 뭔가를 눈치 채게 된다면, 그들에게 그녀의 가치는 대단히 큰 것이 될 테니까요. 그들이 그녀를 잡은 한, 우리는 그들의 손아귀에서 놀아날 수밖에 없는 겁니다. 이해가 갑니까?"

"맞습니다." 줄리어스도 심각한 어조로 말했다.

"그건 사실이지요."

좀더 생각해보고 나서 토미가 다시 덧붙였다.

"게다가 나는 무엇보다도 터펜스를 믿고 있습니다."

그 여행은 상당히 지루하고 짜증스러웠다. 자주 정차하는데다가, 몹시 붐비기까지 했다. 그들은 열차를 두 번 갈아타야 했는데, 한 번은 돈캐스터에서였고, 또 한 번은 어떤 작은 연락역에서였다. 에버리는 황량하기 이를 데 없는 역으로서, 포터 혼자 외롭게 역을 지키고 있었다. 토미가 그에게 다가가서 말을 걸었다.

"모트 하우스로 가는 길을 좀 물어봐도 되겠습니까?"

"모트 하우스 말인가요? 여기에서 상당히 떨어져 있는데요. 해변 가까이에 있는 커다란 저택을 말씀하시는 거죠?"

토미는 시치미를 떼고 고개를 끄덕여 보였다. 지나칠 정도로 자세한 포터의 설명을 들은 다음에 그들은 역을 나섰다. 비가 내리기 시작해서 그들은 코트 깃을 올려세운 채 터벅터벅 진창길을 걷기 시작했다. 그때 갑자기 토미가 멈춰 섰다.

"잠깐만 기다리시오." 그는 역으로 되돌아가서 포터에게 다시 물어보았다.

"혹시 어떤 젊은 여인이 12시 50분 기차로 이곳에 도착했을 텐데, 기억이 나지 않습니까? 그녀도 아마 모트 하우스로 가는 길을 물었을 겁니다."

그는 할 수 있는 대로 터펜스의 모습을 자세하게 설명해주었다. 그러나 포터는 고개를 저으면서, 문제의 그 기차에서 몇 사람이 내리기는 했지만 특별히 젊은 여인이라고 부를 수 있는 여자 손님은 없었던 것 같다고 했다. 그리고 분명한 것은, 자기에게 모트 하우스로 가는 길을 물은 사람은 아무도 없었다고 했다.

토미는 다시 줄리어스에게 뛰어가 그런 내용을 설명해주었다. 납덩이처럼 무거운 근심이 그의 마음속에 들어앉았다. 터펜스의 뒤를 좇아 이곳까지 내려온 그들의 일이 실패로 돌아갈 것 같다는 느낌이 강하게 들었다. 그들의 적은 이미 세 시간이나 앞서 가고 있었다. 세 시간이라면 브라운이라는 자가 일을 꾸미기에는 충분하고도 남을 시간이었다. 그자는 그 전보가 발견될 가능성을 결코 무시하지 않았으리라.

그 길은 끝이 없는 것 같았다. 만일 그들이 길을 잘못 접어든 것이라면 돌아나가는 데만도 반 마일은 족히 걸릴 것 같았다. 어떤 조그만 소년이 그들에게 모트 하우스는 다음 모퉁이를 돌면 나올 것이라고 일러준 것은 7시가 조금 지나서였다.

녹슨 철제 대문이 삐걱거리며 음산하게 흔들리고 있었다. 드라이브 길은 낙엽으로 온통 뒤덮여 있었다. 그곳의 음산한 분위기가 두 사람의 마음속에 한기를 불러일으켰다. 그들은 황량한 드라이브 길을 걸어 올라갔다. 두껍게 쌓인 낙엽들이 그들의 발목을 자꾸만 잡아챘다. 이미 주위에는 스멀스멀 안개처럼 땅거미가 밀려오고 있었다. 그들은 마치 유령의 세계를 걷는 듯한 기분이었다. 머리 위로 스쳐 지나가는 나뭇가지들이 애처로운 비명을 내며 흔들렸고, 이따금 소리도 없이 뺨에 와 닿는 비에 젖은 나뭇잎의 차가운 감촉은 그들의 기분을 오싹하게 만들었다.

이윽고 드라이브 길을 벗어나자 건물의 모습이 그들의 눈앞에 드러났다. 건물의 모습 역시 황량하고 음산하기 이를 데 없었다. 덧문이 굳게 닫혀 있었고 무성하게 자란 담쟁이덩굴이 현관문과 계단을 온통 뒤덮고 있었다. 정말 터펜스가 이렇게 황량한 곳으로 납치되었을까? 그곳은 몇 달 동안 사람의 발길이 전혀 닿지 않은 것 같았다.

줄리어스가 녹슨 초인종의 손잡이를 잡아당겼다. 텅 빈 집 안에 울려 퍼지는 음산한 종소리가 그들의 귀를 자극했다. 안에서는 전혀 인기척이 없었다. 그들은 계속해서 초인종을 울렸지만, 들려오는 것은 유령의 웃음소리 같은 음산한 종소리뿐이었다. 이윽고 그들은 집 주위를 한 바퀴 둘러보았다. 사방은 죽은 듯이 적막했고, 창문마다 덧문이 굳게 내려져 있었다. 의심할 것도 없이 그곳은 아무도 살지 않는 빈집이었다.

"더 이상 살펴볼 것도 없을 것 같군요." 줄리어스가 말했다.

그들은 다시 천천히 드라이브 길을 걸어 내려왔다.

"가까운 곳에 마을이 있을 겁니다." 줄리어스가 다시 말을 이었다.

"거기 가서 물어보는 게 좋겠군요. 그 집에 대해서 좀 알고 있을 테고, 또한 최근에 혹시 누군가가 그곳에서 지내지 않았는지도 알아볼 수 있을 겁니다."

"좋습니다, 그것도 가히 나쁜 생각이라고는 할 수 없지요."

그들이 얼마 가지 않아 한 작은 마을이 나왔다. 마을 외곽에서 그들은 연장 가방을 둘러멘 작업복 차림의 한 사내를 만났다. 토미가 그 사람한테 다가가서 물어보았다.

"모트 하우스? 거긴 아무도 살고 있지 않아요. 벌써 몇 년 동안이나 비어 있지요. 집 안을 살펴보고 싶다면 스위니 부인이 그 집 열쇠를 가지고 있을 거요. 저기 모퉁이를 돌면 우체국이 나오는데, 그 부인은 거기 있을 겁니다."

토미는 그에게 고맙다고 했다. 그들은 곧 잡화점을 겸하는 우체국을 발견하고는 그 옆에 붙은 작은 오두막의 문을 두드렸다. 깔끔하고 건강해 보이는 여인이 문을 열어 주었다. 그녀는 순순히 모트 하우스의 열쇠를 내주었다.

"그 집이 마음에 드실지 모르겠군요. 수리할 곳이 너무 많거든요. 천장도 새고, 멀쩡한 곳이라곤 한 군데도 없어요. 수리를 하자면 비용이 상당히 들 거예요."

"아무튼 고맙습니다." 토미가 쾌활하게 말했다.

"비록 그 집이 다 쓰러져 간다고 해도, 요즈음에는 집을 구하기가 여간 어렵지 않거든요."

"그건 사실이에요." 부인이 토미의 말에 충심으로 동조했다.

"내 딸과 사위도 벌써 오래전부터 살 만한 집을 구하러 다니고 있답니다. 그건 그렇고, 그 집은 마치 전쟁터 같을 거예요. 마구 어질러져 있을 테니 말이죠. 게다가 밤도 깊어서 제대로 살펴볼 수 없을 거예요. 내일 아침 날이 밝을 때까지 기다려 보시는 편이 어떻겠어요?"

"그런 건 아무래도 괜찮습니다. 우리는 오늘 밤 안으로 그 집을 둘러보고 싶거든요. 우리가 만일 차를 놓치면 하룻밤 지낼 만한 곳이 있을까요?"

스위니 부인은 의심스러운 듯한 표정이었다.

"요크셔 암즈 여관이 있기는 하지만, 여러분 같은 신사들이 지내기에는 적당치 않은 곳이랍니다."

"아, 그렇다면 됐군요. 고맙습니다. 그런데 혹시 어떤 젊은 여인이 오늘 이곳에 와서 이 열쇠를 요구한 적은 없었는지요?"

부인은 고개를 저었다.

"오랫동안 그곳을 찾아온 사람은 아무도 없었답니다."

"정말 고맙습니다."

그들은 다시 모트 하우스의 현관 계단으로 돌아왔다. 현관문이 큰소리를 내며 겨우 열리자, 줄리어스는 성냥불을 켜들고 조심스럽게 바닥을 살펴보았다. 이윽고 그는 힘없이 고개를 저었다.

"아무도 여기 들어온 적이 없었다는 것이 분명해요. 저 먼지를 보시오. 상당히 두껍게 덮여 있지 않습니까? 발자국 같은 것을 전혀 찾아볼 수가 없어요."

그들은 황량한 집 안을 살펴보았다. 어디나 마찬가지였다. 온통 두꺼운 먼지로 뒤덮여 있었다.

줄리어스가 말했다.

"내 생각에는, 터펜스는 이곳에 오지 않은 것 같습니다."

"이곳에 왔을지도 모르는 일이지요."

줄리어스는 말없이 고개만 설레설레 저었다.

"내일 다시 한 번 살펴보기로 하죠." 토미가 말했다.

"대낮이라면 좀더 자세하게 조사할 수 있을 겁니다."

다음 날 그들은 다시 한 번 살펴보았지만, 결국은 어쩔 수 없이 상당 기간 그 집에는 아무도 들어온 적이 없었다는 결론을 내릴 수밖에 없었다. 그들이 체념하고 그 마을을 떠나려고 할 때, 토미가 뜻밖의 발견을 했다. 그것은 그들이 막 대문을 통과하려고 할 때였다. 토미가 갑자기 소리를 지르며 걸음을 멈추고는 낙엽 속에서 뭔가를 집어들어 줄리어스에게 넘겨주었다. 그것은 조그만 금 브로치였다.

"이건 터펜스가 달고 있던 거예요!"

"틀림없습니까?"

"물론이지요. 나는 그녀가 이 브로치를 단 것을 여러 번 보았거든요."

줄리어스가 깊이 숨을 들이마셨다.

"그렇다면 그녀가 이곳에 왔었던 것만은 분명한 것 같군요. 그 여관을 임시 본부로 삼아 그녀의 흔적을 발견할 때까지 이 지역을 샅샅이 뒤져보기로 합시다. 틀림없이 누군가 그녀를 본 사람이 있을 겁니다."

즉시 그들은 계획을 실행에 옮겼다. 토미와 줄리어스는 때로는 헤어져서, 때로는 함께 조사해보았지만 결과는 마찬가지였다. 그 부근에서 터펜스의 모습을 보았다는 사람은 아무도 없었다. 그들의 계획은 수포로 돌아갔으나, 그렇다고 해서 결코 좌절하지는 않았다. 결국 그들은 전술을 바꾸기로 했다. 터펜스는 확실히 모트 하우스 부근에서 그리 오랫동안 머무르진 않았던 것 같다. 그것은 그녀가 자동차로 이곳을 다녀갔을 수도 있다는 것을 뜻했다. 그들은 다시 조사에 착수했다. 그날 모트 하우스 부근에서 차가 세워져 있는 것을 본 사람이 있을지도 모르는 일이었다. 그러나 그것 역시 헛수고로 끝나고 말았다.

줄리어스는 런던으로 자기 차를 보내라고 전보를 치고는 매일같이 그 일대를 이 잡듯이 쑤시고 돌아다녔다. 그들이 으리으리한 회색 리무진 차를 몰고서 높은 희망을 걸고 하로게이트까지 수색하고 다닌 결과, 뭇 여인들의 선망어린 시선은 충분히 받을 수 있었다!

날마다 그들은 새로운 수사에 착수했다. 줄리어스는 마치 지칠 줄 모르는 사냥개 같았다. 그는 아무리 미미한 단서라도 포기하는 법이 없었다. 그 운명의 날, 마을을 지나간 차는 빠짐없이 조사가 되었다. 그러나 며칠이 지나도 터펜스의 종적은 도무지 찾을 수가 없었다. 그것은 정말로 치밀하게 계획된 납치였고, 그녀는 문자 그대로 공기 중으로 사라진 것 같았다.

새로운 생각이 토미의 마음속에 자리 잡기 시작했다.

"우리가 이곳에서 시간을 보낸 지가 얼마나 된 지 압니까?"

토미가 어느 날 아침 식탁에서 줄리어스에게 물어보았다.

"1주일이나 되었어요! 우리는 여전히 터펜스를 찾지 못하고 있는데, 이제 운명의 그날은 코앞에 닥쳐와 다음 일요일이 바로 29일, 그날이란 말입니다!"

"제기랄!" 줄리어스가 심각한 표정으로 내뱉었다.

"29일에 대해서는 그만 까맣게 잊어버리고 말았군요. 그동안 오로지 터펜스의 일에만 신경을 써왔으니."

"그건 나도 마찬가지입니다. 물론 그 29일을 완전히 잊고 있었던 것은 아니지만, 그래도 터펜스를 찾는 일에 비하면 그다지 중요한 문제가 아닌 것 같았거든요. 하지만 오늘이 벌써 23일이고, 시간은 결코 우리를 기다려 주지 않을 겁니다. 우리가 끝까지 그녀를 구할 생각이라면 29일 이전에 그 일을 해내야지 그 이후가 되면 그녀의 목숨은 결코 보장되지 않을 거요. 인질극도 그때가 되면 더 이상 소용이 없게 될 테니 말입니다. 우리가 이런 식으로 일해 온 것이 애당초 잘못된 게 아닌가 하는 생각이 드는군요. 쓸데없이 시간만 낭비했지, 결국 우리는 아무런 소득도 얻지 못했잖습니까?"

"나도 당신 생각과 같습니다. 그동안 우리는 어리석게도 우리의 능력을 너무 과대평가했어요. 이대로 계속 나가다가는 완전히 일을 망쳐 버릴 것 같습니다!"

"그렇다면 어떻게 할 생각입니까?"

"내 생각은 이렇습니다. 벌써 1주일 전에 했어야 할 일을 하려는 거지요. 나는 곧바로 런던으로 올라가서 이번 일을 경찰 손에 맡길 생각입니다. 그동안 우리는 무슨 형사라도 되는 양 착각하고 있었던 겁니다! 정말 어리석기 짝이 없는 망상이었죠! 이젠 깨달았습니다! 나 자신을 충분히 알게 된 겁니다! 런던 경시청에 이 일을 맡겨야겠어요!"

"당신 말이 맞을 겁니다." 토미가 천천히 말했다.

"좀더 일찍 깨달았어야 하는 건데."

"그래도 늦게나마 깨닫게 된 것이 다행이지요. 그동안 우리는 마치 술래잡기를 즐기는 철부지 어린애들같이 굴었던 겁니다. 이제 나는 곧바로 런던경시청을 찾아가 어떻게 해야 좋을지 도움을 청해야겠습니다. 아무래도 전문가가 풋내기 아마추어들보다는 나을 테니까요. 나와 함께 올라가지 않겠소?"

토미는 고개를 저었다.

"내가 같이 간다고 해서 무슨 소용이 있겠습니까? 그 일은 한 사람만으로도 충분할 겁니다. 나는 여기 남아서 하던 일을 계속할 생각입니다. 혹시 압니까, 뭔가 단서를 잡게 될지."

"그야 물론이지요. 그렇다면 내 곧 런던으로 올라가서 경시청 친구들을 몇 명 대동하고 내려오지요. 그들이 터펜스를 찾는 일에 최선을 다하도록 다그칠 생각입니다."

하지만 사건의 방향은 줄리어스의 계획대로 따라주지 않았다. 그날 늦게 토미는 한 통의 전보를 받았다.

<맨체스터 미들랜드 호텔에서 만납시다. 중요한 소식이 있음─줄리어스>

그날 밤 7시 30분, 토미는 동서를 횡단하는 완행열차에서 내렸다. 플랫폼에는 줄리어스가 기다리고 있었다.

"내 전보를 제시간에 받아 보았다면 이번 기차로 당신이 도착할 거라고 생각했습니다."

토미는 성급히 그의 팔을 움켜쥐었다.

"무슨 일입니까? 터펜스를 찾았습니까?"

줄리어스는 고개를 저었다.

"그게 아닙니다. 내가 런던에 도착해보니까 이 전보가 기다리고 있었어요. 방금 도착한 전보였지요."

그는 전보를 상대방에게 넘겨주었다. 그것을 받아 본 토미의 눈이 휘둥그레졌다.

<제인 핀을 찾았음. 즉시 맨체스터 미들랜드 호텔로 와줄 것─필 에드거튼>

줄리어스는 그 전보를 다시 돌려받아 반듯하게 접어 넣었다.

"정말 뜻밖의 일이오." 줄리어스가 심각한 어조로 말했다.

그 변호사 나리께서는 완전히 손을 뗀 줄 알고 있었는데 말입니다!"

제19장

제인 핀

"나는 30분 전에 여기 도착했습니다." 줄리어스가 역을 빠져나오며 말했다.

"나는 런던을 떠나기 전에 당신이 틀림없이 이곳으로 오리라 생각하고, 제임스 경에게 전보를 쳤지요. 그는 우리를 위해 방을 예약해 놓았는데, 이따가 8시에 저녁을 먹으러 들를 겁니다."

"어째서 당신은 그가 이 사건에서 손을 떼었다고 생각했습니까?"

토미가 궁금한 듯이 물었다.

"그가 그런 투로 말했기 때문이지요." 줄리어스가 냉담하게 대꾸했다.

"도무지 그 속셈을 알 수가 없으니! 변호사들이 대개 그렇듯이 그도 자기 말에 책임을 질 수 있다는 확신이 서기 전까지는 결코 그런 사실을 입 밖에 내지 않을 작정이었던 거죠."

"과연 그럴까요?" 토미가 신중하게 말했다.

줄리어스가 그를 돌아다보았다.

"당신은 그렇지 않을 거라고 생각합니까?"

"과연 그것이 그의 진짜 이유였을까요?"

"틀림없어요. 그건 내기를 해도 좋습니다."

토미는 미심쩍다는 듯이 고개를 저었다.

제임스 경은 8시 정각에 도착했고, 줄리어스가 토미를 소개했다. 제임스 경은 그에게 다정하게 악수를 청했다.

"이렇게 만나게 되어서 기쁘군요, 베레즈포드 씨. 터펜스 양한테서 당신 이야기를 많이 들었어요. 그래서 그런지 아주 낯이 익은 것 같군요."

"고맙습니다." 토미가 싱긋이 미소를 지어 보이며 말했다.

그는 유명한 변호사를 자세하게 뜯어보았다. 터펜스와 마찬가지로, 그 역시 상대방의 전신에서 발산되는 강한 흡인력을 느낄 수 있었다. 그는 제임스 경한테서도 카터 씨로부터 받은 인상과 비슷한 것을 느낄 수 있었다. 그들 두 사람은 서로 전혀 다른 모습을 하고 있었지만 다른 사람들이 그들에게서 받는 인상은 거의 같을 것이리라. 한 사람은 피곤해 보이는 듯한 표정 뒤에, 다른 한 사람은 직업적인 절제된 태도 이면에 마치 날카로운 칼날처럼 번뜩이는 예리한 통찰력을 숨긴 것이다.

한편 그는 제임스 경 역시 자신을 엄밀하게 살펴보고 있다는 것을 느꼈다. 그의 시선을 정면으로 받은 토미는 상대방이 자신의 속마음까지도 훤히 꿰뚫어보는 듯한 기분이 들었다. 그는 제임스 경이 자신에 대해서 어떤 판단을 내렸는지 궁금하기 짝이 없었지만, 상대방의 표정을 봐서는 도저히 알아낼 수가 없었다. 제임스 경은 모든 것을 파악하고서도 그것을 속으로 감추는 것 같았다. 이런 판단은 거의 순식간에 이루어진 것이었다.

서로 인사가 오가자 곧 줄리어스는 질문 공세를 펴기 시작했다. 어떻게 해서 그 여인을 찾아내게 되었고, 무슨 이유로 자기들한테는 그가 여전히 사건에서 손을 떼지 않았다는 사실을 감추려 했는지 등등.

제임스 경은 미소를 띤 채 턱을 어루만지면서 그냥 듣기만 했다. 이윽고 그가 입을 열었다.

"자, 그런 거야 어쨌거나, 아무튼 그녀를 찾아냈으니 바로 그 점이 중요한 것이 아니겠소? 중요한 건 바로 그거지, 안 그렇소?"

"그거야 물론 그렇지요. 하지만 어떻게 해서 그녀를 찾아내셨습니까? 터펜스 양과 저는 당신이 이번 일에서 완전히 손을 떼신 줄 알았는데요."

"아!" 제임스 경은 한번 쏘는 듯한 시선을 그에게 던지고는 다시 턱을 점잖게 쓰다듬었다.

"그렇게 생각했소? 그게 정말이오? 흠, 그랬구먼."

"하지만 우리가 잘못 생각했다는 사실을 인정해야겠군요."

줄리어스가 다시 말했다.

"그 정도까지 될 줄은 몰랐는데. 아무튼 그 여인을 찾아낼 수 있었던 것은 분명히 우리 모두에게 다행한 일이라고 할 수 있어요."

"그녀는 지금 어디 있습니까?" 줄리어스가 물었다.

"저는 당신이 그녀를 데리고 오실 줄 알았는데요?"

"그건 불가능한 일이 아닐까 싶은데." 제임스 경이 무거운 어조로 말했다.

"어째서인가요?"

"왜냐하면 그 여인은 교통사고를 당해 머리를 약간 다쳤기 때문이라오. 그녀는 병원으로 실려 갔는데, 의식이 돌아오자 자기 이름이 제인 핀이라고 했소. 그 말을 듣자 곧 나는 그녀를 내가 잘 아는 친구인 어떤 의사의 개인병원으로 옮겼고, 또 즉시 당신한테 전보를 쳤던 거요. 그녀는 다시 의식을 잃어서 지금까지 깨어나지 못하고 있어요."

"혹시 중상을 입은 건 아닌가요?"

"아, 몇 군데 타박상을 입기는 했지만, 사실 의학적인 관점에서 볼 때 그런 상황에서 입은 부상치고는 정말 믿을 수 없을 정도로 가벼운 상처라고 할 수 있어요. 문제는 그녀의 기억이 되살아나면서 받게 된 정신적인 타격이었을 게요."

"정말로 기억이 되살아났을까요?" 줄리어스가 흥분된 목소리로 물었다.

제임스 경은 다소 짜증스러운지 테이블을 가볍게 두드렸다.

"그녀가 자기 본명을 댈 수 있었던 것으로 봐서 그것은 의심할 나위가 없어요, 헤르사이머 씨. 당신도 그 점을 알아보았을 텐데?"

"그런데 마침 우연히도 당신이 사고현장에 계셨던 거로군요."

토미가 말했다.

"그건 너무도 공교로운 일 같은 데요?"

하지만 제임스 경은 토미의 함정에 빠져들기에는 지나칠 정도로 세심한 사람이었다.

"우연의 일치란 참으로 신기한 거라오." 그가 냉담하게 말했다.

그렇지만, 토미는 단순히 의심할 수 있는 것 이상의 무언가가 있다는 것을 확신할 수 있었다. 제임스 경이 맨체스터에 나타난 것은 우연만은 아닐 것임이 분명했다. 줄리어스가 짐작했던 대로 그 사건에서 완전히 손을 떼기는커녕, 오히려 실종된 여인을 찾아낼 수 있는 결정적인 단서를 쥐고 있었던 것이다.

토미가 이해하기가 어려운 점은 그토록 비밀을 유지해야 할 이유가 무엇이었느냐 하는 것이었다. 결국 그는 그것은 변호사들의 일반적인 속성 탓일 거라고 결론을 내렸다.

줄리어스가 다시 입을 열었다.

"저녁식사 뒤에 곧바로 제인을 만나보러 가겠습니다."

"그건 아마 불가능한 일일 거요." 제임스 경이 말했다.

"이렇게 늦은 밤에 그녀를 만날 수 있게 면회를 허락하지 않을 것이 틀림없을 테니 말이오. 내 생각에는 내일 아침 10시경에 찾아가 보는 게 좋을 것 같은데."

줄리어스는 얼굴을 붉혔다. 제임스 경한테는 언제나 그의 화를 돋우게 하는 무엇인가가 있었다. 그것은 두 사람 모두 남을 지배하려는 속성을 가졌고, 그러한 개성이 서로 충돌함으로써 야기되는 갈등의 일종이었다.

"그렇다고 해도, 나는 오늘 밤 그곳으로 찾아가서 그들의 어리석은 규칙을 깨뜨릴 수 없는지 알아봐야겠습니다."

"그래 봐야 하나도 소용없을 거요, 헤르사이머 씨."

그 말은 마치 총소리처럼 날카로운 쇳소리를 내며 터져 나와서, 토미는 움찔하며 고개를 들어 쳐다보았다. 줄리어스는 몹시 상기되어 있었다. 잔을 들어 입술로 가져가는 그의 손이 희미하게 떨렸지만, 그의 눈은 도전적으로 제임스 경의 눈을 쏘아보고 있었다. 순간 두 사람 간에 적개심 어린 눈빛이 마주치며 불꽃이라도 일 듯했지만, 결국 줄리어스가 시선을 내리깔며 양보를 했다.

"당분간은 당신을 우리의 리더로 인정하겠습니다."

"고맙소." 상대방이 말했다.

"그럼 내일 10시로 정하지요?"

더할 나위 없이 부드러운 태도로 그는 토미를 돌아보며 말했다.

"솔직히 말해서, 베레즈포드 씨, 오늘 밤 당신을 이곳에서 보게 된 것은 정말 나에게는 뜻밖이었소. 당신에 대한 이야기를 마지막으로 들었을 때만 해도, 당신 친구들이 당신을 몹시 걱정하고 있었으니까. 당신한테서 며칠 동안 아무런 소식도 없자 터펜스 양은 당신이 심각한 위기에 빠진 것이 틀림없을 거라고 생각했어요."

"그건 사실이었답니다, 제임스 경!" 토미가 싱긋이 웃어 보이며 말했다.

"제 생애에서 그토록 곤경에 빠졌던 적은 한 번도 없었지요."

그러고는 제임스 경의 요청으로, 그는 자기가 겪은 모험을 간단하게 들려주었다. 그의 이야기가 끝나가자 제임스 경은 새로운 관심을 두고 그를 바라보았다.

"정말 어려운 곤경을 훌륭하게 헤치고 나왔군요."

그가 진지한 표정으로 말했다.

"무사하게 탈출한 것을 늦게나마 축하하오. 정말 놀라운 기지를 활용해서 눈부신 활약을 해낸 거요."

토미는 얼굴을 붉히며 과분한 칭찬에 어색한 표정을 지어 보였다.

"하지만 결국 그 여인은 데리고 나오질 못했는걸요."

"그렇지 않아요." 제임스 경은 희미하게 미소를 지어 보였다.

"그녀가 당신을 좋아하게 된 것만도 정말 큰 행운이었소."

토미가 항의하려고 했지만 제임스 경이 계속 말을 이었다.

"그녀 역시 갱단의 일원임이 틀림없지 않을까 싶은데?"

"그런 것 같습니다, 제임스 경. 혹시 그들이 강제로 그녀를 붙잡아 두는 것은 아닐까 하고도 생각해보았지만, 그녀의 행동으로 보건대 그런 생각은 잘못된 것 같아요. 그녀는 충분히 도망칠 수 있었는데도 다시 그자들에게 돌아갔거든요."

제임스 경은 신중하게 고개를 끄덕여 보였다.

"그녀가 뭐라고 했다고요? 마거릿한테 돌아가고 싶다고?"

"그렇습니다, 제임스 경. 제 생각에는 밴드마이어 부인을 말한 것이 아닌가 싶은데요."

"그녀는 통상 리타 밴드마이어로 알려졌다오. 하지만 아네트라는 여인은 그녀를 결국 그런 식으로 불러왔을지도 모르는 일이지. 그런데 그 여인이 밴드마이어 부인을 소리쳐 부르고 있었던 그 순간에 그 부인은 이미 죽었거나, 아니면 죽어가는 중이었으니! 정말 이상한 일이오! 한두 가지 잘 이해가 가지 않는 점이 있는데, 이를테면 당신에 대한 그들의 태도가 돌변했다는 것 말이오. 그건 그렇고, 그 집은 철저하게 수색했을 테지요?"

"그렇습니다만, 이미 그자들이 자취를 깨끗이 감춘 뒤였죠."

"그야 당연한 일이지." 제임스 경이 무뚝뚝하게 말했다.

"그리고 단서가 될 만한 것도 전혀 남기지 않았더군요."

"글쎄……."

제임스 경은 생각에 잠긴 표정으로 테이블을 가볍게 두드리고 있었다.

그의 목소리에 깃들어 있는 무엇인가가 토미의 주의를 끌었다. 이 사람의 눈은 보이지 않는 곳까지 꿰뚫어볼 수 있는 것일까? 그는 불쑥 충동적으로 입을 열었다.

"제임스 경께서도 함께 그 집을 조사해보았으면 좋았을 텐데요!"

"나도 그런 생각이라오." 제임스 경이 조용하게 말했다.

그는 잠시 침묵을 지키다가 다시 토미를 쳐다보며 말했다.

"그런데, 그게 언제 일이었소? 그리고 지금까지 무슨 일을 하고 있었소?"

잠시 토미는 그를 멍하니 쳐다보았다. 이윽고 그는 제임스 경이 전혀 모르고 있다는 사실을 깨닫게 되었다.

"터펜스 일에 대해서 전혀 모르고 계실 테군요."

그가 천천히 말했다. 제인 핀을 드디어 찾아냈다는 흥분 때문에 그동안 잊고 있었던 견디기 어려운 불안감이 다시 그를 엄습해 왔다.

제임스 경은 갑자기 나이프와 포크를 내려놓았다.

"터펜스 양에게 무슨 사고라도 난 거요?" 그의 목소리가 날카로워졌다.

"그녀는 실종되었습니다." 줄리어스가 대답했다.

"언제?"

"1주일 전의 일이었습니다."

"어떻게 그런 일이?"

제임스 경의 질문이 쉴 새 없이 쏟아져 나왔다. 토미와 줄리어스가 번갈아가며 지난 1주일 동안 있었던 일과 실패로 돌아간 수색 작전을 들려주었다.

제임스 경은 곧바로 그 문제를 파고들기 시작했다.

"당신 이름으로 전보를 보냈다고? 그들은 당신들을 잘 아는 모양이로군. 그들은 당신이 그 집에서 얼마나 많은 사실을 엿들었는지 감을 잡을 수가 없었던 거요. 터펜스 양을 납치한 것은 당신의 탈출에 대한 대비책인 셈이지. 필요할 때, 그들은 그녀의 목숨을 담보로 당신이 입을 열지 못하도록 협박할 수가 있을 테니 말이오."

토미는 고개를 끄덕여 보였다.

"우리도 이미 생각하고 있었습니다."

제임스 경은 그를 날카로운 시선으로 주시했다.

"그 점을 이미 간파했다고? 그렇다면 조금은 마음이 놓이는군요. 그런데 이상한 것은, 그들이 처음에 당신을 붙잡았을 때만 해도 그들은 당신에 대해서 전혀 모르고 있었던 것 같다는 거요. 혹시 당신 입으로 자신의 정체를 누설하지는 않았소?"

토미는 고개를 저었다.

"아닙니다." 줄리어스가 고개를 끄덕이며 말을 받았다.

"그래서 나는 누군가가 그들에게 알려준 거라고 생각합니다. 그것도 그날 오후, 시간을 잘 맞추어서 말이죠."

"하지만 누가?"

"물론 그 전지전능한 브라운이었을 테죠!"

줄리어스의 목소리에는 희미한 조소의 기색이 담겨 있어 제임스 경이 급히 그를 쳐다보았다.

"당신은 브라운의 존재를 믿지 않는 거요, 헤르사이머 씨?"

"아니, 그런 건 아닙니다." 줄리어스가 강조라도 하듯이 대꾸했다.

"제 말은 그런 뜻이 아닙니다. 제 생각에는 그자는 명목상의 두목에 지나지 않는 것으로, 단지 일반에게 겁을 주기 위한 유령 같은 존재라는 거죠. 이번 일의 실질적인 우두머리는 크램닌이라는 그 러시아인일 겁니다. 그자가 원하기만 하면 아마 세 나라 정도는 즉시 혁명으로 몰고 갈 역량이 충분히 있을 거라고 생각합니다! 휘팅턴이라는 자는 아마 영국 지부의 우두머리쯤 되겠지요."

"나는 당신 생각에 동조할 수가 없소." 제임스 경이 무뚝뚝하게 말했다.

"브라운이란 자는 틀림없이 존재하오."

그는 토미에게 말문을 돌렸다.

"그 전보에서 특별히 주목할 만한 점은 찾아볼 수 없었소?"

"예, 별다른 점은 없었던 것 같습니다."

"흠, 지금 그걸 가지고 있소?"

"예, 위층 여행가방 속에 있습니다."

"언젠가 한번 살펴보았으면 좋겠군요. 아니, 지금 서두를 건 없어요. 벌써 1주일이나 허비했는데……."

토미는 머리를 떨어뜨렸다.

"하루나 이틀쯤 더 늦는다고 문제가 될 건 없을 거요. 우선 제인 핀에 대한 문제부터 해결하고 나서 터펜스 양을 그들의 손에서 구해낼 방도를 세우도록 합시다. 내 생각에는 그녀에게 당장 위험이 닥칠 것 같지는 않아요. 다시 말해, 우리가 제인 핀을 확보하고 있고, 또한 그녀의 기억이 회복되었다는 사실을 그들이 모르는 한은 그렇다는 거요. 우리는 결코 이 비밀이 새어나가지 않도록 최선을 다해야 해요. 다들 이해하겠소?"

토미와 줄리어스가 고개를 끄덕이자, 다음 날 만날 약속을 정하고서 그 유명한 변호사는 자리를 떴다.

다음 날 10시, 그들이 약속장소로 가자 제임스 경이 문간에서 그들을 맞이했다. 그 혼자만이 흥분에 들뜨지 않은 것 같았다. 그는 의사에게 그들을 소개했다.

"헤르사이머 씨, 그리고 베레즈포드 씨. 이쪽은 로일랜스 박사요. 환자는 어떻습니까?"

"빠르게 회복되는 중입니다. 그동안 많은 시간이 흘렀다는 것을 전혀 모르는 것 같습니다. 오늘 아침에는 루시타니아호에서 구출된 지 얼마나 되었느냐고 묻더군요. 그 문서에 대한 말은 없었느냐고요? 물론 그것이 가장 궁금한 문제였을 테죠. 그녀는 마음속에 뭔가 감추는 것 같습니다."

"우리가 그녀의 근심을 덜어 줄 수 있을 겁니다. 지금 올라가 봐도 괜찮겠습니까?"

"물론이죠"

의사의 뒤를 따라 위층으로 올라가는 동안, 토미는 심장의 고동이 놀라울 만큼 빨라지는 것을 느낄 수 있었다. 드디어 제인 핀을 보게 되다니! 정말 믿기지 않는 일이었다! 바로 이 집에, 그것도 기적적으로 기억이 회복된 그 여인이, 영국의 미래를 한 손에 쥔 제인 핀이라는 여인이 누워 있는 것이다. 토미의 입술에서 저도 모르게 신음 같은 것이 흘러나왔다. 그들의 모험이 바야흐로 멋지게 끝을 맺는 그 순간에 터펜스도 같이 그 기쁨을 나눌 수 있다면! 이윽고 그는 터펜스의 생각을 억지로 떨쳐 버렸다. 제임스 경에 대한 그의 신뢰감은 더욱더 커졌다. 그런 사람이라면 틀림없이 터펜스의 행방도 찾아낼 수 있을 것 같았다. 한편 제인 핀은 갑자기 어떤 공포가 그의 마음속을 파고들었다. 일이 너무 쉽게 풀리는 것 같은데, 혹시 그녀가 죽어 있는 것을 발견하게……, 브라운의 손에 살해당한 채.

다음 순간 그는 이런 멜로드라마 같은 공상에 실소를 터뜨렸다. 의사는 방문을 열고 그들이 들어갈 수 있도록 한쪽으로 비켜섰다. 침대 위에는 머리에 붕대를 감은 한 여인이 누워 있었다. 어쩐지 모든 장면이 비현실적으로 보였다. 누구나 예상할 수 있는 그런 멋진 무대 효과를 나타내고 있었기 때문이었다.

그 여인은 의심스러운 듯이 눈을 커다랗게 뜨고 그들을 한 사람 한 사람 살펴보았다.

제임스 경이 먼저 말문을 열었다.

"핀 양, 이분은 아가씨의 사촌오빠인 줄리어스 P. 헤르사이머 씨랍니다."

줄리어스가 다가가서 그녀의 손을 잡자 그녀의 얼굴에는 가벼운 홍조가 떠올랐다.

"그래, 몸은 좀 어때, 제인?" 그가 밝은 어조로 말을 걸었다.

하지만 토미는 그의 목소리가 떨리는 것을 느낄 수 있었다.

"당신이 정말 하이럼 백부님의 아들인가요?"

그녀가 의심스러운 듯이 물었다.

서부 악센트가 조금 섞인 그녀의 목소리는 어딘지 사람을 전율케 하는 듯한 기색을 담고 있었다. 토미는 어쩐지 귀에 익은 듯한 느낌을 받았지만, 그러나 그건 있을 수 없는 일이라고 생각하고는 그런 생각을 떨쳐 버렸다.

"물론이지." 줄리어스가 대답했다.

그녀가 나직하고 부드러운 어조로 계속 말을 이었다.

"하이럼 백부님에 대한 기사를 신문에서 자주 보았어요. 하지만 나는 오빠를 이렇게 만나게 되리라고는 정말 생각지도 못했어요. 어머니는 하이럼 백부님이 자신을 결코 용서하시지 않을 거라고 말씀하시곤 했거든요."

"아버님은 정말 완고했지." 줄리어스가 인정했다.

"하지만 우리들 세대에서는 결코 그런 일이 없을 거야. 가족 간의 불화 따위는 이제 다 끝난 일이야. 그래서, 전쟁이 끝나자마자 내가 제일 먼저 생각한 것은 바로 제인을 찾는 일이었어."

그 여인의 얼굴에 우울한 그림자가 덮였다.

"나는, 정말 끔찍한 이야기를 들었어요. 내가 기억을 잃어버렸고, 나도 알지 못하는 새에 많은 세월이 흘렀다고 하더군요. 내 생애에서 잃어버린 세월이 된 거죠."

"제인도 그걸 깨닫지 못하고 있었나?"

그 여인의 눈이 크게 떠졌다.

"전혀요. 마치 내가 그 구명보트에 급히 올라탔던 때 이후로는 전혀 시간이 흐르지 않은 것 같아요. 이제는 모든 것을 알 수 있어요!"

그녀는 흠칫하고 떨며 눈을 감았다.

줄리어스가 제임스 경을 쳐다보자 그가 고개를 끄덕였다.

"아무런 걱정도 말아요. 이젠 조금도 걱정할 필요가 없어요. 자, 이봐요, 제인, 우리가 알고 싶은 중요한 문제가 있소. 어떤 남자가 그 배를 타고 극히 중요한 문서를 운반하고 있었는데, 이 나라의 고위 당국자는 그 남자가 문서를 당신한테 넘겨주었다고 생각하고 있어요. 그게 사실이오?"

그 여인은 머뭇거리며 다른 두 사람 쪽을 쳐다보았다. 줄리어스는 그녀의 심정을 이해했다.

"베레즈포드 씨는 그 문서를 회수하도록 영국 정부에서 위임받은 사람이야. 그리고 제임스 필 에드거튼 경은 영국 국회의원으로, 의향만 있다면 내각의 중요한 자리를 맡으실 분이지. 우리가 너를 찾아낼 수 있었던 것도 다 저분 덕이란다. 그러니 안심하고 우리에게 모든 이야기를 해줘도 돼. 댄버스가 너에게 그 문서를 맡겼지?"

"예. 그는 여자들과 아이들이 우선으로 구명보트에 탈 수 있을 테니까 나한테 그 문서를 안전하게 전달할 가능성이 더 클 거라고 했어요."

"우리가 생각했던 대로군." 제임스 경이 말했다.

"그는 그 문서가 매우 중요한 것으로 전황을 연합국 측에 결정적으로 유리하게 해줄 수도 있는 거라고 했어요. 하지만 그건 이미 오래전 일이고, 또한 전쟁도 다 끝났는데 이제 와서 그게 무슨 소용이 있다는 거죠?"

"역사는 되풀이되는 모양이야, 제인. 처음에는 그 문서를 찾으려고 대대적인 수색작전을 폈었지만 결국 수포로 돌아가고 말았지. 그런데 이제 와서 다시 다른 이유에서 그 문서의 중요성이 크게 부각되기 시작한 거야. 이제 문서를 곧 우리에게 넘겨 줄 수 있겠지?"

"아뇨, 난 그럴 수가 없어요."

"무엇 때문에?"

"나는 그 문서를 가지고 있지 않거든요."

"그 문서를, 가지고 있지, 않다고?"

줄리어스는 얼떨떨한 표정으로 더듬거리며 되물었다.

"그게 아니고, 나는 그 문서를 숨겨 놓았거든요."

"숨겨 놓았다고?"

"예. 난 불안했어요. 누군가 나를 감시하고 있는 것 같았거든요. 정말, 너무도 두려웠어요." 그녀는 머리에 손을 가져갔다.

"내가 병원에서 정신이 들기 전에 마지막으로 기억하는 것이……."

"계속해요." 제임스 경이 침착하고 폐부를 꿰뚫는 듯한 어조로 재촉했다.

"그래, 어떤 기억입니까?"

"그곳은 홀리헤드(영국 웨일스 북서쪽, 홀리헤드 섬의 해변 휴양지)였어요. 무엇 때문에 그쪽으로 가게 되었는지는 생각이 나지 않지만……."

"그건 중요하지 않아요. 계속해요."

"부둣가가 몹시 혼잡해서 나는 몰래 빠져나갈 수가 있었어요. 아무도 나를 보지 못했죠. 나는 운전사에게 시내를 빠져나가자고 했어요. 한적한 길로 나오자 뒤를 살펴보았어요. 우리를 뒤쫓아 오는 차는 없었어요. 그러다가 길가에 작은 샛길이 나 있는 것을 보게 되었죠. 그래서 운전사에게 잠시 기다려 달라고 했어요."

그녀는 잠시 멈추었다가 다시 계속했다.

"그 길은 해안가 벼랑으로 이어져 있었고, 노란 가시금작화 숲 사이로 바다가 내려다보였어요. 그 숲은 마치 황금빛으로 타오르는 듯했지요. 주위를 살펴보았지만 마땅한 장소가 없었어요. 그런데 마침 바위에 머리 높이쯤 해서 구멍이 하나 있는 거예요. 아주 작은 구멍인데, 겨우 내 머리 하나 들어갈 정도였지만 그래도 상당히 깊었어요. 나는 목에 걸고 있던 기름종이에 싼 꾸러미를 풀어서 손이 닿는 데까지 구멍 속에 밀어 넣었죠. 그러고는 가시금작화를 꺾어서 그 구멍을 감추었어요. 아무도 거기에 구멍이 있을 거라고는 짐작도 하지 못할 거예요. 그러고 나서 다음에 그곳을 다시 찾을 수 있도록 세심하게 주위 환경을 마음속에 새겨두었지요. 그 샛길에는 이상하게 생긴, 마치 개가 웅크리고 앉아 있는 모양을 한 바위가 있었거든요.

이윽고 다시 도로로 나와서 기다리던 차를 타고 시내로 다시 돌아왔어요. 가까스로 기차를 탈 수 있었죠. 내가 너무 소심했던 게 아닌가 하는 생각이 들기 시작했는데, 그때 나는 맞은편에 앉아 있던 남자가 내 옆자리에 앉은 여인한테 눈짓을 보내는 것을 보게 되었던 거예요. 다시 두려움을 느꼈지만, 그래도 그 문서를 안전한 곳에 감춘 뒤라 다소 마음이 놓였어요. 나는 바람을 쐬려고 복도로 나왔다가 다른 칸으로 자리를 옮길까 하고 생각했죠. 그런데 바로 그때 그 여인이 나를 부르며 물건을 떨어뜨렸다고 해서 살펴보려고 몸을 굽힌 순간, 무엇인가가 나를 때린 것 같았어요. 여기를 말이에요."

그녀는 손으로 뒷머리를 가리켰다.

"그러고는 병원에서 정신을 차렸을 때까지의 일은 전혀 기억할 수가 없어요."

잠시 침묵이 흘렀다.

제임스 경이 말했다.

"고맙습니다, 핀 양. 우리가 아가씨를 너무 피곤하게 한 거나 아닌지 모르겠군요?"

"오, 그런 건 괜찮아요. 머리가 조금 아프기는 하지만, 오히려 기분은 상쾌하답니다."

줄리어스가 가까이 가서 다시 그녀의 손을 잡았다.

"몸조리 잘해, 제인. 나는 즉시 문서를 찾으러 갈 생각이야. 하지만 곧 돌아와서 너를 런던으로 데리고 가, 우리가 미국으로 돌아가기 전에 네가 원하는 것이라면 무엇이든지 다 해줄 작정이야! 서둘러 그 일을 끝내고 돌아올게."

제20장

너무 늦었다

거리에서 그들은 임시로 작전회의를 열었다. 제임스 경이 주머니에서 시계를 꺼내 들었다.

"홀리헤드행 임항열차(철도와 선박을 연결하는 열차)가 체스터에서 12시 14분에 정차하오. 지금 곧 출발하면 그 기차를 탈 수 있을 거요."

토미가 당황한 시선으로 그를 쳐다보았다.

"그렇게 서두를 필요가 있을까요, 제임스 경? 오늘이 겨우 24일밖에 되지 않았는데 말입니다."

"서두른다고 해서 손해 볼 건 없다고 생각해요."

줄리어스가 제임스 경이 미처 대답할 사이도 없이 먼저 입을 열었다.

"지금 곧바로 그 장소로 출발합시다."

제임스 경은 미간을 약간 찌푸렸다.

"나도 당신들과 함께 가고 싶지만, 2시에 어떤 집회에서 연설하기로 되어 있어서 좀 곤란하군요. 운이 없다고 할 수밖에 없지요."

그의 어조에는 동행할 수 없는 것이 정말 유감이라는 듯한 기색이 역력하게 보였다. 한편 줄리어스는 그와 동행하지 않게 된 것을 오히려 다행으로 여기는 눈치였다.

"이번 일을 하는 데 특별히 문제가 될 만한 점은 없을 것 같습니다."

그가 한마디 했다.

"이건 보물찾기놀이에 지나지 않을 테니 말입니다."

"나도 그렇게 되었으면 좋겠소." 제임스 경이 말했다.

"틀림없을 겁니다. 그밖에 달리 무슨 일이 있을 수 있겠습니까?"

"당신은 아직 젊어서 잘 모를 거요, 헤르사이머 씨. 내 나이쯤 되면 아마

이런 교훈을 깨닫게 될 거요. '결코 자신의 적을 과소평가하지 마라'라는."

그의 진지한 어조는 토미에게 깊은 인상을 주었지만, 줄리어스에게는 별로 영향을 주지 못한 것 같았다.

"당신은 그 브라운이란 자가 또다시 마수를 뻗칠지도 모른다고 생각하시나 보군요! 그게 사실이라면, 나도 그를 상대할 준비가 되어 있습니다."

그는 주머니를 툭툭 쳤다.

"권총을 가지고 있거든요. 이 귀여운 윌리 권총은 나와 함께 어디든지 갈 겁니다."

그는 권총을 꺼내어 가볍게 톡톡 쳐보고는 다시 주머니 속에 집어넣었다.

"하지만 이 녀석은 이번 여행에는 별로 쓸모가 없을 겁니다. 브라운에게 우리 일을 알려줄 자가 없으니까요."

제임스 경은 어깨를 으쓱해 보였다.

"밴드마이어 부인이 배반할 의도가 있다는 사실을 브라운에게 알려줄 만한 사람도 전혀 없었소. 그런데도 밴드마이어 부인은 쥐도 새도 모르게 살해당했지요."

줄리어스가 잠시 말이 없자, 제임스 경이 좀더 밝은 어조로 덧붙였다.

"내 말은 항상 주위를 경계하라는 뜻이오. 아무튼 행운을 빌겠소. 일단 문서를 손에 넣게 되면 불필요한 모험은 절대 삼가도록 하시오. 만일 미행당하고 있다는 확신이 서게 되면 바로 그것을 없애버려야 할 거요. 그럼, 행운을 빌겠소. 이제 모든 것은 당신들 손에 달렸소."

그는 그들과 악수를 하였다.

그로부터 10분 뒤, 그들은 체스터를 경유하는 임항열차의 1등칸에 자리를 잡고 앉았다.

한동안 그들은 서로 말이 없었다. 이윽고 줄리어스가 침묵을 깨뜨리며 전혀 예상치도 못한 말을 불쑥 꺼냈다.

"혹시 당신도 한 여인의 얼굴 때문에 자신을 완전히 바보로 만든 적이 있습니까?" 그가 조심스럽게 물었다.

토미는 잠시 멍했다가 자기 마음속으로 돌이켜보았다.

"그런 적이 있었다고는 할 수 없군요." 그가 대답했다.

"아무튼 그런 기억은 없습니다만, 그런 것은 왜 묻는 거죠?"

"왜냐하면 지난 두 달 동안 나 자신이 제인 때문에 완전히 감상적인 바보가 되었기 때문입니다! 그녀의 사진을 처음 본 순간 내 심장은 흔히 소설에서 볼 수 있는 것처럼 걷잡을 수 없이 마구 뛰었답니다. 이런 말을 한다는 건 좀 부끄러운 일일 테지만, 나는 영국으로 건너오면서 그녀를 찾아 모든 일을 해결하고는 그녀를 줄리어스 P. 헤르사이머 부인으로 만들어 돌아가겠다고 결심했던 겁니다."

"오!" 토미는 놀라서 이 말밖에 할 수 없었다.

줄리어스는 꼬고 있던 다리를 풀며 계속 말을 이었다.

"스스로 자신을 완전히 바보로 만들 수 있다는 좋은 본보기인 셈이죠! 하지만 실제로 그녀의 모습을 대하는 순간, 환상은 깨어지고 나를 사로잡던 백치병도 치료가 된 겁니다!"

"아!" 더더욱 말문이 막히는 듯한 기분을 느끼며 토미는 다시 뜻 모를 탄성만 내뱉었다.

"제인을 모욕하는 건 결코 아닙니다." 줄리어스가 다시 말을 이었다.

"그녀는 정말 훌륭한 여인이어서 어떤 남자라도 그녀를 보면 곧 사랑에 빠지게 될 겁니다."

"나도 그녀가 매우 아름다운 여인이라고 생각했습니다만."

겨우 말문이 트인 토미가 한마디 했다.

"그건 사실입니다. 그러나 사진에서 본 모습과는 상당한 차이가 있어요. 최소한 나는 그녀가, 그 정도는 된다고 생각했습니다. 설사 군중 속에 섞여 있다고 하더라도 한눈에 그녀를 알아볼 수 있으리라고 말이죠. 하지만 사진 속의 그녀의 모습에는 뭔가 다른 점이 있었어요."

줄리어스는 고개를 저으며 한숨을 토해냈다.

"로맨스란 정말 이해하기 어려운 건가 봅니다!"

"아마 그럴 겁니다." 토미가 냉담하게 말했다.

"한 여인을 사랑하게 되어 여기까지 찾아왔다가, 불과 2주일도 못돼서 다른 여인에게 청혼한다면 말입니다."

줄리어스는 당황한 표정을 애써 감추려고 하지 않았다.

"글쎄요, 아마 제안을 결코 찾지 못할 것 같은 절망감 같은 걸 느꼈기 때문이었을 겁니다만. 아무튼 그건 정말 어리석기 짝이 없는 짓이었죠. 그런데 말입니다. 이를테면 프랑스인들은 그런 일에 훨씬 뛰어난 감각을 지녔다고 할수 있지요. 그들은 연애와 결혼을 별개의 것으로……."

토미가 화를 벌컥 냈다.

"무슨 당치도 않은 소리요! 그렇다면 그게……."

줄리어스가 급히 그의 말을 가로챘다.

"제발, 그렇게 생각하지 마시오. 내 말은 그게 아닙니다. 당신이 생각하는 그런 게 아니에요. 미국인들은 당신이 아는 것보다 훨씬 엄격한 도덕관념을 지니고 있습니다. 내 말은 그러니까, 프랑스인들은 결혼을 감정적인 측면에서가 아니라 실제적이고 계산적인 측면에서 생각한다는 거죠."

"내 생각을 말하자면, 오늘날 우리는 너무 지나칠 정도로 계산적이고 실제적인 면만 추구하고 있다고 할 수 있습니다. 우리는 늘 이런 말을 하죠. '얼마를 주시겠소?' 남자들은 부족하다고 하고, 여자들은 그보다 더 불만을 느끼는 겁니다!"

"좀 진정하시오. 그렇게 너무 흥분하지 말아요."

"나는 지금 속이 부글부글 끓어오르는 심정이오." 토미가 말했다.

줄리어스는 그를 쳐다보고는, 더 이상 아무 말도 하지 않는 게 현명한 처사일 거라고 생각했다.

하지만 토미는 홀리헤드에 도착하기 전에 어느 정도 진정이 되었고, 그들이 목적지에 내렸을 때는 이미 평상시 태도를 되찾아 그의 얼굴에는 예의 그 싱그러운 미소가 감돌았다.

길을 물어보고 지도를 자세히 살펴본 뒤, 그들은 곧 방향을 정하고는 즉시 택시를 잡아 트리더 만(灣)을 향해 차를 몰았다. 그들은 운전사에게 차를 천천히 운전하라고 말하고는 그 샛길을 찾기 위해 눈을 가늘게 뜨고 도로변을 주의 깊게 살폈다. 도심을 벗어난 지 얼마 되지 않아 토미는 차를 급히 멈추게 하고 그 샛길이 바다로 통하는 길인지 확인한 다음, 운전사에게 요금을 후하게 내고는 차를 돌려보냈다.

잠시 뒤 그 택시는 천천히 홀리헤드 쪽으로 다시 돌아갔다. 토미와 줄리어스는 택시가 시야에서 벗어날 때까지 지켜보고서 좁은 샛길로 접어들었다.

"이 길이 맞을까요?" 토미가 의심스럽다는 듯이 물었다.

"이 길로 쭉 따라가기만 하면 된다니 너무 간단한 것 같은데요."

"틀림없을 겁니다. 저 가시금작화 숲을 보시오. 제인이 뭐라고 했는지 생각 납니까?"

토미는 길 양쪽을 뒤덮은 가시금작화의 황금빛 꽃 무리를 보자 확신이 생겼다.

그들은 한 줄로 서서 줄리어스가 앞장서 걸어갔다. 두 번씩이나 토미는 불안한 듯이 뒤를 돌아보았다. 줄리어스가 고개를 돌려 그를 쳐다보았다.

"무슨 일입니까?"

"모르겠습니다. 어쩐지 불안한 생각이 들어서요. 누군가 우리를 미행하고 있는 것 같거든요."

"그럴 리가 없어요." 줄리어스가 단호하게 말했다.

"그런 자가 있다면 우리 눈을 벗어나지 못했을 겁니다."

토미는 그 말이 옳다고 인정했다. 그런데도, 그의 불안감은 더욱 깊어져만 갔다. 자기도 모르는 새 그는 전지전능한 적의 존재를 믿게 된 것 같았다.

"나는 오히려 그자가 따라와 주었으면 좋겠습니다."

줄리어스가 말했다. 그는 주머니를 툭툭 쳤다.

"여기 윌리엄이 실력을 발휘하고 싶어서 몸살을 내는 중이니까요!"

"당신은 언제나 그 총을 가지고 다닙니까?"

토미가 호기심을 억누르지 못하며 물어보았다.

"대개는. 무슨 일이 닥칠지 모르는 일 아닙니까?"

토미는 존경의 뜻으로 침묵을 지켰다. 그는 조그만 윌리엄에 대한 강한 인상을 받았다. 그것은 브라운에 대한 두려움을 멀리 쫓아 버리는 것 같았다.

길은 이제 바다와 평행으로 달리는 벼랑으로 이어지고 있었다. 갑자기 줄리어스가 멈춰서는 바람에 토미는 그만 그와 충돌하고 말았다.

"뭐가 있습니까?" 그가 물어보았다.

"저길 보시오. 정말 가슴 죄는 순간이 아닙니까!"

토미도 보았다. 길을 반쯤 가로막고 커다란 바위가, 마치 개가 웅크리고 앉아 있는 듯한 형상을 한 바위가 하나 서 있는 것이었다.

줄리어스의 흥분된 태도와는 달리 토미는 침착하게 입을 열었다.

"글쎄요, 우리가 이미 예상하던 게 아닙니까?"

줄리어스는 애처로운 표정으로 그를 쳐다보며 고개를 저었다.

"영국인들이란 정말 알다가도 모르겠군요. 도무지 놀라는 일이 없으니! 물론 우리가 예상했던 것이지만, 그래도 보리라고 예상했던 바로 그곳에 정말로 그것이 있다는 사실이 나를 이토록 흥분시키는 겁니다!"

토미는 여전히 침착하려고 애쓰며 달려가고 싶은 본능적인 충동을 눌러 참았다.

"어서 가봅시다. 그 구멍이 어디 있는 걸까요?"

그들은 좁게 나 있는 벼랑길의 양쪽 벽면을 조심스럽게 살펴보았다. 토미가 혼잣말로 중얼거렸다.

"많은 세월이 흘렀는데, 가시금작화가 그대로 남아 있을 리가 없지."

그러자 줄리어스가 진지한 어조로 대꾸했다.

"당신 말이 맞을 겁니다."

토미가 갑자기 손을 흔들며 한곳을 가리켰다.

"저것이 그녀가 말한 그 구멍이 아닐까요?"

줄리어스가 착 가라앉은 목소리로 대꾸했다.

"저것이……, 틀림없습니다."

그들은 서로 얼굴을 쳐다보았다.

"내가 프랑스 전선에 있을 때 일입니다만."

토미가 회상에 잠긴 듯한 목소리로 말을 이었다.

"내 당번병이 실수를 해서 나에게 호출당할 때마다 그는 늘 현기증을 느꼈다고 하더군요. 나는 그 말을 절대로 믿지 않았습니다. 하지만 그가 그런 걸 느꼈든, 안 느꼈든 간에 그런 현기증이 있기는 있는 모양입니다. 내가 지금 바로 그런 현기증을 느끼고 있거든요! 그것도 아주 심하게 말입니다!"

그는 견디기 어려운 격정 같은 것을 느끼며 그 바위를 바라보았다.

"제기랄!" 그가 외쳤다.

"있을 수 없는 일이오! 벌써 5년이나 지났는데! 그걸 생각해보시오! 새집을 뒤지는 어린아이들, 소풍을 나온 사람들 등등 수많은 인파가 지나쳤을 거요! 그 문서가 남아 있을 리가 없어요! 그것이 그대로 있을 확률은 100분의 1도 되지 않을 겁니다. 상식적으로 볼 때 도저히 기대할 수 없는 일이오!"

사실 그가 있을 수 없는 일이라고 느끼는 것은, 아마 그토록 많은 사람이 실패한 일을 자기 손으로 해낼 수 있으리라고는 도저히 믿을 수가 없기 때문이었을 것이다. 일이 너무도 쉬워서 믿을 수가 없었던 것이리라. 사실 그 구멍에는 아무것도 들어 있지 않을 것 같았다.

줄리어스는 그를 쳐다보며 흡족해하는 듯한 미소를 지었다.

"이제야 당신도 흥분되는가 보군요."

그는 토미가 흥분하는 것을 즐기기라도 하려는 듯이 점잖게 말문을 열었다.

"아무튼, 그 문서가 과연 그대로 있을지 찾아나 봅시다!"

그는 손을 구멍 속에 집어넣으며 얼굴을 약간 찡그렸다.

"너무 꽉 끼는데. 제인의 손은 내 손보다 훨씬 작은 모양입니다. 아무것도 없는 것 같은데, 아니, 가만, 이게 뭐지? 야호!"

그러고는 누렇게 변색한 작은 꾸러미를 구멍에서 꺼내어 높이 쳐들어 보였다.

"이게 그 물건이 틀림없어요. 기름종이로 싸서 재봉질해놨군요. 자, 이걸 좀 들고 있어요. 칼을 꺼내야겠습니다."

도저히 믿을 수 없는 일이 일어난 것이다! 토미는 보물 다루듯 조심스럽게 그 꾸러미를 양손으로 받쳐 들었다. 드디어 그들은 성공한 것이다!

"이상한데." 그가 무심코 중얼거렸다.

"재봉질 자국이 몹시 낡아 있어야 당연할 것 같은데 말이오. 이건 새로 봉한 것처럼 깨끗하게 보이니."

그들은 조심스럽게 봉한 부분을 끓어내고 기름종이를 벗겨 냈다. 그러자 안에서 조그맣게 접혀 있는 종이가 한 장 나왔다. 떨리는 손으로 그들은 그것을 펴보았다. 그 종이는 깨끗한 백지였다. 그들은 멍하니 서로 얼굴만 쳐다보았다.

"이건 속임수요!" 줄리어스가 힘들게 입을 열었다.

"댄버스는 단지 적을 속이기 위한 미끼에 지나지 않았던 게 아닐까요?"

토미는 고개를 저었다. 그렇게 결론을 내리기에는 뭔가 부족한 것 같았다. 갑자기 그의 표정이 밝아졌다.

"알았습니다! 이건 보이지 않는 잉크로 쓴 거요!"

"정말 그렇게 생각합니까?"

"아무튼 한번 조사해볼 가치는 있을 겁니다. 이런 것들은 대개 불을 쬐면 글자가 나타나지요. 나뭇가지들을 좀 모아 오시오. 불을 피워야겠습니다."

몇 분 뒤, 그들은 조그만 나뭇가지와 낙엽들을 모아놓고 불을 지폈다. 토미는 그 종이를 불 가까이에 가져갔다. 종이는 열을 받자 조금 휘어졌다. 그뿐이었다.

갑자기 줄리어스가 그의 팔을 움켜쥐며 종이에 희미한 갈색 얼굴이 나타나는 것을 가리켰다.

"이야! 당신 말이 맞았소! 정말 기가 막힌 생각이었습니다. 나로서는 감히 생각지도 못했던 거요."

토미는 열의 효과가 충분히 나타났을 거라고 생각될 때까지 좀더 기다렸다. 이윽고 그는 그 종이를 불에서 떼고 살펴보았다. 순간 그는 갑자기 비명을 질렀다.

그 종이에는 깨끗한 갈색 잉크로 다음과 같이 쓰여 있었다.

　　'이것을 귀하에게 드리는 바이오—브라운 드림'

제21장

토미의 발견

한동안 그들은 얼빠진 표정으로 서로 얼굴만 쳐다보며 멍하니 서 있었다. 도저히 믿을 수 없는 사실이었지만, 브라운이라는 자가 선수를 친 것이었다. 토미는 조용히 패배를 받아들였다. 하지만 줄리어스는 그렇지가 못했다.

"도대체 어떻게 그자가 우릴 앞지를 수 있었을까요? 도무지 이해가 안 가는 일입니다!"

그가 마침내 입을 열었다.

토미는 고개를 저으며 둔중하게 말했다.

"그것은 재봉질한 것이 새것이라는 사실로도 충분히 설명이 됩니다. 추측하건대……"

"그 망할 놈의 재봉질 문제 따위는 생각할 것도 없어요. 문제는 어떻게 그자가 우리보다 앞지를 수 있었느냐는 겁니다. 누구든 우리보다 빨리 이곳에 도착한다는 것은 도저히 있을 수 없는 일이오. 그리고 설사 그럴 수 있다고 쳐도, 어떻게 그자가 이번 일을 알 수 있겠소? 제인의 방에 도청장치라도 되어 있다고 생각합니까? 뭐, 그럴 수도 있겠지만."

하지만 토미는 그런 생각에 동조할 수가 없었다.

"아무도 그녀가 그 집에, 그것도 바로 그 방에 있게 될 것을 예측한다는 것은 있을 수 없는 노릇입니다."

"정말 그렇기는 하겠군요." 줄리어스도 그의 말에 공감을 표시했다.

"그렇다면 간호사 중 하나가 악당들과 한패여서 문 뒤에서 몰래 엿들은 겁니다. 이건 어떻게 생각합니까?"

"그런 거야 어쨌거나 별문제가 되지 않는다고 봅니다."

토미가 질린 듯이 말했다.

"그는 이미 몇 달 전에 이곳을 발견하고 문서를 꺼내 갔을지도 모르지요. 그렇다면, 아니, 그건 말도 안 되는군요! 그랬다면 벌써 인쇄가 되어서 일반에게 유포되었을 테니 말입니다."

"그거야 두말할 것도 없지요! 틀림없이 누군가가 우리보다 한두 시간 정도 앞서서 손을 쓴 겁니다. 하지만, 어떻게 그럴 수 있었을까요?"

"필 에드거튼이 우리와 함께 왔었다면……." 토미가 조심스럽게 말했다.

"그건 어째서입니까?"

줄리어스는 영문을 모르겠다는 표정을 지었다.

"우리가 도착했을 때는 이미 그 악당이 모든 일을 끝낸 뒤였지 않습니까?"

"그렇지요……." 토미는 말끝을 흐렸다.

그는 자신의 기분을, 왕실 고문변호사가 있었다면 어쩐지 그런 재앙을 피할 수도 있었을 것 같다는 비논리적인 생각을 상대방에게 이해시킬 수는 없는 노릇이었다.

"이미 끝난 일 가지고 왈가왈부해봐야 소용없는 일입니다. 우리의 계획은 수포로 돌아간 거요. 실패한 거란 말입니다. 이제 내가 할 수 있는 일은 한 가지뿐입니다."

"그게 뭡니까?"

"될 수 있는 대로 빨리 런던으로 돌아가 카터 씨에게 알려줘야 합니다. 이제 엄청난 비극이 닥치는 것은 시간문제라 할 수 있죠. 하지만 그렇다고 해도 그분은 최악의 사태를 알고 있어야 합니다."

그 임무는 그다지 유쾌한 것이 못 되었지만, 토미는 그 일을 회피할 생각은 조금도 없었다. 그는 자신의 실패를 카터 씨에게 보고해야 했다. 그는 오늘 밤 안에 런던으로 돌아가기로 했고, 줄리어스는 홀리헤드에서 그날 밤을 지내기로 했다.

런던에 도착한 뒤 30분 정도 지나, 수척하고 창백한 몰골로 토미는 카터 씨 앞에 서게 되었다.

"보고를 드리러 왔습니다, 각하. 저는 실패, 완전히 실패했습니다."

카터 씨는 날카로운 눈초리로 그를 쏘아보았다.

"자네 말은 비밀문서가……."

"브라운이란 자의 수중에 들어갔습니다, 각하."

"아!" 카터 씨는 침착하게 한 마디 내뱉었다.

그의 표정에는 전혀 변화가 없었지만, 토미는 그의 눈 속에서 절망의 빛이 번뜩인 것을 볼 수 있었다. 그것은 그에게 앞으로의 사태가 전혀 희망이 없다는 것을 확인시켜 주는 것이었다.

잠시 뒤 카터 씨가 다시 입을 열었다.

"그렇다고 해서 이대로 그냥 무릎을 꿇을 수는 없는 노릇일세. 아무튼 확실한 사실을 알게 되어 다행일세. 우리도 할 수 있는 한 최선을 다해야 하네."

토미의 마음속을 한 줄기 확신이 뚫고 지나갔다.

"절망적입니다. 절망적이라는 건 각하께서도 잘 아실 겁니다!"

카터 씨가 그를 쳐다보았다.

"그 일을 너무 마음에 두지 말게나, 토미." 그가 위로하듯 말했다.

"자네는 최선을 다했어. 자네는 이 시대의 가장 무서운 범죄 집단과 맞서 싸운 걸세. 그리고 거의 성공할 뻔했지. 그것을 기억하게나."

"고맙습니다, 각하. 그저 송구스러울 뿐입니다."

"내가 오히려 면목이 없다네. 자네의 보고 말고 또 다른 소식을 듣고 나는 줄곧 양심의 가책을 느끼고 있어."

그의 어조에 깃든 무엇인가가 토미의 주의를 끌었다. 새로운 공포가 그의 마음을 휘어잡았다.

"무슨……, 다른 문제가 있습니까?"

"그렇다고 할 수 있지." 카터 씨가 심각한 표정으로 말했다.

그는 테이블 위에 있는 종이를 가리켰다.

"터펜스……?" 토미는 말을 제대로 잇지 못했다.

"직접 읽어 보게."

그 종이에 타자로 찍힌 단어들이 그의 눈앞에서 마구 요동을 쳤다. 녹색 토크 모자(챙 없는 둥글고 작은 여자용 모자)와 'P. L. C.'라는 이니셜이 새겨진 손수건이 들어 있는 코트에 대한 보고서였다. 토미는 카터 씨를 쳐다보며 고통스러운 표정을 지어 보였다.

카터 씨가 그의 말 없는 질문에 대답했다.

"에버리 근처의 요크셔 해안에서 발견되었다네. 내 생각에는……, 그녀가 불행한 일을 당했을 가능성이 아주 큰 것 같아."

"오, 하느님!" 토미는 숨이 막히는 것 같았다.

"터펜식 그 악마들. 그자들을 잡기 전까지는 결코 쉬지 않을 겁니다! 기필코 그자들을 잡고야 말겠습니다! 저는……."

카터 씨가 측은한 표정을 지으며 그의 흥분을 가라앉혔다.

"나도 자네의 심정이 어떨지 잘 알고 있다네. 하지만 그건 소용없는 짓이야. 자네의 정력만 헛되이 낭비하게 될 걸세. 귀에 거슬리는 소리가 될지는 모르겠지만, 자네한테 한마디 충고를 해야겠네. 마음을 모질게 먹으라는 걸세. 시간이 지나면 자네의 슬픔도 차차 잊히게 될 거야."

"터펜스를 잊으라고요? 결코 잊지 못할 겁니다!"

카터 씨가 고개를 저었다.

"지금은 그렇겠지. 용감한 꼬마 아가씨를 생각하면, 정말 견디기 어려운 일일 테니 말일세! 나 역시 그 일에 대해 애도의 심정을 금할 수가 없구먼. 정말 너무도 가슴 아픈 일일세."

토미는 흠칫하며 자신을 되찾았다.

"제가 쓸데없이 시간을 빼앗았나 봅니다, 각하." 그가 힘들여 말했다.

"그렇게 자신을 나무라지 마십시오. 그런 일을 함부로 떠맡았던 우리가 어리석었던 거지요. 각하께서는 우리에게 충분한 경고하셨습니다. 당연히 겪게 될 결과가 아니었을까 싶습니다. 그럼, 안녕히 계십시오, 각하."

리츠 호텔로 돌아온 토미는 기계적으로 짐을 꾸리면서 생각은 전혀 다른 곳에 가 있었다. 그는 아직도 그 비극적인 소식이 전혀 실감이 나질 않았다. 터펜스와 함께 있을 때는 얼마나 즐거웠던가! 그런데 이제는……, 오, 그건 믿을 수 없는 일이었다. 그것은 결코 사실일 리가 없어! 터펜스가, 죽었다니! 귀여운 터펜스, 그토록 생기발랄하던 그녀가! 그건 꿈이었다. 그렇다, 끔찍한 악몽을 꾸는 것이리라.

그에게 편지가 한 통 왔다. 그것은 신문에서 그 소식을 읽은 필 에드거튼이 보낸 동정심 넘치는 편지였다(신문에는 커다란 머리글자로 이런 기사가 나 있었다. '전직 자원봉사대 요원의 실종, 익사한 것으로 추정됨'). 그 편지는 제임스 경이 상당한 이해관계를 가진 아르헨티나의 어떤 목장에서 일해보지 않겠느냐는 제의로 끝을 맺고 있었다.

"친절한 노인네로군."

이렇게 중얼거리며 토미는 그 편지를 한쪽으로 치웠다.

그때 문이 열리며 줄리어스가 몹시 흥분된 표정으로 들이닥쳤다.

"아니, 대체 이게 무슨 소리입니까? 당국은 터펜스의 실종에 대해 터무니없이 불길한 생각을 하는 것 같은데요."

"그건 사실입니다." 토미가 조용하게 말했다.

"당신 말은 그자들이 그녀를 살해했을 거라 이거요?"

토미가 고개를 끄덕였다.

"나는 그들이 문서를 손에 넣게 되면 그녀가……, 더 이상 필요 없게 되어, 그냥 보내줄 줄로 알았는데."

"세상에, 이럴 수가!" 줄리어스가 말했다.

"귀여운 터펜스 그토록 용감하기 짝이 없던 꼬마 아가씨가……."

그런데 갑자기 토미는 속이 확 뒤집히는 것 같았다. 그는 벌떡 자리에서 일어나 소리쳤다.

"이 방에서 나가시오! 이건 당신이 상관할 바가 아니란 말이오, 제길! 당신은 일시적인 기분으로 마치 희롱이라도 하듯이 잔인하게 그녀에게 청혼했겠지만, 나는 그녀를 진정으로 사랑했소. 그녀를 위험에서 구해 낼 수만 있었다면 나는 목숨도 기꺼이 바쳤을 것이오. 그리고 그녀가 정말로 당신과 결혼할 생각이었다면 나는 결코 그녀를 말리지 않았을 거요. 왜냐하면 당신은 그녀가 바라는 모든 것을 해줄 수 있었을 테고, 나는 그야말로 동전 한 푼 없는 건달에 지나지 않기 때문이오. 하지만 그것은 결코 내가 그녀를 사랑하지 않기 때문은 아니오!"

"이봐요." 줄리어스가 침착하게 서두를 꺼냈다.

"제기랄, 어서 꺼지시오! 당신이 내 앞에서 '귀여운 터펜스' 하고 떠들어대는 것은 도저히 참을 수 없는 일이오. 가서 당신 사촌누이나 찾아보시오! 터펜스는 내 여인이오! 나는 언제나 그녀를 사랑했소. 함께 어울려 장난을 치며 지내던 어린 시절부터 말이오. 어른이 되어서도 우리 사이는 변함이 없었소. 내가 병원에 있을 때 그녀가 그 우스꽝스러운 모자와 앞치마를 두르고 내 병실에 들어오던 모습을 난 결코 잊지 못할 거요! 내가 사랑하던 소녀가 간호사 복장을 하고 나타난 것은 정말 기적 같은……."

그때 갑자기 줄리어스가 그의 말을 가로챘다.

"간호사 복장! 세상에! 내가 제정신이 아닌 모양이오! 분명히 나는 간호사 모자를 쓴 제인의 모습을 본 적이 있었소. 하지만 그건 정말 있을 수 없는 일인데! 아니, 맙소사, 이제야 생각이 나는군요! 내가 그녀를 본 것은 본머스에 있는 요양원에서 그녀가 휘팅턴과 이야기를 나누던 바로 그때였소. 그녀는 거기에 환자로 있었던 게 아니었어요. 그녀는 간호사였던 겁니다!"

"내가 한마디 하겠소." 토미가 화난 어조로 말했다.

"그녀는 처음부터 그들과 한패였을 거요. 그녀가 댄버스로부터 그 문서를 훔친 거라고 해도 조금도 이상할 게 없지."

"그녀가 정말로 그랬다면 내 성을 갈겠소!" 줄리어스가 소리쳤다.

"그녀는 내 사촌이고, 또한 그 누구 못지않게 조국을 사랑하는 여인이오."

"그녀가 어떤 여자이든 그건 내 알 바가 아니오. 어서 이 방에서 나가 주시오!"

토미 역시 목청을 있는 대로 높여서 쏘아붙였다.

두 젊은이는 한바탕 드잡이라도 할 기세였다. 그런데 갑자기, 정말 거짓말같이 줄리어스가 화를 가라앉혔다.

"알았소, 내가 나가겠소." 줄리어스가 침착하게 말했다.

"당신이 무슨 말을 하든 추호도 탓할 생각은 없습니다. 당신이 한 말이 맞소. 나야말로 사실 쓸데없는 소리나 지껄여대는 얼간이였지요. 진정하시오. 곧바로 나는, '런던 노스 웨스턴 철도 사무소'를 찾아갈 생각이오."

"당신이 어디를 가든 나와는 아무 상관없는 일이오."

토미가 여전히 화난 어조로 말했다.

줄리어스가 나가자 토미는 다시 옷가방을 챙겼다.

"다 된 것 같은데." 그는 중얼거리며 벨을 눌렀다.

"내 짐을 아래층으로 옮겨주시오."

"알았습니다. 호텔을 떠나실 건가요?"

"악마한테 갈 생각이오."

토미는 상대방의 기분을 전혀 아랑곳하지 않고 말했다.

그러나 호텔 직원은 여전히 공손하게 대꾸했다.

"알았습니다. 택시를 부를까요?"

토미는 고개를 끄덕였다.

어디로 갈 것인가? 그는 아무런 대책도 없었다. 브라운이란 자를 잡고야 말겠다는 확고한 결심만 섰을 뿐이지 거기에 대한 계획은 전혀 세운 바가 없었다. 그는 제임스 경의 편지를 다시 읽어 보고는 고개를 저었다. 무슨 일이 있어도 터펜스를 위해 복수를 해주어야 한다. 그렇다고 해서 제임스 경의 호의를 완전히 무시할 수도 없는 노릇이었다.

"답장을 해주는 것이 도리일 테지."

그는 테이블 쪽으로 다가갔다. 봉투는 많았지만 편지지는 한 장도 보이지 않았다. 그는 벨을 눌렀지만 아무도 올라오지 않았다. 토미는 더 이상 기다릴 수가 없었다. 이윽고 그는 줄리어스의 거실에는 편지지 같은 것들이 많이 있다는 사실을 기억해 냈다. 그 미국인은 즉시 떠날 거라고 했었다. 그와 마주치게 될 걱정은 없을 것 같았다. 설사 그와 마주치게 된다고 하더라도 토미에게는 거리낄 게 없었다. 하지만 그는 자기가 한 말에 대해서 다소 부끄러움을 느끼기 시작했다. 줄리어스는 그런 말을 듣고도 조금도 화를 내지 않았었다. 토미는 그를 보게 되면 사과를 해야겠다고 생각했다.

하지만 그의 방은 비어 있었다. 토미는 책상 쪽으로 다가가서 가운데 서랍을 열어 보았다. 사진 한 장이 아무렇게나 놓인 것이 눈에 띄었다. 한동안 그는 그 자리에 꼼짝도 않고 서 있었다. 이윽고 그는 그 사진을 꺼내고 서랍을 닫은 뒤에 천천히 안락의자로 걸어가서, 여전히 손에 든 사진을 뚫어질 듯이 바라보며 자리에 앉았다.

　도대체 어떻게 해서 프랑스 여인인 아네트의 사진이 줄리어스 헤르사이머의 책상 속에 들어 있는 것일까?

제22장

다우닝가(街)의 수상 관저에서

수상은 초조한 듯이 손가락으로 책상을 가볍게 두드리고 있었다. 그의 얼굴에는 지치고 괴로워하는 듯한 기색이 역력히 보였다. 카터 씨가 그 대목에 이르러 이야기를 중단하자 그가 입을 열었다.

"나는 이해할 수가 없어요." 그가 말했다.

"당신은 정말로 사태가 아직도 그렇게 절망적은 아니라고 생각합니까?"

"이 젊은이의 편지를 보면 그렇게 생각됩니다."

"그의 편지를 다시 봅시다."

카터 씨는 편지를 그에게 넘겨주었다. 거기에는 서툰 필체로 다음과 같이 적혀 있었다.

존경하는 카터 씨

저는 우연히 어떤 중요한 사실을 발견했습니다. 물론 제가 완전히 잘못 생각했을 수도 있습니다만 사실 저는 그렇게 생각하지 않습니다. 만일 제 생각이 옳다면 맨체스터의 그 여인은 순전히 함정이었을 겁니다. 그 모든 게 사전에 치밀하게 계획된 조작극으로, 우리의 노력이 모두 허사로 돌아갔다고 생각하도록 할 목적이었던 겁니다—그러므로 저는 우리가 결정적인 단서를 잡을 좋은 기회를 얻을 수 있을 게 틀림없다고 생각합니다.

저는 진짜 제인 핀이 누구이며, 또한 그 문서가 숨겨져 있는 곳까지도 알 것 같습니다. 물론 그 문서에 대한 생각은 순전히 추측에 불과한 것이지만 그래도 제 생각이 틀림없을 거라고 여겨집니다. 아무튼 그 문제에 대한 자세한 내용은 따로 적어 별도의 봉투에 봉해 동봉합

니다. 부탁드릴 것은 결정적인 순간 즉 28일 자정이 될 때까지는 개봉하지 말아 달라는 겁니다. 그 이유에 대해서는 곧 설명해 드리겠습니다. 그리고 저는 터펜스의 일도 모두 조작된 속임수여서, 그녀는 절대 익사하지 않았다고 생각합니다. 저는 이런 가정을 세워 보았습니다. 그들은 최후의 수단으로 제인 핀이 탈출할 수 있도록 일부러 기회를 만들어 줄 겁니다. 만일 그녀가 거짓으로 기억상실증에 걸린 것처럼 가장하고 있을 경우, 일단 그들의 손에서 벗어났다고 생각하게 되면 그녀는 곧장 문서를 숨겨둔 장소로 찾아가게 될 테니까요. 물론 그들의 입장에서 보면 자기들에 대해서 모든 걸 아는 그녀를 놓아준다는 것이 엄청난 모험이 아닐 수 없지만 그래도 그들은 무슨 수를 써서든 그 문서를 손에 넣어야만 하기 때문입니다. 하지만 만일 문서가 우리 손에 다시 들어왔다는 사실을 그들이 알게 되면 두 여인의 목숨은 바로 그 시각부터 더 이상 보장될 수가 없을 겁니다. 저는 어떻게 해서든 제인 핀이 탈출하기 전에 터펜스를 구해 낼 생각입니다. 저는 터펜스가 리츠 호텔에서 받은 전보의 사본이 필요합니다. 제임스 필 에드거튼 경이 그 일이라면 각하께서 저를 도와주실 수 있을 거라고 하더군요. 그는 대단히 머리가 뛰어난 사람입니다.
마지막으로 한 가지 말씀드릴 것은 소호가에 있는 그 집을 밤낮으로 감시해 달라는 겁니다.

토머스 베레즈포드 올림

이윽고 수상이 고개를 들어 그를 쳐다보았다.

"그 봉투는?"

카터 씨는 무미건조하게 미소를 지어 보였다.

"은행 지하 금고에 넣어 두었습니다. 아무도 손을 대지 못할 겁니다."

"그렇지만." 수상은 잠시 머뭇거렸다.

"지금 개봉해보는 것이 어떻겠소? 그렇게 함으로써 문서도 안전하게 확보할 수 있고, 또한 그 젊은이의 추측이 옳았는지도 즉시 확인해볼 수 있을 테니 말이오. 우리는 그 일을 아주 은밀하게 처리할 수 있을 겁니다."

"정말 그럴 수 있을까요? 저는 그다지 자신이 없습니다. 우리 주변에는 온통 스파이들로 가득 차 있습니다. 일단 그 사실이 새어나가게 되면 두 여인의 생명은 절대로 보장할 수가 없게 될 겁니다. 안 됩니다, 그 젊은이는 저를 굳게 믿었는데, 그의 그러한 기대를 저버릴 수는 없지요."

"정 그렇다면 그 문제는 그렇게 하도록 합시다. 그런데, 그 젊은이는 어떤 사람이오?"

"겉으로 보기에는 그저 평범한, 조금은 멍청해 보이기도 하는 수수한 영국 청년이지요. 생각이 좀 느린 편이라고도 할 수 있습니다만, 조급한 상상으로 일을 그르칠 염려는 조금도 없는 사람입니다. 그래서, 그를 속인다는 것은 무척 어려운 일이라고 할 수 있지요. 일을 처리하는 게 신속한 편은 못 되지만, 일단 뭔가를 포착하게 되면 결코 놓치는 법이 없습니다. 반면에 터펜스라는 아가씨는 그와는 전혀 다른 성격이지요. 상식보다는 직감을 앞세우는 그런 여인입니다. 하지만 그들은 매우 잘 어울리는 한 쌍입니다. 속도와 끈기가 잘 조화된 한 쌍."

"그런 사람이라면 믿을 수 있겠군." 수상이 신중하게 말했다.

"그렇습니다. 그리고 바로 그런 점이 제게 희망을 주는 겁니다. 그는 아주 확신이 서지 않는 한 좀처럼 결단을 쉽게 내리지 않는 그런 소심한 젊은이라고 할 수 있기 때문이죠."

희미한 미소가 상대방의 입가에 보일 듯 말 듯 떠올랐다.

"이 청년이 바로, 우리 시대의 가장 흉악한 범죄 집단의 우두머리를 패배시킬 사람이란 말이오?"

"그렇습니다. 바로 이 청년이지요! 하지만 이따금 저는 그의 뒤에 누군가가 숨어 있는 것 같다는 생각이 들곤 합니다."

"누구를 두고 하는 말이오?"

"필 에드거튼을 말하는 겁니다."

"필 에드거튼?" 수상은 깜짝 놀라며 물었다.

"그렇습니다. 여기에서도 저는 그의 작용을 볼 수가 있습니다."

그는 그 편지를 가리켰다.

"그는, 보이지 않는 곳에서 은밀하고 조용하게 활약하고 있습니다. 저는 언제나 누군가가 브라운을 궁지에 몰아넣을 수 있는 인물이 있다면, 그건 바로 필 에드거튼일 거라고 생각해 왔습니다. 그는 현재 이번 사건에 관계하고 있지만, 그것이 알려지는 것은 원치 않고 있지요. 그리고 언젠가 그에게서 이상한 요청을 받은 적이 있었습니다."

"그래요?"

"그는 저한테 어떤 미국 신문을 오려서 보냈더군요. 그 기사는 한 3주 전에 뉴욕의 부둣가에서 발견된 한 남자의 시체에 대한 것이었습니다. 그는 그 사건에 제가 알아낼 수 있는 정보를 알려 달라고 했습니다."

"그래서요?"

카터 씨는 어깨를 으쓱해 보였다.

"별로 많은 것을 알아내지는 못했습니다. 서른다섯 살쯤 된 젊은이로, 남루한 옷차림에 얼굴은 알아볼 수 없을 정도로 심하게 짓이겨져 있다는 정도밖에는. 그의 신분은 아직도 밝혀지지 않았습니다."

"당신은 그 두 가지 문제가 서로 관계가 있다고 생각하는 겁니까?"

"그렇습니다. 물론 제 생각이 틀렸을 수도 있지요."

잠시 멈추었다가 다시 카터 씨가 계속 말을 이었다.

"저는 그에게 이곳으로 들러 달라고 했습니다만, 사실 그가 자진해서 입을 열려고 하지 않는다면 그에게서는 아무것도 알아낼 수 없을 겁니다. 그는 법률적으로 너무 완고한 사람이거든요. 하지만 베레즈포드의 편지에서 한두 가지 이해가 가지 않는 점들을 깨우칠 수 있도록 도와줄 것은 의심할 여지가 없습니다. 아, 그가 오는군요."

두 사람은 자리에서 일어나 제임스 경을 맞이했다. 약간 괴이쩍은 생각이 수상의 마음속을 스치고 지나갔다. '내 후계자가 될 테지, 아마!'

"우리는 베레즈포드로부터 편지를 한 통 받았습니다."

카터 씨는 즉시 본론으로 들어갔다.

"당신은 그를 만나보셨을 테죠?"

"실은 그렇지가 못했습니다." 변호사가 말했다.

"오!" 카터 씨는 조금 난처함을 느꼈다.

제임스 경은 미소를 지으며 점잖게 턱을 쓰다듬었다.

"대신 나한테 전화를 걸었지요." 그가 말했다.

"그 전화 내용을 들려주실 수 있겠습니까?"

"물론이오. 그는 나한테 전화를 걸어 내가 보내준 편지에 고맙다고 하더군요. 실은 내가 그에게 어떤 일자리를 제안했었거든요. 그러고는 맨체스터에서 내가 말한 적이 있는 카울리 양을 꾀어낸 가짜 전보에 대해 다시 거론하더군요. 그래서 내가 무슨 곤란한 일이라도 생겼느냐고 물었습니다. 그러자 그 젊은이 말이, 헤르사이머 씨의 책상 서랍에서 어떤 사진을 발견했다는 말을 했습니다." 그 변호사는 잠시 멈추었다가 다시 말을 이었다.

"그래서 나는 그에게 혹시 그 사진에 캘리포니아 현상소의 이름과 주소가 적혀 있더냐고 물었지요. 그는 내 말대로라고 대답했습니다. 그러고는 계속해서 나로서는 도무지 알 수 없는 말을 하더군요. 그 사진의 주인공은 자기의 목숨을 구해 준 아네트라는 프랑스 여인이었다는 겁니다."

"정말입니까?"

"물론이지요. 나는 그에게 그 사진을 어떻게 했느냐고 물었습니다. 그는 그것을 원래 있던 곳에 다시 넣어 두었다고 하더군요."

제임스 경은 다시 숨을 돌렸다.

"그것은 정말, 잘한 일이었지요. 그는 머리를 쓸 줄 아는 젊은이예요. 그래서 나는 그의 발견을 축하해주었습니다. 그 발견은 정말 행운이라고 할 만한 것입니다. 그 순간부터 맨체스터의 그 여인은 모두 꾸며진 가짜였다는 사실이 입증된 셈이지요. 베레즈포드는 내 도움 없이 혼자의 힘으로 그 사실을 알아낸 겁니다. 하지만 카울리 양 문제는 자신의 판단을 믿지 못하는 것 같았습니다. 나한테 그녀가 살아 있을 것 같으냐고 묻더군요. 그래서 나는 여러 가지 상황으로 미루어 봐서 그럴 가능성이 매우 크다고 말했지요. 그러다가 우리는 그 전보에 다시 생각이 미치게 되었습니다."

"그래서요?"

"그래서 나는 그에게 전보의 진짜 사본을 구해 달라고 당신에게 부탁해보라고 일러 주었습니다. 이런 생각이 떠올랐기 때문이었지요. 혹시 카울리 양이 그 전보를 내던진 다음에 누군가가 몇 글자를 지우고 대신 다른 글자를 써넣음으로써 엉뚱한 곳으로 그녀를 찾아가도록 한 것이 아니었을까 하는 생각 말입니다."

　카터 씨는 고개를 끄덕였다. 그는 주머니에서 종이를 한 장 꺼내어 큰소리로 읽었다.

<지금 곧, 켄트 군 게이트하우스 애스틀리 프라이어스로 올 것. 대발견—토미>

　제임스 경이 말했다.

　"아주 간단하면서도 매우 뛰어난 수법이군요. 단지 몇 글자만 바꿔서 속였으니 말입니다. 하지만 그들은 한 가지 중요한 단서를 간과한 겁니다."

　"그게 무엇이었습니까?"

　"호텔 보이의 말이 카울리 양이 차링 크로스 역으로 갔다고 했습니다. 그런데도 그들은 자신들을 너무 믿은 나머지 그 보이가 잘못 말한 거라고 생각했던 거죠."

　"그렇다면 베레즈포드는 지금 어디 있습니까?"

　"켄트 군의 게이트하우스로 갔을 겁니다. 내가 잘못 생각한 게 아니라면 말입니다."

　카터 씨가 이상한 눈초리로 그를 쳐다보았다.

　"당신이 그와 함께 가지 않았다니 좀 이상하군요, 필 에드거튼?"

　"아, 일 때문에 바빠서요."

　"휴가 중인 줄 알았습니다만?"

　"오, 변호 의뢰를 맡은 것은 아닙니다. 더 정확히 말하자면 어떤 사건을 준비하고 있다고나 할까요. 그런데 그 미국인에 대해서는 좀더 알아낸 사실이 있습니까?"

　"별로 신통치가 못합니다. 그가 누구였는지를 알아내는 일이 그렇게 중요한 일입니까?"

"아, 나는 그가 누구였는지 알고 있습니다."

제임스 경이 아무렇지도 않게 말했다.

"다만 그것을 증명할 수가 없을 뿐이지 분명히 알고 있지요."

두 사람은 더 이상 묻지 않았다. 그들은 그게 소용없는 짓이라는 것을 잘 알고 있었다.

갑자기 수상이 입을 열었다.

"하지만, 내가 이해할 수 없는 것은 어떻게 그 사진이 헤르사이머 씨의 책상 서랍에 들어 있게 되었느냐는 거요."

"처음부터 없어지지 않은 것인지도 모르지요." 제임스 경이 말했다.

"그렇다면, 가짜 경감은 어떻게 된 거요? 브라운 경감 말이오?"

"아! 그렇군요." 제임스 경이 조심스럽게 말했다. 그는 자리에서 일어났다.

"더 이상 수상 각하의 시간을 빼앗을 수가 없겠군요. 이만 돌아가 봐야겠습니다. 제 사건으로 말이지요."

그로부터 이틀 뒤, 줄리어스 헤르사이머는 맨체스터에서 돌아왔다. 토미한테서 온 편지가 테이블 위에 있었다.

헤르사이머 보시오

당신한테 성질을 부렸던 것을 용서하시오 다시는 당신을 보지 못할 경우를 대비해서 미리 작별인사를 하는 바입니다. 나는 아르헨티나에 있는 어떤 일자리를 제의받았는데 그 제의를 받아들이게 될지도 모르기 때문이오

토미 베레즈포드

괴상한 미소가 한동안 줄리어스의 얼굴에 맴돌았다. 그는 그 편지를 휴지통에 내던졌다.

"정말 철저한 바보로군!" 그가 중얼거렸다.

제23장

시간과의 경주

제임스 경에게 전화를 건 뒤, 토미의 다음 할 일은 남부 오들리 맨션을 찾아가는 것이었다. 그는 빈들거리는 앨버트를 발견하고는 곧바로 자기는 터펜스의 친구라는 사실을 말해주었다. 앨버트는 즉시 자세를 바로 했다.

"요즈음 이곳은 아주 평온했습니다. 그분은 잘 계시겠죠?"

"그게 바로 문제야, 앨버트. 그녀는 실종되었어."

"그 악당들이 잡아갔다는 말인가요?"

"맞아."

"지하세계로요?"

"아냐, 이 세상에 있어!"

"그건 그들이 쓰는 말이에요, 아저씨." 앨버트가 설명해주었다.

"영화에서 악당들은 항상 지하세계에 은신처를 가지고 있거든요. 그런데 그들이 그분을 살해했을 거로 생각하세요?"

"그렇지 않기를 바라야지. 그건 그렇고, 혹시 네 사촌누이라든가 할머니, 아니면 뭐 다른 여자 친척 중에 곧 돌아가실 것 같은 분은 안 계시냐?"

앨버트의 얼굴에 슬며시 미소가 떠올랐다.

"무슨 말인지 알겠어요, 아저씨. 시골에 계신 저의 가엾은 숙모님이 오랫동안 불치의 병을 앓아오셨는데, 그만 임종하실 때가 되어서 제 얼굴을 보고 싶어 하셔요."

토미는 훌륭하다는 듯이 고개를 끄덕여 보였다.

"너, 그 일을 적당히 꾸며대고 한 시간 안에 차링 크로스 역에서 나와 만날 수 있겠니?"

"물론 할 수 있어요, 아저씨. 나만 믿으세요."

토미가 생각했던 대로 충실한 앨버트는 더할 나위 없이 소중한 협조자였다. 그들은 게이트하우스에 있는 여인숙에 숙소를 정했다. 앨버트에게는 정보를 수집하는 임무를 맡겼다. 그 일에는 조금도 어려움이 없었다.

애스틀리 프라이어스는 애덤스 박사의 개인 소유지였다. 여인숙 주인의 말로는, 그 의사가 현재는 병원을 운영하지 않고 은퇴한 상태이지만 개인적으로 몇 명의 환자들을 돌보고 있다는 것이었다. 이 대목에서 그는 머리를 가볍게 두드리며 말했다.

"멍청한 사람들이에요! 무슨 말인지 아시겠지요?"

그 의사는 마을에서도 평판이 좋은 사람으로, 지방 스포츠 행사가 있을 때마다 상당한 액수의 기부금을 내놓곤 한다는 것이었다.

"정말 훌륭한 신사랍니다." 그가 말했다.

애덤스 박사는 그곳에서 10년도 넘게 살아온 과학자였다. 교수라든가 학자 같은 사람들이 종종 그를 만나러 런던에서 내려오곤 한다고 했다. 아무튼 그곳은 언제나 방문객들이 끊이지 않는 집이었다.

여인숙 주인의 장황한 이야기를 듣는 동안 토미는 의구심을 떨쳐 버릴 수가 없었다. 과연 온화하고 이름이 널리 알려진 사람이 위험한 범죄에 관계하고 있다는 것이 현실적으로 가능한 일일까? 그의 생활은 조금도 비밀이 없는 것 같았다. 무슨 좋지 못한 일을 꾸미고 있다고 보이는 점이 하나도 없었다. 혹시 내가 엄청난 실수를 범하는 것은 아닐까? 그런 생각이 들자 토미는 등골이 서늘해지는 것 같았다.

그때 그는 개인적인 환자들인 '멍청한 사람들'이 생각났다. 그는 조심스럽게 혹시 환자 중에 터펜스같이 생긴 젊은 여인이 있는지 물어보았다. 하지만 환자들에 대해서는(그들이 정원 밖으로 모습을 드러내는 일이 거의 없어서) 더이상 아는 게 없는 것 같았다. 아네트에 대해서도 물어보았지만 역시 소득이 전혀 없었다.

애스틀리 프라이어스는 붉은 벽돌로 지어진 멋진 저택으로, 정원 둘레에 나무들이 울창하게 자라고 있어서 도로 쪽에서 안을 들여다보기가 사실상 불가능했다.

그날 저녁 토미는 앨버트와 함께 그 정원을 조사했다. 앨버트의 말에 따라 그들은 소리를 죽이려고 고통을 참아가며 배를 땅에 깔고 접근했다. 하지만 이런 조심은 조금도 필요가 없었다. 토미는 사나운 개가 지키고 있을 거라고 생각했고, 앨버트는 퓨마나 길들인 코브라가 있을 거라고 생각했지만, 그들은 저택 가까이에 있는 관목까지 접근하는 동안 아무런 어려움도 겪지 않았다.

식당 창문에는 블라인드가 올려졌다. 식탁 주위에는 한 무리의 사람들이 둘러앉아 있었고 계속해서 술잔이 오가고 있었다. 열린 창문을 통해 단편적인 대화들이 조용한 밤 공기를 흐트러뜨리며 흘러나왔다. 대화의 내용은 크리켓 시합에 대한 열띤 토론이었다!

토미는 다시 불안감이 엄습해 오는 것을 느꼈다. 이 사람들이 문제의 그자들일 거라고는 도저히 생각할 수가 없을 것 같았다. 그는 또다시 어리석은 실수를 저지른 것일까? 특히 식탁 윗자리에 앉아 있는 멋진 수염을 기르고 안경을 낀 신사는 아주 정직하고 정상적인 사람으로 보였다.

토미는 그날 밤 제대로 잠을 이루지 못했다. 다음 날 아침, 포기할 줄 모르는 앨버트는 채소장수 아들의 도움을 받아 그 아이 대신에 몰트하우스로 가서 요리사의 환심을 살 수 있었다. 그는 그녀가 틀림없이 '악당 중 한 명'이라는 정보를 가지고 돌아왔다. 문제는 그녀가 수상하다는 앨버트의 의견 말고는 그 생각을 뒷받침해줄 만한 근거가 하나도 없다는 것이었다.

앨버트의 대리 역할은 다음 날도 계속되었는데, 처음으로 그는 희망이 있는 소식을 가지고 돌아왔다. 그 집에 어떤 젊은 프랑스 여인이 머물고 있다는 것이었다. 토미는 그동안 가졌던 불안감을 깨끗이 털어 버렸다. 그의 이론이 확인된 셈이다. 하지만 이미 많은 시간이 흘렀다. 벌써 27일이 된 것이다. 29일은 '노동절'로서, 심각한 폭동이 일어날 것이라는 소문이 온통 퍼져 있었다. 신문들도 연일 그 일로 떠들어대고 있었다. 노동자 쿠데타가 있을 거라는 충격적인 뉴스가 공공연하게 보도되었다. 정부는 침묵을 지키고 있었지만, 그 사실을 잘 알고 있었고 또한 거기에 대한 준비도 되어 있었다. 노조 간부들 사이에서도 의견 충돌이 있다는 소문도 있었다. 그들도 다 같은 생각을 하는 건 아니었다. 그들 중에서도 더 앞날을 내다볼 줄 아는 사람들은 자기들의 계획이 결국은 자신들이 진심으로 사랑하는 영국을 파멸로 이끌어갈지도 모른다는 사실을 잘 알고 있었다. 그들은 총파업이 필연적으로 몰고 올 기아와 참경(慘景)을 피할 수 있다면 기꺼이 적당한 선에서 정부와 타협할 용의가 있었다. 하지만 그들 배후에는 끝내 혼란과 파멸을 일으키려고 획책하는 교활하고 끈덕진 세력이 있었다.

토미는 다행히도 카터 씨가 현재 상황을 정확하게 이해하는 것 같다는 생각이 들었다. 그 치명적인 문서가 브라운의 수중에 들어가게 되면, 대중의 의견은 극단적인 노동혁명파의 편으로 쏠리게 될지도 모르는 일이었다. 그렇게 되지만 않는다면 승산은 반반이었다. 군대와 경찰력의 보호를 받는 정부가 승리할 수도 있었다. 하지만 엄청난 대가를 치르게 될 것이 분명하다. 그러나 토미는 전혀 엉뚱한 꿈을 꾸고 있었다. 그는 브라운을 잡아 그 가면을 벗길 수만 있다면 그들의 모든 조직이 순식간에 와해할 것이라고 생각했다. 보이지 않는 우두머리의 기이한 영향력이 그들을 결속시키는 것이었다. 그자만 없다면 즉시 커다란 혼란이 일어나 정직한 사람들은 그 조직에서 이탈하게 되고, 그렇게 되면 결국 결정적인 순간에 그 조직이 무너질 수도 있다고 생각했다.

'이것은 원맨쇼야.' 토미는 속으로 생각했다.

'해야 할 일은 바로 그자를 잡는 것이지.'

그가 카터 씨에게 보낸 봉투를 개봉하지 말아 달라고 요청한 것도 그의 이러한 야망을 추진하려는 계획의 일부였다. 그 비밀문서는 토미의 미끼였다. 그 추측에 대해 토미 자신조차 깜짝 놀랄 때가 한두 번이 아니었다. 그렇게 많은 똑똑하고 현명한 사람들도 찾아내지 못한 것을 자신이 발견했다고 생각하는 것은 너무도 건방진 생각 같았다. 하지만, 그는 자신의 생각이 틀림없을 거라고 확신했다.

그날 저녁 그와 앨버트는 다시 한 번 애스틀리 프라이어스의 정원에 숨어들었다. 토미는 어쩐지 그 집이 자기들의 침입을 허락하는 것 같다는 생각이 들었다. 조심스럽게 접근하다가 토미는 갑자기 숨을 멈추었다.

3층 창문에서 누군가가 드리워진 블라인드에 그림자를 던지고 있었다. 그 모습은 토미가 언제 어디서든 알아볼 수 있었다! 터펜스가 그 집에 있는 것이다!

그는 앨버트의 어깨를 붙잡았다.

"여기 있어! 내가 노래를 부르기 시작하면, 저 창문을 잘 지켜봐!"

그는 급히 드라이브 길까지 물러났다. 그러고는 술 취한 사람 흉내를 내며 목청껏 다음과 같은 노래를 부르기 시작했다.

"나는야 군인이라네,

유쾌한 영국 군인이라네.

내 발만 봐도 그대는 알 수 있지.

내가 군인인 것을……."

그것은 터펜스가 병원에서 근무하던 시절 축음기에서 늘 흘러나오던 노래였다. 그는 그녀가 그 노래를 알아듣고 그녀 나름대로 어떤 결론을 끌어내리란 것을 믿어 의심치 않았다. 토미는 음악적인 소질은 없었지만, 목청 하나만은 알아줄 만했다. 그가 내는 소음은 정말이지 끔찍한 것이었다.

이윽고 풍채가 당당한 집사와 그에 못지않게 걸쭉하게 생긴 문지기가 현관에 모습을 나타냈다. 그 집사가 그를 나무랐다. 토미는 계속 노래를 부르면서, 그 집사에게 마치 친한 옛 친구라도 되는 양 다정하게 말을 걸었다. 문지기와 집사가 양쪽에서 각각 그의 팔을 붙잡고 드라이브 길에서 끌어내 대문 밖으로 내쫓았다. 그 집사는 그에게 다시 들어오게 되면 경찰을 부르겠다고 위협했다. 정말 그럴 듯하고, 완벽한 연기였다. 누구든 그 집사가 진짜 집사이고, 문지기 역시 진짜 문지기라고 맹세라도 할 테지만, 단지 공교롭게도 그 집사가 휘팅턴이라는 것만이 문제였다!

토미는 여인숙으로 돌아와서 앨버트가 돌아오기를 기다렸다. 이윽고 그가 의기양양한 모습으로 나타났다.

"그래, 어땠나?" 토미가 급히 물었다.

"아주 잘 되었어요. 그자들이 아저씨를 끌고 가는 동안, 창문이 열리고 이것이 떨어졌어요." 그는 종이쪽지를 토미에게 넘겨주었다.

"안에 문진을 싸서 말이에요."

그 종이 위에는 다음과 같이 적혀 있었다.

내일—같은 시간에.

"훌륭해!" 토미가 외쳤다.

"즉시 일에 착수하는 거야."

"저는 종이쪽지에 글을 써서 돌멩이를 싸 창문 안으로 던져 넣었어요."

앨버트가 단숨에 말했다.

토미는 신음소리를 냈다.

"너의 무모한 행동이 우리 일을 완전히 망쳐 버릴 수도 있어, 앨버트 대체 무슨 말을 썼지?"

"우리가 이 여인숙에 있다고 썼어요. 만일 빠져나올 수 있으면 이리로 와서 개구리 울음소리를 내라고 했어요."

"그녀는 그게 너인 줄 알았을 거야." 토미는 안도의 한숨을 내쉬며 말했다.

"너는 상상력이 너무 지나쳐, 앨버트 그런 일이 있다고 해도 우리가 개구리 울음소리를 알아들을 수는 없을 거야."

앨버트는 상당히 풀죽은 모습이었다.

"기운 내." 토미가 말했다.

"그렇다고 해서 일이 잘못될 것은 없어. 그 집사는 내가 잘 아는 사람인데, 나를 알아보긴 했을 테지만 그 사실을 발설하지는 못할 거야. 그들이 의심을 보여서는 계획에 차질이 생길 테니까. 그것이 바로 우리가 쉽게 그녀를 찾아 낼 수 있었던 이유지. 그들은 내가 완전히 실망하게 되기를 원치 않아. 그렇다 고 해서 너무 쉽게 일이 진행되는 것도 역시 바라지 않지. 그러니까 나는 그 들의 계획에 꼭두각시 노릇을 하는 셈이야, 앨버트 만일 거미가 파리를 너무 쉽게 도망치도록 놔주면, 파리는 그게 혹시 함정은 아닐까 하고 의심하게 될 지도 모르거든. 따라서 그 유능한 토머스 베레즈포드 씨의 용도는 그들이 원 하는 결정적인 시기에 맞추어서 실수를 범하는 데 있는 거야. 하지만 토머스 베레즈포드 씨는 그들보다 한 수 위에 있거든!"

토미는 제법 의기양양한 기분으로 잠자리에 들었다. 그는 다음 날 저녁에 할 행동에 대해 철저하게 계획을 세웠다. 애스틀리 프라이어스의 사람들은 어느 단계까지는 그의 행동을 방해하지 않을 것이 틀림없었다. 토미가 그자들에게 놀라운 선물을 안겨주게 되는 것은 그다음의 일이었다.

하지만 12시경쯤 되었을 때, 그의 자신감은 걷잡을 수 없이 흔들리게 되었다. 바에서 누군가가 그를 보고 싶어 한다고 했다. 그 사람은 진흙을 잔뜩 뒤집어쓴 거친 모습의 마부였다.

"그래, 무슨 일로 나를 보자고 한 거요?" 토미가 물었다.

"이거 혹시 당신한테 필요한 게 아닙니까?"

그 마부는 몹시 더럽혀진 종이쪽지를 내밀었는데, 이런 말이 적혀 있었다.

에스틀리 프라이어스 부근 여인숙에 가서, 그곳에서 지내는 신사분께 이것을 전해 주십시오. 그러면 그가 대가로 10실링을 당신에게 드릴 겁니다.

그 필체는 터펜스의 것이었다. 토미는 자기가 가명을 사용해서 여인숙에 들었을지도 모른다고 생각한 그녀의 넘치는 재치에 찬사를 보냈다. 그는 그 쪽지를 낚아채려 했다.

"제대로 찾아온 거요."

그 마부는 얼른 손을 뒤로 물렸다.

"내 10실링은 어떻게 된 겁니까?"

토미가 급히 10실링자리 지폐를 꺼내 주자, 그 사람은 쪽지를 넘겨주었다. 토미는 그것을 펴보았다.

사랑하는 토미

어젯밤에 당신이 왔다는 것을 알았어요. 오늘 밤에는 오지 마세요. 그들이 당신을 잡으려고 숨어서 기다릴 거예요. 그들은 오늘 오전 중에 우리를 다른 곳으로 데려갈 모양이에요. 내가 듣기로는 무슨 웨일스 지방의 홀리헤드라고 하는 것 같았어요. 당신이 이 글을 보게 되기만 바라면서 이것을 길에 떨어뜨리겠어요. 당신이 어떻게 탈출했는지 아

네트가 다 말해주었답니다. 부디 용기를 내세요.

당신의 터펜스Yours, Twopence

토미는 그 쪽지를 미처 다 읽기도 전에 앨버트를 소리쳐 불렀다.

"앨버트, 내 가방을 챙겨! 우린 지금 떠날 거야!"

"알았어요, 아저씨."

위층에서 부산하게 움직이는 앨버트의 발걸음소리를 들을 수 있었다.

홀리헤드? 결국, 그게 그런 뜻이었나. 토미는 곤혹스러웠다. 다시 천천히 읽어 보았다.

여전히 앨버트의 장화 소리가 위에서 들리고 있었다.

갑자기 토미의 입에서 고함이 터져 나왔다.

"앨버트! 내가 완전히 잘못 안 거야! 다시 짐을 풀어!"

"알았어요."

토미는 그 쪽지를 조심스럽게 매만졌다.

"그래, 나를 멋지게 속여 넘길 뻔했지." 그가 부드러운 어조로 말했다.

"하지만 그 따위 수작은 다른 녀석들한테나 통할걸! 드디어 그자가 누구인지 알게 되었어!"

제24장

줄리어스의 활약

클래리지 호텔에 있는 방에서 크램닌은 긴 소파에 비스듬히 기대어 앉아 비서에게 러시아어로 지시를 하고 있었다.

그때, 전화벨이 울리자 비서는 수화기를 들고 몇 마디 통화를 하고 나서 크램닌 쪽을 돌아다보았다.

"아래층에서 누군가가 뵙자고 합니다."

"누구라던가?"

"줄리어스 P. 헤르사이머라고 하는 사람입니다."

"헤르사이머라."

크램닌은 생각해보려는 듯 조심스럽게 그 이름을 되뇌었다.

"한 번도 들어본 적이 없는 이름인데."

"그 사람의 아버지는 미국 철강왕이었습니다." 비서가 설명해주었다.

"지금 찾아온 청년은 미국에서도 몇 손가락 안에 드는 대부호라고 할 수 있습니다."

크램닌은 구미가 당기는 듯 눈을 가늘게 떴다.

"자네가 내려가서 그 사람을 만나보게, 이반. 무슨 일로 찾아온 건지 알아보라고."

비서는 자리에서 일어나 조심스럽게 문을 닫고 나갔다. 잠시 뒤에 그가 다시 돌아왔다.

"사업에 대해서 의논하고 싶은데, 완전히 사적이고 개인적인 일로 꼭 만나뵈었으면 좋겠다고 하는군요."

"몇 손가락 안에 드는 대부호라……." 크램닌이 중얼거렸다.

"데리고 오게나, 이반."

비서는 다시 나갔다가 줄리어스와 함께 들어왔다.

"크램닌 씨입니까?" 줄리어스가 무뚝뚝하게 물었다.

그 러시아인은 살기가 감도는 눈초리로 그를 주의 깊게 살펴보며 고개를 숙여 보였다.

"만나뵙게 되어 영광입니다." 줄리어스가 말했다.

"아주 중요한 사업 문제에 관해서 당신과 의견을 나누었으면 합니다. 당신과 단독으로 말입니다."

그는 상대방을 쏘는 듯이 바라보았다.

"이쪽은 내 비서인데, 나와는 아무런 비밀도 없는 사이입니다."

"물론 그러실 테지만……, 나는 그렇지가 못합니다." 줄리어스가 말했다.

"그러니 저분이 자리에서 피하도록 해주셨으면 좋겠군요."

"이반." 크램닌이 부드럽게 말했다.

"자네는 옆방으로 물러가 있는 게……."

"옆방은 안 됩니다." 줄리어스가 그의 말을 가로채며 말했다.

"옆방에서는 우리의 대화를 엿들을 수가 있습니다. 내가 원하는 것은 이곳에 당신과 나 둘만이 있게 되는 겁니다. 저 사람에게 어디 극장 같은 곳에 가서 시간을 보내라고 하시지요."

비록 줄리어스의 방종하고 안하무인격인 태도가 상당히 눈에 거슬리기는 했지만, 크램닌은 그런 불쾌함보다는 호기심이 더 컸다.

"그 사업에 대해서 논하는 데 시간이 많이 들 것 같습니까?"

"당신이 어떻게 받아들이느냐에 따라 밤을 꼬박 새우게 될 수도 있습니다."

"좋습니다. 이반, 오늘 밤에는 더 이상 자네가 할 일이 없을 거야. 어디 극장에라도 가서, 오늘 밤은 즐겁게 지내도록 하게나."

"고맙습니다, 각하."

비서는 깍듯이 인사를 하고 물러났다.

줄리어스는 그가 나가는 것을 지켜보며 문 옆에 서 있다가, 이윽고 만족한 듯이 한숨을 내쉬며 문을 닫고는 방 가운데로 걸어 들어왔다.

"자, 헤르사이머 씨, 이제는 마음 놓고 그 문제를 꺼낼 수 있겠지요?"

"물론 더 이상 쓸데없는 시간을 잡아먹을 필요가 없을 겁니다."

줄리어스가 서두를 꺼냈다. 그러고는 태도가 돌변하면서 말했다.

"손들어! 안 그러면 가슴에 총알이 박히게 될 거야!"

잠시 크램닌은 멍하니 커다란 자동권총을 바라보고 있다가, 꼴사납게 허둥지둥 손을 머리 위로 치켜들었다. 그 순간 줄리어스는 상대방이 어떤 인물인지 알아보았다. 자기가 다루는 자는 나약하고 겁이 많은 인물로, 나머지 일은 수월하게 풀릴 것 같았다.

"이 무슨 무도한 짓이오?" 러시아인이 몹시 떨리는 목소리로 외쳤다.

"이건 불법이오! 당신, 나를 죽일 생각이오?"

"당신이 목소리를 좀더 낮춘다면 굳이 죽일 생각은 없어. 벨 쪽으로 다가갈 생각은 하지 마시지. 그게 신상에 이로울 거야."

"도대체 뭘 원하는 거요? 제발 무모한 짓은 하지 마시오. 내 목숨은 우리나라에서 극히 소중한 존재라는 걸 잊지 마시오. 내 신변에 무슨 일이 일어난다면……."

"나도 알고 있어." 줄리어스가 말했다.

"당신 가슴에 구멍을 뚫어 놓는 사람은 인류를 위해서 좋은 일을 하게 되는 셈이란 걸 말이야. 하지만 너무 걱정할 필요는 없지. 상황을 잘 판단해서 내 제안을 받아들이기만 한다면 굳이 당신을 저 세상으로 보내고 싶은 생각은 없으니까."

크램닌은 줄리어스의 살기 어린 눈초리 앞에 주눅이 들었다. 그는 파삭하게 타버린 입술을 혀로 축였다.

"뭘 원하는 거요? 돈?"

"천만에. 내가 원하는 것은 제인 핀이야."

"제인 핀? 나는……, 그런 여인에 대해서는 한 번도 들어본 적이 없소!"

"그따위 시시한 거짓말은 내겐 통하지 않아! 당신은 내 말이 무슨 뜻인지 잘 알고 있을 거야."

"정말이오, 나는 그런 여인에 대해서는 한 번도 들어본 적이 없소."

"그렇다면 내 분명히 말해주지." 줄리어스가 날카롭게 쏘아붙였다.

"내 권총은 그렇게 참을성이 많은 친구가 못 돼!"

그 러시아인은 눈에 띄게 마음이 약해진 것 같았다.

"당신은 감히……."

"오, 천만에. 내가 감히 방아쇠를 당기지 못할 거라는 그런 헛된 망상은 버리는 게 좋을 거야, 친구!"

크램닌은 상대방의 목소리에 확고한 결심이 담겨 있다는 것을 알아차리고는 볼멘소리로 물었다.

"좋소, 내가 당신 말을 잘 알고 있다고 칩시다. 그게 어떻다는 거요?"

"그녀가 지금 어디에 있는지, 솔직히 털어놓으라는 거지."

크램닌은 고개를 저었다.

"그건 할 수 없소."

"어째서?"

"아무튼 그건 말할 수 없소. 당신은 내게 불가능한 요구를 하는 거요."

"두려워서인가? 응? 누구한테? 브라운? 정말 웃기시는구먼! 그래, 그런 사람이 정말 존재하는 건가? 난 그걸 믿을 수 없어. 그건 순전히 겁주자는 수작에 불과한 거야!"

"나는 그를 본 적이 있소." 크램닌이 뜸을 들이며 말했다.

"그와 얼굴을 맞대고 대화를 나누기까지 했단 말이오. 그전까지는 눈치도 못 챘지만 말이오. 그는 우리 일행 중에 섞여 있었소. 나는 그를 다시 만난다고 해도 그의 정체를 알아보지 못할 거요. 과연 그는 어떤 사람일까? 나는 알 수가 없소. 하지만 이것만은 알고 있소. 그가 두려운 존재라는 사실을."

"그는 이 일을 결코 알지 못할 거야." 줄리어스가 말했다.

"그는 모든 걸 알고 있고, 또한 배신자를 쥐도 새도 모르게 처단하는 사람이오. 비록 나, 이 크램닌조차! 결코 예외가 되지 않을 거요!"

"그렇다면 내 요구에 응하지 않겠다는 건가?"

"당신의 요구는 불가능한 거요."

"그렇다면 당신을 위해선 정말 안된 일이로군."

줄리어스가 쾌활한 어조로 말했다.

"하지만 인류를 위해서는 좋은 일이 될 테지."

그는 권총을 들어 올렸다.

"멈추시오." 크램닌이 급히 소리를 질렀다.

"정말로 나를 쏠 생각은 아니겠지?"

"천만에, 못 쏠 이유가 하나도 없지. 나는 항상 혁명가들은 목숨을 초개같이 여긴다고 들어왔는데, 막상 자기 목숨이 문제가 되니까 그렇지만도 않은 것 같은데. 그 더러운 목숨을 구할 기회를 한 번 주었는데, 제의를 받아들이지 않을 생각이구먼!"

"그들이 나를 죽일 거요!"

"글쎄." 줄리어스가 밝은 목소리로 말했다.

"그거야 당신이 하기 나름이지. 하지만 분명히 밝혀둘 말이 있어. 내 권총은 빗나갈 일이 없을 테고, 따라서 내가 당신이라면 브라운과 한번 승부를 걸어보는 쪽을 택할 거야!"

"나를 쏘면 당신은 교수형을 당할 거요."

크램닌이 자신 없는 목소리로 중얼거렸다.

"천만에, 그건 당신이 잘못 생각한 거야. 돈의 위력을 잊었나 보군. 한 떼거리의 변호사들이 바쁘게 손을 써서, 권위 있는 의사들을 매수해 결국 의사들은 내 정신 상태가 정상이 아니었다는 판단을 내리게 될 거야. 조용한 요양소에서 몇 달 보내고 나서 내 정신 상태가 개선되면, 의사들은 내가 다시 정상으로 돌아왔다고 할 테고, 따라서 이 줄리어스 나리께서는 다시 행복한 삶을 누리게 될 거라고. 당신 같은 인간을 저 세상으로 보내기 위해서라면 몇 달 정도의 감금 생활은 기꺼이 감수할 수 있지만, 내가 교수형을 당할 거라는 어리석은 꿈은 일찌감치 버리는 게 좋을 거야."

크램닌은 그의 말을 알아들었다. 그 자신이 뇌물을 주요 전략으로 이용하고 있는 관계로, 무엇보다도 돈의 위력을 절대적으로 신봉하고 있었다. 그는 줄리어스가 말한 그런 일이 미국 살인 법정에서는 비일비재하게 행해지고 있다는 사실도 익히 알고 있었다. 이제는 자신이 스스로 상황 판단을 내릴 도리밖에 없었다. 칼자루는 줄리어스가 쥔 것이다.

"이제 내가 다섯을 셀 텐데……." 줄리어스가 계속 말을 이었다.

"다섯을 다 셀 때까지 나를 내버려 두게 되면, 당신은 더 이상 브라운을 걱정할 필요가 없게 될 거야. 아마도 그는 당신 장례식에 꽃다발을 보내줄 테지만, 당신은 그 향기를 맡지 못할 거야! 준비되었나? 시작하지. 하나, 둘, 셋, 넷……."

크램닌이 비명을 지르며 그를 막았다.

"쏘지 마시오. 당신이 원하는 대로 다 하겠소"

줄리어스는 총구를 낮추었다.

"내 말을 알아들을 거라고 생각했지. 그 여인은 어디 있나?"

"켄트 군 게이트하우스의 애스틀리 프라이어스라는 곳에 있소"

"그녀가 그곳에 잡혀 있나?"

"그녀는 그 집에 감금되어 있지만, 아주 무사하게 지내고 있소. 그 바보 같은 자들이 그녀를 기억상실증에 걸리게 해서 이 고생을 하다니!"

"당신과 당신 친구들한테는 정말 안타까운 일이었을 테지. 당신들이 한 1주일 전에 납치한 또 다른 여인은 어떻게 되었나?"

"그녀도 그곳에 같이 있소" 크램닌이 시큰둥하게 대답했다.

"그렇다면 잘 되었구먼." 줄리어스가 말했다.

"뜻밖에 일이 잘 풀릴 것 같은데. 게다가 드라이브를 즐기기에도 멋진 밤이거든!"

"드라이브라니?" 크램닌이 깜짝 놀라며 물었다.

"물론 게이트하우스로 내려가는 거지. 당신도 드라이브를 좋아할 테지?"

"무슨 말을 하는 거요? 그런 제의라면 거절하겠소"

"나를 화나게 하지 마시오. 당신을 이곳에 남겨두고 갈 정도로 내가 풋내기가 아니란 사실을 모르시는가 보구먼? 그렇게 되면 당신은 제일 먼저 그 친구들에게 전화부터 걸어줄 테지. 저런!"

그는 상대방의 얼굴에 떠오른 절망의 빛을 찾아볼 수 있었다.

"그렇게 그들은 나를 맞이할 만반의 준비를 해놓을 테고. 안 되지, 선생, 당신은 나와 함께 가는 거야. 여기가 당신 침실인가? 안으로 들어가. 허튼수작 부릴 생각은 말고 두꺼운 코트를 입으시지, 저게 좋겠구먼. 모피코트라? 그러면서도 당신이 사회주의자야? 이제 준비가 다 끝났군. 우리는 아래로 내려가서 홀을 통과해 내 차가 대기한 곳까지 갈 거야. 당신 뒤에는 내가 붙어 있다는 사실을 잊지 말라고. 허튼수작을 했다가는 내 총이 결코 용서치 않을 거야!"

그들은 계단을 내려가 차가 기다리는 곳으로 갔다. 크램닌은 분노로 온몸을 떨었다. 도와 달라는 비명이 혀끝에서 맴돌았지만, 마지막 순간에 가서는 용기가 없어 포기할 수밖에 없었다. 이 미국인은 자기 말을 실천할 사람 같았기 때문이다.

그들이 자동차에 도착하자 줄리어스는 위험지대를 무사히 벗어날 수 있었다는 데 대해서 내심 안도의 한숨을 내쉬었다. 그것은 크램닌이 완전히 겁에 질려 있었기에 가능했다.

"들어가."

그가 명령했다. 그러고는 크램닌을 곁눈질로 살펴보며 말을 이었다.

"아니, 운전사는 당신을 도와주지 않을 거야. 해군 출신이지. 혁명이 일어났을 때, 저 친구는 러시아 잠수함에 타고 있었다더군. 그의 동생이 당신네 사람들에 의해 살해당했지. 조지!"

"예." 운전사가 고개를 돌렸다.

"이 신사분께서는 러시아 볼셰비키주의자시라네. 나는 이분을 쏘고 싶지는 않지만, 그러나 어쩔 수 없이 쏘게 될지도 모르지. 무슨 말인지 알아듣겠나?"

"물론입니다."

"나는 켄트 군 게이트하우스로 갈 생각이네. 길을 알고 있나?"

"그럼요, 한 시간 반 정도 걸릴 겁니다."

"한 시간 안에 도착할 수 있도록 하게. 사정이 급박하다네."

"최선을 다해 보겠습니다." 자동차는 총알처럼 거리를 빠져나갔다.

줄리어스는 포로 옆에서 편안한 자세로 기대어 앉았다. 그의 손은 코트 주머니에 들어가 있었지만, 그의 태도는 태연하기 짝이 없었다.

"나는 애리조나 주에서 한 남자를 쏜 적이 있었는데……."

그가 유쾌한 어조로 이야기를 시작했다.

한 시간의 여행이 끝날 무렵, 불행한 크램닌은 살아 있다기보다는 차라리 죽어 있다는 표현이 적절한 상태였다. 애리조나 사내에 대한 이야기부터 시작해서 프리스코 출신의 악한과 로키 산맥에서 있었던 사건 등 줄리어스의 이야기는 그렇게 꼼꼼하다고는 할 수 없었지만, 몸서리가 쳐질 정도로 실감 나는 것이었다!

차가 게이트하우스 지역으로 접어들자 속도를 늦추면서 운전사는 뒤돌아보았다. 줄리어스는 러시아인에게 방향을 말하라고 지시했다. 그의 계획은 그 집 안까지 차를 몰고 들어가는 것이었다. 그러고는 크램닌이 두 여인을 데려오라고 부하들에게 명령하고, 줄리어스는 그에게 자기 권총은 결코 실수하는 법이 없을 거라는 사실을 충분히 주지시켰다. 이제 크램닌은 완전히 줄리어스의 의도대로 고분고분 따르고 있었다. 끔찍한 속도로 질주하는 차 안에서 그는 더욱더 위축이 되었다. 엄청난 속도로 위태롭게 모퉁이를 돌 때마다 그는 이제는 죽었구나 하는 체념을 느껴야 했다.

그들이 탄 차는 드라이브 길을 올라가 현관문 앞에 멈춰 섰다. 운전사는 다음 명령을 기다리는 듯 줄리어스를 돌아다보았다.

"우선 차를 돌려놓게, 조지. 그리고 가서 초인종을 누르고 재빨리 돌아오게. 계속 시동을 걸어놓고, 내가 지시하면 총알같이 달려나갈 만반의 태세를 갖추고 있어야 하네."

"염려 마십시오."

현관문이 열리고 집사가 나왔다. 크램닌은 총구가 자기 옆구리에 압력을 가하는 것을 느낄 수 있었다.

"시작해." 줄리어스가 숨죽인 목소리로 명령했다.

"그리고 자연스럽게 행동하라고."

크램닌은 손짓을 했다. 그의 입술은 창백했고, 목소리도 그다지 침착하지가 못했다.

"나, 크램닌이야! 즉시 그 여인을 데리고 나와! 꾸물거릴 시간이 없어!"

휘팅턴은 계단을 내려왔다. 상대방의 모습을 확인한 순간 그는 놀람의 탄성을 질렀다.

"당신께서! 대체 무슨 일입니까? 분명히 당신도 그 계획을 알고 계실 텐데……."

크램닌이 그의 말을 가로채며 다그쳤다.

"우리는 배반당했어! 모든 계획을 포기해야 해. 우리 목숨을 구하는 게 우선이야. 그 여인! 어서 데려와! 그것만이 우리가 살길이야."

휘팅턴은 망설였지만, 그렇다고 해서 꾸물거릴 수도 없는 노릇이었다.

"명령을 받았습니까, 그분한테서?"

"물론이지! 그렇지 않다면 뭣 때문에 내가 여길 찾아왔겠나? 서둘러! 꾸물거릴 시간이 없단 말이야. 다른 계집애도 함께 데려오는 것이 좋겠어."

휘팅턴은 돌아서서 집 안으로 뛰어들어갔다. 초조한 시간이 흘러갔다.

이윽고 급하게 코트를 걸쳐 입은 두 여인이 계단으로 끌려 나와서 차 안으로 떼밀려졌다. 키가 작은 여인은 차에 타지 않으려고 버텼지만, 휘팅턴은 난폭하게 그녀를 차에 밀어 넣었다. 줄리어스가 몸을 앞으로 기울이자 불빛에 그의 얼굴이 드러났다. 그러자 휘팅턴 뒤의 계단에 서 있던 자가 갑자기 놀람의 소리를 터뜨렸다. 이제 연극은 끝난 것이다.

"출발해, 조지!" 줄리어스가 소리쳤다.

운전사가 클러치를 밟자 차는 크게 용트림을 하면서 뛰어나갔다.

계단에 서 있던 자가 욕을 퍼부었다. 그의 손이 주머니 속으로 들어갔다. 섬광이 일며 총성이 터져 나왔다. 총알이 키가 큰 여인의 귓전을 스치며 지나갔다.

"엎드려, 제인." 줄리어스가 외쳤다.

"차 바닥에 바싹 엎드려."

그는 그녀를 급히 엎드리게 하고는, 자세를 가다듬어 조심스럽게 조준을 하며 방아쇠를 당겼다.

"맞추었어요?" 터펜스가 흥분한 어조로 물었다.

"물론이죠." 줄리어스가 대답했다.

"그렇지만 죽지는 않았어요. 악당들은 아직 죽을 운명이 아닌가 봅니다. 당신 괜찮습니까, 터펜스?"

"나는 아무렇지도 않아요. 토미는 어디 있죠? 그리고 이분은 누구세요?"

그녀는 떨고 있는 크램닌을 가리키며 물었다.

"토미는 아르헨티나로 떠난다고 했습니다. 그는 당신이 죽었다고 생각하는 모양이에요. 곧장 문을 뚫고 나가, 조지. 좋아, 그자들이 서둘러 우리를 쫓아온 다고 해도 최소한 5분은 걸릴 거야. 그들이 전화를 이용해서 앞쪽에 함정을 파놓고 있을지도 모르니 주의해서 살펴보라고. 그걸 피해서 가야 해. 이 사람이 누구냐고 물었죠, 터펜스? 이분은 크램닌 선생이랍니다. 이분의 건강을 위해서 나와 함께 여행을 하자고 설득한 거죠."

러시아인은 새파랗게 질린 얼굴로 아무런 대꾸도 없었다.

"하지만 어떻게 해서 그들이 우리를 놔주게 된 거죠?"

터펜스가 의심스러운 어조로 물었다.

"여기 계신 크램닌 선생께서 그토록 정중하게 요구하는데 그들이 감히 거절할 수가 없었던 거죠!"

이 말은 러시아인에게 있어서 너무 지독한 모욕이었다. 그는 분노로 격렬하게 몸을 떨며 소리쳤다.

"제기랄! 그들은 이제 내가 배반했다는 사실을 알고 있을 거요. 이 나라에 있는 한 내 목숨은 단 한 시간도 보장될 수 없을 거요!"

"그건 사실이지." 줄리어스가 그의 말에 동조했다.

"곧바로 러시아로 달아나는 게 상책일 거야."

"그렇다면 나를 놔주시오." 크램닌이 말했다.

"나는 당신이 하라는 대로 다 했소. 그런데 어째서 나를 아직도 붙잡아 두는 거요?"

"당신이 좋아서 붙잡은 건 아냐. 그렇게 내리고 싶다면 지금 당장에라도 내려 주지. 나는 당신을 런던까지 모셔다 주려고 했었는데."

"당신들은 결코 런던까지 갈 수 없을 거요. 지금 당장 내려 주시오."

크램닌이 으르렁거리며 말했다.

"그렇다면야 할 수 없지. 차를 세우게, 조지. 이 신사분께서는 우리와 함께 돌아갈 생각이 없는 모양이야. 나중에 내가 러시아로 크램닌 선생을 찾아가게 되면, 나는 아마도 열렬한 환영을……"

하지만 줄리어스가 말을 다 마치기도 전에, 차가 완전히 정지할 때까지 기다리지도 않고 그 러시아인은 차에서 뛰어내려 어둠 속으로 자취를 감추었다.

"우리와 함께 있는 게 그토록 싫었던 모양이구먼."

줄리어스는 차가 다시 속력을 내자 한마디 했다.

"그렇다고 해서 숙녀분들께 작별인사 한마디 없다니. 자, 제인, 이제는 일어나 자리에 앉아도 돼."

처음으로 그 여인이 입을 열었다.

"어떻게 그를 설득할 수 있었죠?" 그가 물었다.

줄리어스는 자기 권총을 툭툭 쳤다.

"순전히 이 친구 덕이지!"

"어쩜!" 그 여인이 탄성을 질렀다.

그녀는 얼굴에 홍조를 떠올리면서, 감탄 어린 시선으로 줄리어스를 쳐다보았다.

"아네트와 나는 무슨 일을 당할지 정말 알 수 없었어요." 터펜스가 말했다.

"휘팅턴이 우리를 급히 끌어내는 거였어요. 우린 이제 꼼짝없이 죽게 되나 보다고 생각했죠."

줄리어스가 말했다.

"아네트? 어째서 당신은 아네트라고 부르는 겁니까?"

그는 머릿속을 정리하려고 애쓰는 것 같았다.

"그게 이 아가씨 이름이에요." 터펜스가 눈을 커다랗게 뜨며 말했다.

"이런!" 줄리어스가 외쳤다.

"제인은 아네트가 자기 이름인 줄 알고 있겠군요. 가엽게도 기억을 전부 잃어버렸으니. 하지만 이제부터는 원래 이름인 제인 핀으로 불러야 합니다."

"무엇 때문에……?"

하지만 터펜스는 더 이상 말을 할 수가 없었다. 날카로운 총성과 함께 총알이 그녀의 머리 뒤에 있는 시트에 박혔기 때문이다.

"고개를 숙여요." 줄리어스가 외쳤다.

"매복입니다. 이 친구들 정말 빠른데. 좀더 속력을 내, 조지."

자동차는 앞으로 돌진해 나갔다. 계속해서 총성이 세 번 울려 퍼졌지만, 다행히도 모두 빗나갔다.

줄리어스는 고개를 들고 뒤쪽을 지켜보았다.

"이제는 더 이상 쏘지 않는군. 하지만 곧 우리를 쫓아올 거야. 아!"

그는 손바닥을 뺨에 가져갔다.

"다쳤어요?" 아네트가 급히 물어보았다.

"살짝 스쳤을 뿐이야."

아네트가 벌떡 일어났다.

"나를 내려주세요! 내려주세요, 제발! 차를 멈춰요. 그들이 쫓는 건 바로 나예요. 나를 원하는 거예요. 나 때문에 당신들 목숨을 희생시킬 수는 없어요. 제발 나를 보내주세요."

그녀는 문손잡이를 잡았다. 줄리어스가 그녀를 끌어안으며 그녀의 얼굴을 똑바로 바라보았다. 그녀의 말투에서는 외국인 같은 억양은 전혀 찾아볼 수가 없었다.

"앉아, 제인." 그가 부드럽게 말했다.

"네 기억력에는 아무런 이상도 없는 것 같은데. 그동안 줄곧 그들을 속여 왔던 거지?"

그녀는 줄리어스를 쳐다보며 고개를 끄덕이고는, 갑자기 눈물을 쏟아내기 시작했다. 줄리어스는 그녀의 어깨를 토닥거렸다.

"자, 자, 가만히 앉아 있어. 우리는 절대로 너를 버려두고 가지는 않을 거야."

애처롭게 흐느끼면서 그녀는 불분명한 목소리로 말했다.

"당신은 미국인이군요. 목소리만 들어도 알 수 있어요. 정말 돌아가고 싶어요."

"물론 나는 미국인이지. 나는 네 사촌오빠인, 줄리어스 헤르사이머야. 너를 찾으려고 유럽으로 건너왔는데, 이제는 껴안고 춤이라도 추고 싶은 심정이야."

그때 자동차가 속도를 늦추었다.

조지가 어깨너머로 줄리어스에게 물어보았다.

"사거리가 나왔는데요? 어느 쪽으로 가야 할지 모르겠습니다."

자동차는 더욱 속도를 늦추어 거의 정지한 상태가 되었다. 그때 누군가가 갑자기 자동차 뒤쪽에서 기어올라와 그들 사이로 불쑥 머리를 들이밀었다.

"미안합니다." 토미가 자세를 잡고 앉으며 말했다.

놀람에 찬 탄성들이 그를 맞이했다. 그는 그들의 질문에 일일이 대꾸했다.

"드라이브 길옆에 있는 관목 숲에 숨어 있었지. 그러다가 뒤에 매달렸던 거요. 그런 속력으로 달리는 동안에는 내가 차 뒤에 매달렸다는 사실을 당신들에게 알릴 도리가 없었어요. 죽어라고 매달려 있을 수밖에 없었던 거죠. 그건 그렇고, 아가씨들은 어서 차에서 내려요!"

"내리라고요?"

"그렇소. 저쪽 길로 조금만 올라가면 역이 나올 거요. 3분 안에 기차가 들어올 테니까, 서두르면 그 기차를 탈 수 있을 겁니다."

"도대체 어떻게 하겠다는 거요?" 줄리어스가 물었다.

"차를 버리면 그들을 속일 수 있을 거라고 생각하는 거요?"

"당신과 나는 계속 차에 남아 있을 거요. 여자들만 기차를 타러 가고."

"당신 미쳤구먼, 베레즈포드. 완전히 돈 거 아니오? 이들을 내버려두고 갈 수는 없소. 그렇게 하면 그걸로 끝장이 날 거요."

토미는 터펜스를 돌아보며 말했다.

"어서 내려, 터펜스 그녀와 함께. 어서 내 말대로 해. 아무도 당신들을 해치지 않을 거야. 당신들은 안전해. 런던까지 기차를 타고 가서, 곧장 제임스 필에드거튼 경한테로 가. 카터 씨는 지금 런던에 안 계시지만, 제임스 경과 함께 있으면 안전할 거야."

"이보시오!" 줄리어스가 외쳤다.

"당신 돌았소? 제인, 너는 나와 함께 있어야 해."

갑자기 재빠른 동작으로 토미는 줄리어스의 손에서 권총을 빼앗아 들고, 그에게 총구를 겨누었다.

"이래도 내가 진심으로 하는 소리란 걸 믿지 못하겠소? 어서 내려, 당신들은. 그리고 내가 말한 대로 해. 아니면 정말 쏠 거야!"

터펜스는 여전히 머뭇거리는 제안을 끌고 차에서 뛰어내렸다.

"어서 가요. 토미가 확신하고 있다면, 그의 말을 믿어도 좋을 거예요. 서둘러요. 이러다가는 기차를 놓치겠어요."

그들은 역을 향해 뛰어갔다.

줄리어스가 참고 있던 분노를 폭발시켰다.

"도대체 무슨……!"

토미가 그의 말을 가로챘다.

"입 다무시오! 당신한테 할 이야기가 있소, 줄리어스 헤르사이머."

제25장

제인의 이야기

제인의 팔을 끼고 끌다시피 터펜스는 역에 도착했다. 그녀는 기차가 들어오는 소리를 들을 수 있었다.

"서둘러요." 그녀가 숨을 몰아쉬며 말했다.

"안 그러면 기차를 놓치겠어요."

그들이 플랫폼에 들어서자 기차가 막 멈춰 섰다. 그들은 비어 있는 일등칸의 문을 열고 들어가 푹신한 좌석에 털썩 주저앉아 숨을 가라앉혔다.

한 남자가 안을 들여다보더니 다음 칸으로 지나갔다. 제인이 갑자기 몸을 움츠렸다. 그녀의 눈은 온통 공포에 젖어 있었다.

"그들과 한패가 아닐까요?" 그녀는 터펜스를 쳐다보며 나직하게 속삭였다.

터펜스는 고개를 저었다.

"아닐 거예요. 그만 마음을 놓아요." 그녀는 제인의 손을 붙잡았다.

"우리가 안전할 거라고 확신하지 않았다면 토미가 우리에게 이렇게 하라고 하지 않았을 거예요."

"하지만 그분은 나만큼 그들을 잘 알지는 못해요!" 제인은 몸서리를 쳤다.

"당신은 이해하지 못할 거예요. 5년! 5년이나 그들에게 잡혀 있었어요! 어떤 때는 정말 미쳐 버릴 것 같았어요."

"이젠 더 이상 그 일을 생각하지 말아요. 다 끝난 일이에요."

"정말 그럴까요?"

이윽고 기차가 움직이며 무거운 밤 공기를 가르면서 천천히 속도를 높이기 시작했다. 갑자기 제인이 벌떡 일어났다.

"저게 뭐였지요? 어떤 얼굴을 본 것 같아요. 창문을 통해 우리를 들여다보는 얼굴."

"그렇지 않아요. 보세요, 아무도 없잖아요."

터펜스는 창문으로 걸어가서 손잡이를 내렸다.

"당신은 확신하세요?"

"물론 확신해요."

제인은 좀 미안함을 느끼는 것 같았다.

"내가 겁먹은 토끼처럼 굴고 있다는 것을 잘 알고 있지만, 정말 어쩔 수가 없어요. 내가 다시 그들 손에 붙잡히게 되면 그들은 나를……."

그녀는 공포에 젖은 눈으로 망연히 허공을 쳐다보았다.

"제발 그만 해요!" 터펜스가 애원하듯이 말했다.

"편하게 뒤로 기대어 앉아요. 그리고 아무 생각도 하지 말아요. 토미는 결코 자신 없는 말을 함부로 내뱉는 그런 사람이 아니란 걸 안심하고 믿어도 좋아요."

"내 사촌오빠는 그렇게 생각하지 않는 것 같았어요. 오빠는 우리가 이렇게 하기를 원치 않았어요."

"그렇지 않아요." 터펜스는 다소 당황한 어조로 말했다.

"무슨 생각을 하는 거죠?" 제인이 날카롭게 물었다.

"어째서 그렇게 생각하나요?"

"당신 목소리가 아주, 이상했기 때문이에요!"

"잠시 뭔가를 생각하고 있었어요." 터펜스가 솔직하게 말했다.

"하지만 지금은, 당신한테 말하고 싶지가 않군요. 물론 내가 잘못 생각했을지도 모르지만, 정말로 내 생각이 틀릴 것 같지는 않아요. 그것은 오래전에 머릿속에 떠올랐던 생각이에요. 그런데 토미 역시 그렇게 생각, 틀림없이 그도 그렇게 생각하는 것이 분명해요. 하지만 걱정하지 마요. 설사 그렇다고 해도 그때까지는 아직 시간이 충분하니까요. 그리고 그런 일은 결코 없을지도 모르거든요! 이제 내 말대로 편히 기대어 앉아서 아무런 생각도 하지 말아요."

"노력해볼게요." 기다란 속눈썹이 그녀의 밝은 갈색 눈동자에 드리워졌다.

터펜스는 자세를 똑바로 하고 앉아서, 마치 주인을 지키는 테리어종 개처럼 온 신경을 기울여 주위를 감시했다. 그녀 역시 불안한 심정은 어쩔 수 없었다.

그녀의 시선은 쉴 새 없이 이 창문에서 저 창문으로 옮겨 다녔다. 그녀는 비상통신용 줄이 있는 정확한 위치를 파악해 두었다. 그녀도 걱정이 태산 같았지만, 그것을 입 밖에 낼 수가 없었다. 그러나 마음속으로는 자신의 말과는 달리 전혀 확신이 서지를 않았다. 물론 토미를 불신하는 것은 아니었지만, 그같이 단순하고 정직한 사람이 어떻게 그런 교활하고 악마 같은 상대와 맞서 싸울 수 있을까 하는 생각이 들게 되면 그녀의 의지는 걷잡을 수 없이 흔들리곤 했다.

그들이 일단 무사하게 제임스 필 에드거튼 경한테 가게 되면, 그다음부터는 안심해도 좋을 것 같았다. 하지만 정말 무사하게 그에게 갈 수 있을까? 이미 브라운의 보이지 않는 힘이 자기들을 기다리는 것은 아닐까? 권총을 들고 있던 토미의 마지막 모습조차 그녀에게 불안감을 더해 줄 뿐이었다. 지금쯤은 이미 그자들에 의해 불행을 당했을지도 모르는……. 터펜스는 구체적인 행동 계획을 세웠다.

이윽고 기차가 차링 크로스 역 구내로 천천히 들어서자 제인 핀은 깜짝 놀라며 몸을 일으켰다.

"도착했나요? 이렇게 무사히 도착하리라곤 정말 생각지도 못했어요!"

"오, 나는 런던까지는 아무 탈 없이 도착할 거라고 생각했어요. 무슨 말썽이 생긴다면, 아마 지금부터일 거예요. 빨리 나가요. 어서 택시를 잡아타야 해요."

그들은 기차 요금을 내고는 개찰구를 빠져나와 택시 쪽으로 바삐 걸음을 옮겼다.

"킹스 크로스 역으로 가요."

터펜스가 이렇게 말했다. 그러고는 깜짝 놀랐다. 한 남자가 그들이 막 출발하려는 순간에 차 안을 들여다보았기 때문이다. 그녀는 그 남자가 기차에서 자기들 옆 칸에 탔던 사람이라는 걸 거의 확신할 수 있었다. 그녀는 보이지 않는 손들이 사방에서 서서히 죄어오는 듯한 끔찍한 기분을 느꼈다.

그녀가 제인에게 말했다.

"만일 그들이 우리가 제임스 경한테로 갈 거라고 생각한다면 이렇게 해서 그들을 떨쳐 버릴 수가 있을 거예요. 이제부터 그들은 우리가 카터 씨한테 갈 거라고 생각할 거예요. 그의 집이 런던 북쪽에 있거든요."

한 블록을 지나서 홀본 교차로에 이르자, 택시는 신호대기에 걸려 멈춰 섰다. 이것이 바로 터펜스가 기다리던 순간이었다.

그녀가 속삭였다.

"빨리, 오른쪽 문을 열어요!"

두 여인은 도로 한가운데로 걸음을 옮겼다. 2분 뒤, 그들은 다른 택시를 타고 오던 길로 되돌아갔다. 이번에는 곧장 칼튼 하우스 지역으로 향했다.

"자, 이제는 그들을 따돌렸을 거예요." 터펜스가 아주 만족해하며 말했다.

"정말 멋진 생각이었어요! 택시 운전사는 우리를 몹시 욕하고 있을 거예요! 하지만 번호를 알아두었으니까, 내일 요금을 보내주면 그 사람도 화가 풀리겠죠. 이 길만 벗어나면……, 오!"

갑자기 쿵하는 소리가 나며 다른 택시가 그들이 탄 택시를 들이받았다.

재빨리 터펜스는 인도로 나왔다. 경관 한 사람이 다가오고 있었다. 그가 도착하기 전에 터펜스는 운전사에게 5실링을 쥐여주고 나서, 그녀와 제인은 군중 속으로 파고들었다.

"이제 얼마 남지 않았어요."

터펜스가 숨을 헐떡이며 말했다. 그 충돌사고는 트라팔가 광장에서 일어난 일이었다.

"그 충돌사고가 우연이었다고 생각해요, 아니면 고의적인 사고였다고 생각하세요?"

"모르겠어요. 양쪽 다 가능성이 있는 것 같아요."

두 여인은 서로 손을 맞잡고 거리를 헤쳐나갔다.

터펜스가 갑자기 입을 열었다.

"신경과민인지는 몰라도 누군가가 우리 뒤를 따르는 듯한 기분이에요."

"빨리 가요! 오, 어서요!" 제인이 속삭였다.

이윽고 칼튼 하우스 지역으로 들어서게 되자, 그들의 기분도 밝아졌다. 갑자기 술 취한 듯 보이는 덩치가 큰 남자가 그들의 길을 가로막고 나섰다.

"안녕하십니까, 아가씨들." 그가 딸꾹질하며 말했다.

"어딜 그렇게 급히 가시는 겁니까?"

"어서 길을 비켜 주세요." 터펜스가 초조하게 말했다.

"아가씨의 예쁜 친구와 잠시 이야기 좀 나누고 싶은데."

그는 떨리는 손을 뻗어 제인의 어깨를 붙잡았다. 터펜스는 뒤쪽에서 다른 사람의 발걸음소리가 나는 것을 들을 수 있었다. 그녀는 그 발걸음소리의 주인공이 친구인지 적인지 확인할 만한 여유가 없었다. 그녀는 머리를 낮추고는 어린 시절에 배웠던 솜씨를 발휘해서 길을 가로막고 서 있는 남자의 가슴 한 복판을 있는 힘을 다해 들이받았다. 이런 기습작전의 효과는 즉각적이었다. 그 남자는 갑작스런 공격을 받고 길바닥에 나가떨어졌다. 터펜스와 제인은 젖 먹던 힘까지 내서 달아났다. 그들이 목표로 하는 집이 얼마 앞에 내려다보였다. 그들을 쫓는 발걸음소리가 뒤에서 계속 들렸다. 이윽고 제임스 경의 집 문 앞에 도착했을 때 그들의 숨은 턱까지 차오른 상태였다. 터펜스는 초인종을 눌렀고 제인은 문을 두드렸다.

그들을 막아섰던 그 남자도 계단 밑에 당도했다. 그는 잠시 망설였고, 그러는 동안 문이 열렸다. 그들은 급히 홀 안으로 뛰어들었다. 제임스 경이 서재 문을 열고 그들에게 다가왔다.

"아니, 이게 어찌된 일이오?"

그는 한발 더 다가서며 넘어질 듯이 비틀거리는 제인의 팔을 잡아 주었다. 그는 그녀를 안듯이 서재로 데려가 긴 소파 위에 뉘었다. 그러고는 브랜디를 조금 따라 그녀에게 마시게 했다. 이윽고 한숨을 내쉬며 일어나 앉은 그녀의 눈에는 여전히 공포의 기색이 가시지 않고 있었다.

"이젠 괜찮아요. 두려워하지 말아요, 아가씨. 여긴 아주 안전하다오."

그녀의 숨도 많이 고르게 되었고, 얼굴에 혈색도 돌아왔다.

제임스 경이 터펜스를 짓궂은 표정으로 쳐다보았다.

"그래, 정말로 죽지 않고 살아 있었구먼, 터펜스 양. 토미 청년이 생각했던 것보다 더 생생하게 말이오!"

"청년 모험가들은 아직 죽을 때가 안 되었어요."

터펜스가 자랑스럽게 말했다.

"그런 것 같소." 제임스 경이 냉담하게 말했다.

"그 모험이 성공적으로 끝나게 된 것 같군요. 그런데 이쪽이……."

그는 소파에 앉아 있는 여인을 돌아다보았다.

"제인 핀 양인가요?"

제인이 똑바로 일어나 앉았다.

"예." 그녀가 침착하게 대답했다.

"제가 제인 핀이에요. 저는 당신에게 말씀드릴 게 많습니다."

"좀더 회복이 된 다음에……."

"아니에요, 지금 말씀드려야 해요!" 그녀의 목소리가 약간 높아졌다.

"모든 걸 말해야 제 마음이 좀더 편안해질 것 같아요."

"정 그렇다면 좋을 대로 해요." 제임스 경이 말했다.

그는 소파와 마주 보는 커다란 안락의자에 앉았다.

제인은 나지막한 목소리로 이야기를 시작했다.

"저는 파리로 가기 위해 루시타니아호에 타고 있었어요. 저는 전쟁에 대해서 많은 생각을 해봤어요. 그래서 어떤 방법으로든지 돕고 싶었어요. 저는 프랑스에서 공부한 적이 있었는데, 그때 저를 가르치셨던 선생님이 파리 병원에서는 많은 도움이 필요하다고 말씀하셨거든요. 그래서 편지를 보내 돕고 싶다고 했더니, 제 제의를 받아들였던 거지요. 제겐 가족도 없어서 일이 쉽게 추진되었던 거예요.

루시타니아호가 어뢰를 맞고 침몰하기 시작하는데, 어떤 남자가 저한테 다가왔어요. 그전에 한두 번 그 사람을 본 적이 있었는데, 저는 그 사람이 뭔가 커다란 걱정거리가 있는 것 같다고 생각했었죠. 그는 저에게 미국을 사랑하느냐고 묻고는 그렇다고 대답하자, 자기는 연합국 측의 생사가 걸린 중요한 문서를 전달하는 임무를 띠고 있다고 했어요. 그는 저한테 그 문서를 맡아 달라고 부탁하고는 '더 타임스'의 광고란을 주의해서 보라고 하더군요. 만일 광고가 나지 않게 되면 문서를 미국 대사관에 전달하기로 되어 있었죠.

그 뒤에 일어난 일들을 생각하면 지금도 악몽을 꾸는 것 같아요. 그 일에 대해서는 가끔 꿈을 꾸기도 해요. 댄버스 씨는 저에게 조심하라고 했어요. 자기는 그렇게 생각하지 않지만, 뉴욕에서부터 미행당하고 있었을지도 모른다면서 말이에요. 처음에 저는 전혀 의심이 들지 않았지만, 구명보트를 타고 홀리헤드 항구로 가는 동안 차츰 불안해지기 시작했어요. 그건 어떤 여인이, 저와 한방을 쓰던 밴드마이어 부인이라는 여인이 아주 날카로운 눈초리로 지켜보고 있었기 때문이었어요. 처음에는 저한테 친절하게 대해 주는 그녀에게 고마움을 느꼈지만 줄곧 그녀한테 뭔가 수상쩍은 듯한 느낌을 떨쳐 버릴 수가 없었는데, 아일랜드 구명정에서 저는 그녀가 몇몇 수상해 보이는 사람들과 이야기를 나누는 것을 보게 되었고, 그들의 모습을 보고 그들이 제 이야기를 하고 있었다는 사실을 알게 된 거예요. 저는 루시타니아호에서 댄버스 씨가 그 문서를 넘겨줄 때 그녀가 아주 가까운 곳에 있었다는 사실과 그전에도 한두 번 댄버스 씨에게 말을 걸려고 했었다는 것이 생각났어요. 저는 차츰 두려워지기 시작했지만, 어떻게 해야 할지 정말 알 수가 없었어요.

저는 그날 런던으로 가지 말고 홀리헤드에서 머무를까 하는 생각도 해보았지만, 곧 그건 정말 어리석은 짓이 될 거라고 판단했지요. 유일한 방법은 아무것도 눈치 채지 못한 듯이 행동하는 것뿐이었죠. 제가 조심만 하고 있으면 그들이 저를 어쩌지 못할 거라고 생각했거든요. 우선 일종의 예방조치로 한 가지 미리 해둘 것이 있었는데, 그것은 기름종이 포장 안에 들어 있는 문서를 빼내고 그 대신 백지를 넣어두는 것이었죠. 그리고 다시 본래대로 봉해 놓으면 누가 그것을 빼앗아 간다고 해도 아무런 문제가 되지 않을 테니까요.

실제로 그 일을 하려니까 정말 너무나도 걱정스러웠어요. 저는 포장을 뜯어내고(안에는 두 장의 얇은 종이가 들어 있었어요), 내용물을 잡지 사이에 끼워 넣고는 문서가 들어 있는 두 페이지의 가장자리를 껌으로 붙여 버렸어요. 그러고는 잡지를 아무렇게나 외투 주머니에 꽂아 넣고 다닌 거죠.

홀리헤드에서 저는 선량해 보이는 사람들과 한 칸에 타려고 해보았지만, 이상하게도 사람들이 저를 밀어내는 통에 어쩔 수 없이 밀려나곤 했어요. 그건 정말이지 너무도 이상하고 소름끼치는 일이었어요. 그렇게 해서 결국은 밴드마이어 부인과 한 칸에 타게 되었죠. 복도로 나가서 다른 칸들을 살펴보았지만, 전부 사람들로 가득 차 있어서 할 수 없이 다시 돌아와 제자리에 앉게 되었어요. 그 칸에는 다른 사람들도 있었는데, 아주 상냥해 보이는 젊은 부부가 맞은편 자리에 앉아 있어서 저는 다소 안심이 되었어요. 그래서 런던 근교에 이를 때까지는 편안한 기분으로 여행하게 되었죠. 저는 의자 뒤로 깊숙이 기대어 앉으며 눈을 감았어요. 그들은 제가 잠이 들었을 줄로 생각했을 테지만, 사실은 눈을 완전히 감은 건 아니었어요. 그때 갑자기 저는 상냥해 보이던 남자가 가방에서 뭔가를 꺼내더니 그것을 밴드마이어 부인에게 넘겨주면서 기묘한 눈짓을 보내는 것을 보게 된 거예요…….

그 눈짓은 정말이지 말로는 도저히 형언할 수 없을 정도로 저를 소름끼치게 했어요. 저는 그저 될 수 있는 대로 빨리 그 칸에서 나가야 한다는 생각밖에는 할 수가 없었어요. 그래서 최대한으로 자연스럽게 보이려고 애쓰면서 자리에서 일어났죠. 그런데 어떻게 눈치를 챘는지는 몰라도 갑자기 밴드마이어 부인이 뭐라고 하면서 비명을 지르려는 제 입과 코를 뭔가로 틀어막은 거였어요. 그러고는 동시에 뭐가 뒷머리를 내리치는 것 같더니…….”

그녀가 몸서리를 치자 제임스 경이 뭐라고 따뜻하게 위로해주었다. 잠시 뒤 그녀는 다시 말을 이었다.

“제가 다시 의식이 돌아왔을 때는 시간이 얼마나 지났는지 알 수가 없었어요. 저는 끔찍한 고통과 메스꺼움을 느꼈죠. 눈을 떠보니까 더러운 침대 위에 누워 있더군요. 침대 주위에는 장막이 쳐져 있었지만, 방 안에서 두 사람이 이야기를 나누는 것을 들을 수 있었어요. 한 사람은 밴드마이어 부인이었어요. 무슨 내용인지 들어보려고 했지만, 처음에는 잘 알아들을 수가 없었어요. 이윽고 대화의 내용을 파악하게 되자, 저는 말할 수 없는 공포를 느꼈어요! 그런데도 제 입에서 비명이 터져 나오지 않았던 것은 정말 이상한 일이에요.

그들은 결국 그 문서를 발견하지 못한 것이었죠. 그들이 손에 넣은 것은 하나도 쓸모없는 백지만 들어 있는 기름종이 포장에 불과했으니, 그들은 머리끝까지 화가 치밀어 올랐던 거예요! 그들은 제가 문서를 바꿔치기한 것인지, 아니면 댄버스는 가짜 문서를 운반하고 있었고 진짜 문서는 다른 경로를 통해 보내진 것인지 알 수가 없었던 거죠. 그걸 알아내기 위해서…….”

그녀는 눈을 내리감았다.

"그들은 저를 고문하자고 했어요. 그 말을 듣자 그만 너무도 두려워서, 정말 토할 것만 같았어요. 저는 눈을 감고 아직도 의식을 차리지 못한 듯이 가장을 했지만, 걷잡을 수 없이 뛰는 심장의 고동소리를 그들이 들을 것만 같았어요. 하지만 그들은 다시 밖으로 나가더군요. 저는 미친 듯이 생각하기 시작했어요. 어떻게 한다지? 저는 오랫동안 고문에 견딜 수 없으리란 것을 잘 알고 있었어요. 갑자기 그동안 잊고 있었던 어떤 생각이 머릿속에 떠오르더군요.

그것은 언제나 저에게 새로운 흥미를 주었고, 또한 그에 대한 책들도 아주 많이 읽었던 그런 것이었죠. 전 즉시 한 가지 계획을 꾸몄어요. 제가 그 계획을 끝까지 해낼 수만 있다면 살아날 수도 있을 것 같았죠. 저는 마음속으로 간절히 기도를 드리고는 깊이 숨을 들이마셨답니다. 그러고는 눈을 뜨며 프랑스어로 중얼거리기 시작했던 거예요!

밴드마이어 부인이 즉시 장막을 들추고 들어오더군요. 그녀의 표정이 너무도 악독해서 정말 까무러칠 지경이었지만, 저는 간신히 정신을 차리고 그녀에게 이상한 미소를 지어 보이며 프랑스어로 제가 있는 곳이 어디냐고 물었어요. 그것이 그녀를 몹시 당황하게 만들었다는 것을 곧 알 수가 있었죠.

그녀는 아까 이야기를 나누던 남자를 부르더군요. 그는 얼굴을 어둠 속에 숨긴 채 장막 곁에 서 있었어요. 그가 저한테 프랑스어로 말했죠. 그의 목소리는 아주 평범하고 나직했지만, 어쩐지 그 여인보다 훨씬 두려운 생각이 들더군요. 그가 마치 제 마음속을 꿰뚫어보는 것 같은 기분을 느꼈지만, 저는 침착하게 연기를 계속했어요. 저는 다시 여기가 어디냐고 묻고는, 뭔가 기억이 날 듯하다가 다시 꺼지곤 하는 표정을 지어 보였어요. 점점 더 머리가 혼란스러워지는 것처럼 보일 생각에서였죠. 그는 제 이름을 묻더군요. 저는 모르겠다고 했어요. 정말 아무것도 생각이 나지 않는다고 했어요.

갑자기 그는 제 손목을 잡고는 비틀기 시작했어요. 그 고통은 정말 너무도 견디기 어려웠어요. 저는 비명을 질렀지만 그는 멈추지 않더군요. 저는 계속 비명을 질렀지만, 물론 전부 프랑스어로 해야 한다는 것을 잊지 않고 있었죠. 더 이상 얼마나 오랫동안 버틸 수 있을지 자신이 없었는데, 다행히도 저는 기절하고 말았어요. 이윽고 저는 그의 목소리를 들을 수가 있었어요. '저건 가장이 아니야! 이런 애송이 처녀가 이런 꾀를 쓸 리는 없을 거야' 그는 제 또래의 미국 소녀들은 영국 소녀들보다 정신연령이 높다는 것을, 그리고 과학적인 문제에 대한 관심도 훨씬 많다는 사실을 모르는 것 같았어요.

제가 정신을 차리자, 밴드마이어 부인은 아주 상냥하게 대해 주더군요. 그렇게 하라고 명령을 받았던 모양이에요. 그녀는 프랑스어로, 제가 충격을 받아서 그동안 심하게 앓고 있었는데, 이제 곧 나아질 거라고 했어요. 저는 더욱 어리둥절한 표정을 지으며, 그 '의사'가 제 손목을 아프게 한 것에 대해 뭐라고 중얼거렸지요. 제가 그렇게 말하자 그녀는 안심하는 것 같았어요.

이윽고 그녀는 그 방을 나갔죠. 그래도 저는 마음을 놓을 수 없어서 한동안 그대로 가만히 누워 있었어요. 상당한 시간이 지난 뒤에 자리에서 일어나 방 안을 살펴보기 시작했죠. 하지만 어디에선가 저를 감시하는 눈이 있을 거라고 생각했는데, 그런 상황 아래에서는 당연한 일 같았거든요. 그곳은 굉장히 누추하고 지저분한 방이었어요. 그리고 이상하게도 창문이 하나도 없더군요. 틀림없이 방문은 잠겨 있을 거라고 생각하고는 애써 열어 보려고도 하지 않았어요. 벽에는 파우스트에 나오는 장면을 묘사한 낡은 그림들이 걸려 있더군요."

터펜스와 제임스 경은 동시에, "아!" 하고 탄성을 질렀다. 제인은 고개를 끄덕였다.

"맞아요. 그곳은 소호가에 있는 집으로, 베레즈포드 씨도 갇힌 적이 있었죠. 물론 그 당시 저는 런던에 있다는 사실조차 몰랐어요. 그때 저를 몹시 걱정스럽게 하는 문제가 있었는데, 제 외투가 의자 등받이에 아무렇게나 걸쳐진 걸 보고는 정말 더할 수 없는 안도감을 느꼈답니다. 그리고 잡지도 여전히 외투 주머니 속에 꽂혀 있었거든요!

저는 어떻게 해서든 감시당하고 있는지를 확인해보고 싶었어요. 사방 벽을 조심스럽게 살펴보았지만, 무슨 감시 구멍 같은 것은 없는 것 같았어요. 그러나 여전히 저는 틀림없이 그런 것이 있을 거라고 확신했어요. 그래서 갑자기 테이블 모서리에 주저앉아 얼굴을 손으로 감싸며 서럽게 흐느끼기 시작했지요. 그러면서도 한편으로는 귀를 곤두세우고 무슨 소리가 나지 않을까 하고 기다려 보았어요. 그랬더니 희미하게 옷자락이 스치는 소리를 확연하게 들을 수 있었어요. 그것만으로도 저한테는 충분한 것이었죠. 저는 감시당하고 있었던 거예요!

저는 다시 침대에 누웠고, 얼마 뒤 밴드마이어 부인이 저녁식사를 가지고 들어왔어요. 그녀는 여전히 상냥한 태도로 대해 주더군요. 그녀는 제 신임을 얻으려고 애쓰는 것 같았어요. 이윽고 기름종이 꾸러미를 내게 보이면서 그걸 알아보겠느냐고 묻고는 살쾡이 같은 눈초리로 제 표정을 엄밀하게 살펴보더군요. 저는 그것을 받아들고는 어리둥절한 표정으로 이리저리 살펴보는 체했죠. 그러고는 고개를 저었어요. 어디서 본 적이 있는 것 같은데 생각이 날 듯하면서도 도무지 생각이 나지 않는다고 말했죠. 그러자 그녀는 제가 자기 조카이고, 언제나 자기를 '리타 아줌마'라고 불렀다는 말을 해주더군요. 제가 순순히 고개를 끄덕이자, 그녀는 너무 걱정하지 말라면서 곧 기억을 되찾게 될 거라고 했어요.

정말 끔찍한 밤이었어요. 그녀가 다시 저를 만나러 오기 전까지는 계획을 짜내야 했어요. 그 문서는 그때까지는 아주 안전했지만, 더 이상 그대로 내버려 둘 수는 없는 노릇이었거든요. 그들이 언제 잡지를 내다 버릴지 모르는 일이었으니까요. 저는 새벽 2시쯤 되었다고 생각이 될 때까지 누워서 기다렸어요. 그러고는 아주 조심스럽게 일어나 캄캄한 왼쪽 벽을 더듬어 보았죠. 극히 조심스럽게 그림, 보석 상자를 든 마거릿을 그린 그림을 벽에서 떼어내고는, 살금살금 외투가 있는 곳으로 기어가서 잡지를 꺼냈어요. 그리고 세면대로 가서 그림 뒤에 붙은 갈색 포장지를 물에 적셨어요. 이윽고 그것이 떨어지자, 비밀문서가 들어 있는 부분을 잡지에서 뜯어내어 그림과 갈색 포장지 사이에 집어넣고 껌으로 다시 붙였지요. 아무도 그 그림에 누가 손을 댔다고는 생각지도 못할 거예요. 저는 다시 그림을 제자리에 걸어놓고 잡지도 다시 외투 주머니에 넣어두고는 살금살금 침대로 돌아왔어요. 그곳은 정말 마음에 들었어요. 저는 그들이 댄버스가 가짜 문서를 운반하고 있었다는 쪽으로 결론 내려 결국 저를 그냥 놔주게 되기만을 바랐어요.

사실 그들도 처음에는 그렇게 생각했던 모양인데, 그게 저한테는 정말 위험천만한 결정이 될 뻔했던 거죠. 나중에야 저는 그들이 그 즉시 저를 없애버리려고 했는데(저를 그냥 놔준다는 것은 결코 있을 수 없는 일이었죠), 두목으로 보였던 사람이 제가 문서를 숨겨 두었을 가능성이 크다고 판단하고는 제가 기억이 돌아오게 되면 그때 가서 그 장소를 털어놓게 하겠다고 결정 내렸다는 사실을 알게 되었어요. 그들은 몇 주일 동안 내내 제 거동을 감시하더군요. 그러고는 수시로 저에게 질문했는데, 그들은 정말 온갖 고문 수법에 대해 모르는 게 없는 것 같았어요. 하지만 저는 끝까지 기억상실증 환자 역할을 완벽하게 해낸 거예요. 그 때문에 생긴 긴장감은 정말 견디기 어려웠어요.

그들은 저를 아일랜드로 데리고 가서 처음에 한 여행을 그대로 되풀이하도록 했는데, 그것은 제가 문서를 런던으로 오는 도중 어딘가에 숨겼을지도 모른다고 생각했기 때문이었죠. 그러면서도 밴드마이어 부인과 또 다른 여인이 한시도 제 곁을 떠나지 않았어요. 그들은 사람들에게 제가 밴드마이어 부인의 조카라고 하면서, 루시타니아호 사건으로 정신적인 충격을 받았다고 말하곤 했어요. 하지만 그들의 손에서 도망칠 수 있도록 도움을 청할 만한 사람도 없었고, 설사 그런 모험을 한다고 해도 실패할 것 같았어요. 그건 밴드마이어 부인이 아주 부자처럼 보였고 옷차림도 아주 화려했기 때문에, 제가 그녀의 정체를 폭로한다고 해도 사람들은 제가 정신적으로 커다란 충격을 받아 헛소리하는 거라고 생각할 게 분명했을 테니까요. 게다가 일단 그들이 제가 그동안 거짓으로 기억을 잃은 듯이 행세해 왔다는 사실을 알게 될 때, 제게 닥쳐올 고통이 너무도 엄청날 거라는 공포를 떨쳐 버릴 수가 없었어요."

제임스 경이 이해가 간다는 듯이 고개를 끄덕였다.

"밴드마이어 부인은 사교계에서도 이름을 날리던 여인이었다오. 거기에다가 그녀의 사회적 신분으로 볼 때, 핀 양의 말만으로 그녀를 궁지에 몰아넣기란 아무래도 어려웠을 거요. 그녀의 비행에 대한 아가씨의 깜짝 놀랄 만한 주장은 그리 쉽게 받아들여지지 않았을 것이 틀림없지."

"그것이 바로 제가 생각했던 점이에요. 결국 저는 본머스에 있는 요양소에 보내지게 되었지요. 처음에는 그것이 함정인지, 아니면 정말로 저를 치료할 생각으로 보낸 것인지 알 수가 없었어요. 저는 특별 환자로, 한 간호사가 맡아서 보살펴 주었어요. 그녀는 무척 성실하고 진실해 보여서 마침내 저는 그녀에게 비밀을 털어놓아야겠다고 결심하게 되었죠. 그런데 정말 주님이 도우셔서 천만다행으로 그들의 함정에 빠지지 않게 되었어요. 우연히 제 방문이 조금 열려서, 저는 그녀가 복도에서 누군가와 이야기하는 것을 듣게 되었던 거예요. 그녀도 역시 그들과 한패였어요! 그들은 여전히 제가 연극을 하고 있을지도 모른다는 생각을 포기하지 않고, 그걸 확인하려고 그 간호사에게 감시하도록 시켰던 거예요! 그런 일이 있고부터 저는 완전히 용기를 잃었어요. 아무도 믿을 수가 없었던 거죠.

저는 자신에게 최면을 걸기 시작했어요. 그런 식으로 한동안 지내자 제가 진짜 제인 핀이라는 사실조차도 거의 잊어버리게 되더군요. 그리고 너무 자넷 밴드마이어의 역할에 골몰하다 보니 저도 모르게 신경쇠약에 걸리게 되어 버렸어요. 정말로 병에 걸리게 된 거죠. 몇 달 동안을 일종의 혼수상태에 빠져서 지내게 되었던 거예요. 저는 이제 얼마 안 있으면 죽게 될 테고, 그렇게 되면 더 이상 문제 될 것도 없을 거라는 생각이 들게 되었지요. 정상적인 사람을 정신병원에 가두어 놓게 되면 결국에는 정신이상을 일으키게 되는 경우가 많이 있다고 하던데, 제가 바로 그런 경우였던 것 같아요. 연극을 하다 보니 그것이 제 몸에 배게 된 거죠. 결국은 불행한 처지에 놓여 있다는 사실조차 잊어버리고는 아주 무감각한 상태가 되었던 거예요. 아무것도 저에게는 문제가 되지 않는 것 같았어요. 그런 상태로 몇 년이 지나가게 되었죠.

그런데 갑자기 상황이 바뀐 것 같았어요. 밴드마이어 부인이 런던에서 내려온 거죠. 그녀와 의사는 저에게 이것저것 묻더니 여러 가지 다양한 치료법을 시험해보더군요. 그러고는 저를 파리에 있는 어떤 전문의한테 보내자고 했어요. 하지만 그들은 그런 모험을 감수할 수가 없었죠. 저는 어떤 이야기를 엿들었는데, 그건 다른 사람들, 그러니까 저를 정말로 아끼는 사람들이 저를 찾고 있다는 내용 같았어요. 그런 일이 있고 나서, 저를 돌보던 간호사가 제 대신 파리로 가서 전문의에게 진찰을 받았다는 사실을 알게 되었어요. 그 의사는 그녀에게 몇 가지 테스트를 하고는 그녀가 기억을 상실했다고 하는 것은 순전히 거짓이라는 사실을 밝혀냈던 거죠. 그녀는 전문의의 방법을 기억해 두었다가 저한테 다시 써먹은 거예요. 물론 평생을 그 분야에 바쳐온 최고의 권위자인 전문의 앞에서였다면 결코 속일 수 없었을 테지만, 저는 다시 한 번 그 연극을 완벽하게 해낼 수 있었어요. 그것은 제가 그토록 오랫동안 저 자신조차도 제인 핀이라는 생각을 하지 않았기 때문에 더욱 쉬웠던 거죠.

그러던 어느 날 밤 저는 갑자기 런던으로 옮겨지게 되었어요. 그들은 저를 다시 소호가에 있는 그 집으로 데려갔던 거예요. 일단 요양소를 떠나게 되자 저는 다른, 마치 뭔가 내부에서 오랫동안 잠자고 있던 것이 다시 깨어나는 것 같은 기분을 느끼게 되었어요.

그들은 저를 보내 베레즈포드 씨(물론 그 당시에는 그의 이름을 몰랐지만요)의 시중을 들게 했어요. 저는 의심이 생겼죠. 이것도 역시 함정일 거라고 생각했던 거예요. 그러나 그분은 정말 정직한 사람 같아서, 함정일 거라는 생각은 거의 들지가 않았어요. 하지만 우리가 감시당하고 있다는 사실을 너무도 잘 알고 있었기에 말 한마디도 함부로 하지 않았던 거예요. 벽 위쪽에 조그만 구멍이 나 있었거든요.

그런데 일요일 오후, 그 집에 있는 사람들은 어떤 메시지를 받고는 몹시 당황하는 것이었어요. 저는 몰래 그들의 대화를 엿들었어요. 그 메시지 내용은 그를 죽이라는 것이었어요. 그다음에 있었던 일들은 잘 알고 계실 테니 다시 말할 필요가 없겠죠. 저는 방으로 다시 올라가서 문서를 가지고 오려고 했는데 그만 그들에게 붙잡히고 말았던 거예요. 그래서 비명을 지르며 그가 도망쳤다고 하고는, 마거릿한테 돌아가겠다고 소리를 질렀지요. 그 이름을 저는 세 번씩이나 큰소리로 외쳤죠. 다른 사람이 들으면 밴드마이어 부인을 찾는 줄로 생각할 거라는 사실을 알고 있었지만, 사실 저는 베레즈포드 씨가 그 말을 듣고 그 그림을 생각하게 되기를 바랐던 거예요. 제가 그분을 처음으로 본 날 그분은 그림 한 장을 벽에서 떼어 놓고 있었는데, 그것이 저로 하여금 그분을 믿는데 주저하게 만들었던 거죠."

그녀는 이야기를 끝냈다.

"그렇다면……." 제임스 경이 천천히 말했다.

"그 문서는 아직도 그 집, 그 그림 뒤에 있겠군요."

"예."

그녀는 오랜 이야기를 끝내고는 기진해서 소파 위로 무너지듯 쓰러졌다.

제임스 경이 자리에서 일어나더니 시계를 들여다보며 말했다.

"그럼 즉시 그곳으로 가야겠소." 그가 말했다.

"오늘 밤에요?" 터펜스가 놀라며 물었다.

"내일이면 너무 늦을지도 모르오." 제임스 경이 심각한 어조로 말했다.

"게다가 오늘 밤이야말로 희대의 범죄자인 브라운을 잡을 수 있는 절호의 기회요."

잠시 죽음 같은 침묵이 흐르고 나서 제임스 경이 다시 말을 이었다.

"당신들이 이곳까지 미행당했으리란 것은 의심할 여지도 없는 일이오. 이제 우리가 집을 나서게 되면 다시 미행당할 테지만, 결코 방해받지는 않을 거요. 왜냐하면 우리가 문서가 있는 곳까지 안내하도록 하는 것이 브라운의 계획이기 때문이오. 하지만 소호가에 있는 그 집은 밤낮으로 여러 명의 경찰이 감시하고 있을 거요. 우리가 집 안으로 들어가게 되면, 브라운은 그냥 물러서려고 하지 않겠지. 모든 위험을 감수하고서라도 그 문서를 손에 넣고자 할 테니까 말이오. 아니, 그는 그렇게 위험하지도 않을 거라고 생각할 거요. 왜냐하면 우리의 친구 모습으로 들어올 테니 말이오!"

터펜스는 얼굴을 붉히며 충동적으로 입을 열었다.

"저, 선생님은 모르고 계시는 사실이 있어요. 우리가 아직 말씀드리지 않은 것이 있어요."

그녀는 당황한 시선으로 제인을 쳐다보았다.

"그게 뭐죠?" 제임스 경이 급히 물었다.

"기탄없이 말해봐요, 주저하지 말고, 터펜스 양. 우리는 모든 것을 확실히 해둘 필요가 있어요."

하지만 터펜스는 이번에는 혀가 말을 듣지 않는 것 같았다.

"그건 정말 말하기가 어렵군요. 만일 제 생각이 틀렸다면……, 그건 정말 끔찍한 일이 될 테니까요."

그녀는 아무것도 모르는 제인을 보며 얼굴을 찌푸렸다.

"저는 결코 용서받지 못할 거예요." 그녀는 은밀하게 말했다.

"내 도움이 필요한가요?"

"예, 그래요. 선생님은 브라운이 누구인지 알고 계시죠?"

"그렇소." 제임스 경이 신중하게 말했다.

"적어도 나는 알고 있지요."

"적어도라니요?" 터펜스가 의심스러운 듯이 물었다.

"오, 하지만 제 생각에는……." 그녀는 말꼬리를 흐렸다.

"제대로 생각한 거요, 터펜스 양. 나는 그의 정체를 벌써 오래전부터, 밴드마이어 부인이 신비스럽게 살해당했던 그날 밤부터 어느 정도 확신하고 있었소."

"아!" 터펜스는 숨을 죽였다.

"거기에는 우리가 직면한 논리적인 사실들이 있소. 그 해답은 두 가지밖에 없지. 하나는 그녀가 자기 손으로 클로랄을 복용했다는 것인데, 그것은 생각해 볼 가치도 전혀 없는 이론이고, 따라서 그게 아니었다면……."

"예?"

"그게 아니었다면 아가씨가 그녀에게 준 브랜디 속에 클로랄이 들어 있었다는 것이오. 그 브랜디를 만진 사람은 단지 세 명뿐인데, 터펜스 양과 나, 그리고, 줄리어스 헤르사이머 밖에 없었소!"

제인 핀이 깜짝 놀라며 벌떡 일어서서는 휘둥그레진 눈으로 제임스 경을 노려보았다.

"처음에는 불가능한 일이라고 여겨졌지. 헤르사이머 씨는 유명한 백만장자의 아들로 미국에서도 아주 잘 알려진 사람이었으니 말이오. 그와 브라운이 동일인물일 가능성은 거의 없는 것 같았지요. 하지만 논리적인 사실을 결코 벗어날 수는 없는 거요. 사실이 그렇게 된 이상, 그것을 받아들일 수밖에 없는 거지요. 밴드마이어 부인이 갑자기, 정말 이해할 수 없을 정도로 기겁했던 사실을 생각해봐요. 부득이하다면 그것도 하나의 증거로 볼 수 있을 거요.

나는 아가씨한테 어떤 암시를 줄 기회가 있었소. 맨체스터에서 헤르사이머 씨가 하는 말을 듣고, 나는 아가씨가 그 암시를 이해하고 제대로 행동했구나 하고 짐작할 수 있었다오. 그러고는 불가능해 보이는 사실을 증명하기 위한 작업에 착수했던 거요. 그때 베레즈포드 씨가 나한테 전화를 걸어, 내가 이미 짐작하고 있었던 사실, 즉 제인 핀 양의 사진은 결코 헤르사이머 씨의 수중에서 없어진 적이 없었다는 것을……"

하지만 제인이 그의 말을 가로챘다. 그녀는 벌떡 일어서며 흥분한 어조로 소리쳤다.

"그게 무슨 말씀이죠? 도대체 무슨 말씀을 하시려는 건가요? 브라운이란 자가 줄리어스 오빠라는 말인가요? 줄리어스는……, 제 사촌오빠예요!"

"그렇지 않아요, 핀 양." 제임스 경이 전혀 뜻밖의 말을 했다.

"아가씨의 사촌오빠가 아니오. 자칭 줄리어스 헤르사이머라는 사람은 아가씨와는 아무런 친척관계도 없는 사람이라오."

제26장

브라운

　제임스 경의 말은 폭탄선언과도 같았다. 두 여인은 망연자실한 표정이었다. 그는 책상으로 가서 신문에서 오려낸 기사 조각을 들고 와 제인에게 넘겨주었다. 터펜스는 그녀의 어깨너머로 그것을 읽어 보았다. 카터 씨가 있었다면 그것을 알아보았을 것이다. 그 기사는 뉴욕에서 변사체로 발견된 신원미상의 한 남자에 대한 것이었다.

　"터펜스 양한테도 말했지만……." 제임스 경이 다시 말을 이었다.

　"나는 불가능해 보이는 사실을 증명하기 위한 작업을 해왔소. 정말 어려웠던 점은 줄리어스 헤르사이머가 가명이 아니라는 명백한 사실이었지요. 그런데 이 기사를 보자 곧 그 문제가 풀리게 된 것이었소. 줄리어스 헤르사이머는 자신의 사촌누이를 찾기 위해, 서부로 가서 자신의 작업에 결정적인 도움이 될 수 있는 그녀의 사진과 그녀에 대한 소식을 입수하게 된 거요. 그런데 뉴욕을 떠나기 전날 그는 누군가의 습격을 받고 살해당한 거지요. 그의 시체에는 낡은 옷이 입혀져 있었고, 얼굴은 알아볼 수 없을 정도로 심하게 손상되었소. 그러고는 브라운이 그를 대신하게 된 거지요. 진짜 헤르사이머의 친구들이나 친지 중에서 배를 타기 전에 그의 모습을 본 사람은 아무도 없었고, 설사 그를 보았다고 하더라도 그의 변장 솜씨가 완벽해서 아무런 문제가 되지 않았을 거요. 그다음부터 그는 자기를 쫓는 사람들과 절친한 관계를 맺게 되었지요. 그들의 비밀은 모두 그에게 알려지게 되었던 거요. 오직 한 번 그는 결정적인 파멸을 당할 뻔한 적이 있었소. 밴드마이어 부인이 그의 비밀을 알게 되었던 거요. 그녀에게 엄청난 뇌물을 제공한다는 것은 그의 계획에는 없었던 일이었소. 하지만 터펜스 양 때문에, 우리가 도착했을 때는 이미 그녀는 아파트에서 멀리 달아난 후였어야 할 계획이 완전히 수포로 돌아가게 되어 부득이 계획을 변경하게 되었던 거요. 그의 정체가 폭로될 위험에 직면했던 거지. 따라서, 의심받지 않고 자신의 위장신분을 지키기 위해서 그는 비상수단을 쓰게 되었던 거요. 그는 거의 성공했지만, 완벽한 성공은 아니었소"

"저는 그것을 믿을 수 없어요." 제인이 중얼거리듯 말했다.

"그는 아주 훌륭한 사람 같았어요"

"진짜 줄리어스 헤르사이머는 훌륭한 사람이었다오! 그리고 브라운은 정말 뛰어난 배우요. 터펜스 양에게 한번 물어보시오. 과연 그에 대해서 조금도 의심하지 않았었는지."

제인은 말없이 터펜스 쪽을 돌아보았다. 터펜스는 내키지 않는 듯이 고개를 끄덕였다.

"정말이지 그런 말은 하고 싶지가 않았어요, 제인. 그건 당신한테 너무도 괴로운 일이 될 테니까요. 그렇지만, 나는 확신할 수가 없었어요. 내가 아직도 이해할 수 없는 것은, 그가 브라운이라면 어째서 우리를 구해 주었느냐는 거예요."

"당신들이 탈출할 수 있도록 도와준 사람이 줄리어스 헤르사이머였소?"

터펜스는 제임스 경에게 그날 밤에 있었던 아슬아슬한 사건을 자세하게 이야기해주고는 이렇게 끝을 맺었다.

"정말로 그 이유를 알 수가 없어요!"

"정말 모르겠소? 나는 알 수 있을 것 같은데. 그리고 베레즈포드 씨도 그의 행동으로 봐서 그 이유를 아는 것 같소. 그들은 마지막 희망으로 제인 핀 양이 탈출할 수 있도록 한 것이고, 그 탈출극을 치밀하게 꾸며 놓음으로써 핀 양은 그것이 함정이란 사실을 전혀 눈치 채지 못하게 되는 거요. 그들은 베레즈포드 씨가 주변에서 활동한다고 해도 그것을 군이 막으려 들지 않고, 오히려 필요하다면 당신들과 연락을 취할 수 있도록 기회를 제공해주었을 거요. 그들은 결정적인 시기에 그를 제거시킬 생각이었겠지. 그러고는 줄리어스 헤르사이머가 갑자기 나타나 정말 극적인 방법으로 당신들을 구출하는 거요. 총알이 빗발치듯 쏟아지지만 아무도 총에 맞지 않고 말이오. 그런 다음엔 어떤 일이 벌어지겠소? 당신들은 곧장 소호가에 있는 집으로 달려가서 그 문서를 찾아내고는, 아마 핀 양은 그것을 사촌오빠에게 맡기게 될 테지. 아니면, 그가 직접 그 문서를 찾아내고는 누군가가 이미 그 은닉장소를 뒤졌다고 시치미를 뗄 수도 있었을 거요. 그런 상황에서 그가 할 수 있는 방법은 여러 가지가 있을 테지만, 그 결과는 마찬가지가 되는 거요. 그러고는 아마 당신들 두 아가씨에게 어떤 사고가 일어나게 될 테고 왜냐하면 당신들은 뭔가 개운치 않은 점이 있다는 것을 알아차리게 될 테니 말이오. 이상이 대강의 줄거리인 셈이오. 내가 잠시 방심했던 것은 사실이지만, 한 사람만은 결코 그런 술책에 넘어가지 않았던 거요."

"토미." 터펜스가 부드러운 목소리로 말했다.

"맞아요. 분명히 그를 제거해야 할 시기가 왔지만, 그는 놈들이 생각한 것보다 훨씬 뛰어났던 거요. 하지만 그렇다고 해도 역시 나는 그에 대해 쉽게 마음을 놓을 수가 없다오."

"어째서죠?"

"왜냐하면 줄리어스 헤르사이머가 바로 브라운이기 때문이지."

제임스 경이 냉철한 어조로 말했다.

"그리고 브라운은 누군가가 자신에게 권총을 들이대는 것을 그냥 용서하지는 결코 않을 거요……."

터펜스의 안색이 조금 창백해졌다.

"그렇다면 우린 어떻게 해야 하죠?"

"소호가에 있는 집에 들어가기 전까지는 아무것도 할 게 없소. 만일 베레즈포드 씨가 여전히 우세한 위치에 있다면 아무런 걱정도 할 필요가 없을 거요. 그 반대의 경우라면 우리의 적은 우리를 찾아올 테고, 그렇게 되면 우리가 결코 아무런 준비도 없이 그를 맞이하지는 않을 거란 사실을 깨닫게 될 거요!"

그는 책상 서랍에서 군용 권총을 꺼내어 코트 주머니에 넣었다.

"자, 이젠 준비가 다 되었소. 내 생각에는 당신은 가지 않는 것이, 터펜스 양……."

"틀림없이 그러실 줄 알았어요!"

"아니, 내 말은 핀 양은 여기 남아 있는 것이 좋겠다는 거요. 핀 양에게는 절대로 위험한 일이 없어야 하고, 또한 이제껏 겪어온 고통으로 심신이 모두 지쳐 있을 테니 말이오"

하지만 터펜스에게는 뜻밖에도 제인은 고개를 저었다.

"아니요. 저도 같이 가겠어요. 그 문서는 제 책임이에요. 저에게는 그 일을 끝까지 완수해야 할 의무가 있어요. 그리고 이제는 많이 좋아졌어요."

제임스 경의 차가 대기하고 있었다. 차를 타고 가는 동안 터펜스의 심장은 걷잡을 수 없이 뛰었다. 순간적으로 토미에 대한 걱정이 머릿속을 어지럽히기도 했지만, 그녀는 가슴 벅찬 환희를 느끼지 않을 수 없었다. 승리를 바로 눈앞에 둔 것이었다!

차가 그 집 앞에 있는 광장 모퉁이에 멈춰 서자, 그들은 차에서 내렸다. 제임스 경은 사복 차림으로 잠복근무를 하는 형사에게 다가가서 말을 걸었다. 잠시 뒤 그는 다시 여인들에게 돌아왔다.

"지금까지는 집 안에 들어간 사람이 아무도 없다는군. 집 뒤쪽까지 감시하고 있기 때문에 그 점은 절대로 확신할 수 있다는 거요. 누구든지 우리 뒤를 쫓아 집 안으로 들어오려고 한다면 그 즉시 체포될 거요."

한 경관이 열쇠를 내주었다. 그들은 모두 제임스 경을 잘 알고 있었다. 또한 터펜스에 대해서도 명령을 받고 있었다. 제인에 대해서만은 그들도 알 수가 없었다. 터펜스 일행이 집 안으로 들어가고 문이 닫혔다. 그들은 천천히 삐걱거리는 계단을 올라갔다. 계단 꼭대기에는 전에 토미가 숨어 있었던 낡은 커튼이 드리워진 공간이 있었다. 터펜스는 제인한테서 그 이야기를 들었다. 그녀는 그 낡은 벨벳 커튼을 관심 있게 바라보았다. 순간 커튼이, 뒤에 누가 숨어 있기라도 한 듯이 살짝 흔들린 것 같은 기분을 느꼈다. 그녀가 받은 느낌은 너무도 생생해서 그 뒤에 숨어 있는 인물의 모습을 그려낼 수도 있을 것 같은 생각이 들기까지 했다. 만일 브라운(줄리어스)이 숨어서 기다리는 것이라면…….

그건 도저히 있을 수 없는 일이었다! 그래도 그녀는 돌아가서 커튼을 젖히고 확인해보고 싶은 충동을 느꼈다…….

이윽고 그들은 그 문제의 방으로 들어갔다. 이 방에는 누군가 숨어 있을 만한 곳이 전혀 없다는 생각이 들자 터펜스는 안도의 한숨을 내쉬며 자신의 어리석은 공상을 속으로 몹시 나무랐다. 그녀는 이러한 어리석은 공상—좀처럼 떨쳐버릴 수가 없는, 브라운이 집 안 어딘가에 있을 것 같은 기묘한 기분 때문에 자꾸만 몸이 움츠러드는 것 같았다. 가만! 저게 뭐지? 누군가 은밀히 계단을 올라오는 것은 아닐까? 틀림없이 집 안에 누군가가 있어! 아니, 그건 있을 수 없는 일이야! 마침내 그녀는 히스테리를 일으킬 지경에 이르게 되었다.

제인은 곧장 마거릿의 그림이 있는 곳으로 다가갔다. 그러고는 침착하게 그림을 벗겨 냈다. 그림에는 먼지가 두껍게 쌓여 있었고, 그림과 벽 사이에는 거미줄이 잔뜩 처져 있었다. 제임스 경이 그녀에게 주머니칼을 건네주었다. 그녀는 그림 뒤의 갈색 포장지를 칼로 그어 내렸다……. 잡지의 광고 면이 툭 떨어졌다. 제인은 그것을 집어올려 안에서 글자가 빽빽하게 적힌 두 장의 얇은 종이를 꺼냈다!

이번에는 가짜가 아니었다! 진짜였다!

"이제야 그것을 찾았군요!" 터펜스가 떨리는 목소리로 말했다.

"드디어……."

그 순간 치밀어 오르는 격정으로 거의 숨도 못 쉴 지경이 되었다. 조금 전에 어떤 희미한 삐걱거리는 소리가 났다는 사실조차도 잊어버렸다. 그들은 모두 제인이 손에 든 문서에서 도저히 눈을 뗄 수가 없었다.

제임스 경이 그것을 받아서 자세하게 살펴보았다.

"틀림없군." 그가 침착하게 말했다.

"이것이 그 불운한 비밀문서로군!"

"우린 성공했어요."

터펜스가 말했다. 그녀의 목소리에는 두려움과 자신의 성공이 도저히 믿기지 않는다는 듯한 기색이 담겨 있었다.

제임스 경은 그녀의 말을 그대로 흉내 내며 그 문서를 조심스럽게 접어 자신의 지갑 속에 넣고는 기묘한 눈초리로 지저분한 방 안을 살펴보았다.

"이 방이 우리의 젊은 친구가 한동안 갇혀 있었던 바로 그 방인가?"

그가 단조로운 목소리로 말했다.

"정말로 기분 나쁜 방이로군. 이 방에는 창문이 하나도 없고, 두꺼운 방문마저도 전혀 틈새가 없다오. 이 방에서 무슨 일이 일어나도 밖에서는 전혀 들을 수가 없을 거요."

터펜스는 몸서리를 쳤다. 그의 말은 그녀에게 모호한 경각심을 일깨워 주었다. 만일 누군가가 집 안에 숨어 있다면? 자기들을 안에 가두고 문을 잠그고, 덫에 갇힌 생쥐들처럼 굶어 죽게 한다면? 그러다가 문득 그녀는 자신의 생각이 터무니없는 걱정이란 것을 깨달았다. 이 집은 경찰들이 둘러싸고 있어서, 만일 자기들이 나오지 않는다면 문을 부수고라도 들어와 온 집 안을 뒤지게 될 것이다. 그녀는 자기의 어리석음에 고소를 짓고 있다가, 제임스 경이 자기를 지켜보는 것을 알고는 깜짝 놀라며 그를 쳐다보았다. 그러자 그는 그녀에게 고개를 살짝 끄덕여 보였다.

"그렇소, 터펜스 양. 아가씨는 위험한 낌새를 느꼈을 거요. 그건 나나 핀 양도 마찬가지라오."

"그래요." 제인이 두려운 듯이 말했다.

"어리석은 생각인 줄 알지만, 정말 어쩔 수가 없어요."

제임스 경이 다시 고개를 끄덕였다.

"아가씨가 느끼는 것은(우리가 모두 마찬가지일 테지만), 그건 바로 브라운의 존재요. 맞아(터펜스는 몸을 흠칫하고 떨었다). 그건 틀림없어. 브라운은 바로 이곳에……."

"이 집 안에 말인가요?"

"이 방 안에……, 그래도 모르겠소? 내가 바로 브라운이라는 것을?"

그 순간 그들은 멍하니, 믿을 수 없다는 듯한 시선으로 그를 쳐다보았다. 그의 표정이 완전히 바뀌었다. 지금 그들 앞에 서 있는 사람은 전혀 다른 사람이 된 것이었다. 그의 입가에는 서서히 잔인한 미소가 떠올랐다.

"그대들은 아무도 이 방을 살아서 나가지 못할 거야! 아가씨는 방금 우리가 성공했다고 말했는데, 내가 성공한 것이지! 비밀문서는 내 것이니까 말이야."

그는 더욱 잔인한 미소를 지으며 터펜스를 쳐다보았다.

"앞으로 어떻게 일이 전개될지 말해줄까? 얼마 안 있어 경찰이 안으로 들어와 브라운에게 희생된 세 사람을 발견하게 될 거야. 세 사람이지, 둘이 아니고, 알겠나? 하지만 다행히도 세 번째 사람은 죽지 않고, 단지 부상만 입고서 어떻게 브라운의 습격을 받게 된 것인지를 상당히 자세하게 설명해줄 수 있게 될 거야. 비밀문서? 그것은 이미 브라운의 손에 들어간 뒤지. 그러니 아무도 제임스 필 에드거튼 경의 주머니를 뒤져 볼 생각을 하지 못할 거야."

그는 제인 쪽을 돌아다보았다.

"너는 나를 잘도 속였겠다. 정말 훌륭한 연기였다고 하지 않을 수가 없구먼. 그러나 다시는 그런 짓을 하지 못하게 될 거야!"

그의 뒤에서 희미한 소리가 났지만, 자신의 성공에 취해 그는 돌아보지도 않았다.

그의 손이 천천히 주머니 속으로 들어갔다.

"잘 가시오, 젊은 모험 여성들." 그는 커다란 권총을 서서히 들어 올렸다.

하지만 그는 갑자기 뒤에서 강철 같은 손아귀가 자신을 죄는 것을 느꼈다. 권총이 그의 손에서 벗어나며, 길게 잡아끄는 듯한 줄리어스 헤르사이머의 목소리가 들렸다.

"당신은 꼼짝없이 현행범으로 잡힌 것 같은데."

왕실 고문변호사 얼굴에 갑자기 핏기가 솟구쳐 올랐지만, 그는 놀라운 자제력을 발휘하고서 자기를 붙잡은 두 사람을 번갈아 가며 쳐다보았다. 그는 토미를 더 오랫동안 쳐다보았다.

"자네였군." 그는 숨을 크게 들이마셨다.

"바로 자네였어! 그걸 알았어야 하는 건데."

그가 전혀 반항할 기색을 보이지 않자 그들은 결박을 풀어 주었다. 그 순간 갑자기 그는 커다란 인장 반지를 낀 왼손을 입으로 가져갔다.

그러고는 표정이 일그러지면서, 길게 경련을 일으키더니 그는 앞으로 풀썩 꼬꾸라졌다. 방 안에는 한동안 매캐한 냄새가 감돌았다.

제27장

사보이 호텔에서의 만찬

줄리어스 헤르사이머가 몇몇 친구들을 초대해서 가진 30일 저녁의 만찬은 오랫동안 기억에 남을 인상적인 모임이었다. 만찬 장소로 특실을 하나 빌렸는데, 줄리어스 헤르사이머의 주문은 간단하면서도 가장 효과적이었다. 그는 백지 위임장을 주었는데—백만장자가 백지 위임장을 주었을 때는 다른 백 마디의 말보다도 더욱 효과적이었다!

계절을 초월한 온갖 진귀한 요리가 빠짐없이 준비되었다. 웨이터들은 정성을 다해서 오래 묵은 최고급 포도주병을 날랐다. 갖가지 화려한 꽃들과 향기로운 과일들이 아름답게 장식되었다. 초대받은 손님들은 미국 대사, 카터 씨, 그리고 카터 씨가 따로 초빙한 옛 친구인 윌리엄 베레즈포드 경, 카울리 부주교, 홀 박사, 그리고 젊은 모험가들인 프루던스 카울리 양과 토머스 베레즈포드, 마지막으로 그날의 주인공이라 할 수 있는 제인 핀 양이었다. 줄리어스는 제인을 아름답게 꾸미는 데 필요한 일이라면 무슨 일이든 서슴지 않았다. 터펜스는 제인과 같이 지내고 있었는데, 문에서 의심스러운 노크 소리가 들렸다. 줄리어스가 찾아온 것이었다. 그의 손에는 수표가 한 장 들려 있었다.

"이봐요, 터펜스." 그가 말을 꺼냈다.

"나를 좀 도와주지 않겠습니까? 이걸로 오늘 저녁을 위해 제인을 아름답게 꾸며줘요. 오늘 저녁 사보이 호텔에서 조그만 만찬이 열릴 겁니다. 알겠죠? 비용이 얼마가 들든 그런 건 상관하지 말아요. 내 말이 무슨 뜻인지 알겠죠?"

"물론이죠." 터펜스가 대꾸했다.

"우리도 정말 재미있을 거예요! 제인을 아름답게 꾸며 놓겠어요. 그녀는 이제껏 내가 본 중에서 가장 사랑스러운 아가씨예요."

"그건 사실이지요." 헤르사이머가 몹시 들뜬 목소리로 말했다.

그의 들뜬 모습을 보고 터펜스의 눈이 순간적으로 빛났다.

"그런데 말이에요, 줄리어스." 그녀는 정색하며 입을 열었다

"나는, 아직 당신한테 대답하지 않았잖아요."

"대답이라뇨?" 줄리어스가 뜻밖이라는 듯 물었다. 그의 얼굴이 창백해졌다.

"아시잖아요. 당신이 나한테 결혼해 달라고 하면서 내 대답을 기다리겠다고 한 것 말이에요."

터펜스는 부끄러운 듯이 더듬거리며, 정말 빅토리아 시대의 여주인공이라도 되는 양 수줍게 눈을 내리깔았다.

"그런데 내 대답에는 전혀 관심이 없으신 것 같군요. 나는 한시도 그 문제를 잊어 본 적이 없었는데……."

"예?" 줄리어스가 망연한 표정으로 물었다.

그의 이마에는 땀방울이 송골송골 맺혀 있었다.

"당신은 정말 바보예요!" 터펜스는 갑자기 마음이 누그러졌다.

"도대체 무슨 생각에서 그런 말을 한 거죠? 나는 그때 벌써 알 수 있었어요, 당신이 나한테는 2페니어치의 관심도 없었다는 것을 말이에요!"

"아니, 그렇지가 않습니다. 나는 그때도 그랬지만, 지금도 여전히, 당신에 대해서 더할 수 없이 존경스런 마음과, 진정으로 당신이 훌륭한 여성이라는 심정을……."

"흥! 그런 따위의 감정들은 다른 감정이 생기면 순식간에 흔적도 없이 사라져 버리는 거예요. 내 말이 틀렸나요?"

"무슨 말을 하는 건지 모르겠군요."

줄리어스는 시치미를 떼며 말했지만, 그의 얼굴은 잘 익은 홍시처럼 달아올랐다.

"어머나, 세상에!" 터펜스가 비꼬듯이 쏘아붙였다.

그녀는 웃음을 터뜨리며 문을 닫았다가, 다시 열고는 정색하며 덧붙였다.

"나는 언제나 내가 당신한테 딱지 맞았다고 생각하게 될 거예요!"

"무슨 일이에요?" 제인이 터펜스가 돌아오자 물었다.

"줄리어스가 왔었어요."

"무슨 일로 왔었죠?"

"실은 당신을 만나러 왔을 테지만, 나는 당신과 만나게 하고 싶지가 않았답니다. 오늘 밤이 되기 전까지는 말이에요. 당신이 솔로몬 왕 같은 사람들도 눈이 휘둥그레질 정도로 아름다운 모습으로 모든 사람들 앞에 나타나게 되기 전까지는 아무도 당신을 봐서는 안 되거든요. 어서 와요! 우린 이제부터 쇼핑하는 거예요!"

많은 사람의 입에 쉴 새 없이 오르내리던 운명의 29일인 '노동절'은 여느날이나 다름없이 무사하게 지나갔다. 하이드 파크와 트라팔가 광장에서는 연설이 행해졌다. 사람들이 삼삼오오 떼를 지어서 노래를 부르며 뚜렷한 목적도 없이 거리를 누비고 다니기도 했다. 총파업이 일어나고, 드디어 공포의 시대가 올 것이라고 떠들어대던 신문들에서는 그와 관련된 기사들을 전혀 찾아볼 수가 없었다. 좀더 뻔뻔스럽고 약삭빠른 신문들은 그처럼 평화로운 분위기가 마치 자기들의 끊임없는 노력의 결과인 양 선전하려고 애쓰기도 했다. 일요신문에는 유명한 왕실 고문변호사인 제임스 필 에드거튼 경의 갑작스런 죽음에 대한 짤막한 기사가 실렸다. 월요일판 신문에서는 죽은 사람의 경력에 대해서 더 자세하게 다루고 있었다. 하지만 그의 갑작스런 죽음에 대한 정확한 내용은 결코 일반에게 알려지지 않았다.

그런 상황에 대한 토미의 예측대로 정확하게 들어맞은 것이다. 그것은 원맨쇼였다. 우두머리가 없어지자 그 조직은 순식간에 와해하였던 것이다. 크램닌은 일요일 아침 일찍 영국을 떠나 부랴부랴 러시아로 돌아갔다. 그 갱들은 허둥지둥 애스틀리 프라이어스로부터 도망치느라고 자기들에게 결정적인 타격을 줄 수 있는 여러 가지 중요한 문서들을 버려두고 갔다. 이것들과 함께 그들의 손에 의해 자행된 음모들을 밝히는 데는 죽은 제임스 경의 주머니에서 나온 조그만 갈색 일기장이 결정적인 도움을 주었다. 그 일기장에는 정부가 최후의 협상이라고 불렀던 음모에 대한 자세한 내용이 적혀 있었다. 노조 지도자들은 자기들이 그의 손아귀에서 놀아난 허수아비에 불과했다는 사실을 어쩔 수 없이 깨닫게 되었다. 정부 쪽에서도 얼마간의 양보를 했고, 그들은 그것을 기꺼이 받아들였다. 그것은 평화를 위한 협상이었지, 결코 전쟁을 위한 것이 아니었다!

하지만 정부는 자기들이 파멸의 구렁텅이에서 벗어날 가능성이 얼마나 희박했었는지를 잘 알고 있었다. 그리고 카터 씨의 머릿속에는 그 전날 밤 소호가에 있는 집에서 벌어졌던 믿을 수 없는 장면이 깊게 아로새겨졌다.

그 음침한 방에 들어가서 자기의 오랜 친구였던 위대한 인물의 죽음을 발견하게 되었을 때, 그는 그 믿을 수 없는 사실에 아연할 수밖에 없었다. 그는 제임스 경의 지갑 속에서 불길한 비밀문서를 회수해, 다른 세 명이 지켜보는 앞에서 즉시 불살라 버렸다. 영국은 구원을 받은 것이었다!

30일 저녁, 사보이 호텔의 특실에서 줄리어스 헤르사이머는 손님들을 맞이하고 있었다. 카터 씨가 제일 먼저 도착했다. 그는 성격이 급해 보이는 노신사를 대동하고 있었는데, 그 노신사를 보자 토미는 몹시 당황하며 홍시처럼 얼굴을 붉혔다. 그는 급히 마중을 나갔다.

"하!" 노신사는 토미를 뚫어질 듯이 바라보며 입을 열었다.

"그래, 네가 내 조카란 말이지? 썩 좋아 보이지는 않는다만, 아주 훌륭한 일을 해낸 것 같더구나. 네 어머니가 너를 훌륭하게 키운 게 틀림없어. 이제 우리 지난 일들은 잊어버리기로 하자꾸나. 어쨌든 너는 내 후계자이고, 또한 앞으로는 너에게 연금을 지급할 생각이란다. 그리고 너도 챌머스 파크 장원을 네 집으로 생각해주었으면 좋겠구나."

"고맙습니다, 삼촌. 정말 어떻게 감사를 드려야 할지 모르겠습니다."

"그동안 귀가 따가울 정도로 많은 이야기를 들어왔던 처녀는 어디 있느냐?"

토미가 터펜스를 소개했다.

"하!" 윌리엄 경은 그녀를 자세히 관찰했다.

"요즈음 처녀들은 내가 젊었을 때 본 처녀들과는 전혀 다르구먼."

"예, 그건 사실이랍니다." 터펜스가 말했다.

"하지만 옷차림은 많이 달라졌을지 몰라도 그밖에는 예나 지금이나 변한 게 없답니다."

"맞아, 아마 아가씨 말이 옳을 게야. 말괄량이들은 그때나 지금이나 마찬가지이거든!"

"그렇답니다." 터펜스가 말했다.

"그중에서도 저는 특히 말괄량이라고 할 수 있을 거예요."

"그 말은 사실인 것 같구먼."

윌리엄 경은 즐겁게 웃고 나서는 그녀의 귀에 대고 뭐라고 농담을 했다. 대부분의 젊은 여성들은 노인들을 몹시 어려워하는 편이었지만, 터펜스의 쾌활한 태도는 완고한 독신주의자 노인을 즐겁게 만들었다.

다음에는 부주교가 들어왔는데, 그는 당황한 시선으로 주위를 둘러보다가 자기 딸이 몰라보리만큼 얌전해진 것을 보고는 흡족한 표정을 지었다. 그러면서도 이따금 불안한 시선을 그녀에게 던지곤 하는 것은 어쩔 수 없었다. 하지만 터펜스는 감탄을 자아낼 만큼 얌전하게 행동했다. 그녀는 다리를 꼬고 앉지도 않았고, 멋대로 떠들어대고 싶어 하는 혀도 잘 단속했으며, 담배는 절대로 사양했다. 홀 박사가 들어오고, 이어서 미국 대사가 들어왔다.

"다들 자리에 앉으시지요." 줄리어스는 손님들을 서로에게 소개했다.

"터펜스, 당신은 이쪽으로……."

그는 손으로 주인공의 자리를 가리켰다.

하지만 터펜스는 고개를 저었다.

"아니에요. 그 자리는 제인의 자리예요! 그녀가 많은 세월을 고통 속에서 지내온 것을 생각해보면, 오늘 밤 여왕은 바로 그녀가 되어야 마땅해요."

줄리어스는 그녀에게 감사의 시선을 던졌고, 제인은 수줍은 듯이 선택된 자리로 다가갔다.

그전에도 그녀가 아름다워 보인 것은 사실이었지만, 지금처럼 완전하게 차려입은 그 사랑스러움에 비하면 아무것도 아니었다. 터펜스는 그 임무를 충실하게 해낸 것이었다. 제인이 입은 드레스는 '타이거 릴리'라는 간판이 붙어 있는 유명한 양장점에서 산 것이었다. 금색과 붉은색, 그리고 갈색이 현묘하게 조화를 이루고 있었고 그 위로 순결한 대리석 같은 흰 목과 그녀의 아름다운 머리 위에는 청동으로 꾸며진 찬란한 관이 씌워져 있었다. 모든 사람들의 감탄 어린 시선을 한몸에 받으며 그녀는 자리에 앉았다.

곧 만찬 분위기가 본격적으로 무르익게 되자, 모두 토미에게 사건 전모에 대해서 자세하게 이야기해 달라고 청했다.

"당신은 정말 너무할 정도로 그 일에 대해서 입을 다물고 있어요."

줄리어스가 그를 나무랐다.

"나한테는 아르헨티나로 떠난다고 했었지요. 하지만 당신이 그렇게 한 데에는 나름대로 이유가 있었을 거라고 생각합니다. 당신과 터펜스가 모두 나를 브라운이 아닐까 하고 생각했다니 정말 포복절도할 노릇이 아닐 수 없군요!"

"그들이 처음부터 그런 생각을 했던 것은 아니라오."

카터 씨가 진지하게 말했다.

"그것은 노련한 브라운에 의해 마치 독약이 퍼지듯이 서서히 주입되었던 것이지. 뉴욕 신문에 난 기사를 보고 그는 그런 계획을 구상하게 되었고, 그것을 이용해서 그는 당신을 거의 완벽하게 옭아맬 수가 있었던 겁니다."

"나는 한 번도 그를 좋아하지 않았습니다." 줄리어스가 말했다.

"처음부터 그에게서 뭔가 마음에 걸리는 것이 있는 듯한 기분을 느꼈고, 또한 밴드마이어 부인을 그토록 적절한 시기에 입을 다물게 한 것이 그가 아니었을까 하고 늘 의심을 품고 있었지요. 하지만 지난 일요일, 맨체스터에서 그를 만났을 때 토미에게 모험담을 들려 달라고 했는데, 그때까지만 해도 확신이 서지를 않았다가 비로소 그가 그 문제의 인물이 아닐까 하는 생각이 들기 시작했던 거죠."

"나는 한 번도 의심해본 적이 없었어요." 터펜스가 탄식을 하며 말했다.

"나는 언제나 내가 토미보다 훨씬 똑똑하다고 생각했었는데, 사실 토미는 나와는 비교가 되지 않을 정도로 뛰어난 것이 분명해요."

줄리어스가 고개를 끄덕였다.

"토미는 정말 멋지게 이번 사건을 해결한 겁니다! 그러니 저렇게 꿀 먹은 벙어리처럼 입을 봉하지 말고, 어서 모든 걸 속 시원히 털어놓게 합시다."

"그래요! 어서 얘기해봐요!"

"별로 이야기할 것도 없는데……."

토미는 상당히 불편한 표정을 지으며 말했다.

"나는 정말 어리석기 짝이 없었습니다. 아네트의 사진을 발견하고서야 비로소 그녀가 제인 핀이었다는 사실을 깨달았으니 말이지요. 그러고는 그녀가 나한테 들으라고 하듯이 애타게 '마거릿'이라는 말을 외치던 것이 생각났는데, 혹시 그것이 그림을 두고 한 말은 아닐까 생각한 게 제대로 들어맞았던 겁니다. 모든 사실을 다시 검토해보고 나서야 내가 정말 바보였다는 것을 알게 된 거죠."

"계속하게."

카터 씨가 다시 침묵을 지킬 기색을 보이는 토미에게 재촉하듯 말했다.

"줄리어스한테서 밴드마이어 부인에 대한 일을 듣고 나는 상당히 의심스러웠습니다. 겉으로 봐서는, 그것은 제임스 경 아니면 그가 꾸민 일이 틀림없는 것 같았거든요. 물론 자세한 방법까지는 알 수 없었지만요. 줄리어스의 서랍에서 아네트의 사진을 발견하고 나서 브라운 경감에게 그 사진을 넘겨주었다는 그의 이야기가 생각이 나서 그를 의심하게 되었습니다. 그리고 가짜 제인 핀을 찾아낸 사람은 제임스 경이었다는 사실이 생각났지요. 결국 나는 마음을 정할 수가 없었고, 따라서 양쪽을 다 믿지 않기로 했던 겁니다. 나는 줄리어스가 브라운일 경우를 생각해서 그에게 아르헨티나로 떠나겠다는 편지와 함께, 그가 그것이 진짜라고 여기도록 일자리를 제안한 제임스 경의 편지를 그의 책상 옆에 떨어뜨려 놓았지요. 그다음 카터 씨에게 편지를 보내고 나서 제임스 경에게 전화를 걸었습니다. 그렇게 하는 것이 그의 신임을 받을 수 있는 최선의 방법인 것 같았거든요. 나는 문서가 있는 곳을 생각해 냈다는 사실만 빼놓고는 그에게 모든 것을 알려주었지요. 그렇게 해서 그는 나를 거의 의심치 않고 터펜스와 아네트를 찾을 수 있도록 도와주기까지 했던 겁니다. 나는 두 사람 모두에게 똑같이 혐의를 두고 있었지요. 그런데 터펜스한테 가짜 편지를 받고서, 나는 드디어 사실을 알게 되었던 겁니다!"

"어떻게 그걸 알 수 있었죠?"

토미는 주머니에서 그 문제의 편지를 꺼내어 모든 사람이 보도록 했다.

"그것은 틀림없는 터펜스의 필적이지만, 나는 서명을 보고 그것이 터펜스가 보낸 편지가 아니란 사실을 알게 되었던 겁니다. 그녀는 결코 자기 이름을 'Twopence'라고 쓰는 법이 없었는데, 그녀의 서명을 한 번도 본 적이 없는 사람이라면 그런 사실을 모르기가 십상이지요. 터펜스는 자기 이름을 늘 'Tuppence('Twopence'와 같이 2펜스짜리 화폐를 일컫는 말. 'Tuppence'는 주로 구어에서 쓴다)'라고 썼는데, 줄리어스는 그것을 본 적이 있었습니다. 그는 터펜스한테 받은 편지를 나에게 보여준 적이 있었거든요. 하지만 제임스 경은 한 번도 본 적이 없었던 겁니다! 그다음부터는 모든 일이 순조롭게 진행되었지요. 나는 앨버트를 급히 카터 씨에게 보냈습니다. 그러고는 나도 그곳을 철수하는 척했다가 다시 돌아왔지요. 줄리어스가 차를 타고 돌진해 왔을 때, 나는 그것은 브라운의 계획에는 없었던 일이라고 생각하고, 그 때문에 일이 잘못될 수도 있다는 생각이 들었습니다. 제임스 경을 현행범으로 체포하지 않는 한, 카터 씨는 결코 내 말만 듣고 그가 브라운이라는 사실을 믿어 주지는 않을 거라는 걸 알고 있었기에……."

"나는 절대로 믿지 않았을 걸세."

카터 씨가 중간에 나서며 후회스럽다는 듯이 말했다.

"그것이 바로 내가 터펜스와 제인 양을 제임스 경한테 보낸 이유입니다. 그들이 곧 소호가에 있는 집으로 달려갈 거라고 확신했던 거죠. 내가 권총으로 줄리어스를 위협한 것은, 터펜스가 그 일을 제임스 경한테 알려줘서 그가 우리에 대해서 마음을 놓게 하고 싶었기 때문이었습니다. 그녀들이 시야에서 벗어나자 나는 줄리어스에게 급히 런던으로 차를 몰도록 하고 그에게 전후 사정을 모두 설명해주었지요. 우리가 소호가에 있는 그 집에 도착했을 때는 시간적인 여유가 충분히 있었고, 카터 씨가 밖에서 기다리고 있었습니다. 그분과 모든 일을 협의한 다음 우리는 안으로 들어가 계단 위에 있는 커튼 뒤에 숨어 있었습니다. 경관들한테는 그들이 물으면 집 안에 들어간 사람이 아무도 없었다고 대답하라는 지시를 해놓았죠. 그게 전부였습니다."

그리고 토미는 다시 입을 다물었다.

잠시 무거운 침묵이 흘렀다.

줄리어스가 불쑥 입을 열었다.

"그런데 제인의 사진에 대해서는 당신들이 잘못 알고 있는 겁니다. 그 사진은 틀림없이 없어졌는데 나중에 다시 찾은 거죠."

"어디에서요?" 터펜스가 급히 물었다.

"밴드마이어 부인의 침실에 있는 조그만 벽 금고에서였지요."

"나도 당신이 뭔가 찾아냈다는 것을 알고 있었어요."

터펜스가 그를 나무라듯 말했다.

"당신이 사실대로 말했다면, 그 즉시 당신에 대한 의심이 사라졌을 거예요. 도대체 무엇 때문에 그 얘기를 하지 않은 거죠?"

"사실대로 말했다고 하더라도 역시 의심받았을 겁니다. 그것은 일단 없어졌던 것이기 때문에 나는 그 사진을 수십 장 복사해 둔 것이 아닌 바에야 그 일에 대해서 입을 다물고 있기로 했던 거지요!"

"우린 모두 뭔가를 감추고 있었던 셈이에요."

터펜스가 심각한 표정으로 말했다.

잠시 침묵이 흐르고 나서, 카터 씨가 주머니에서 상당히 낡아 보이는 조그만 갈색 책을 꺼냈다.

"베레즈포드 군이 방금도 말했지만, 현행범으로 체포되지 않는 한 나는 그의 혐의 사실을 결코 믿지 못했을 겁니다. 그것은 사실입니다. 실로 내가 이 작은 책 속에 들어 있는 내용을 읽기 전까지만 해도 그 엄청난 진실을 완전히 믿을 수가 없었습니다. 이 책은 런던경시청의 손에 넘어가게 될 테지만, 결코 일반에게 공개되지는 않을 겁니다. 그러나 진실을 아는 여러분들에게는 이 위대했다면 위대했다고도 할 수 있는 사람의 놀라운 정신세계를 이해하는 데 다소나마 도움이 될 수 있도록 이 책의 중요한 부분들을 읽어 드릴까 합니다."

그는 그 책을 펴들고 몇 장을 넘겼다.

"이 책을 쓴다는 것은 미친 짓이다. 나도 그것을 잘 안다. 이것은 나한테 결정적으로 불리하게 작용할 증거가 될 테니 말이다. 하지만 그런 위험이 있다고 해서 포기할 생각은 결코 없다. 그리고 나는 나 자신을 표현하고 싶은 참을 수 없는 욕구를 느끼고 있다. 이 책은 오직 내가 죽었을 때만 내 몸에서 빼내갈 수 있을 것이다……

일찍부터 나는 내가 특별한 능력을 지녔다는 것을 깨달았다. 바보만이 자신의 능력을 과소평가하는 것이다. 내 지능은 나이를 훨씬 초월한 것이었다. 나는 내가 성공하도록 태어난 것임을 잘 알고 있다. 내 외모만이 유일한 단점이었다. 수수하고 눈에 띄지 않는, 극히 개성이 없는 그런 용모였다.

소년 시절에 나는 유명한 살인 재판을 방청한 적이 있었다. 변호사의 뛰어난 웅변은 나에게 깊은 감명을 주었다. 처음으로 나는 그런 분야에서 내 재능을 발휘하고 싶다는 생각이 들었다. 그리고 피고석에 앉은 범인을 관찰했다. 그자는 바보였다—그는 정말 믿을 수 없을 정도로 어리석은 자였다. 변호사의 훌륭한 변론조차도 그를 구해 내기가 거의 불가능할 것 같았다. 나는 그자에게 이루 말할 수 없는 경멸감을 느꼈다. 그때 나는 일반적인 범죄자들은 모두 열등한 인간들이라는 생각이 떠올랐다. 범죄를 저지르는 자들은 건달, 인생 낙오자 등 인간쓰레기들이었다. 뛰어난 머리를 가진 사람들이 자신의 특별한 기회를 전혀 깨닫지 못했다는 것은 이상한 일이었다. 나는 그 생각에 심취했다. 정말 멋진 분야—무한한 가능성이 있는 분야였다! 그것은 나의 두뇌를 끝없이 활용하게 만들었다.

나는 범죄와 범인들에 관한 서적들을 탐독했다. 그런 것들은 모두 내 생각을 더욱 확신시켜 주었다. 파멸, 실패—뛰어난 예견력을 지닌 사람에 의해 신중하게 실행되는 일은 결코 그런 파국을 가져오는 법이 없었다. 그래서 나는 생각해보았다. 변호사가 되어 직업적인 명성을 얻게 되면 나의 끝없는 야망이 실현될 수 있을까? 정치계에 투신해, 영국의 수상이 된다면 어떨까? 그다음에는? 권력을 잡게 될까? 각료들은 돌아가며 내 의견에 반대할 테고, 민주적인 제도는 내 권력에 제동을 걸어 결국 나는 순전히 껍데기뿐인 지위만 누리게 될 것이다! 천만에, 내가 꿈꾸어 온 권력은 완전한 것이었다! 전제적인 권력! 독재적인 권력! 그리고 그런 권력은 법의 한계를 벗어난 방법으로만 획득할 수 있을 것이다. 인간 본성의 약점을 이용하고, 다음에는 국가의 약점을 이용해서, 거대한 조직체를 구성하고 통제하여, 마침내는 기존 질서와 법규들을 전복시키는 것이다! 그 생각은 나를 심취시켰다.

나는 두 개의 신분을 지녀야 한다는 사실을 깨달았다. 나 같은 사람은 타인의 시선을 끌 수 있는 다른 방도를 찾아야 한다. 나의 참된 활동을 은폐시킬 수 있는 훌륭한 경력을 소유해야 한다. 또한 세련된 개성을 연마해야 한다. 나는 그 모델을 유명한 왕실 고문변호사들한테서 찾았다. 그들의 몸가짐과 사람들에게 발산하는 마력을 재현해 냈다. 만일 내가 배우가 되었다면 살아 있는 가장 위대한 배우가 되었을 것이다! 변장, 화장, 가짜 수염 따위는 전혀 필요가 없다! 개성! 나는 자유자재로 개성을 발휘할 수 있게 되었다. 그런 개성을 숨기게 되면, 나는 수수하고 전혀 남의 눈에 띄지 않는 평범한 다른 사람들과 다를 바 없어 보였다. 나는 자신을 브라운이라고 칭했다. 수많은 사람이 브라운이라고 불리고, 수많은 사람이 나와 전혀 다를 바 없이 보이는 것이다.

나의 가짜 신분은 완전히 성공적이었다. 나는 성공할 수밖에 없었다. 다른 일을 했어도 성공했을 것이다. 나 같은 사람은 결코 실패할 수 없다.

나는 나폴레옹의 전기를 읽어 보았다. 그와 나는 공통점이 많았다.

한두 번 나는 두려움을 느낀 적이 있었다. 처음은 이탈리아에서였다. 어떤 만찬회가 있었다. D교수, 세계적인 정신병 권위자인 그도 참석했었다. 정신이상에 대한 대화가 진행되었다. '위대한 인물 중에는 정신병자가 많은데, 아무도 그 사실을 모르고 있지요. 그들은 자신들조차 그 사실을 모른답니다.'라고 그가 말했다. 나는 어째서 그가 나를 쳐다보며 그런 말을 하는 것인지 이유를 알 수가 없었다. 그의 눈빛은 기묘한 것이었다. 나는 그것이 마음에 걸렸다.

전쟁은 나를 혼란스럽게 만들었다. 나는 그것이 내 계획을 더욱 촉진해줄 거라고 생각했다. 독일인은 정말 유능한 민족이었다. 그들의 스파이 조직 역시 뛰어났다. 거리는 카키색 젊은이들로 들끓었다. 모두 머리가 텅 빈 어리석은 존재들, 아직도 나는 알 수가 없다. 그들이 전쟁에 이겼다. 그것은 나를 혼란시키고 있다.

내 계획은 순조롭게 진행되고 있다. 어떤 겁 없는 어린 계집애가 끼어들었지만, 그녀가 정말로 무엇인가를 알고 있으리라고는 생각되지 않는다. 하지만 우리는 에스토니아(발트 해 연안에 있는 소련 구성 공화국의 하나)를 포기해야 한다. 이제는 아무런 위험도 없다.

모든 게 잘되고 있다. 기억상실은 정말 안타까운 일이다. 그건 속임수일 리 없다. 어떤 여인도 감히 나를 속일 수는 없을 테니까!

29일, 그날은 이제 얼마 남지 않았다."

카터 씨는 잠시 숨을 돌렸다.

"쿠데타 계획의 자세한 내용은 읽지 않겠습니다. 하지만 당신들 세 명에 대해서 약간 언급한 부분이 있는데, 그 내용이 흥미가 있구먼.

그 젊은 여인을 스스로 찾아오게 함으로써 나는 그녀의 신임을 받는 데 성공했다. 하지만 그녀는 위험할 정도로 뛰어난 직감력을 지니고 있다. 그녀는 제거해야 한다. 미국인은 도저히 어찌해볼 도리가 없다. 그는 나를 의심하고 싫어한다. 하지만 그는 모를 것이다. 내 갑옷은 그 누구도 뚫을 수 없을 거라고 생각한다. 때때로 나는 토미라는 청년을 과소평가한 것이 아닐까 하는 생각이 든다. 그는 똑똑하지는 않지만, 그에게 사실을 감춘다는 것은 정말 어려운 일이다."

카터 씨는 그 책을 덮었다.

"위대한 인물이었소." 그가 말했다.

"천재였을까, 아니면 광인이었을까요?"

침묵이 흘렀다.

이윽고 카터 씨가 자리에서 일어났다.

"당신네를 위해 축배를 들어야겠소. 성공적으로 끝난 모험사업을 위해!"

모두 환호하며 축배를 들었다.

카터 씨가 다시 말을 이었다.

"우리가 듣고 싶은 이야기가 또 있습니다."

그는 미국 대사를 돌아보았다.

"대사께서도 나와 같은 생각일 겁니다. 우리는 제인 핀 양의 이야기를 듣고 싶습니다. 우리 중에서는 터펜스 양만이 그 이야기를 들었을 뿐이니까요. 하지만 그전에 핀 양의 건강을 위해 건배해야겠지요. 우리가 위대한 두 나라를 대신해서 무한한 감사를 드리며, 가장 용감한 미국의 딸을 위해 건배!"

제28장

그 뒤의 이야기

"정말 멋진 건배였어, 제인."

헤르사이머가 사촌누이와 함께 리츠 호텔로 돌아오는 차 안에서 말했다.

"모험사업을 위한 건배 말인가요?"

"아니, 제인을 위한 건배 말이야. 이 세상에 그 어떤 여인도 제인과 같은 일을 해낼 수 없을 거야. 정말 훌륭한 일을 해낸 거야!"

제인은 고개를 저었다.

"별로 자랑스러운 생각도 없어요. 다만 너무도 지치고 외로울 뿐이에요. 어서 빨리 고국에 돌아가고 싶어요."

"그 말을 들으니 내가 제인에게 하고 싶었던 말이 생각나는군. 우리 대사가 제인한테 자기 부인이 어서 빨리 제인을 보고 싶다며 곧 대사관으로 찾아와 주었으면 좋겠다고 하는 말을 들었어. 그것도 좋겠지만, 그보다는 내겐 다른 계획이 있어. 제인, 나는 당신과 결혼하고 싶어! 그렇게 놀라지 말아요. 그리고 지금은 아무 말도 하지 말고 물론 제인이 나를 지금 당장 사랑할 수는 없겠지. 그건 불가능한 일일 거야. 하지만 나는 제인의 사진을 본 그 순간부터 사랑해 왔어. 그런데 이제 제인과 마주 앉게 되니 더 이상 사랑하는 마음을 참을 수가 없군! 제인이 나와 결혼하게 된다면, 나는 더 이상 제인을 걱정하지 않게 될 테고, 제인도 마음껏 인생을 즐기게 될 거야. 제인은 결코 나를 사랑하지 않게 될지도 모르지. 만일 그렇게 된다면 나는 제인을 자유롭게 해주겠어. 그러나 나는 어떻게든 제인을 돌보고 보살펴 주고 싶어."

"나도 정말 누군가에게 의지하고 싶어요." 그녀가 꿈꾸듯 말했다.

"누군가 나를 따뜻하게 보살펴 준다면…… 오, 오빠는 내가 얼마나 외로움을 느끼고 있는지 모를 거예요!"

"내가 제인의 외로움을 달래 주겠어. 그렇다면 이제 그 문제는 해결된 거야. 나는 내일 아침 부주교를 찾아가서 결혼 허가서를 받을 생각이야."

"오, 줄리어스!"

"나도 그렇게 강요하고 싶지는 않아, 제인. 하지만 그렇다고 기다릴 이유도 전혀 없잖아. 걱정하지 말아요. 나도 제인이 지금 당장 나를 사랑하게 되리라고는 기대하지 않으니까."

하지만 조그만 손이 그의 손을 살며시 잡았다.

"나도 당신을 사랑해요, 줄리어스." 제인 핀이 말했다.

"당신이 차에서 뺨을 총알에 스쳤을 때부터 당신을 사랑하게 되었어요……."

5분 뒤 제인이 부드러운 어조로 속삭였다.

"나는 런던을 잘 몰라요, 줄리어스. 하지만 리츠 호텔과 사보이 호텔은 아주 멀리 떨어져 있지요?"

"그거야 어떻게 가느냐에 따라 다르지." 줄리어스가 대답했다.

"리젠트 파크에 들렀다가 갑시다!"

"오, 줄리어스. 운전사가 뭐라고 하지 않을까요?"

"그런 것은 염려하지 말아요. 이봐, 제인. 내가 사보이 호텔에서 만찬을 연 것은 당신과 함께 드라이브를 하기 위해서였어. 그렇게 하지 않고는 당신과 단둘이서만 시간을 가질 방법이 없었거든. 당신과 터펜스는 마치 쌍둥이처럼 언제나 꼭 붙어 있으니 말이야."

한편, 토미와 터펜스는 몹시 어색하고 불안한 자세로 택시에 앉아 역시 리젠트 파크를 거쳐 리츠 호텔로 돌아가고 있었다.

그들 사이에는 아주 어색한 분위기가 흐르는 것 같았다. 무슨 일이 있었는지는 전혀 알 수가 없지만, 모든 것이 변해 버린 것 같았다. 그들은 혀가 마비라도 된 듯이 입을 봉하고 있었다.

터펜스는 무슨 말을 해야 좋을지 조금도 생각이 나지 않는 것 같았다.

토미 역시 괴롭기는 마찬가지였다.

그들은 똑바른 자세로 앉아서는 상대방의 얼굴을 보지 않으려고 애썼다.

이윽고 터펜스가 겨우 입을 열었다.

"좀 우습군요, 안 그래요?"

"그렇군."

다시 침묵.

"나는 줄리어스를 좋아해요." 터펜스가 다시 입을 열었다.

토미는 갑자기 활기를 띠었다.

"당신은 그와 결혼할 수 없어, 내 말을 알아듣겠지?"

그가 딱딱한 어조로 말했다.

"나는 그것을 허락할 수 없어."

"오!"

"절대로 안 돼."

"그는 나와 결혼하고 싶은 생각이 없어요. 그때는 순전히 친절한 마음에서 그냥 해본 소리에 지나지 않았던 거예요."

"그런 일은 있을 수 없어." 토미가 냉랭하게 말했다.

"그건 정말이에요. 그는 제인한테 완전히 빠져 있어요. 아마 지금쯤은 그녀에게 프러포즈하고 있을 거예요."

"그녀라면 그에게 잘해줄 거야." 토미가 무슨 선처라도 베풀 듯이 말했다.

"당신은 그녀가 정말 사랑스러운 아가씨라고 생각하지 않으세요?"

"오, 그렇다고 할 수 있지."

"하지만 나는 당신이 좀더 솔직히 대답할 줄 알았는데요."

터펜스가 시침을 떼며 말했다.

"나는……, 이런, 제기랄, 터펜스, 당신도 잘 알고 있잖아!"

"나는 당신 삼촌이 좋아요, 토미." 터펜스가 황급히 화제를 바꾸며 말했다.

"그런데 당신은 카터 씨가 제안한 정부 일자리를 수락할 거예요, 아니면 줄리어스의 초청을 받아들여 미국에 있는 그의 농장에서 일하는, 보수가 많은 일자리를 택할 건가요?"

"헤르사이머의 친절은 정말 고맙지만, 나는 오래된 이 나라에 머물러 있을 생각이야. 당신도 나와 같은 생각일 테지?"

"나는 어떻게 해야 좋을지 모르겠어요."

"나는 알아." 토미가 단정적으로 말했다.

터펜스는 그의 표정을 몰래 훔쳐보았다.

"그리고 돈 문제도 있어요." 그녀가 심각하게 말했다.

"무슨 돈?"

"우리는 각각 수표를 받게 될 거예요. 카터 씨가 나한테 그런 말을 했거든요."

"그래, 상당히 큰 액수를 요구한 모양이지?" 토미가 비꼬듯이 말했다.

"그래요." 터펜스가 의기양양한 어조로 대답했다.

"하지만 당신한테는 말해주지 않을 거예요."

"터펜스, 당신은 정말 어쩔 수 없는 아가씨야!"

"이번 일은 정말 재미있었어요, 그렇죠? 앞으로도 더 많은 모험을 했으면 좋겠어요."

"당신은 도대체 만족할 줄을 모르는군, 터펜스. 나는 지금까지 겪은 모험으로도 충분해."

"아무튼 쇼핑은 즐거운 일이에요." 터펜스가 꿈꾸듯 말했다.

"오래된 가구와 멋진 카펫, 환상적인 비단 커튼, 그리고 윤기나는 식탁과 푹신한 소파……."

토미가 말했다.

"그만하지. 그런 건 다 무엇에 쓸 거지?"

"집이죠. 하지만 나는 아파트가 더 좋을 거라고 생각해요."

"누가 살 아파트인데?"

"그야, 우리가 살 집이죠!"

"터펜스!" 토미는 그녀를 열렬히 끌어안았다.

"나도 당신이 그렇게 말해주기를 바랐어. 내가 당신에 대한 애정을 표시하려 해도, 그럴 때마다 당신은 냉정하게 내 감정을 뭉개버리곤 했지."

터펜스는 고개를 들어 입술을 그의 얼굴에 가져갔다. 택시는 리젠트 파크의 북쪽 코스를 따라 달리고 있었다.

"당신은 정말로 프러포즈한 것은 아니에요." 터펜스가 말했다.

"우리 할머니는 그런 걸 두고 청혼했다고는 하지 않을 거예요. 하지만 줄리어스의 그런 말을 듣고, 나는 당신한테 가기로 생각했어요."

"당신은 나와 결혼할 수밖에 없었던 거야."

터펜스가 말했다.

"정말 우스울 거예요. 결혼은 피난처니 안식처니, 또는 무상의 기쁨이니, 아니면 노예의 신세가 되는 것이니 하는 등등 여러 가지로 불리고 있죠. 하지만 나는 어떻게 생각하는지 알아요?"

"뭐라고 생각하는데?"

"스포츠!"

"그래, 끔찍한 스포츠라고도 할 수 있지." 토미가 말했다.

■ 작품 해설 ■

《비밀결사(The Secret Adversary, 1922)》는 애거서 크리스티의 두 번째 작품이다. 즉, 그녀의 처녀작 《스타일즈 저택의 죽음(1920)》이 폭발적인 인기를 끈 뒤 2년 만에 나온 야심작이다. 또한, 독자들이 뽑은 애거서 크리스트 베스트 20 중 19번째에 오른 작품이다.

크리스티 여사가 처녀작 《스타일즈 저택의 죽음》에서 불후의 명탐정 에르퀼 포와로를 등장시킨 뒤에, 이 《비밀결사》에서는 그녀가 아끼는 또 다른 명콤비 '토마—터펜스' 커플을 탄생시켰다. 이 토마—터펜스 커플은 그 뒤 여러 작품에서 많은 활약을 하며, 특히 《부부 탐정(Partners in Crime, 1929)》에서는 절정에 이르게 된다.

추리소설은 좀더 세분하면 본격물(수수께끼 중심), 범죄 소설, 하드보일드(비정파), 경찰소설, 모험소설, 서스펜스물 등으로 나뉘는데 《비밀결사》는 이중에서 모험소설에 속한다고 볼 수 있다.

애거서 크리스티의 작품 중 모험물에 속하는 것으로는 《갈색 옷을 입은 사나이》, 《침니스의 비밀》, 《빅포》, 《세븐 다이얼스 미스터리》 등을 들 수 있다. 이런 소설에는 젊고 용감한 주인공들이 등장하여 스파이 조직에 도전하게 된다. 또한, 이들 작품에서는 애거서 크리스티의 낙천적인 기질답게 유머가 넘쳐흐르는 게 특징이다.